JOSIE LITTON

Wikinger meiner Träume

Buch

Um den brüchigen Frieden zu wahren, willigt Dragon Hakonson zögerlich ein, mit einer sächsischen Lady den Bund fürs Leben zu schließen. Da er seine Braut bislang noch nie zu Gesicht bekommen hat, ist dem wohl mächtigsten Norwegerfürst seiner Zeit bei dem Gedanken an die bevorstehende Ehe etwas mulmig zumute. Die letzten Tage seiner Freiheit will er deswegen noch mal so richtig genießen. Während eines herrlich entspannenden Jagdausflugs trifft Dragon unversehens auf eine junge, rothaarige Frau, die ohne rechten Erfolg versucht, ihre atemberaubende Schönheit unter derben Männergewändern zu verbergen. Dragon ist sofort klar, dass sich Lady Rycca in den Wäldern vor irgendjemandem verstecken will – er kann ja nicht ahnen, dass sie unbedingt der erzwungenen Heirat mit einem gewissen grausamen Wikingerführer entgehen möchte. Großmütig, wenn auch nicht ganz ohne Hintergedanken, bietet Dragon der hinreißenden Dame sicheres Geleit bis ans Ziel ihrer Reise an. Doch wenn er glaubt, Rycca würde sich für den Schutz seiner starken Arme unendlich dankbar zeigen, hat Dragon sich gründlich geirrt. Stattdessen gibt die höchst selbstständige Lady ihrem »Retter« ein ums andere Mal zu verstehen, dass sie auf seine Hilfe überhaupt nicht angewiesen ist. Aber so sehr sich Rycca auch sträubt, sie kann sich dem umwerfenden Charme dieses attraktiven Hünen nicht allzu lang entziehen. Und bald schon entbrennt zwischen ihnen eine große Liebe voll unbezwingbarer Leidenschaft – welche nach kurzer Zeit sogar noch heller lodert. Überglücklich stellen die beiden fest, dass ausgerechnet sie das zukünftige Ehepaar sind. Doch das Schicksal meint es nicht gut mit Dragon und Rycca: Irgendjemand versucht mit allen Mitteln, ihre Heirat und die damit verbundene Allianz zwischen Norwegen und Sachsen zu verhindern. Und dieser Verräter schreckt selbst vor Mord nicht zurück ...

Autorin

Josie Litton ist das Pseudonym einer seit langem bekannten Autorin, die jetzt unter neuem Namen eine zweite Karriere als Verfasserin großer historischer Liebesromane anstrebt. Und mit welchem Erfolg! In den USA wurde der erste Band ihrer Trilogie auf Anhieb zu einem Bestseller.

Von Josie Litton ist bei Blanvalet Taschenbuch bereits erschienen:

Wikinger der Liebe (35817), Wikingerträume. Drei Romane in einem Band (37041) – Insel meiner Sehnsucht (36228) – Insel meines Herzens (36229)

Josie Litton

Wikinger meiner Träume

Roman

Ins Deutsche übertragen von
Eva Malsch

blanvalet

Die Originalausgabe erschien unter dem Titel
»Come Back To Me«
bei Bantam Books, New York.

Verlagsgruppe Random House FSC-DEU-0100
Das für dieses Buch verwendete FSC-zertifizierte Papier
Holmen Book Cream liefert Holmen Paper, Hallstavik, Schweden.

Einmalige Sonderausgabe September 2008 bei Blanvalet,
einem Unternehmen der Verlagsgruppe
Random House GmbH, München.

Published by arrangement with Josie Litton.
Dieses Werk wurde vermittelt durch die
Literarische Agentur Thomas Schlück GmbH, 30827 Garbsen,
im Namen von Jane Rotrosen Agency LLC.
Umschlaggestaltung: HildenDesign, München
Paar: © Judy York via Agentur Schlück GmbH
Hintergrund: © HildenDesign, München
HK · Herstellung: wag
Druck und Einband: GGP Media GmbH, Pößneck
Printed in Germany
ISBN 978-3-442-37193-8

www.blanvalet.de

1

Am Rand der Welt breitet sich feuriger Glanz aus, vertreibt die milde Nacht und setzt den Himmel in Flammen. Dragon heißt dieses Licht willkommen. Lautlos geht er über das weiche Erdreich und verscheucht einen Hirsch, der unbeachtet im Gebüsch verschwindet. An diesem Morgen ist der furchtlose Wikingerkrieger Dragon Hakonson nicht in den Wald geritten, um zu jagen. Stattdessen sucht er die Stille zwischen den Kiefern an der Meeresküste aus einem anderen Grund.

Bevor er einen Schritt unternehmen muss, den er nicht länger hinauszögern kann, will er in Ruhe nachdenken. Deshalb hat er seine Begleiter vorausgeschickt.

Aber seine Einsamkeit wird gestört. Aus dem schützenden Schatten der Bäume beobachten ihn goldbraune Augen. Eine schlanke, geschmeidige Gestalt wagt kaum zu atmen. Langsam, ganz langsam versucht sie davonzukriechen. Ein Zweig knackt, und Dragons Sinne, in einem Leben voller Kämpfe und Gefahren geschult, warnen ihn sofort. Entschlossen stürmt er ins Unterholz, zerrt den Flüchtling hervor, der sich verzweifelt wehrt, und betrachtet ihn forschend.

Wie schnell sich der Fremde bewegte… Rycca starrte ihn verblüfft an. Eben hatte sie noch im kühlen Moos gekniet, nach ein paar Stunden rastlosem Schlaf, und den Mann beobachtet, der plötzlich aufgetaucht war. Und im nächsten Augenblick wurde sie so fest umklammert, dass sie kaum atmen konnte. Ihre Arme und Rippen schmerzten. Wenn er den Druck nur ein klein wenig verstärkte, würde sie womöglich genauso zerbrechen wie jener verräterische Zweig.

Wer der Mann war, wusste sie nicht, und es interessierte sie auch nicht. Nur eins zählte – sie musste sich von seinem Griff befreien. Als Opfer ihrer ungehobelten Brüder aufgewachsen, war sie in harten Kämpfen erprobt. Und so biss sie in den starken Arm, der sie umschlang. Nach ihren Erfahrungen zwang ein solcher Gegenangriff die meisten Schurken sofort, den Griff zu lockern.

Aber da erwartete sie eine neue Überraschung, und ihre Angst wuchs. Der Mann stöhnte nicht einmal, umfing sie noch fester und schnürte ihr die Atemluft endgültig ab.

So lange sie es vermochte, grub sie ihre Zähne in seinen Arm – bis bunte Lichter vor ihren Augen tanzten, bis ihre Sinne zu schwinden drohten. Erst dann gab sie sich geschlagen, weil sie fürchtete, was ihr während einer Ohnmacht zustoßen könnte. Der Mann ließ sie noch immer nicht los, und sie begann in einen dunklen Abgrund zu sinken. Absurderweise hielt sie sich jetzt am Arm des Angreifers fest, als wäre er ihr einziger Rettungsanker auf dieser Welt. Mit letzter Kraft rangen ihre Lungen nach Luft, die ihr endlich gewährt wurde.

»Dummer Junge!«, schimpfte der Fremde. An ihrem Rücken spürte sie, wie die tiefe Stimme aus seiner Brust drang. Trotz der widrigen Umstände fand sie dieses Gefühl seltsam angenehm. Er packte ihre Schultern und drehte sie zu sich herum. »Was sollte der Unsinn? Ich wollte dich nur anschauen. So wie jeder vernünftige Mann versuche ich stets herauszufinden, wer mir auflauert.«

Rycca spähte durch ihre dichten Wimpern nach oben – und noch weiter hinauf. Da ihre schwachen Beine wankten, konnte sie sich nicht zu ihrer vollen Größe aufrichten. Aber der Mann war unglaublich hoch gewachsen. Das hatte sie schon geahnt, als er am Fluss gekauert war. Jetzt nahm ihr die

Erkenntnis seiner ungeheuren Größe und der breiten Schultern fast wieder den Atem. Unter einer ärmellosen Ledertunika zeichneten sich seine Muskeln ab. Sein markantes Gesicht wurde von goldenen Augen beherrscht. Darüber wölbten sich dunkelbraune Brauen, in derselben Farbe wie das lange, im Nacken zusammengebundene Haar. Auch die Haut schimmerte golden. Noch nie hatte Rycca einen attraktiveren Mann gesehen. Er glich einem heidnischen Idol aus dem Schmelzofen eines meisterhaften Schmieds. Doch sie entdeckte auch menschliche Züge. Offenbar hatte er sich lange nicht mehr rasiert. Auf seinen Wangen und am Kinn begannen Barthaare zu spießen. Er roch nach Holzrauch, Meeresluft und Kiefern, eine reizvolle Mischung. O ja, er war ein menschliches Wesen – nur allzu menschlich, zu real und viel zu nah.

Glücklicherweise hielt er sie für einen Jungen. Vor ihrer überstürzten Flucht war sie in die Kleider geschlüpft, die Thurlow bei seinem Aufbruch in die Normandie zurückgelassen hatte. Dem Zwillingsbruder, seit Jahren einen Kopf größer als Rycca, passten sie nicht mehr. Ihr waren sie etwas zu groß, und so verhüllten sie ihre weiblichen Formen. Die Haare hatte sie unter einer Filzkappe versteckt und sogar dunkle Erde in ihr Gesicht geschmiert, um ihre zarte Haut zu verbergen. Aber sie misstraute ihrer Tarnung, die einer gründlichen Prüfung gewiss nicht standhalten würde.

Das Schweigen des Jungen und seine offenkundige Fügsamkeit verblüfften Dragon. In diesem Alter – er schätzte ihn auf dreizehn – war er ein wilder, ungestümer Bursche gewesen, jederzeit bereit, allen Angreifern zu trotzen, selbst wenn sie ihn niederschlagen würden. Kein Wunder, denn er entstammte einer gefährlichen, von grausamen Kämpfen und Gewalt regierten Welt. Wo hatte dieser Junge gelernt, dass man eine Übermacht nicht unnötig herausfordern durfte? Immerhin konnte der kleine Kerl kraftvoll zubeißen. Aber jetzt wirkte er völlig verwirrt und starrte ihn einfach nur an.

»Also, ich frage dich noch einmal«, fuhr Dragon auf Angelsächsisch fort, weil er annahm, der Junge würde diese Sprache verstehen.

Dank seiner Muttersprache Norwegisch konnte sich Dragon mit Dänen und Schweden verständigen. Auf seinen Reisen hatte er sich auch andere Sprachkenntnisse angeeignet. Mittlerweile bereitete es ihm keinerlei Schwierigkeiten, mit Franken, Germanen oder sogar Mauren zu reden. Sprachen zu erlernen fiel ihm leicht – vielleicht, weil er die Melodie der Wörter liebte.

»Warum hast du dich im Gebüsch versteckt und mir nachspioniert?« Nun musterte er den Jungen etwas genauer. Die Kleidung aus fein gesponnener, edler Wolle war ihm zu groß. Darüber wunderte sich Dragon nicht, denn Kinderkleider wurden oft etwas größer angefertigt, damit man hineinwachsen konnte. Jedenfalls war das kein Bauernjunge, eher ein kleiner Lord, in die Pflege eines Herrschaftshauses gegeben. Warum trieb er sich im Wald herum – zu Fuß, ohne Begleitung?

An diesem sonnigen Frühlingsmorgen herrschte Frieden in Essex, ein Glücksfall, noch zu neuen Datums, um als selbstverständlich zu gelten. Nach jahrzehntelangen Kriegen verdankte die Bevölkerung dieses Gebiets die ersehnte Waffenruhe der Weisheit des großen Königs Alfred und dem eisernen Willen Lord Hawks of Essex. Lady Cymbra, Hawks Schwester, war mit Dragons Bruder verheiratet, dem norwegischen Wolf. Durch echte Freundschaft gestärkt, hatten sich diese Familienbande noch gefestigt. Daran wurde Dragon jedes Mal erinnert, wenn er an den Grund seines Aufenthalts in Essex dachte.

Noch durfte man dem Frieden nicht trauen, und sogar ein blutjunger Bursche musste sein Verhalten erklären. »Warum bist du hier?«, fragte Dragon. Ungeduldig schüttelte er den Kleinen, der beharrlich schwieg.

Ryccas Zähne klapperten, und sie verfluchte ihre Dummheit, die sie in diese schreckliche Lage gebracht hatte. Wäre sie in ihrem Versteck geblieben, statt zu fliehen, hätte der Mann sie wahrscheinlich gar nicht bemerkt. Zu spät für solche Gedanken, zu spät für alles andere – außer einem weiteren verzweifelten Versuch, sich loszureißen. Sicher war es nicht nur unangenehm, sondern auch vorteilhaft gewesen, mit zwei rücksichtslosen älteren Brüdern aufzuwachsen – und mit ihrem geliebten Zwilling, der ihr beigebracht hatte, sich zu wehren.

»Zögere nicht«, hatte Thurlow seine Schwester ermahnt, ihr feuerrotes Gesicht nicht beachtet und den Unterricht in der Kunst wirksamer Selbstverteidigung gnadenlos fortgesetzt. »Stoß blitzschnell zu, dann lauf davon. Anfangs tut das deinem Gegner höllisch weh. Aber der Schmerz lässt bald nach.«

Rycca fand keine Gelegenheit, diese nur widerstrebend erlernten Fähigkeiten zu nutzen. Denn Thurlow teilte den älteren Brüdern – die ihm das Leben genauso schwer machten wie ihr – unverzüglich mit, sie besitze gewisse Kenntnisse. Deren Anwendung würde ihnen zweifellos missfallen. Klaglos ertrug er die Prügelstrafe, mit der sie sich rächten, und schmiedete Pläne, um in ein besseres Leben zu flüchten.

»Sobald ich mich in der Normandie häuslich niedergelassen habe, hole ich dich zu mir«, versprach er seiner Schwester. »Dort haben wir Verwandte mütterlicherseits, und wie ich höre, gibt es unbegrenzte Möglichkeiten. Allzu lange wird es nicht dauern.«

Doch es dauerte *zu* lange. Viel schneller, als sie beide erwarten konnten, stürmten die Ereignisse auf Rycca ein, und ihre Hoffnungen drohten zu schwinden. Kaltes Grauen war in ihr aufgestiegen. Hätte sie nicht das Weite gesucht, wäre sie dem unerträglichen Schicksal ausgeliefert gewesen, das der Vater und die älteren Brüder ihr zugedacht hatten.

Sie antwortete noch immer nicht, und der Fremde runzelte ärgerlich die Stirn. Offenbar war er nicht an ungehorsame Mitmenschen gewöhnt. Nun, vielleicht würde ihm diese Begegnung eine Lehre sein. Rycca schloss die Augen, holte tief Luft und stieß ihr Knie mit aller Kraft nach oben, zwischen seine Beine.

Als er sich versteifte, hob sie die Lider und erwiderte seinen Blick, der blankes Entsetzen ausdrückte. Im Gegensatz zu Thurlows Prophezeiung heulte er nicht auf. Stattdessen stöhnte er leise und ließ ihre Schultern los. Langsam sank er auf die Knie und erinnerte sie an eine mächtige Eiche, von einer Axt gefällt.

Jetzt war sie frei. Trotzdem zögerte sie und bekämpfte das plötzliche, fast überwältigende Bedürfnis, ihm zu helfen. Wenn sie diesem verrückten Impuls nachgab, würde sie die Normandie niemals sehen. Zum Glück verdrängte ihr Überlebenswille das Mitgefühl. »Schnell wie der Wind«, hatte Thurlow befohlen. Und so lief sie davon, schnell wie der Wind. Sie hatte schlanke, aber kräftige Beine. Geschmeidig wie ein Fohlen, konnte sie jedes Hindernis überspringen. Sie atmete ruhig und gleichmäßig. Nachdem sie ihre Angst besiegt hatte und der Gefahr entronnen war, wuchs ihre Zuversicht. Sobald sie sicher war, der Fremde würde ihr nicht folgen, verlangsamte sie ihre Schritte nur ein wenig. Aus reiner Freude an der Bewegung rannte sie weiter – durch schattige Täler, Kiefern- und Eichenwäldchen, über sonnige Wiesen und Kiesstrände. Schließlich blieb sie am Rand eines dichten Waldes stehen und betrachtete das funkelnde Meer, von innerem Frieden erfüllt, den sie lange nicht mehr empfunden hatte.

Der Wind bewegte die Wellen, helles Sonnenlicht versilberte das blaugraue Wasser. Über Ryccas Kopf kreisten Möwen, mit fast reglosen Schwingen. Die Augen mit einer Hand beschattet, schaute sie zum fernen Horizont, wo das Meer und der Himmel verschmolzen. Bis zu ihrer Ankunft in Essex vor wenigen Tagen hatte sie keine größeren Gewässer erblickt als Flüsse und Seen. Das Meer faszinierte sie. Einerseits fürchtete sie sich davor, denn sie konnte nicht schwimmen. Und andererseits bot es ihr einen Fluchtweg, der sie beglückte. Irgendwo jenseits des Horizonts lag die Normandie, wo ein neues Leben wartete. Dieses Ziel musste sie erreichen.

Am liebsten hätte sie Flügel ausgebreitet wie die Möwen, um in den Himmel hinaufzuschweben. Das mochte kaum schwieriger sein als ihr Vorhaben. Doch es würde gelingen, denn die einzige andere Möglichkeit, die Rückkehr ins Vaterhaus, wäre unvorstellbar…

Hastig verdrängte sie diesen Gedanken und überließ sich ihrer Freude an Sonnenschein und Meereswellen. Während der letzten Tage hatte sie nur wenig geschlafen, und ihr Magen knurrte. Sie war allein in einem Land, wo ihr niemand helfen würde, wo grässliche Gefahren lauerten. Wenn sie aufgespürt wurde, drohte ihr eine grausame Strafe. Trotzdem glichen ihre Gefühle den Sonnenstrahlen auf dem Wasser. *Ich bin frei,* dachte sie.

Wann war sie jemals frei gewesen oder hatte auch nur zu hoffen gewagt, sie würde diesen erstrebenswerten Zustand irgendwann erreichen? Wann hatte sie geglaubt, sie würde ihr wahres Ich eines Tages nicht mehr hinter der Fassade mühsam erzwungener Duldsamkeit verbergen müssen? Nur in Thurlows Gesellschaft hatte sie die Maske fallen lassen – und sogar ihm hatte sie vorgegaukelt, das Elend sei nicht so schlimm. Wahrscheinlich hatte auch er heitere Miene zum bösen Spiel gemacht, um sie nicht noch schmerzlicher zu belasten.

Frei… Lachend breitete sie die Arme aus. Nun konnte sie nicht länger still stehen, und so drehte sie sich übermütig im Kreis. Wundervolle, himmlische *Freiheit!* Mochten in der Zukunft auch noch so viele Schwierigkeiten warten – dieser eine Augenblick war alle Mühe wert.

Nichts würde ihn daran hindern, furchtbare Rache an dem kleinen Schurken zu üben, der ihn in die Knie gezwungen hatte. Grimmig bekämpfte Dragon die schmerzhaften Wellen, die seinen Körper immer noch durchströmten, und malte sich aus, wie er den Burschen züchtigen würde. Niemand, nicht einmal ein kleiner Grünschnabel durfte ihn so niederträchtig angreifen und ungestraft davonkommen. O ja, dafür würde der Kerl bezahlen – fragte sich nur, *wie*.

Erst einmal musste Dragon ihn einfangen. Darin sah er kein Problem. Hätte der Racker seine Spur absichtlich hinterlassen, wäre sie nicht deutlicher zu erkennen. Dragon, ein ausgezeichneter Jäger, Kundschafter und Fährtenleser, brauchte keines dieser besonderen Talente, um festzustellen, wohin der Junge gelaufen war. Abgebrochene Zweige und niedergetrampeltes Gras markierten den Weg. An Dornenbüschen hingen Wollfäden. Nach den langen Schritten zu urteilen, war der Schlingel in halsbrecherischem Tempo geflohen, was immerhin auf eine gewisse Klugheit hinwies – nicht, dass sie ihm etwas nützen würde.

Dragon rannte nicht. Das hatte er nicht nötig. Er hatte längere Beine als der Junge, und er ermüdete nicht so leicht. Nachdem kürzere Schritte die Erschöpfung des Flüchtlings angedeutet hatten, eilte der Verfolger immer noch leichtfüßig dahin. Nur ein einziges Mal hielt er inne, um an einem klaren Bach seinen Durst zu stillen. Hier hatte der Bursche offenbar gerastet. Danach führte die Spur nach Osten zum Meer, und wenig später erblickte Dragon die Küste.

Fast sein ganzes Leben hatte er am Meer verbracht und mehrere Jahre an Bord eines Schiffes. Deshalb blieb er nicht stehen, um die Aussicht zu bewundern. Während er weiterging, entdeckte er umgedrehte feuchte Steine und abgerissene Wildrosen. Einmal überquerte er sogar einen Sandstreifen voller kleiner Fußabdrücke. In der Nähe dieser Stelle verengte sich der Strand, steile Klippen ragten empor. Er entdeckte einen Busch, an dem sich der Junge hochgezogen, den Halt verloren und herabgefallen war. Nach kurzem Zögern folgte Dragon dieser Spur. Die Sonne stand im Zenit, als er zum Klippenrand hinaufkletterte. Den Rücken zum Meer gewandt, schaute er sich um. Aus den Augenwinkeln sah er eine Bewegung am Waldrand. Vorsichtig, im Schutz der Sträucher und Felsen, schlug er diese Richtung ein.

Jetzt verließen den Jungen zusehends die Kräfte. Das entnahm Dragon den immer kürzeren Schritten, den Spuren eines häufigen Strauchelns. Aber der Bengel ruhte sich nicht aus. Steuerte er ein ganz bestimmtes Ziel an?

Dragon überlegte, wie lange er an diesem Morgen schon unterwegs war. Nun musste er sich in der Nähe von Hawkforte befinden, der Festung seines Gastgebers Hawk of Essex. Die starken Mauern – erbaut, um den Angriffen der Dänen standzuhalten, die den Schlossherrn neuerdings nicht mehr herausforderten – schützten den Wohlstand der Stadt und den Hafen. Im näheren Umkreis lagen noch andere Siedlungen. Aber keine konnte sich mit Hawks imposanter Residenz messen. Dort wollte der Junge wahrscheinlich Zuflucht suchen.

Auch Dragons Reise führte zur Festung. Aber er hatte es nicht eilig, dieses Ziel zu erreichen. Sobald er Hawkforte betrat, würde er seine Freiheit verlieren und sein Hals unweigerlich in der Schlinge stecken.

Solch düsteren Gedanken mochte er vorerst nicht nachhängen. Wieder einmal fragte er sich, warum der Junge allein durch Essex wanderte. Nicht, dass es eine Rolle spielte. Allzu lange würde es nicht mehr dauern, bis der Lausbube eine Erklärung abgeben musste. Im Wald beschleunigte Dragon seine Schritte. Immer näher pirschte er sich an sein Opfer heran.

Rycca sank auf einen bemoosten Felsen und rang nach Luft. Obwohl sie sich todmüde fühlte und ihre Füße schmerzten, war sie fest entschlossen, ihren Weg fortzusetzen. In dieser Gegend plätscherten genug Bäche, die ihren Durst löschen konnten. Aber sie war halb verhungert, und sie hatte nur eine Hand voll Beeren gefunden. Ihr kleiner Beutel mit dem Reiseproviant lag an der Stelle, wo der goldene Riese über sie hergefallen war. Wie albern, ihn so zu nennen... Offenbar hatte die Erschöpfung ihren Geist verwirrt. Er war einfach nur ein Mann, noch dazu ein verdammtes Raubein. Außerdem gab es keinen Grund, überhaupt an ihn zu denken. Selbst wenn er ihr folgen wollte – sie war zu schnell geflohen und längst über alle Berge. Nun trieb er sich irgendwo in den Wäldern herum, weit von ihr entfernt. Vielleicht verfluchte er sie immer noch. Aber er würde ihr sicher nie mehr begegnen.

Wie schade...

Bestürzt runzelte Rycca die Stirn. Welcher boshafte Kobold setzte ihr solche Flausen in den Kopf? Gewiss, sie war völlig erschöpft. Aber das entschuldigte ihre Dummheit nicht. Sie musste doch wahrlich über wichtigere Dinge nachdenken – über ihre Zukunft, wie sie ihr Leben meistern sollte. Von einem Mann zu träumen – damit würde sie nur ihre Zeit und ihre seelischen Kräfte vergeuden.

Der schönste Mann, den ich jemals sah...

»Hör auf!« Erschrocken zuckte sie zusammen, als sie merkte, dass sie laut gesprochen hatte, und presste die Lippen zusammen. Schluss damit! Solche törichten Wünsche musste sie sofort verdrängen und vernünftige Pläne schmieden.

Feigling.

Nein, keineswegs! Wenn eine Frau dem Schicksal trotzte, das ihr die Familie aufzwingen wollten, ihr Leben selbst in die Hand nahm und eine ferne, fremde Küste ansteuerte, war sie nicht feige.

Aber eine Närrin.

Verdammt, verdammt, verdammt! Dieses verfluchte Talent verfolgte sie schon seit der frühen Kindheit. Wie sie es hasste, anders zu sein und immer alles zu *wissen!* Könnte man sie belügen, wäre sie glücklich. Würde man sie glauben machen, was nicht stimmte, würde sie sich freuen. Wenn man sie mit Ausflüchten täuschte und hinterging, beschwindelte und betrog – nichts würde ihr besser gefallen. In segensreicher Ignoranz zu leben, nichts zu durchschauen, zumindest nicht mehr als normale Menschen, von der Wahrheit verschont zu werden – das erträumte sie genauso sehnsüchtig wie die Freiheit.

Er war ein Mann, mehr nicht. Ein gefährlicher Fremder. Welch ein Glück, dass sie ihn nie wieder sehen würde …

Lüge.

Erbost stand sie von dem bemoosten Felsblock auf, verbannte alle albernen Gedanken und ging weiter durch den Wald. Vor Einbruch der Dunkelheit würde sie Hawkforte erreichen und an Bord eines Schiffs mit Kurs auf die Normandie schleichen. Dort würde sie Thurlow wiedersehen. Gemeinsam wollten sie ein neues Leben beginnen, weit weg von dem Grauen, das ihr drohen würde, wäre sie dumm genug, in England zu bleiben.

Und das ist die reine Wahrheit.

Nun herrschte Stille in ihrem Gehirn und im Wald, als hätte ihre unbeugsame Entschlossenheit sogar die Natur zum Schweigen gebracht.

Erleichtert eilte sie weiter. Es kam ihr gar nicht in den Sinn, zurückzublicken oder darauf zu lauschen, was hinter ihr geschehen mochte. Hätte sie das getan, wäre ihr nichts aufgefallen. Denn Dragon folgte ihr wie ein lautloses Gespenst – unbeirrbar, unerbittlich.

Eine knappe Stunde, nachdem er die Bewegung am Rand der Bäume gesehen hatte, holte er den Jungen ein. Er hätte ihn schneller fangen können. Aber er war zurückgeblieben, um sicherzugehen, dass er nicht entdeckt wurde, um den richtigen Moment abzuwarten und den kleinen Rüpel zu überrumpeln. Es musste möglichst schnell geschehen, ehe sich der Bursche bei seiner Gegenwehr verletzen würde. Und dann wollte er seine Rache genießen.

Zweifellos wäre sein Plan gelungen, hätten ihm die unberechenbaren Launen der Natur keinen Streich gespielt. Als er an einem Gebüsch vorbeiging, in dem eine Graugansfamilie hauste, erregte er den Zorn der Eltern, die ihre Jungen zu schützen trachteten. Empört flog das Männchen aus dem Nest, und das Weibchen reckte den Hals hoch, breitete die Flügel über den kleinen Vögeln aus und gackerte drohend.

In diesen Lärm mischten sich die Stimmen anderer Vögel. Kreischend und krächzend und zwitschernd flatterten sie aus dem Unterholz und beschimpften den Eindringling, der ihre Ruhe störte. Das wilde Geschrei durchdrang sogar den Nebel von Ryccas Müdigkeit. Verwundert schaute sie nach allen Seiten, und ihre Überraschung verwandelte sich sofort in eisiges Entsetzen.

Der schönste Mann, den sie je gesehen hatte…

Ungläubig blinzelte sie.

Doch sie hielt nicht inne, um über die plötzliche Ankunft des Fremden oder ihre eigene Dummheit nachzudenken. Stattdessen wandte sie sich ab und stürmte davon, so schnell ihre schmerzenden Beine sie trugen.

Dragon folgte ihr unverzüglich. Denn er wollte dem Jungen nicht erlauben, die letzten Kräfte zu verbrauchen. Sobald er seine Rachegelüste befriedigt hatte, würde er herausfinden, warum der kleine Tunichtgut allein unterwegs war und welches Ziel er ansteuerte. Dann würde er ihn in Sicherheit bringen, nach Hawkforte, ganz egal, ob es dem Burschen passte oder nicht und ob er eine Reisebegleitung zu schätzen wusste. Nicht nur Dragons Beschützerinstinkt war erwacht, sondern auch seine Neugier. Hinter dem Entschluss des Jungen, allein in die weite Welt hinauszuziehen, musste irgendetwas stecken. Und Dragon liebte interessante Geschichten. Die Leute behaupteten, er hätte genauso viel zu erzählen wie die besten Skalden oder Barden. Und einige meinten sogar, er müsste diesen Beruf ergreifen, von Haus zu Haus wandern und all die großartigen Ereignisse dieses Zeitalters schildern. Doch das Schicksal hatte ihn zum Krieger und Anführer bestimmt. Und damit war er einverstanden.

Trotzdem genoss er die Abende am Herdfeuer, wo das Ale in Strömen floss, wenn er das Publikum mit der Magie seiner Worte verzauberte.

In der Tat, dieser Junge ist verzweifelt, dachte er. Sonst würde er nach all den Meilen, die er zurückgelegt hatte, nicht so erstaunlich schnell durch den Wald laufen. Allmählich schmolz sein Vorsprung. Wenn er auch ein beachtliches Durchhaltevermögen hatte, Dragon war ein erwachsener Mann, in zahlreichen Kämpfen erprobt, auf dem Höhepunkt seiner körperlichen Leistungsfähigkeit. Seine muskulösen Beine schienen über den Boden zu fliegen. Mühelos meisterte er jedes Hindernis. Und er kannte keine Gnade.

Das schien der Junge zu erkennen, als er einen Blick über die Schulter warf. Inzwischen war Dragon so nahe an ihn herangekommen, dass er kalte Angst in den großen, von dichten Wimpern umrahmten Augen las. Plötzlich ging ihm ein neuer Gedanke durch den Sinn. Gab es einen besonderen Grund, der den Burschen zu dieser halsbrecherischen Flucht veranlasste? Eine beklemmende Erinnerung kehrte zurück. Seinem Heim von grausamen Kriegswirren entrissen, war Dragon – noch ein halbes Kind – mit seinem älteren Bruder über die

Weltmeere gesegelt. Im Laderaum des Schiffs, eines Nachts, ein Mann… Bei diesem Gedanken runzelte Dragon die Stirn, nach all den Jahren immer noch entsetzt. Verbissen hatte er gekämpft. Aber allein wäre er der Gefahr nicht entronnen. Sein Bruder Wolf – schon damals groß für sein Alter und mit jenen Fähigkeiten gerüstet, die ihm zum Ruhm eines bedeutsamen Kriegers verhelfen würden, hatte ihn gerettet. Wütend stach er den Angreifer nieder, ließ ihn im Todeskampf liegen, umarmte Dragon und schwor ihm, sie würden alle Feinde besiegen, die jemals ihre Wege kreuzen sollten. Und das gelang ihnen. Mittlerweile waren die Brüder Hakonson zu Macht und Reichtum aufgestiegen. Aber Dragon hatte nie vergessen, wie man sich fühlte, wenn man jung und hilflos und verängstigt war.

Obwohl ihn seine milde Stimmung ärgerte, rief er dem Jungen zu: »Du musst nicht weglaufen! Keine Bange, ich werde dir nichts antun. Bleib stehen, und wir reden miteinander.«

Damit handelte er sich einen Blick ein, der besagte, außer den unteren Regionen müsste auch noch sein Kopf verletzt worden sein. Dann beschleunigte der Bursche sein Tempo.

Dragon seufzte. Mit langen Schritten rannte er weiter, flog durch die Luft und warf den Flüchtling zu Boden. Dabei drehte er sich blitzschnell herum, so dass er auf dem Rücken landete und dem Jungen einen schmerzhaften Sturz ersparte. Aber vielleicht wäre es besser gewesen, er hätte dem kleinen Balg alle Luft aus den Lungen gepresst, denn es wehrte sich hartnäckig, trat in alle Richtungen und tat sein Bestes, um auf sämtliche verfügbaren Körperteile seines Gegners zu schlagen.

»Lass das, jetzt reicht's!«, stieß Dragon hervor, sprang auf, zerrte den Jungen mit sich empor und schüttelte ihn. »Beruhige dich! Ich will doch nur mit dir reden!«

Mit dieser Erklärung erreichte er gar nichts. Das Gesicht

hochrot, die Augen weit aufgerissen, bekämpfte ihn der Kleine mit aller Kraft. Dragon ergriff die einzig richtige Maßnahme – er hielt ihn auf Armeslänge von sich und wartete ab, bis der erbitterte Widerstand langsam, aber sicher erlahmte. Schließlich ließ der Bursche die ermatteten Fäuste sinken.

»Bist du jetzt bereit, mit mir zu reden?«, fragte Dargon freundlich.

Der Junge schnappte mühsam nach Luft. Offensichtlich konnte er nicht sprechen, aber er warf Dragon einen finsteren, feindseligen Blick zu.

»Nein? Gut, dann will ich mich noch eine Weile gedulden.« Am langen, starken Arm ausgestreckt, hielt er den Jungen am Kragen hoch, so dass die Beine über dem Waldboden baumelten. Mit sanfter Stimme wiederholte er: »Ich werde dir nichts antun.« Als sein Gefangener ungläubig die Brauen hob, fügte Dragon hinzu: »Eigentlich hatte ich vor, dich zu verprügeln. Das hättest du verdient. Aber du dachtest vielleicht, du müsstest dich verteidigen, nachdem ich über dich hergefallen war. Das will ich dir zugestehen. Jeder Mann hat das Recht, sich zu schützen.« Mit voller Absicht nannte er ihn einen Mann, obwohl der kleine Kerl noch Jahre brauchen würde, um einer zu werden. Vermutlich war er nicht einmal dreizehn. Jetzt, als Dragon ihn genauer betrachtete, kam er ihm jünger vor. Auf den eben noch geröteten Wangen, die nun erblassten, zeigten sich nicht die geringsten Spuren erster, zarter Barthaare. Der Junge hatte fein gezeichnete Züge, eine schmale, gerade Nase über vollen Lippen, ein sanft gerundetes Kinn. Aber es waren die großen, etwas schräg gestellten, honigbraunen Augen, die Dragons Blick fesselten – und einen plötzlichen schlimmen Verdacht erregten.

Ohne Vorwarnung hob er seine freie Hand und riss dem kleinen Racker die Kappe vom Kopf.

»*Nein!*« Schmale Finger schnellten empor, um ihn daran zu hindern. Viel zu spät. Kupferrotes seidiges Haar fiel herab.

Entgeistert hielt Dragon den Atem an. Ein Mädchen. Großer Gott, ein *Mädchen* hatte ihn auf die Knie geworfen. Diese Erkenntnis verblüffte ihn vor allem deshalb, weil er im Verlauf seiner langjährigen – und reichlichen – Erfahrungen mit Frauen so etwas noch nie erlebt hatte. Bei aller Bescheidenheit, das weibliche Geschlecht pflegte ihn ermutigend und liebevoll anzuschauen. Vielleicht wegen seines Aussehens – auf das er keinen besonderen Wert legte. Auch sein Reichtum und seine Macht hatten einige Damen beeindruckt. Aber er glaubte, seine Wirkung auf die Frauen hing in erster Linie mit der Bewunderung zusammen, die er ihnen zollte. Ja, er betete sie geradezu an. Die Frauen waren das schönste Geschenk, das der Allmächtige den Männern vergönnte – sanft und stark zugleich. Außerdem rochen sie gut, lächelten bezaubernd und brachten neues Leben hervor. Immer wieder entzückten sie Dragon, im Bett und auch außerhalb. In ihrer Gesellschaft fühlte er sich stets ungemein wohl und glücklich. Dass eines dieser himmlischen Geschöpfe ihn absichtlich verletzt hatte – das verstand er beim besten Willen nicht.

Natürlich durfte er ihr den Angriff nicht verübeln. Vor lauter Angst musste sie außer sich gewesen sein. Jetzt erschien ihm die Frage, die den vermeintlichen Jungen betroffen hatte, noch dringlicher. Warum zum Teufel lief sie allein durch den Wald? Wenn sie sich auch mit Männerkleidern tarnte – das war kein ausreichender Schutz. Hätte er sie bei der ersten Begegnung etwas länger gemustert, wäre ihm ihr Geschlecht zweifellos aufgefallen. »Schon gut, meine Kleine«, sagte er beschwichtigend. Vorsichtig stellte er sie auf die Füße – bereit, sie sofort wieder festzuhalten, wenn sie vor Erschöpfung zusammenbrechen sollte. »Von mir habt Ihr nichts zu befürchten. Ich werde Euch in Sicherheit bringen und ...«

Behände fuhr sie herum und rannte davon, flink wie ein junges Reh. Dragon starrte ihr fassungslos nach. Woher nahm sie die Kraft zu einem weiteren Fluchtversuch? Nun zeigte sich wieder einmal, wie rätselhaft die Frauen waren. Natürlich musste er sie zurückhalten. Sie konnte sich verirren, nichts Essbares finden und erfrieren, sobald die Nacht hereinbrach – und einem Mann begegnen, der den Frauen nicht so gewogen war wie er selbst.

Das konnte Dragon nicht zulassen. Und er würde ihr auch nicht erlauben, sich zu verletzen, während sie durch den Wald stürmte, ohne ihre Umgebung zu beachten. In wachsender Sorge folgte er ihr.

Keuchend rang Rycca nach Luft. Ihre Beine fühlten sich bleischwer an, und es gelang ihr kaum noch, einen Fuß vor den anderen zu setzen. Nur der Mut ihrer Verzweiflung hielt sie davon ab, ins Moos zu sinken. Warum spielte ihr das Schicksal so grausame Streiche? Kaum war sie den beängstigenden Plänen ihrer Familie entronnen, hatte ein riesengroßer, starker Krieger ihren Weg gekreuzt.

Und der schönste Mann auf Erden …

Wie albern … Hätte sie genug Luft bekommen, wäre sie in ungläubiges Gelächter ausgebrochen. Sogar jetzt, als sie um ihr Leben rannte, gingen ihr solche törichten Gedanken durch den Kopf. War sie von irgendeinem Dämon besessen?

Nur von der Wahrheit.

Zur Hölle mit der Wahrheit! Und mit allem anderen, was ihr diese Welt zumutete! Nein, weder diesem Krieger noch ihrer eigenen Schwäche würde sie zum Opfer fallen. Sie würde weiterlaufen, bis ihr Herz zersprang, und niemals, *niemals* klein beigeben. Nur Feiglinge kapitulierten. Und sie war nicht feige. Ohne die Tränen ihrer Furcht und Erschöpfung wahrzunehmen, die über ihre Wangen rollten, eilte sie entschlossen dahin. Wie sich das Terrain veränderte, wie sich der Wald ringsum lichtete, merkte sie nicht. Sie sah auch nicht das Meer, das unterhalb der Felsen schimmerte. Dragons angstvollen Ruf hörte sie nicht. Völlig entkräftet, ihrer Hoffnung beraubt, nur noch von Verzweiflung getrieben, taumelte sie über den Klippenrand. Aus ihrer Kehle rang sich ein halb erstickter Schrei, und sie griff nach den Büschen, um den Sturz zu verhindern – vergeblich. Schluchzend starrte sie zur weiß schäumenden Brandung hinab, die ihr entgegenraste.

Dragon sah das Mädchen hinter dem Klippenrand verschwinden und bekämpfte die heftige Übelkeit, die in ihm aufstieg. Was die Verfolgungsjagd bewirkt hatte, konnte er kaum fassen. Aber das furchtbare Ergebnis ließ sich nicht leugnen. Vielleicht war das Mädchen tot oder lag im Sterben – durch seine Schuld. Stöhnend warf er sich über den Rand des Abgrunds, schlitterte den Steilhang hinab. Aus einer Höhe von einem Dutzend Fuß sprang er auf den Strand.

Was er sah, krampfte sein Herz zusammen. Verkrümmt lag sie am Wasserrand, neben dem Felsblock, der ihren Fall gebremst hatte. Kupferrotes Haar schwamm in den Wellen der heranströmenden Flut. Nur noch wenige Minuten – und sie würde ertrinken. Die schlanke Gestalt bewegte sich nicht. Aus einer Wunde an der Stirn quoll Blut und rann ins Meer.

Dragon hob sie hoch und trug sie den Strand hinauf. Behutsam legt er sie in den Sand und zögerte. Was sollte er tun? Auf den Schlachtfeldern hatte er zahllose Verletzte gesehen. Und vor einem Jahr hatte er sein eigenes Leben gerettet, durch die schnelle, fachkundige Behandlung einer Wunde, an der er sonst gestorben wäre. Aber jetzt fühlte er sich völlig hilflos. So schwach und zerbrechlich sah sie aus. Aller Mut war verflogen. Mühsam schluckte er. Dann öffnete er einen kleinen Beutel, der an seinem Gürtel hing. Darin verwahrte er einige Vorräte. Nicht nur seine Vernunft gebot ihm, sie stets bei sich zu tragen. Darauf bestand auch seine Schwägerin, eine kluge, heilkundige Frau. Vorsichtig presste er ein weiches sauberes Tuch auf die Stirnwunde der jungen Frau. Sobald die Blutung versiegt war, verband er ihren Kopf und tastete ihren Körper ab. Zu seiner Erleichterung hatte sie sich keine Knochen gebrochen. Bei der Untersuchung bemerkte er die weiblichen Rundungen unter den Männerkleidern. Entschlossen ignorierte er diese Entdeckung. Aber seine Hand zitterte, als er sie unter die Tunika schob, um festzustellen, ob die Rippen unversehrt waren.

Nach einem tiefen Atemzug richtete er sich auf. Offenbar hatte sie sich nur am Kopf verletzt. Davon konnte sie genesen. Oder sie würde nie mehr erwachen und aus der Ohnmacht in den ewigen Schlaf hinübergleiten. Beides hatte er bei Männern gesehen, die ähnliche Wunden erlitten hatten. Nur die Zeit würde die bange Frage beantworten, ob die junge Frau am Leben bleiben würde. Während er überlegte, wie er sie an einen bequemeren Ort bringen sollte, hörte er sie leise stöhnen. Erleichtert seufzte er auf. Oder hatte er sich den leisen Laut nur eingebildet? Weil er so inständig auf ein Lebenszeichen gehofft hatte? Er neigte sich hinab, immer tiefer, bis ein warmer Atemzug seine Wange streifte. Langsam hob sie die Lider.

2

Trotz der heftigen Kopfschmerzen befahl ihr ein Instinkt, aufzustehen und wegzulaufen – wenn sie sich auch nicht erinnerte, wovor sie flüchtete. Als sie sich aufrichten wollte, wurde sie mit sanfter Gewalt in den Sand zurückgedrückt.

»Ganz ruhig, Schätzchen. Das war ein gefährlicher Sturz. Glücklicherweise habt Ihr Euch nichts gebrochen. Aber Ihr dürft Euch nicht bewegen.«

Die tiefe Stimme klang besänftigend, verführerisch – und viel zu vertraut. *Er.* Diesen Unfall verdankte sie *ihm.* Er hatte sie verfolgt, über den Klippenrand getrieben und beinahe umgebracht. Jetzt glaubte er sicher, sie wäre ihm hilflos ausgeliefert und eine leichte Beute, was immer er auch mit ihr vorhatte.

Doch da würde ihn eine böse Überraschung erwarten. Bedauerlicherweise erst etwas später – wenn dieses grässliche Schwindelgefühl in ihrem Kopf nachlassen würde... Weil ihr nichts anderes übrig blieb, gab sie sich mit einem leisen Stöhnen geschlagen, das Dragon für einen Schmerzenslaut hielt.

Erschrocken beugte er sich zu ihr hinab. »Tut Euch außer Eurem Kopf noch etwas anderes weh? Ich untersuchte Euch und konnte keine weiteren Verletzungen feststellen. Aber vielleicht habe ich mich geirrt.«

Er hatte sie untersucht? Was mochte das bedeuten? Rycca starrte in seine Augen, die goldenes Sonnenlicht widerspiegelten. Noch schlimmer – seine Stimme jagte einen seltsamen wohligen Schauer durch ihren Körper und erfüllte sie mit unbegreiflicher Zufriedenheit.

Vorsichtig berührte er ihre Stirn. Das nahm sie kaum wahr, gebannt von der zärtlichen Sorge in seinem Blick. Davon ließ sie sich natürlich nicht täuschen. Solche Krieger kannte sie zur Genüge. In ihrer Mitte war sie aufgewachsen. Die Grobiane nahmen sich, was sie wollten, und dachten immer nur an ihre eigenen Gelüste, ohne Rücksicht auf die Gefühle anderer Menschen. Aus der beglückenden Höhe ihrer Freiheit in die Hände eines dieser Männer zu fallen – das erschien noch schlimmer als ihr Sturz von den Klippen. Den hatte sie wenigstens überlebt.

Langjährige Erfahrung hatte sie gelehrt, niemals Furcht oder Zweifel zu zeigen. Und so schaute sie den Krieger herausfordernd an, ignorierte das eigenartige Flattern ihres Herzens und fauchte: »Verschwindet!«

Dragon seufzte. Ihren Groll nahm er nicht übel. Es war ihr gutes Recht, ihm zu zürnen, und er bedauerte sogar, dass er ihren Wunsch nicht respektieren konnte. »Tut mir Leid, ich muss bei Euch bleiben, weil Ihr verletzt seid und Hilfe braucht.«

Die Wahrheit.

Nein, unvorstellbar. Männer entschuldigten sich nicht, zumindest nicht bei Frauen. Und es lag ihnen fern, anderen Leuten beizustehen, es sei denn, sie erhofften eine Gegenleistung. Also würde er seine Sanftmut und sein Mitgefühl nur heucheln. Und dieser Gedanke warf eine bedeutsame Frage auf. Hatte ihr der Sturz jenes sonderbare, unerwünschte Talent geraubt? War sie nicht mehr fähig, die Wahrheit von der Lüge zu unterscheiden? Wenn das zutraf, würde sie noch ein Dutzend Mal von den Klippen fallen.

Wie auch immer, sie musste die verlockende Möglichkeit erwägen, dass der Krieger wirklich meinte, was er sagte. Misstrauisch erwiderte sie seinen Blick. »Ich brauche keine Hilfe. Lasst mich aufstehen, und ich gehe meines Weges.«

Geduldig schüttelte er den Kopf. »Für eine Frau ist es gefährlich, allein zu reisen.«

»Bevor ich Euch begegnet bin, ist mir nichts zugestoßen.«

»Weil Ihr Glück hattet. Wäre Euch jemand anderer in die Quere gekommen, könnten Euch ernsthafte Schwierigkeiten drohen.«

Hätte sie keine noch stärkeren Kopfschmerzen befürchtet, wäre sie in Gelächter ausgebrochen. Stattdessen begnügte sie sich mit einer Grimasse. »Oh, meint Ihr, vielleicht hätte mich jemand über den Klippenrand gehetzt?«

Der Krieger errötete nicht vor Zorn, was verständlich gewesen wäre, nachdem sie ihn verspottet hatte. Nun schien er sein Verhalten zu bereuen. »Nun, ich hielt Euch für einen Jungen, dem man bessere Manieren beibringen müsste. Hätte ich gewusst, dass Ihr ein Mädchen seid…« Er unterbrach sich und zuckte die Achseln. »Auch dann wäre ich Euch gefolgt, denn Ihr solltet nicht allein und schutzlos durch Essex wandern. Aber ich hätte Euch rechtzeitig eingefangen, überwältigt und eine Verletzung verhindert.«

Die Wahrheit.

»Schön und gut. Aber Ihr müsst Euch nicht um mich sorgen. Bald treffe ich meinen Bruder – nicht weit von hier.«

Genau genommen lag die Normandie auf der anderen Seite des Meeres. Doch man würde viel länger brauchen, um andere Gebiete im Süden und Osten zu erreichen, zum Beispiel das legendäre Byzanz. Im Westen gab es angeblich ein Land, wo flüssiges Feuer aus den Bergen floss und Dampf aus tiefen Erdspalten stieg. Und manche Leute berichteten von einer Gegend noch weiter im Westen, mit zerklüfteten Küsten und endlosen Wäldern. Wenn man die Normandie damit verglich, wirkte sie eher wie ein Nachbardorf. Also hatte sie im Grunde nicht gelogen.

»Dann werde ich Euch zu ihm bringen«, erklärte der Krieger.

Bedrückt schloss Rycca die Augen. Als sie die Lider wieder hob, wollte er sie auf seine starken Arme nehmen. »Nicht nötig! Ich kann gehen. Außerdem…« Trotz ihrer Kopfschmerzen schaute sie sich hastig um. »Ihr habt kein Pferd.«

Oh, sein Lächeln – heiliger Himmel, wie ungerecht! Noch nie war sie einem so hinreißenden Mann begegnet. Dieser Wahrheit konnte sie sich nicht länger verschließen. Wenn er lächelte, weckte er sogar den unvernünftigen Wunsch, ihm alles zu geben, was er verlangen mochte. Dass die Kopfverletzung ihr Gehirn vielleicht benebelte, war nur ein schwacher Trost.

Er stand auf und wischte den Sand von seinen stahlharten nackten Schenkeln unter der kurzen Tunika. »Wo wartet Euer Bruder?«

»Mein – was?« Plötzlich war ihr Mund staubtrocken. Natürlich hing auch das mit ihrem Sturz zusammen, keineswegs mit der Nähe dieses Mannes. Aus demselben Grund schlug ihr Herz viel zu schnell. Gewiss, ein solcher Sturz konnte großen Schaden anrichten.

Besorgt neigte er sich zu ihr hinab. »Ich meine Euren Bruder, der Euch erwartet. Habt Ihr das Gedächtnis verloren?«

»Nein, alles in Ordnung.« Wo sich ihr Bruder aufhielt, durfte sie nicht verraten. Sonst würde der Fremde sie womöglich in die Normandie begleiten. Dieser Gefahr würde sie sich nicht aussetzen.

Eigentlich konnte sie ihm *gar nichts* erzählen. Wenn er herausfand, wie sie hieß und warum sie allein unterwegs war, würde er sie wahrscheinlich nach Hause bringen und dem Schicksal ausliefern, dem sie entfliehen wollte. Ein so starker Krieger musste im Dienst eines großen, mächtigen Herrn stehen. Bei diesem Gedanken krampfte sich ihr Magen zusammen. War er an einen Treueid gebunden, der ihn zwingen würde, gegen ihren Willen zu handeln, mochte sie auch noch so verzweifelt versuchen, ihn umzustimmen?

Mühsam richtete sie sich auf, missachtete ihre Schmerzen und betrachtete sein markantes Gesicht. Und dann stellte sie die Frage, die ihr plötzlich viel wichtiger erschien als alles andere. »Wer seid Ihr?«

Eine schlichte Frage, die er normalerweise ohne Zögern beantwortet hätte … Trotzdem schwieg er. Irgendetwas verheimlichte ihm diese junge Frau. Davon war er fest überzeugt. Aber was? Sie hatte ihm nichts mitgeteilt und nur einen Bruder erwähnt, an dessen Existenz er zweifelte. Wer mochte sie sein?

Von ihrer Männerkleidung nicht länger getäuscht, schätzte er sie auf siebzehn oder achtzehn. War sie verheiratet? Floh sie vor einem grausamen Ehemann? Oder war sie verstohlen aus einem Kloster geschlichen, nachdem sie erkannt hatte, sie würde sich nicht zur Nonne eignen? Aber um die Situation realistisch zu betrachten, musste er eine weitere Möglichkeit einbeziehen. Flüchtete sie vor der Strafe für ein Verbrechen?

Sicher war es am besten, wenn er sie nach Hawkforte brachte. Dort sollte der Festungsherr entscheiden, was mit ihr geschehen würde. Aber Dragon zögerte – teilweise wegen ihrer Schönheit, die er immer deutlicher sah, je länger er sie musterte. Doch er kannte sich selbst zu gut, um zu glauben, Schönheit allein könnte ihn betören. Auch ihr Geist beeindruckte ihn, ihr Wagemut – oder ihre Tollkühnheit, ihre Weigerung, ihn anzuschmachten wie die meisten anderen Frauen.

Sie verwirrte ihn. Und Rätsel liebte er genauso sehr wie Frauen und fesselnde Geschichten. Wahrscheinlich war die Begegnung das Werk einer höheren Macht. Er hatte geplant, ein paar Tage zu jagen und sich von dem Schicksal abzulenken, das ihm drohte. Jetzt wurde ihm ein noch angenehmerer Zeitvertreib geboten. Einerseits konnte er der jungen Frau helfen – und sich andererseits amüsieren. Sobald sie erkannte, dass sie nichts von ihm zu befürchten hatte, würde sie ihn in ihr Geheimnis einweihen, was es auch sein mochte. Und er würde für ihre Sicherheit sorgen und wieder gutmachen, dass er sie in Lebensgefahr gebracht hatte.

Auf keinen Fall würde er ihr erlauben, die Reise allein fortzusetzen. Wie ihr Verhalten bewies, neigte sie zum Leichtsinn. Also würde er sie vor sich selbst schützen.

Nachdem er diesen Entschluss gefasst hatte, kündigte er an: »Wer ich bin, werdet Ihr erfahren, sobald Ihr mir Euren Namen genannt habt.«

Ärgerlich runzelte sie die Stirn. »Warum wollt Ihr meine einfache Frage nicht beantworten?«

»Und warum sagt *Ihr* mir nicht, wer Ihr seid?«

Damit brachte er sie nur ein paar Sekunden lang aus dem Konzept. »Weil ich zuerst gefragt habe.«

Dragon grinste. In der Tat, die Situation belustigte ihn. Noch besser – mit seiner Herausforderung hatte er sie von ihren zweifellos qualvollen Kopfschmerzen abgelenkt. Sie war immer noch blass. Unter ihren Augen lagen dunkle Schatten. Je früher sie akzeptierte, dass er sich um sie kümmern würde, desto besser. »Vermutlich erinnert Ihr Euch nicht an Euren Namen.«

»Doch!«

»Dann stellt Euch vor.«

Rycca presste erbost die Lippen zusammen. Wie geschickt er sie in die Enge getrieben hatte... Wenn sie sich weigerte, ihren Namen zu nennen, würde er glauben, sie hätte etwas zu verbergen, und sie den Behörden übergeben. Und wenn sie den Eindruck erweckte, sie hätte bei ihrem Sturz das Gedächtnis verloren, würde er umso entschlossener für sie sorgen. Keine der beiden Möglichkeiten würde ihr nützen. Deshalb wäre es am besten, ihm zu folgen und eine Gelegenheit zur Flucht abzuwarten.

»Mein Kopf tut weh.« Gewiss keine Lüge, denn hinter ihrer Stirn pochte es schmerzhaft. Natürlich würde er ihre Klage für das Geständnis halten, bei dem Sturz sei ihr Gehirn beeinträchtigt worden.

Noch ehe sie Atem holen konnte, hob er sie behutsam und scheinbar völlig mühelos hoch. Sie war gewiss nicht klein. Aber in seiner Nähe fühlte sie sich absurderweise wie ein Kind. Vielleicht hatte ihr Verstand tatsächlich gelitten. »Wohin bringt Ihr mich?« Wenigstens das sollte er ihr erklären.

Dragon trug sie bereits den Strand entlang. Endlich befand sie sich da, wo sie hingehörte – auf seinen Armen. Ganz vorsichtig setzte er einen Fuß vor den anderen, um unnötige Erschütterungen zu vermeiden. Zunächst versuchte sie, den Kopf hochzuhalten. Aber sie lehnte ihn bald an seine Schulter. »Zu einer Hütte, nicht weit entfernt.«

»Gehört sie Euch?«

»Einem Freund. Aber sie steht mir zur Verfügung. Dort könnt Ihr Euch erholen.«

»Also stammt Ihr aus dieser Gegend.«

Lächelnd schaute er in ihr Gesicht hinab. »Habe ich das behauptet?« Sie stöhnte leise, offenbar zu geschwächt, um sich auf ein Geplänkel einzulassen.

Sofort bereute Dragon seine Worte. »Schluss mit dem Geschwätz! Ruht Euch aus!«

Eine Zeit lang schwieg sie, dann ging ihr eine neue Frage durch den Sinn. Er hatte verkündet, die Hütte sei nicht weit entfernt. Aber nun hatte er bereits eine halbe Meile zurückgelegt und hielt sie immer noch auf seinen Armen, ohne zu ermüden… Nein, seine Kraft durfte sie nicht beeindrucken. Und so lenkte sie ihre Gedanken in eine andere Richtung. »Warum habt Ihr kein Pferd?«

Vorwurfsvoll runzelte er die Stirn. Aber er beantwortete die Frage trotzdem. »Ich habe ein Pferd.«

»Wo ist es?«

»Bei der Hütte. Seid jetzt still, Ihr braucht Eure Ruhe.«

Nur weil ihr nichts anderes übrig blieb, gehorchte sie. Erst jetzt wurde ihr voll und ganz bewusst, was geschehen war, und diese Erkenntnis schwächte sie noch zusätzlich. Erschöpft schloss sie die Augen. Nur für ein paar Minuten, nahm sie sich vor. Wenig später schlief sie ein.

Während sie schlummerte, entspannten sich ihre Züge. Offenbar spürte sie keine Schmerzen mehr. Gut so, dachte Dragon. Hoffentlich würde sie schlafen, bis sie die Hütte erreichten. Dann würde sie sich vielleicht besser fühlen, wenn sie erwachte. Da er die junge Frau nicht stören wollte, wagte er keine großen Schritte. Deshalb würde er sein Ziel erst in einer Stunde erreichen. Das machte ihm nichts aus. Viele Meilen weit könnte er sie tragen, und er fand es sogar angenehm, sie in seinen Armen zu halten, trotz der Umstände. Natürlich würde er die Situation noch erfreulicher finden, wäre die junge Dame wach und in sinnlicher Stimmung… Nein, daran durfte er nicht denken.

Stattdessen fragte er sich, welches Geheimnis sie hüten mochte. Offenbar hatte sie einen ganz bestimmten Ort angesteuert, vermutlich Hawkforte. Was wollte sie dort, ganz allein – eine junge Dame, die allem Anschein nach einer guten Familie entstammte? Hatte sie ein Unrecht erlitten und sich entschlossen, Hawk um Hilfe zu bitten? Möglich – aber wenn das zutraf, warum weigerte sie sich, darüber zu sprechen? Oder hatte sie tatsächlich ihr Gedächtnis verloren? Wohl kaum, dafür hatten die honigbraunen Augen viel zu klar geglänzt. Inzwischen glaubte er an die Existenz ihres Bruders. Hoffte sie ihn in Hawkforte zu treffen? Wenn ja, warum hatte sie das verschwiegen? Suchte sie die Identität ihres Bruders aus irgendwelchen Gründen zu verheimlichen, ebenso wie ihre eigene?

In seinem letzten Brief hatte Hawk von der Revolte eines mercischen Lords berichtet, die niedergeschlagen worden sei. Mercia war mit Wessex verbündet, von Alfred dem Großen regiert, der sein Reich auch noch in andere Richtungen ausgedehnt hatte, Essex eingeschlossen, wo vernünftige Männer wie Hawk ihn nur zu gern als König anerkannten. Für Mercia galt das ebenso. Aber dort lebten offensichtlich einige Leute, die sich gegen die englische Herrschaft sträubten. War die Familie des Mädchens in solche Bestrebungen verwickelt?

Die Stirn gerunzelt, überdachte Hawk diese Möglichkeit. Schon mehrmals hatte er Essex besucht, seit sein Bruder Wolf mit Hawks Schwester verheiratet war. Diese Gegend kannte er inzwischen sehr gut, das restliche England nur teilweise. Wenn er sich recht entsann, gab es in Mercia keinen Zugang zum Meer. Wer aus diesem Land fliehen wollte, musste sich südwärts nach Wessex oder südostwärts nach Essex wenden. Alle anderen Wege führten durch Gebiete, die immer noch von den Dänen besetzt wurden.

Seufzend betrachtete er das Gesicht der jungen Frau. Früher oder später würde er herausfinden, in welche Schwierigkeiten sie geraten war, und vorher wollte er sie nicht gehen lassen.

Diese Entscheidung, irgendwann im Lauf der letzten Stunde getroffen, überraschte ihn nicht. Oft genug entstanden solche Pläne im Hintergrund seines Bewusstseins. Dass eine schöne Angelsächsin in seiner Gesellschaft Aufsehen erregen würde, störte ihn nicht im Mindesten. Er war bereit, seine Pflicht zu erfüllen. Wenn das irgendjemandem missfiel – zu schade…

Nachdem er seinen Entschluss gefasst hatte, ging er frohen Mutes weiter. Für einen Mann, der wenige Stunden zuvor einen qualvollen Angriff auf edle Körperteile erlitten hatte, war er erstaunlich gut gelaunt. In einer so heiteren Stimmung hatte er sich nicht mehr befunden, seit ihm vor einigen Monaten klar geworden war, dass er seinem Schicksal nicht entrinnen konnte. Daran hatte sich im Grunde nichts geändert. Trotzdem fühlte er sich jetzt viel besser. Seltsam – so viele schöne, sanftmütige, fügsame Frauen hatte er gekannt. Warum ihn ausgerechnet diese kampflustige, rothaarige kleine Hexe aufheiterte, verstand er nicht. Vielleicht, weil er Herausforderungen liebte.

Aber sie war verletzt, und seine Ehre gebot ihm, bis zu ihrer Genesung alles andere zu vergessen. Erleichtert atmete Dragon auf, als er hinter einem Kiefernwäldchen das Dach der Hütte erblickte.

In der Nähe des kleinen, strohgedeckten Holzhauses stand ein Stall. Bevor seine Begleiter nach Hawkforte weitergeritten waren, hatten sie seine Pferde weisungsgemäß hierher gebracht, gefüttert und ihnen zu trinken gegeben, denn Dragon erfüllte solche Aufgaben nur widerwillig.

Mit einer Schulter stieß er die Hüttentür auf und trat ein. Der Raum war sehr behaglich eingerichtet. In der Mitte, direkt unter dem Rauchabzug, stand ein großes eisernes Kohlenbecken, in dem bereits ein schwaches Feuer entfacht worden war. Nahe dem Herd, an der Wand, lagen eine Daunenmatratze, feine Wolldecken und ein üppiger Pelz auf der Schlafbank. Wenn das noch nicht genügte, um auf den Reichtum des Besitzers hinzuweisen, mussten die kostbaren Schilde und Banner an den Wänden sogar ein schlecht geschultes Auge überzeugen.

Ein kunstvoll geschnitzter Tisch mit passenden Stühlen und einige Truhen vervollständigten die Einrichtung. Da Dragon schon mehrmals hier gewohnt hatte, kannte er den Schuppen hinter dem Haus, in dem einige Vorräte verwahrt wurden, und die Sauna, die in einen nahen Berghang gegraben war. Hawk hatte die Hütte als Geschenk für seine geliebte Frau bauen lassen, Lady Krysta. Wenn die beiden ihren Pflichten entrinnen wollten, zogen sie sich mit ihrem kleinen Sohn in dieses gemütliche Domizil zurück und genossen für ein paar Tage ihr Familienleben. Großzügig stellten sie es ihren Freunden zur Verfügung, Dragon eingeschlossen.

Vorsichtig legte er die junge Frau auf die Schlafbank. Sie bewegte sich kaum. Nach kurzem Zögern zog er ihr die Sandalen aus. Die übrige Kleidung rührte er nicht an, denn sie war ohnehin schon scheu genug. Behutsam entfernte er den Kopfverband und stellte beruhigt fest, dass die Wunde zu heilen begann. Er deckte das Mädchen zu, dann sah er nach den Pferden.

Wie er es erwartet hatte, waren sie von seiner Eskorte versorgt worden. Unbehaglich musterte er die beiden Füchse mit dem silbrig schimmernden Fell. Sie waren Brüder, im Abstand eines Jahres von derselben Stute geboren. Ohne zu ermüden, konnten die großen Biester stundenlang galoppieren und sich danach kampflustig auf ein Schlachtfeld stürzen. Oder sie tobten übermütig wie Fohlen umher. War Dragon dumm genug, mit Äpfeln in ihre Nähe zu kommen, ließen sie ihm keine Ruhe, bis er sie gefüttert und die samtigen Nüstern gestreichelt und versichert hatte, sie seien wundervoll.

Er verabscheute sie. Nein, dieser Gedanke war übertrieben – es störte ihn, dass er sie manchmal brauchte. Das durfte er den Tieren nicht verübeln. Er hasste es zu reiten. Aber daran trugen sie keine Schuld. Niemals würde er sich auf dem Rücken eines Pferdes heimisch fühlen – ganz egal, wie lange er grimmig und beharrlich im Sattel sitzen mochte. Nicht, dass irgendjemand sein Geheimnis kannte. Er ritt so gewandt und geschmeidig, wie er alles tat. Doch darauf war er nicht stolz. Die Götter hatten ihn ungewöhnlich groß und stark geschaffen. Dafür dankte er ihnen – aber ganz sicher nicht, wenn er diese Vorzüge bei seiner Reitkunst anwandte. Wann immer es möglich war, spürte er lieber festen Boden unter den Füßen. Die brachten ihn zu jedem Ziel, das er ansteuerte, und mussten nicht gefüttert werden.

Natürlich ahnten die Pferde, diese dummen Tiere, nichts von seinen Gefühlen. Sie glaubten, er würde sie mögen – was vermutlich erklärte, warum sie sich jedes Mal freuten, ihn wieder zu sehen. Auch jetzt stießen sie ihn an, kämpften um seine Aufmerksamkeit und machten sich zu geifernden Narren. Das ertrug er, bis er die Geduld verlor, und vergewisserte sich, dass sie alles hatten, was sie brauchten. Danach kehrte er in die Hütte zurück.

Die junge Frau schlief immer noch. So bleich und erschöpft, wie sie aussah, würde sie wahrscheinlich erst in ein paar Stunden erwachen. Dragon nahm einen Bogen von einem Wandhaken und einige Pfeile aus einem Köcher, dann ging er hinaus, um Hasen zu jagen.

Als sich die Sonne dem Horizont näherte, erwachte Rycca. Wohlig seufzte sie und drehte sich auf die Seite. Welch ein Luxus, in einem bequemen Bett zu liegen! Wann sie sich das letzte Mal so entspannt gefühlt hatte, wusste sie nicht mehr. Sicher nicht zu Hause, denn von dort war sie geflohen…

Abrupt öffnete sie die Augen und schaute sich um. *Er* ließ sich nirgends blicken. Dafür war sie dankbar. Und sie empfand seltsamerweise keine Angst. Die Kopfschmerzen hatten nachgelassen. Aber sämtliche Knochen taten ihr weh. Offenbar spürte sie erst jetzt alle Nachwirkungen ihres Sturzes vom Klippenrand.

Das musste die Hütte sein, die er erwähnt hatte. Erstaunt musterte sie die verschwenderische Einrichtung und zupfte an der weichen Wolldecke, die ihren Körper wärmte. Vor dem Feuer stand ein Tisch mit wuchtigen, spiralförmig geschnitzten Beinen. Die beiden Stühle mit den hohen Lehnen erschreckten sie ein wenig. Solche Möbel hatte sie zuvor nur in ihrem Zuhause gesehen – den Stuhl ihres Vaters und den anderen, der für Ehrengäste bestimmt war. Aber nicht einmal er besaß so schöne, mit bunten Blumen bestickte Kissen, die hier die Sitzflächen zierten und für besonderen Komfort sorgten.

Langsam stand sie auf, schlüpfte in ihre Sandalen, die sie neben dem Bett fand, und wanderte umher. An den Fenstern hingen Ochsenhäute – hochgerollt, um Licht und Luft einzulassen. Darunter standen kunstvoll geschnitzte Truhen. Rycca hob einen Deckel. Zu ihrer Verblüffung wehten ihr die Düfte von Geißblatt entgegen. Sie beugte sich tiefer hinab und entdeckte ein Tablett. Darauf lagen…

Seifenstücke? Tatsächlich – runde Seifen, die nicht nach Tierfett und Lauge rochen. Überrascht ergriff sie eine, schnupperte daran und fühlte sich auf eine sommerliche Wiese versetzt.

Als hätte sie ihre Finger verbrannt, ließ sie die Seife fallen und schloss die Truhe. Doch das hinderte sie nicht daran, weitere Einzelheiten der Ausstattung zu betrachten – all die kleinen Dinge, die auf eine Bewohnerin hinwiesen. An den

Deckenbalken hingen getrocknete Blumensträuße, Schnüre mit Quasten hielten die bestickten Vorhänge zu beiden Seiten der Schlafbank zusammen. Die eisernen Wandhalter waren nicht für Fackeln vorgesehen, die qualmen würden, sondern für kostbare Kerzen.

Keine einfache Frau, sondern eine Lady, die sich offenbar in der Nähe aufhielt, denn die Truhen waren unverschlossen …

Plötzlich wurde Rycca ihr schmutziges Gesicht bewusst, die formlose Kleidung, die Kopfverletzung. Sie biss in ihre Lippen.

Vorerst konnte sie nichts dagegen unternehmen. Und so straffte sie die Schultern und öffnete die Tür.

Ein frischer Wind bewegte die Wipfel der Bäume. Zögernd trat sie hinaus und spähte nach allen Seiten. Nichts regte sich, nichts ließ erkennen, wo die Lady sein mochte.

Aber sie hörte ein leises Wiehern, das aus einem Stall drang, und ging darauf zu. Noch bevor sie ihn erreichte, erschien ein rotbrauner Pferdekopf im Fenster, und sie starrte in das wunderbarste braune Augenpaar, das sie je gesehen hatte. Entzückt seufzte sie, als ein zweiter Kopf auftauchte. Was für bildschöne Füchse … Ohne lange zu überlegen, eilte sie in den Stall, und die beiden begrüßten sie mit fröhlichem Schnauben.

»Oh, wie zauberhaft ihr seid!«, gurrte sie. Hingerissen musterte sie die anmutigen und doch kraftvollen Geschöpfe. Sie liebte Pferde. Schon in ihrer frühen Kindheit war sie zum ersten Mal auf eines dieser Tiere geklettert, als niemand zugeschaut hatte. Dass es ein Schlachtross gewesen war, nur von einem starken Mann zu bändigen, hatte keine Rolle gespielt. Auf einem Pferderücken fühlte sie sich sicher und geborgen, beschützt von der Welt ringsum, eins mit dem Wind, der ihren Galopp begleitete. Nicht einmal der Himmel konnte ihr ein größeres Glück bieten.

Welch ein sonderbarer Tag ... Am Morgen war sie im Wald erwacht, von einem imposanten Mann überfallen worden und vor ihm geflohen, dann über den Klippenrand gestürzt – und jetzt lernte sie diese prächtigen Füchse kennen.

Nun vergaß sie alle Schmerzen. »Seid ihr nicht die schönsten Pferde auf Erden?«, flüsterte sie. Bereitwillig stimmten sie zu und warfen die stolzen Köpfe empor. Dann stießen sie Rycca mit ihren weichen Nüstern an, bis sie in Gelächter ausbrach. »Wem gehört ihr denn? Wer verdient so herrliche Pferde?«

Er hatte erklärt, sein Pferd würde bei der Hütte warten. Aber in diesem Stall standen nur die zwei Füchse.

Entweder war sein Pferd nicht hier, oder ... Ryccas Lächeln erlosch. Nur ein ranghoher Krieger konnte so edle Hengste besitzen. Wahrscheinlich waren sie das Geschenk eines vornehmen Herrn, ein Dank für erwiesene Dienste.

In diesem Teil von England lebte nur ein einziger Lord, der sich auf solche Weise erkenntlich zeigen würde – Hawk. Oft genug hatte Rycca ihren Vater und die Brüder über ihn reden hören, voller Furcht und Neid. Da er reich und mächtig war, suchten viele Leute seinen Schutz. In Hawkforte, einer geschäftigen Hafen- und Marktstadt, blühten Handel und Gewerbe. Dieses Ziel steuerte auch Rycca an, in der Hoffnung, ein Schiff zu finden, das zur Normandie segeln würde. Aber in Hawkforte würde ihr ein schreckliches Schicksal drohen, wenn man feststellte, wer sie war.

Angeblich zählten Hawks Krieger zu den stärksten und tüchtigsten des Landes – Furcht erregende, kampferprobte Männer. Auf *ihn* würde diese Beschreibung passen. Also diente er vermutlich Seiner Lordschaft. Wie gut, dass sie ihm nichts anvertraut hatte ...

Das Wissen um die Gefahr, in die sie beinahe geraten wäre, verdrängte die Unsicherheit, die sie beim Erwachen in dem fremden Bett befallen hatte. Bevor er zurückkehrte, musste sie verschwinden. Die Pferde führten sie in Versuchung. Auf dem Rücken eines dieser Füchse würde sie nicht lange brauchen, um sich meilenweit zu entfernen. Doch sie würde auch Aufsehen erregen. Wenn jemand den Hengst erkannte, der Hawks Krieger gehörte, würde er dem einsamen Reiter zweifellos den Weg versperren.

Aber zu Fuß wäre sie nicht besser dran. Verspätet erkannte sie, was sie längst hätte merken müssen. Einige Stunden, nachdem sie geglaubt hatte, sie wäre *ihm* endgültig entronnen, war er aufgetaucht. Mühelos hatte er sie verfolgt, und das würde ihm erneut gelingen – es sei denn, sie konnte ihre Spuren verwischen.

Das Problem verstärkte ihre Kopfschmerzen. Widerstrebend verließ sie den Stall und erforschte die Umgebung des kleinen Holzhauses. Von einer Lady war nichts zu sehen, was Rycca mittlerweile für einen Glücksfall hielt. *Er* hatte erklärt, die Hütte gehöre einem Freund – wahrscheinlich Lord Hawk. Und seine Lady würde sicher nur in seiner Gesellschaft hierher kommen. Rycca erschauerte. Ein einziges Mal hatte sie Hawk gesehen. Noch wichtiger, er hatte sie ebenfalls gesehen.

Wenn sie ihm begegnen würde… Dieser Gedanke jagte ihr kalte Angst ein, und ihr Kopf schmerzte unerträglich. Zwischen den Bäumen sah sie Wellen schimmern, ein schmaler Pfad führte zu einem Fluss. Neue Hoffnung stieg in ihr auf. Falls die Strömung nicht zu stark und das Wasser nicht zu tief war, konnte sie vielleicht flüchten, ohne Spuren zu hinterlassen.

Und wenn sie nicht so geschwächt wäre… Sie rang nach Atem. Würde sie genug Kraft aufbringen, um in den Fluss zu steigen und dahinzuwaten, über glitschige Steine und abgebrochene Zweige hinweg, Meile um Meile, bis nach Hawkforte? Vorausgesetzt, die Stadt lag am Ufer…

Je eher sie sich dazu entschloss, desto früher würde sie ihr

Ziel erreichen. Bedeutsame Entscheidungen hatte sie noch nie hinausgezögert. Sobald sie von den Plänen ihrer Familie erfahren hatte, war sie geflohen. Sollte sie warten, bis sich die Lage noch verschlechtern würde? Nein, das ist sinnlos, dachte sie. Trotzdem war sie unfähig, einen Fuß in den Fluss zu setzen, stand einfach nur da, starrte das Wasser an und überlegte, wie wichtig es wäre, der Gefahr zu entrinnen. An einen Baumstamm gelehnt, blinzelte sie ins Licht der sinkenden Sonne.

Ihr ganzer Körper schmerzte, und sie fühlte sich – als wäre sie von einer Klippe gefallen. Bei diesem Gedanken lachte sie gequält. Wie sollte sie sich sonst fühlen? Nicht, dass es eine Rolle spielte. Sie musste tun, was sie beabsichtigte – den ersten notwendigen Schritt …

Und so richtete sie sich auf. Sobald der Baum sie nicht mehr stützte, schwankte sie bedenklich. Sie hielt sich am starken Stamm fest, holte mehrmals rief Atem, und das schien ihr zu helfen. Wenn sie schnell genug in den Fluss watete, würde die Kälte des Wassers ihre Lebensgeister vielleicht wecken und ihr Mut machen.

Oder sie würde stolpern, in die Wellen fallen und ertrinken. An diesem Tag war sie dem Tod um Haaresbreite entronnen. Wollte sie das Schicksal noch einmal herausfordern?

Hatte sie eine Wahl? Sollte sie hier bleiben und warten, bis sie wieder zu Kräften kam? In der Gesellschaft eines Mannes, der Lord Hawk diente? O ja, eine fabelhafte Idee! Warum erzählte sie ihm nicht alles und ging danach wie ein Opferlamm zur Schlachtbank?

Rycca verwünschte ihre Schwäche. Wäre sie stark wie ein Mann, würde sie sofort in den Fluss springen. Bedauerlicherweise war sie im Körper einer Frau gefangen – und deshalb verwundbar. In ihren Augen brannten Tränen. Wütend wischte sie ihr Gesicht ab. Nein, sie durfte nicht weinen. Zumindest *diese* Demütigung wollte sie sich ersparen.

Doch die Tränen rannen unaufhaltsam über ihre Wangen. Noch schlimmer – ihre Beine knickten ein. Ehe sie sich am Baumstamm festhalten konnte, sank sie ins Moos und blieb sitzen, zu erschöpft, um aufzustehen.

Wenig später kehrte Dragon von seiner Jagd zurück und fand seinen Schützling. Als er in die Hütte schaute und das leere Bett sah, erschrak er. Aber dann entdeckte er die Fußspuren der jungen Frau und folgte ihr, verärgert über ihre Dummheit.

Sie kauerte am Flussufer, die Beine angezogen, das Kinn auf den Knien. Einige Sekunden lang gönnte er sich die Freude, ihr fein gezeichnetes Profil und das üppige kupferrote Haar zu betrachten, bevor sie seine Anwesenheit bemerkte. Langsam wandte sie den Kopf zur Seite und warf ihm einen kurzen Blick zu, dann starrte sie wieder ins Wasser. Dragon seufzte und setzte sich zu ihr. Nach einer Weile beendete er das Schweigen. »Mögt Ihr Hasen?«

»Wenn sie umherhoppeln – oder wenn sie am Spieß stecken?«

»Eigentlich dachte ich an einen Haseneintopf.«

Als er ihren Magen knurren hörte, grinste er, erhob sich und reichte ihr eine Hand, die sie zögernd ergriff. Nur widerwillig ließ sie sich auf die Beine ziehen.

»Könnt Ihr gehen?«, fragte er.

»Natürlich«, erwiderte sie, machte zwei Schritte und brach zusammen.

Dragon unterdrückte einen Fluch und hob sie hoch, ignorierte ihren Protest und trug sie zur Hütte. Auf dem ganzen Weg runzelte sie die Stirn. »Wenn Ihr etwas gegessen habt, werdet Ihr Euch besser fühlen«, versicherte er und setzte sie vorsichtig aufs Bett.

Unglücklich schaute sie zu ihm auf. Erst jetzt merkte er, dass sie geweint hatte, und er litt mir ihr.

»Hört mir zu«, bat er, kniete vor ihr nieder und umfasste ihre Hände. »Ihr habt einiges durchgemacht. Wie viel Ihr erdulden musstet, weiß ich nicht. Aber von jetzt an wird alles besser. Vertraut mir.«

Die Wahrheit.

Das meinte er ernst – dieser riesenhafte, unbesiegbare Krieger wollte ihr helfen. Mit großen Augen musterte sie ihn, wie ein Naturwunder, das sie zum ersten Mal sah. Ihr Zwillingsbruder Thurlow hatte eine gütige Seele, was ihn von sämtlichen anderen Männern unterschied, die sie kannte. Nie zuvor war ihr einer begegnet, der die Macht hatte, andere seinem Willen zu unterwerfen, und trotzdem so viel Mitgefühl zeigte.

In diesem Moment wurde sie beinahe von der Versuchung überwältigt, ihm ihr Herz auszuschütten. Nur ein einziger bedrückender Gedanke hinderte sie daran. Wenn er erfuhr, wer sie war, würde er sich zwischen den Pflichten gegenüber seinem Herrn und dem Wunsch, ihr zu helfen, hin und her gerissen fühlen. Nein, auf diese Weise wollte sie ihm seine Freundlichkeit nicht vergelten.

Sie starrte die starken Hände an, die ihre schmalen Finger festhielten, und ihre Kehle schnürte sich zu. So viel Kraft – und zugleich so viel Sanftmut … Im Aufruhr ihrer Gefühle nahm sie die Träne nicht wahr, die wie ein funkelnder Stern auf seine gebräunte, von Wind und Wetter gegerbte Haut tropfte.

3

Die Träne schien ihn zu verbrennen, und er betrachtete sie eine Zeit lang, bevor er die Hände der jungen Frau losließ. Dann stand er auf. »Legt Euch hin und ruht Euch aus.« Seine

Stimme nahm einen rauen Klang an. »Wenn das Essen fertig ist, wecke ich Euch.«

Zu erschöpft, um zu antworten, nickte sie nur. Er breitete eine Decke über ihren Körper und wartete, bis sie tief und gleichmäßig atmete. Nachdem er sich vergewissert hatte, dass sie schlief, verließ er die Hütte. Er machte ein kleines Feuer über einem eisernen Dreifuß, an den er einen Kochtopf hängte, mit Wasser aus einem nahen Brunnen gefüllt. Während sich das Wasser erhitzte, legte er Fleischstücke, Wilde Möhren, Rüben und Kohl hinein. Schließlich streute er eine Hand voll Kräuter und Gewürze in den Eintopf, der über den Flammen brodelte. In der Speisekammer hinter dem Haus fand er Weinschläuche, frisch gebackenes Brot, goldgelbe Käselaibe und einen Obstkorb – lauter Vorräte, von den Dienstboten seines fürsorglichen Gastgebers bereitgestellt.

Abgesehen von der treuen Freundschaft, hatte Hawk auch einen anderen Grund, um ihn in gute Laune zu versetzen. Und wenn Dragon ein paar geruhsame Tage in der Jagdhütte brauchte, fern von der Welt – dann sollte es eben so sein. Ein paar Tage in der Gesellschaft einer reizvollen Sächsin. O ja, eine großartige Idee.

Allerdings bestand die Gefahr, dass er seinem Schicksal danach noch heftiger zürnen würde denn je. Dieses Risiko nahm er gern in Kauf. Immerhin war sie durch seine Schuld von der Klippe gestürzt, und dafür musste er sie entschädigen.

Eine herzhafte Mahlzeit ist ein guter Anfang, dachte er. Als das Essen fertig war, bewegte sich die junge Frau. Dragon trug den köstlich duftenden Kochtopf ins Haus. Belustigt beobachtete er, wie ihre Nasenflügel bebten.

Dann hob sie die Lider, richtete sich auf und fragte neugierig: »Was ist das?«

»Gleich werdet Ihr's merken.« Er stellte den Topf auf den Tisch. »Kommt her und esst.«

Etwas misstrauisch gehorchte sie und ließ Dragon nicht aus den Augen, bis sie sich über den Topf beugte und schnupperte. »Oh – Ihr könnt kochen!«, rief sie erstaunt.

»Nun ja …« Bescheiden zuckte er die Achseln. »Ein Freund hat mir beigebracht, wie man einfache Mahlzeiten zubereitet.«

»Offenbar habt Ihr viele Freunde.«

Dragon grinste und rückte ihr einen Stuhl zurecht. »Was das betrifft, darf ich mich glücklich schätzen. Sicher liegt es an meinem freundlichen Wesen.«

»Ah, ein freundlicher Krieger! Umarmt Ihr Eure Feinde auf dem Schlachtfeld? Zerquetscht Ihr sie vor lauter Herzensgüte?«

Bevor er antwortete, ergriff er einen Schöpflöffel und füllte einen Teller. In ihrer Stimme hatte ein bitterer Unterton mitgeschwungen. Kein Wunder in einem Land, wo sogar junge Menschen das Grauen des Krieges kannten … Aber seit einiger Zeit herrschte Frieden. »Habt Ihr's noch nicht gehört? Die Kämpfe sind beendet.«

»Ach ja, das verdanken wir dem gesegneten Alfred. Manche Leute behaupten sogar, die Kirche würde ihn heilig sprechen. Natürlich müsste er erst einmal sterben.«

Nur mühsam verbarg er seine Überraschung. Wie freimütig sie über den König redete – fast spöttisch … Teilten alle Engländer diese Gesinnung? Oder entstammte sie einem vornehmen Haus, das Alfred nicht treu ergeben war? Dragon schob den Teller zu ihr hinüber und legte einen Löffel daneben, aus Eichenholz geschnitzt. Dann füllte er einen Teller für sich selbst. »Den Tod eines Königs sollte man nicht erwähnen.«

Der sanfte Tadel schien sie zu verblüffen. »Oh, ich wünsche ihm nichts Böses. Ganz im Gegenteil. Ich bin nur – skeptisch.«

»Zweifelt Ihr an Alfred?« Dragon ergriff einen Brotlaib und brach ein Stück ab, das er ihr reichte. »Oder am Frieden?«

Darauf gab sie keine Antwort. Glaubte sie vielleicht, sie hätte schon zu viel gesagt?

Jedenfalls bot ihr der Eintopf einen willkommenen Vorwand, um das Thema zu wechseln. Sie kostete ihn und seufzte entzückt. »Offensichtlich ist Euer Freund ein Genie.«

Er lachte und dachte an den einäugigen Olaf, einen alten Wikinger, der sich zu den Brüdern Hakonson gesellt hatte, während sie um die Welt gesegelt waren. Danach hatte er ihren Aufstieg zur Macht miterlebt und ihnen stets zur Seite gestanden. Das Rezept für den Eintopf stammte von Olaf, was ihn mit berechtigtem Stolz erfüllte.

»Das werde ich ihm ausrichten«, versprach Dragon. »Versucht den Wein.«

Ehe sie protestieren konnte, füllte er einen Kelch. Vorsichtig nippte sie daran. Es war ein exzellenter Wein aus dem Land der Franken. Aber Dragon erwartete nicht, sie würde sich darüber wundern. Dass sie einem edlen Haus angehörte, hatte er bereits erraten. Also musste sie an solchen Luxus gewöhnt sein. Trotzdem wirkte sie leicht verwirrt.

»Sicher habt Ihr schon öfter einen ähnlichen Wein getrunken«, meinte er.

Bevor sie ihre Aufmerksamkeit wieder auf die Mahlzeit richtete, warf sie ihm einen kurzen Blick zu. »Er schmeckt recht gut.«

Schweigend aßen sie. Beide waren hungrig und würdigten den aromatischen Eintopf. Trotzdem spürten sie, was unausgesprochen blieb. Solange sie ihm verheimlichte, wer sie war, würde er nichts über sich selbst erzählen. Nie zuvor war ihm aufgefallen, wie wenig Gesprächsstoff ein solcher Entschluss übrig ließ. Hin und wieder erwog er eine Unterhaltung zu beginnen. Doch er besann sich jedes Mal eines Besseren. Die junge Frau sah immer noch müde aus, und ihr verbundener Kopf erinnerte ihn unentwegt an die Qualen, die sie ausgestanden hatte. Deshalb wollte er sie nicht bedrängen.

Nach der Mahlzeit stand er auf und räumte den Tisch ab. Die Sonne war beinahe hinter den westlichen Bergen verschwunden. Bald würde die Dunkelheit hereinbrechen. »Da drüben in der Truhe findet Ihr ein Nachthemd«, erklärte er.

Unsicher hob sie die Brauen. »Glaubt Ihr, die Besitzerin würde es billigen, wenn ich ihre Sachen benutze – selbst wenn sie so leichtsinnig ist, ihre Truhen unverschlossen zu lassen?«

»Sie ist keineswegs leichtsinnig, sondern sehr großzügig. Und es macht ihr gewiss nichts aus.«

»Wer ist sie?«

Diese Frage traf ihn unvorbereitet, und er hätte beinahe geantwortet. Gerade noch rechtzeitig hielt er sich zurück. »Wer seid *Ihr*?«

Die Stirn gerunzelt, wich sie seinem Blick aus. Dragon seufzte übertrieben laut und nahm den Topf vom Tisch. »Wenn Ihr ausgeruht seid, werdet Ihr mir hoffentlich bei den häuslichen Pflichten helfen.«

Da wandte sie so schnell den Kopf zu ihm, dass ihr seidiges kupferrotes Haar seinen Arm streifte. »Wieso nehmt Ihr an, ich würde lange genug hier bleiben?«

»Weil ich Euch für klug halte. Falls das nicht zutrifft, solltet Ihr wenigstens vernünftig genug sein, um zu erkennen, dass Ihr nicht weit kommen würdet.« Unheilvoll fügte er hinzu: »Wenn ich Euch noch einmal nachlaufen muss, werde ich die zweifellos ernsthaften Gründe für Eure Heimlichtuerei nicht mehr berücksichtigen und Euch sofort der Obrigkeit übergeben. Ist das klar?« Sie erblasste, aber er bezwang seine Schuldgefühle. Mit dieser Drohung diente er nicht nur seinem eigenen Seelenfrieden, sondern auch ihrem Wohl. Ihre geflüsterte Antwort war unverständlich, und er beugte sich zu ihr hinab: »Wie, bitte?«

Aus ihren Augen, jetzt auf gleicher Höhe mit seinen, schienen Funken zu sprühen. »Erst einmal müsstet Ihr mich einfangen«, wiederholte sie und betonte jede einzelne Silbe.

Ihre Verzweiflung war offenkundig. In etwas milderem Ton erwiderte er: »Das würde mir dank Eures jetzigen Zustands nicht schwer fallen. Vielleicht wäre es etwas mühsamer, wenn Ihr Euch erholt habt.«

Schon wieder begegnete er ihr sanft und freundlich, statt ihr die Herausforderung heimzuzahlen, was sie halb und halb erwartet hatte. Er ärgerte sich nicht einmal. Oh, es war so ungerecht. Wie ein schöner heidnischer Gott stand er vor ihr, reine Herzensgüte erfüllte ihn, und – Wunder über Wunder – er konnte kochen.

Solche Männer gab es nicht in Ryccas Welt. Zumindest hatte sie keine kennen gelernt.

War sie bei ihrem Sturz von der Klippe in ein anderes Land voller Glück und Seligkeiten geraten? Abgesehen von ihren Kopfschmerzen. Hätte sie bloß keinen Wein getrunken... Nun fühlte sie sich etwas schwindlig.

»Lasst Euch helfen.« Der Gott ergriff ihren Arm, zog sie vom Stuhl hoch und führte sie zum Bett.

Zu diesem weichen, breiten Lager, offenbar für zwei Personen bestimmt... Nie hätte sie gedacht, sie würde jemals ein Bett mit einem Mann teilen. Daran verschwendete sie auch jetzt keinen Gedanken. Heiliger Himmel, seine Nähe... Behutsam umfasste er ihren Ellbogen. Bei dieser Berührung wurde ihr heiß und kalt. Wahrscheinlich litt sie an Schüttelfrost. Verständlich – nach diesem Tag... Aber im Grunde war sie kerngesund wie die Pferde, die sie so liebte, und sie würde die Unpässlichkeit bald überwinden.

»Ich schlafe draußen«, verkündete er. »Wenn Ihr etwas braucht, ruft nach mir. Sicher werde ich Euch hören.«

Als diese Worte in ihr Bewusstsein drangen, empfand sie Erleichterung – keine Enttäuschung. So kühn war sie nicht, zumindest nicht in solchen Dingen. Dass sie das eine Gefühl beinahe mit dem anderen verwechselt hätte, musste an ihrem benebelten Gehirn liegen.

Nachdem er den Raum verlassen und die Tür leise hinter sich geschlossen hatte, saß sie eine Zeit lang auf der Bettkante. Das nahrhafte Essen spendete ihr neue Kraft, und sie hatte bereits länger geschlafen als üblich. Und so schaute sie sich wieder um. Dieser Raum faszinierte sie. Nie zuvor hatte sie ein Zimmer gesehen, das so deutlich den Einfluss einer Frau zeigte. In der Festung ihres Vaters gab es keine Spuren, die von weiblichem Geschmack zeugten. Falls sie jemals existiert hatten, waren sie mit dem Tod der Mutter verschwunden. Nach mehreren Fehlgeburten hatte die bleiche, schweigsame Frau im Kindbett den Tod gefunden, als Rycca acht Jahre alt gewesen war. Nichts hatte sie zurückgelassen – nichts außer einem Grab, nur von den Zwillingen regelmäßig besucht. Der Burg ihres Gemahls hatte sie keinen Stempel aufgedrückt, ebenso wenig wie andere Frauen. Dort verachtete man alles, was feminin wirkte, und hielt es für ein Zeichen von Schwäche.

Und hier wurde die Weiblichkeit nicht nur geduldet, sondern offensichtlich auch geachtet. Nachdenklich stand Rycca auf, ging zu den geschnitzten Truhen und hob den Deckel, unter dem sie die kostbaren Seifen gefunden hatte. Neben dem Tablett lag ein zusammengefaltetes Nachthemd.

Sie war immer nur nackt oder in rauer Wolle schlafen gegangen. Aber ein Hemd aus so feinem Leinen hatte sie noch nie gesehen. Impulsiv hob sie es hoch und roch daran. Der weiche Stoff duftete nach Sonnenschein und Rosen, und der Wunsch, etwas so Himmlisches zu tragen, überwältigte Rycca.

Als sie aus ihrer Tunika schlüpfen wollte, klopfte es an der Tür. Hastig legte sie das Nachthemd in die Truhe zurück. »Ja?«

Dragon betrat die Hütte, einen gefüllten ledernen Eimer in der Hand, den er auf den Tisch stellte. »Vielleicht braucht Ihr das. Vorsicht, das Wasser ist heiß. Wartet lieber, bis es etwas abkühlt.«

Verwundert nickte sie. Ein Krieger schöpfte Waschwasser aus einem Brunnen, erhitzte es, und er verwendete es nicht einmal für sich selbst, sondern brachte es einer Frau. Tatsächlich, sie musste in einer anderen Welt gelandet sein.

»Danke«, murmelte sie. Doch er war bereits hinausgegangen und schloss die Tür hinter sich.

Wenig später kroch sie unter die Bettdecken, von Kopf bis Fuß gewaschen, in dem feinen Leinenhemd. Trotz ihrer Erschöpfung hatte sie Ordnung gemacht. Jetzt lag sie auf einer weichen Matratze, unter federleichten Decken, und beobachtete, wie die sommerliche Abenddämmerung ins Dunkel der Nacht überging. Noch bevor sie einschlief, glaubte sie zu träumen.

Um Schlaf zu finden, brauchte Dragon viel länger. Auf einem Lager aus Kiefernnadeln ausgestreckt, die Arme hinter dem Kopf verschränkt, betrachtete er die Sterne. Aus reiner Gewohnheit suchte er die einzelnen Konstellationen und erinnerte sich an die damit verbundenen Geschichten. Doch dann schweiften seine Gedanken zu der rätselhaften Frau. Sie trug die Kleider eines jungen Burschen aus vornehmem Haus. Dazu passten auch ihr herausforderndes Benehmen und ihr Selbstbewusstsein. Doch sie hatte nie zuvor edlen Wein getrunken. Und jede noch so kleine höfliche Geste schien sie zu überraschen. War das typisch für englische Damen? Oder bildete sie eine Ausnahme? Wie sollte er das herausfinden?

Schließlich schlummerte er ein, denn der Tag war lang gewesen.

Mitten in der Nacht fuhr er aus dem Schlaf hoch, von einem schrillen Schrei aufgeschreckt, der das leise Summen sommerlicher Insekten unterbrach und einen streunenden Fuchs in seinen Bau zurückjagte. Sofort sprang Dragon auf und ergriff das Schwert, das neben ihm lag. Der Schrei war aus der Hütte gedrungen. Während er die Tür aufstieß, riss er die Klinge aus der Scheide. Wer immer hier eingedrungen war, würde innerhalb weniger Sekunden sein Leben aushauchen. Aber er sah nur die junge Frau. Keuchend saß sie auf dem Bett und starrte blicklos vor sich hin. Dann erschauerte sie, als versuchte sie die letzten Nebel ihres Schlafs zu verscheuchen – die Nachwirkungen eines bösen Traums.

Dragon ließ das Schwert fallen, setzte sich zu ihr und nahm sie in die Arme. Besänftigend wiegte er sie hin und her. »Alles ist gut, nichts wird Euch zustoßen. Hier seid Ihr in Sicherheit. Glaubt mir, Ihr habt nichts zu befürchten.«

Zitternd klammerte sie sich an ihn, presste den Kopf an seine Brust und schien Schutz vor der ganzen Welt zu suchen. Ein wildes Schluchzen erschütterte ihren Körper. Voller Sorge drückte er sie noch fester an sich. Hatte sie geträumt, sie wäre wieder von den Klippen in die Tiefe gestürzt? Ja, das war möglich. Nun musste er sie beruhigen. Eine Frau so unglücklich zu sehen, das ertrug er nicht. Vorsichtig legte er sich mit ihr aufs Bett.

Seine geflüsterten Trostworte hörte Rycca nicht. Aber sie spürte seine Hand, die ihr Haar streichelte. Seine Zärtlichkeit zerteilte den Nebel ihres Grauens, erreichte aber nicht die Frau, die er umarmte, sondern das kleine Mädchen, von qualvollen Erinnerungen gefangen.

So schreckliche Erinnerungen… Aus brennenden Hütten stieg Rauch empor, überall lagen Leichen. Verzweifelte, schreiende Menschen rannten umher, strauchelten und stürzten… Und Aelflynne… Die liebe, süße Aelflynne, in Ryccas Alter, ebenfalls ein mutterloses Kind, die beste Freundin… So oft waren sie ins Heu gekrochen, um mit Puppen zu spielen und Geheimnisse auszutauschen. Aelflynne…

»Nein!«

Mit beiden Fäusten hämmerte sie gegen Dragons Brust. Tränen strömten über ihre bleichen Wangen. So wie in jener grässlichen Nacht stockte ihr Atem. Hustend und würgend hatte sie sich durch den Qualm zu ihrer Freundin gekämpft. Immer wieder war sie auf dem dunklen Blut ausgerutscht, das in der gierigen Erde versickerte. Und Aelflynne, bleich und reglos – weit aufgerissen hatten die Augen zum gnadenlosen Himmel hinaufgestarrt.

Genauso wie damals wollte Rycca sterben, einer Welt entrinnen, in der so entsetzliche Dinge geschahen. Doch dann mischte sich etwas anderes in die beklemmende Erinnerung – starke Arme und eine sanfte Stimme, die sie aus dem Abgrund der Verzweiflung zurückholten.

Er – der Held dieser merkwürdigen neuen Welt, in die sie unversehens geraten war. In seiner Nähe ließ das Grauen allmählich nach. Nur für ein paar Sekunden öffnete sie die Augen und begegnete seinem Blick, bevor sie in einen traumlosen, erholsamen Schlaf versank.

Erleichtert seufzte Dragon auf. Die bösen Träume waren entschwunden. Aber vielleicht würden sie zurückkehren. Deshalb durfte er die junge Frau nicht allein lassen. Er selbst konnte nicht einschlafen. Viel zu deutlich spürte er ihren weichen Körper durch ihr dünnes Nachthemd, und er wünschte ausnahmsweise, er wäre nicht so leidenschaftlich veranlagt. Nun, ich bin eben so, wie ich bin, dachte er wehmütig. Zum Glück nahm sie seine wachsende Erregung nicht wahr. Wenn sie erwachte, würde er ihr neues Entsetzen einjagen? Was sollte er dann tun? Mit Frauen, die ihm nicht wohlgesinnt waren, hatte er keine Erfahrungen gemacht. Diese junge Dame hatte nicht den Eindruck erweckt, sie würde für ihn schwärmen. Viel mehr glich sie einem kleinen Igel, der seine Stacheln in alle Richtungen spreizte.

Jetzt bewegte sie sich. Nein, keine Stacheln – sondern

verlockende, warme Rundungen. Mühsam unterdrückte er ein Stöhnen und wappnete sich gegen eine lange, qualvolle Nacht.

Von einem tiefen Schlaf erfrischt, öffnete Rycca die Augen. Ihre Kopfschmerzen waren fast verflogen. Nur ihre Glieder fühlten sich immer noch ein wenig steif an. Aber auch davon spürte sie nichts mehr, nachdem sie sich ein paar Mal wohlig gestreckt hatte. Sie stieg aus dem Bett, zog vorsichtig das schöne Nachthemd über ihren Kopf und wusch sich mit dem Wasser im Eimer, der auf dem Tisch stand. Dabei erinnerte sie sich an ihren Traum. Über ihren Rücken rann ein Schauer. Doch sie fror nicht wirklich, denn die Luft war mild und das Wasser angenehm warm.

Längst müsste das Waschwasser vom vergangenen Abend erkaltet sein. Also hatte *er* diesen Eimer für sie erhitzt – bevor sie erwacht war.

Erst jetzt sah sie die Spuren *zweier* Körper im breiten Bett. Seite an Seite.

Als die Erinnerung zurückkehrte, vergaß sie das Wasser, das von ihrem Gesicht tropfte. Der Traum überraschte sie nicht, denn er suchte sie jedes Mal heim, wenn sie besonders müde oder verängstigt war oder Schmerzen erleiden musste. War *er* tatsächlich zu ihr gekommen, um sie zu trösten und in den Armen zu halten? Hatte er die Nacht bei ihr verbracht und sie beschützt und die Furcht verscheucht? Offensichtlich, denn das Grauen war erstaunlich schnell entschwunden …

Allein schon das gute Essen und das heiße Wasser erschienen ihr ungewöhnlich. Dass er sie auch noch so zärtlich getröstet hatte … Nein, unmöglich! Und doch – die Spuren im Bett bewiesen das Gegenteil. Spontan neigte sie sich hinab, legte eine Wange auf das glatte Leinen und atmete den Duft ein. Sonne – Wind – Meer – ein Flüstern, das von männlicher

Leidenschaft und Kraft erzählte. Und ihr eigener Geist – kühn und stark und weiblich – gab eine instinktive Antwort.

Verwirrt wandte sie sich vom Bett ab und schlüpfte in ihre Männerkleider – eine willkommene Tarnung.

Der Stolz verbot ihr, in der Hütte zu bleiben. Entschlossen öffnete sie die Tür und trat in den Sonnenschein hinaus.

Dragon kauerte am Boden und schürte das Feuer. Bei ihrem Anblick stand er langsam auf. Wie gut sie aussieht, dachte er. Viel besser, als man das nach der nächtlichen Störung vermuten sollte. Beklommen wich sie seinem Blick aus, und er spürte ihre Verlegenheit. Keine der zahlreichen Frauen, die er kannte, waren peinlich berührt gewesen, wenn sie einfach nur sein Bett geteilt hatten. Es sei denn, sie hätten sich ihrer Keuschheit geschämt... Aber die Wangen dieser jungen Frau glühten, und sie schaute überallhin, nur nicht in seine Richtung.

Belustigt verbarg er ein Lächeln und wandte sich wieder zum Feuer. »Wenn Ihr hungrig seid – hier ist Haferbrei.«

Nur zögernd kam sie näher. Aber sie wollte sein Angebot offenbar annehmen. Er füllte eine Holzschüssel mit Haferbrei, träufelte Honig darauf und fügte die Walderdbeeren hinzu, die er am Morgen gesammelt hatte.

Als er ihr die Schüssel und einen Löffel reichte, blinzelte sie erstaunt. »Noch ein Rezept von Eurem Freund?«

»Für Haferbrei braucht man kein Rezept.«

Wie ihre Miene verriet, dachte sie anders darüber. Aber sie schwieg und begann zu essen. Nach der ersten Kostprobe verschwand der Brei so schnell, dass sich Dragon unwillkürlich geschmeichelt fühlte.

»Da gibt's noch mehr«, bemerkte er. Doch sie schüttelte den Kopf, und die Verlegenheit kehrte zurück.

»Letzte Nacht...«

»Ihr hattet nur einen bösen Traum«, unterbrach er sie,

um sie zu beruhigen. »Als ich Euch in die Arme genommen habe, seid Ihr wieder eingeschlafen – sonst ist nichts geschehen.«

»Danke – das war sehr freundlich von Euch.« Sie warf ihm einen kurzen Blick zu.

»Seid Ihr nicht an freundliche Menschen gewöhnt? Irgendwie habe ich diesen Eindruck gewonnen.«

Sie trug die Schüssel zu einem Wassereimer, der in der Nähe das Feuers stand, und spülte sie aus. Dann kehrte sie zu Dragon zurück. Vielleicht hatte sie sich seine Bemerkung, sie würde ihm hoffentlich bei den häuslichen Pflichten helfen, zu Herzen genommen.

Oder sie wollte Zeit gewinnen, bevor sie seine Frage beantwortete. Fürchtete sie etwas zu verraten, das ihre Identität enthüllen könnte?

»Ich bin so, wie ich bin«, erwiderte sie schließlich und wiederholte unbewusst seine Gedanken, die letzte Nacht seinem eigenen Charakter gegolten hatten.

Sind wir uns ähnlich, fragte er sich verwundert. Ja, allem Anschein nach – abgesehen von den offensichtlichen Unterschieden zwischen Mann und Frau. Er spürte ihren Stolz und ihre Kraft, ihre Tapferkeit, lauter Tugenden, die er auch sich selber zuschrieb.

Plötzlich lächelte er, und sie hob die Brauen. »Was findet Ihr denn so komisch?«

»Gerade dachte ich, Ihr würdet einer Kriegerin gleichen. Der Legende nach gibt es solche Geschöpfe.«

»Nicht nur der Legende nach. Boudicca hat tatsächlich gelebt.«

Boudicca? Nachdenklich runzelte er die Stirn, dann entsann er sich – Boudicca, die keltische Königin, die gegen die Römer gekämpft hatte. Früher hatte er sie für eine Sagengestalt gehalten, bis er nach Byzanz gesegelt und eines Besseren belehrt worden war. Wenn er ein Angelsachse wäre, würde er über jene Königin ebenso gut Bescheid wissen wie die junge Frau. »Und die Amazonen?«

»Wer sind sie?«

»Vielleicht werde ich Euch von diesen Kriegerinnen erzählen. Was wollt Ihr heute unternehmen?«

Mit seiner Frage überrumpelte er Rycca, und sie gab ihm die erstbeste Antwort, die ihr einfiel: »Meine Reise fortsetzen ...«

Dragons Lächeln gefror zu einer Grimasse. »Wenigstens seid Ihr ehrlich.«

O ja, sie war ehrlich – gerade sie, die mit der Wahrheit so selbstverständlich umging wie andere Menschen mit ihrem Atem. Was das betraf, hatte sie keine Wahl. Aber dass auch *er* ihre angeborene Ehrlichkeit erkannte, überraschte sie. Plötzlich fühlte sie sich ihm noch enger verbunden als in der gemeinsamen Nacht.

Ohne Umschweife betonte sie: »Vor einigen Stunden hättet Ihr mit mir schlafen können, und ich wäre unfähig gewesen, Euch daran zu hindern. Das wissen wir beide. Trotzdem habt Ihr mich verschont, und deshalb frage ich – warum haltet Ihr mich hier fest?«

»Weil Ihr Euch durch meine Schuld verletzt habt. Das will ich wieder gutmachen. Erlaubt mir, Euch zu beschützen.«

»Ich werfe Euch nichts vor. Lasst mich gehen.«

Selbst wenn sie ihm den Unfall nicht anlastete – er fühlte sich für sie verantwortlich, und seine Sorge um ihre Sicherheit war echt. Wenn eine Frau ohne Begleitung durch die Welt wanderte, noch dazu eine bezaubernde Schönheit, würde sie ein zu gefährliches Wagnis auf sich nehmen. Aber nicht nur dieser Gedanke hinderte ihn daran, ihren Wunsch zu erfüllen. Obwohl sie ihm einige Schwierigkeiten bereitete, fühlte er sich unwiderstehlich zu ihr hingezogen.

Solche Emotionen durften einen vernünftigen Mann natürlich nicht beeinflussen. Ein Glück, dass ihm vor allem ihre

Sicherheit wichtig war… »Wohin wollt Ihr denn gehen?«, fragte er herausfordernd. »Zu Eurem Bruder, wo immer er auch sein mag? Wie werdet Ihr Euch denn ernähren, bis Ihr ihn findet? Ihr tragt keine Waffen bei Euch, also könnt Ihr nicht jagen. Und falls Ihr genug Geld besitzt, um Lebensmittel zu kaufen, habt Ihr's gut versteckt.« Da sie nicht antwortete und ihn nur anstarrte, fuhr er eindringlich fort: »Gestern wärt Ihr fast gestorben. Bedeutet Euch Euer Leben so wenig, dass Ihr es leichtfertig aufs Spiel setzt – obwohl es nicht erforderlich ist?«

»Doch, es ist nötig. Hier kann ich nicht bleiben.«

»Sagt mir, wer Ihr seid, und ich bringe Euch zu Eurem Ziel.«

Rastlos trat sie von einem Fuß auf den anderen. »Versteht Ihr das denn nicht? Würde es meine Situation gestatten, meinen Namen zu nennen, hätte ich's schon gestern getan.«

Dragon nickte. Gewiss, einem fremden Krieger traute sie nicht. Aber das war nicht der einzige Grund ihres Argwohns. Vermutlich hütete sie ein Geheimnis, das sie bewog, ihre Identität niemandem zu verraten. »Also gut, ich schlage Euch ein Abkommen vor. Bleibt ein paar Tage in dieser Hütte. Hier wird Euch nichts zustoßen. Wenn Ihr mir dann noch immer nicht mitteilen wollt, wer Ihr seid, bringe ich Euch, wohin Ihr wollt, ohne weitere Fragen zu stellen.«

Die Wahrheit.

Allmählich ließ die innere Anspannung nach, die Rycca seit dem Erwachen quälte. Was er sagte, meinte er ernst. Aus irgendwelchen Gründen wollte er ihr tatsächlich helfen. Und darauf war sie angewiesen. Sie befand sich in einer schrecklichen Lage, die Zukunft sah düster aus.

Ohne Hilfe würde sie die Küste vermutlich nicht erreichen – ganz zu schweigen von einem Schiff, das die Normandie ansteuerte. Trotzdem zögerte sie, denn der Krieger beeindruckte sie viel zu sehr. Gerade sie, die den Männern stets aus dem Weg gegangen war, konnte ihren Blick kaum von ihm losreißen. Sie hatte geglaubt, sie wäre nur eines einzigen Gefühls fähig – kalter Angst. Und jetzt entdeckte sie die Macht der Sehnsucht.

Ja, dieser sanfte, aufrichtige Mann führte sie in Versuchung, weckte Emotionen, die sie noch nie verspürt hatte, und eröffnete ihr eine völlig neue Welt. Wäre er einfach nur attraktiv, käme sie besser mit diesen ungewohnten Empfindungen zurecht. Aber seine innere Schönheit verwirrte sie vollends – oder bedrohte sie sogar.

Aber blieb ihr etwas anderes übrig, als sein Angebot anzunehmen? Nur ein paar Tage in seiner betörenden Gesellschaft, beschützt und umsorgt, ihr Geheimnis unangetastet – und er würde ihr helfen, an ihr Ziel zu gelangen, was sie allein sicher nicht schaffen würde. »Einverstanden, treffen wir diese Vereinbarung.« Sie streckte ihre schmale, sommerlich gebräunte etwas schwielige Hand aus, und er griff danach. Eine Zeit lang starrten sie sich selbstvergessen an, bevor sie die Finger voneinander lösten und zurücktraten.

»Nun frage ich Euch noch einmal…« Dragon räusperte sich. »Was möchtet Ihr heute unternehmen?«

Etwas, das sie von den neuartigen Gefühlen ablenken würde, damit sie ihn nicht dauernd anschauen müsste… Plötzlich durchzuckte sie ein beglückender Gedanke. »Da drüben im Stall stehen zwei prachtvolle Pferde.«

»In Eurem Zustand solltet Ihr nicht reiten«, erwiderte er so hastig und runzelte so unbehaglich die Stirn, dass sie sich fragte, ob er wirklich nur um ihr Wohl besorgt war.

»Sind das Eure Pferde?«

Widerstrebend nickte er.

»Nie zuvor habe ich schönere Hengste gesehen. Zweifellos seid Ihr sehr stolz auf die beiden.«

»Ja, sie sind recht tüchtig. Aber ein geruhsamer Spaziergang würde Euch besser bekommen.«

»Keineswegs! Inzwischen habe ich mich zur Genüge erholt. Falls Ihr befürchtet, ich würde einem der Füchse Schaden zufügen, lasst Euch versichern – ich bin eine ausgezeichnete Reiterin. Bitte, haltet mich nicht für unbescheiden, weil ich so etwas betone. Ich liebe Pferde. Und das scheinen sie zu spüren.«

Skeptisch musterte er ihr Gesicht. »Könnt Ihr tatsächlich gut mit ihnen umgehen?«

»O ja. Wenn Ihr mir vertrauen würdet, will ich's Euch beweisen.«

Über seinen Topasaugen hoben sich dunkle Brauen. »Vertrauen? Ich dachte, daran mangelt es in unserer Bekanntschaft.«

Natürlich, dachte sie bedrückt. Nun wird er mir meine Heimlichtuerei vorwerfen… Jetzt musste sie die Hoffnung aufgeben, schnell wie der Wind auf einem dieser herrlichen Geschöpfe dahinzureiten, die sie fast ebenso faszinierten wie *er*.

»Also gut.«

Was hatte er gesagt? Ihre Augen leuchteten auf. »Erfüllt Ihr meinen Wunsch?«

Er nickte, wenn er auch nicht allzu glücklich wirkte. »Irgendwo muss das Vertrauen beginnen. Deshalb vertraue ich Euch eines meiner Pferde an. Das andere werde ich selbst reiten – und an Eurer Seite bleiben. Lasst Euch bloß nicht einfallen, davonzugaloppieren…«

»Niemals!« Dieser Gedanke war ihr zwar durch den Sinn gegangen, aber mittlerweile hatte sie ihn als albern verworfen. Das würde sie natürlich nicht zugeben.

Oh, wie wundervoll… Er erlaubte ihr wirklich und wahrhaftig, eines dieser hinreißenden Pferde zu reiten. Von Schwindel erregender Freude erfasst, seufzte sie tief auf. Beinahe hätte sie sich vor lauter Dankbarkeit an seine Brust geworfen. Zum Glück beherrschte sie sich gerade noch rechtzeitig. Die Erkenntnis, wie knapp sie dieser Gefahr entronnen war, beschleunigte ihren Puls. Sicher nicht seine Nähe, die hing nicht damit zusammen.

Ehe er sich anders besinnen konnte, eilte sie zum Stall und rief über die Schulter: »Ich werde auch Euer Pferd satteln, Ihr müsst gar nichts tun!«

Welch eine überschwängliche Begeisterung... Diese zauberhafte Frau hatte ihm ihr Knie zwischen die Beine gerammt, weigerte sich ihren Namen zu kennen, liebte diese geifernden vierbeinigen Dummköpfe, die dauernd nach Äpfeln gierten und ständig gestriegelt werden wollten. Was führten die Götter im Schilde? Spielte Loki ihm einen Streich, um ihn mit seinem Schicksal zu versöhnen – vielleicht sogar, um ihm klar zu machen, er müsste froh darüber sein? Das traute Dragon diesem boshaften Gott durchaus zu – und noch schlimmere Dinge. Wäre es ratsam, Loki eine wohlgenährte Ziege zu opfern? Zumindest würde es nicht schaden.

Resignierend folgte er der jungen Frau und half ihr, die schweren Sättel auf die Rücken der beiden Hengste zu legen. Da schenkte sie ihm ein strahlendes Lächeln, das ihm den Atem raubte. Während er sich davon erholte, führte sie die Füchse aus dem Stall.

»Wie heißen die beiden?«, fragte sie.

Dragon überlegte blitzschnell. Die norwegischen Namen der Hengste würde er nicht verraten. Weil er ebenso gut Englisch sprach wie sie selbst, hielt sie ihn für einen Angelsachsen. Dabei wollte er es bewenden lassen – wenigstens *eine* Gemeinsamkeit, die sie verband. »Romulus und Remus«, erklärte er.

»Was für seltsame Namen... Wie seid Ihr darauf gekommen?«

»Ebenso wie die zwei Männer, die Rom angeblich gegründet haben, sind sie Brüder.«

Sie reichte ihm die Zügel eines Pferdes, und ehe er wusste, wie ihm geschah, hatte sie sich auf den Rücken des anderen geschwungen, das sie um einiges überragte. Trotzdem war sie ohne Hilfe aufgestiegen. Ein eindeutiger Beweis für ihre Reitkunst. Offenbar bemerkte sie seine Überraschung, denn sie lächelte wieder. »Wie heißt dieser Fuchs?«

»Romulus.« Fest entschlossen, sich nicht von einem Mädchen übertrumpfen zu lassen, sprang Dragon geschmeidig in den Sattel. Der umgetaufte Remus scheute ein wenig, das verflixte Biest, beruhigte sich aber sofort.

»Vom alten Rom habe ich gehört, aber ich weiß nicht viel darüber«, gestand sie. »Sicher seid Ihr besser im Bilde.«

»Nun, vielleicht. Was würde Euch denn interessieren?«

»Alles, was Ihr mir erzählen wollt.«

Ein geborener Skalde, konnte er nicht widerstehen, und er wünschte, er hätte öfter ein so unkritisches, enthusiastisches Publikum.

4

»Vor langer, langer Zeit«, begann Dragon, »wurden zwei kleine Brüder von den Soldaten ihres hasserfüllten Großonkels, der ihrem Großvater den Thron geraubt hatte, am Ufer eines breiten Flusses ausgesetzt. Die Männer sollten die Kinder töten, verspürten aber Mitleid und ließen sie am Leben. Glücklicherweise fanden eine Wölfin und ein Specht die beiden Jungen und ernährten sie, bis ein Hirte sie in seine Hütte holte und großzog. Sobald sie herangewachsen waren, verbündeten sie sich mit anderen jungen Männern, stürzten ihren verbrecherischen Großonkel vom Thron und verhalfen ihrem Großvater zu seinem Recht. Doch damit fingen ihre Abenteuer erst an …«

Und so ritten sie am silbrig schimmernden Fluss durch den sommerlichen Wald, während Dragon von wilden Kämpfen, Verrat, Tod und glanzvollem Ruhm berichtete. Rycca vergaß ihren Wunsch, wie der Wind dahinzugaloppieren. Nie zuvor hatte sie eine so lebhaft geschilderte Geschichte gehört. Die Stimme des Kriegers schien über sie hinwegzufließen wie warmer Regen, verlockend und bezaubernd.

»Nachdem Romulus seinen Bruder Remus getötet und das Volk der Sabiner erobert hatte, beherrschte er Rom. Aber dann wurde das Land von einem außergewöhnlichen Unwetter heimgesucht, das den Tag plötzlich in dunkle Nacht verwandelte. Grelle Blitze zerrissen den Himmel, und die sieben Hügel der Stadt erzitterten unter gewaltigen Donnerschlägen. Auf den Stufen des Palastes tanzte ein sonderbarer Wirbelwind und drang in das Gebäude ein, ergriff Romulus und trug ihn davon. Nie wieder wurde er gesehen.«

Vollends im Bann der fesselnden Geschichte, seufzte Rycca. »Vielleicht war dieser Wirbelwind der Geist des ermordeten Bruders, der sich rächen wollte.«

»Ja, das wäre möglich«, stimmte Dragon zu. »Aber die alten Römer glaubten, die Götter hätten Romulus geholt, um ihn in ihrem Kreis aufzunehmen.« Inzwischen hatten sie eine idyllische Lichtung erreicht, und er zügelte seinen Fuchs – froh über die Gelegenheit, abzusteigen. »Nun sollten wir die Pferde trinken lassen.«

Rycca nickte und glitt aus dem Sattel. Zärtlich streichelte sie die Nüstern ihres Hengstes. »Was für ein braver Junge du bist! Und dein Gang – so ruhig und sicher ... Ich wette, du könntest den ganzen Tag traben, ohne zu ermüden.«

Das hörte »Romulus« – der Vierbeinige – mit dem gleichen Entzücken, das er einem saftigen Apfel zollen würde. Er schmiegte seinen Kopf an die junge Frau, die ihn lachend liebkoste. Natürlich wollte »Remus« nicht unbeachtet daneben stehen. Und so versuchte er seinen Bruder zu verdrängen. Dieser Kampf störte das Mädchen, das zwischen die Fronten geriet, nicht im Mindesten.

Aber Dragon sorgte sich. Oft genug hatte er auf dem Schlachtfeld beobachtet, wie starke Krieger von ihren Streitrössern zertrampelt worden waren. »Jetzt müssen die beiden endlich trinken«, entschied er, packte die Pferde an den Zügeln und zerrte sie auseinander.

Verwundert musterte sie ihn. Aber sie widersprach nicht. Während die Füchse ihren Durst stillten und dann zufrieden grasten, setzte er sich auf die Uferböschung. An einen bemoosten Feldblock gelehnt, bereute er, dass er keine Angelrute mitgenommen hatte.

»Wer waren die Amazonen?«, fragte die junge Frau unvermittelt.

»Wollt Ihr etwa *noch* eine Geschichte hören?«, erwiderte er lächelnd, und sie zuckte die Achseln.

»Wenn Ihr eine zu erzählen habt...«

»Mindestens hundert. Seit ich denken kann, sammle ich Geschichten, oder ich erfinde welche.«

»Dann hättet Ihr ein Barde werden sollen.«

»Ja, das habe ich mir überlegt, aber...« Nach einer kurzen Pause fügte er hinzu: »Das Schicksal wollte es anders.« Einladend klopfte er neben sich auf den Boden. »Die Amazonen – was für eine faszinierende Geschichte!«

Als sie sich zu ihm gesetzt hatte, fuhr er fort: »Die Amazonen waren wilde Kriegerinnen, die ohne Männer lebten und sich nur mit ihnen einließen, um Kinder zu bekommen. Die Mädchen behielten sie, die Jungen schickten sie zu den Vätern. Um die Amazonen ranken sich zahllose Legenden. Zum Beispiel bekämpften sie einen mächtigen Helden namens Herakles, den die Götter beauftragt hatten, den Gürtel der Amazonenkönigin zu stehlen.«

»Was für eine großartige Heldentat!«, spottete Rycca. »Den Gürtel einer Frau zu stehlen!«

»Besser als ihren Kopf, nicht wahr?«

»Ja, das stimmt.«

»Ein andermal brach ein blutiger Krieg in einer Stadt namens Troja aus. Die Amazonen verbündeten sich mit den Stadtbewohnern und kämpften gegen den Helden Achilles, der ihre Königin auf dem Schlachtfeld tötete und erst danach erkannte, dass er sie liebte.«

»Daran hätte er vorher denken sollen. Meint Ihr nicht auch?«

»In der Tat. Eine andere Königin – ich glaube, es war die Amazone, deren Gürtel gestohlen wurde – heiratete einen Helden, nachdem er sie in einer Schlacht besiegt hatte.«

Rycca verdrehte die Augen. Nachdenklich pflückte sie einen Grashalm und kaute daran. »Obwohl diese Frauen nichts mit Männern zu tun haben wollten, mussten sie dauernd gegen sie kämpfen.«

»Nur in diesen Geschichten. In Wirklichkeit gab es keine solchen Kriegerinnen.«

Lächelnd schaute sie in seine Augen, die voller Belustigung funkelten. »Muss ich Boudicca noch einmal erwähnen? Auf ihrem Streitwagen führte sie Männer – und Frauen – in die Schlacht. Viele Frauen in diesem Land griffen zu den Waffen.«

»Aber ein ganzes weibliches Volk, das ohne Männer leben wollte? Das finde ich unwahrscheinlich.«

Als Rycca sein herausforderndes Grinsen sah, lachte sie. »Nun, vielleicht beschließen wir kampflustigen Frauen, ein oder zwei Männer in unserer Mitte zu dulden. Natürlich nur nette …«

Sie beobachtete das Spiel von Sonnenstrahlen und Schatten, das über sein Gesicht flackerte. Entspannt streckte er sich im Gras aus. Doch sie spürte seine verhaltene Kraft. Seltsam – in seiner Nähe fühlte sie sich beschützt und erregt zugleich. Nur wenige Frauen, die auf Reisen gehen wollten, würden einen solchen Begleiter ablehnen.

Plötzlich hob er eine Hand und strich das Haar aus ihrer Stirn. Die Geste wirkte wie eine Liebkosung. »Da habt Ihr Euch wirklich schlimm verletzt.«

»Oh, ich spüre die Wunde gar nicht mehr…« In diesem Moment hätte man mit einem Stock auf ihren Kopf schlagen können, und es wäre ihr kaum bewusst geworden.

»Trotzdem solltet Ihr's nicht übertreiben.«

»Also kommt ein Galopp nicht in Frage?«

Dragon rückte näher zu ihr, um ihr Haar etwas genauer zu betrachten, fasziniert vom feurigen Glanz, den die Sonnenstrahlen erzeugten. Träumerisch ließ er eine seidige Strähne zwischen seinen Fingern hindurchgleiten. »Im Wald kann man nicht galoppieren.«

»Aber bei den Klippen wachsen keine Bäume. Wie weit ist es bis dorthin?«

Vorwurfsvoll zupfte er an ihrem Haar und ließ es los. »Ihr wollt zu den Klippen zurückkehren? Nicht zu fassen!«

Seiner Berührung beraubt, ärgerte sie sich über ihre unverständliche Enttäuschung und fauchte: »Glaubt Ihr, ich würde wieder hinunterfallen?«

»Wenn Ihr eines dieser Ungetüme reitet, ist alles möglich.« Dragon zeigte auf die beiden Füchse, die einander spielerisch anstießen, während sie große Grasbüschel aus dem Erdreich rissen.

»Das meint Ihr nicht ernst!«, erwiderte sie verblüfft. »So liebe, süße, brave Geschöpfe!«

»Einfach nur Pferde, und es gibt keinen Grund, ihretwegen in Verzückung zu geraten.«

Diesen Worten folgte ein langes Schweigen, das Rycca schließlich brach. »Ihr mögt keine Pferde.« Maßlos erstaunt, starrte sie ihn an. »Da besitzt Ihr die wunderbarsten Hengste, die ich jemals sah – *und Ihr mögt sie nicht?*«

»Warum muss ich sie mögen? Genügt es nicht, dass ich gut für sie sorge?«

Dem konnte sie nicht widersprechen. Doch sie wunderte sich immer noch. »Obwohl Ihr Euch nichts aus Pferden macht, seid Ihr ein ausgezeichneter Reiter. Aber Ihr scheint nicht gern zu reiten.«

»Genauso ungern, wie ich meine Feinde auf dem Schlachtfeld töte. Trotzdem muss ich's tun.«

Sonderbar – ein Krieger, der seine Kämpfe nicht zu schätzen wusste … In Ryccas Familie nutzten die Männer jede Gelegenheit, um das Schwert zu schwingen – zumindest, wenn sie mit einem Sieg rechneten. In letzter Zeit konnten sie sich nur selten an diesem Glück ergötzen.

»Habt Ihr schlechte Erfahrungen mit einem Pferd gemacht?« erkundigte sie sich.

»Ja«, gab er geistesabwesend zu und beobachtete ihre anmutigen Bewegungen, als sie eine bequemere Haltung im Gras einnahm. Die zu große Männerkleidung verbarg nur ihren Körper, nicht die schlanken, wohlgeformten Beine. Mühelos stellte er sich vor, wie himmlisch es wäre, zwischen diesen schönen Schenkeln zu liegen.

»Was ist geschehen?«

»Wann?«

»An jenem Tag, als Ihr eine schlechte Erfahrung mit einem Pferd gemacht habt«, erläuterte sie geduldig.

»Ach, das meint Ihr … Ich bin auf eins gestiegen.«

»Und dann?«

»Es trabte und rannte umher – das Übliche.«

»Seid Ihr im Sattel geblieben?«

»Natürlich. Solange sich das Pferd bewegte, war ich nicht so dumm, hinunterzuspringen.«

Mit schmalen Augen schaute sie ihn an. »Wurdet Ihr abgeworfen?«

»Kein einziges Mal. Das lässt sich leicht vermeiden.«

»Tatsächlich? Wie denn?«

»Man muss das Tier einfach nur zwischen den Beinen festhalten, und man darf das Gleichgewicht nicht verlieren«, antwortete er in einem Tonfall, der besagte, das sollte sie eigentlich wissen.

»Nachdem Ihr niemals abgeworfen wurdet – was habt Ihr denn gegen die Pferde?«

»Wenn ich's Euch verrate – seid Ihr dann zufrieden und hört auf, mich mit diesen albernen Fragen zu bestürmen?«

»Vielleicht. Aber es muss eine einleuchtende Erklärung sein. Ich glaube einfach nicht, dass ein so guter Reiter wie Ihr keine Pferde mag.«

»An den Pferden liegt's nicht direkt. Es missfällt mir, auf ihnen zu sitzen.«

Durch dichte Wimpern musterte sie ihn, und zwischen ihren Brauen bildeten sich zarte Fältchen. »Ich bemühe mich *wirklich*, das zu begreifen.«

»Weil es so hoch oben ist…«

»Hoch oben?«

Erbost nickte er. Warum gestand er ihr, was er noch keiner Menschenseele erzählt hatte, nicht einmal seinem Bruder? Nun, wenn er auf diese Weise das Vertrauen der jungen Frau gewann, würde sich seine Aufrichtigkeit vielleicht lohnen.

Plötzlich fiel es ihr wie Schuppen von den Augen. »Oh. Ihr leidet an Höhenangst?«

»Allem Anschein nach.«

»Und weil Eure Pferde so groß und hochbeinig sind…«

»Deshalb mag ich sie nicht.«

»Gewiss, das ist ein Problem. Und warum leidet Ihr an Höhenangst?«

»Wolltet Ihr nicht aufhören, mich mit Fragen zu belästigen?«

Ungerührt zuckte sie die Achseln. Dragon seufzte und gab sich geschlagen. Bevor sie die ganze Wahrheit erfuhr, würde sie nicht lockerlassen.

»Als ich noch ein Kind war, verließen mein Bruder und ich unser Zuhause. An Bord eines Schiffs bildete ich mir ein, ich müsste auf den Großmast klettern. Aus unerfindlichen Gründen dachte ich, da oben könnte ich die Sterne berühren. Bald merkte ich, dass das unmöglich war, und wollte hinuntersteigen. Aber inzwischen war es stockdunkel geworden, und das Wetter hatte umgeschlagen. Der Wind heulte gespenstisch, das Schiff schwankte immer heftiger. Und so klammerte ich mich am Mast fest und wartete, bis mich mein Bruder am nächsten Morgen entdeckte.«

Ein Kind, das die Sterne berühren wollte, dachte Rycca zutiefst bewegt. »Wo waren Eure Eltern?«

»Sie hatten bei einem Überfall ihr Leben verloren. So wie üblich. Zumindest war man damals daran gewöhnt. Glücklicherweise hat sich das inzwischen geändert.«

Ohne zu überlegen, streichelte sie seine Hand. Er sah Tränen in ihren Augen glänzen und wusste, sie würde wieder an ihr eigenes Leid denken.

Verdammt, warum hatte er sie daran erinnert? Er sprang auf und zog sie hoch. »Wenn wir die Biester noch lange allein lassen, werden sie unruhig.«

Nun standen sie dicht voreinander. Er roch den Duft ihrer Haut, frisches Gras, mit Geißblatt vermischt. Unwillkürlich ließ er seinen Blick zu ihrem Mund schweifen. Weiße Zähne gruben sich in die volle Unterlippe, und er legte einen Finger darauf. »Nein – nicht …«

Er hörte sie seufzen und spürte ihre Unsicherheit. Was er jetzt tun würde, war falsch. Schlimmer noch – völlig verrückt.

Aber niemand konnte ihn zurückhalten – nur die junge Frau selbst.

Da sie keinen Widerstand leistete, neigte er seinen dunklen Kopf zu ihrem rotblonden hinab. Nur ganz leicht berührte er ihren Mund mit seinem.

Von unbekannten Gefühlen überwältigt, konnte Rycca kaum atmen. Heißes Entzücken durchströmte ihren ganzen Körper, alle klaren Gedanken verflogen, und sie verwandelte sich in das Mädchen zurück, das am Morgen neben dem Bett gekniet und in *seinem* Duft geschwelgt hatte.

Voller Sehnsucht trat sie noch näher zu ihm. So glatt waren seine Lippen, so warm und – behutsam. Bei den Zechgelagen im Haus des Vaters hatten die Männer die Frauen geküsst, lüstern und gierig, wie sie Hirschkeulen verschlangen, mit hungrigen, weit geöffneten Mündern. Solche Szenen hatte sie voller Ekel beobachtet und geglaubt, sie wäre gefühlskalt. Wie dumm war sie gewesen – jetzt schien sie zu glühen. Sie bebte vor Verlangen – und vor Entsetzen, weil ihr das bewusst wurde. O Gott, welch eine Begierde! Wie war es nur möglich, ganz plötzlich solche ungehörigen Wünsche zu empfinden?

Sie *musste* ihn berühren, ihre Hände auf seine harte Brust pressen und ihn mit ihrer zitternden Zungenspitze kosten. Oh, welche Freude, sein Erschauern wahrzunehmen! Er drückte sie fester an sich, küsste sie leidenschaftlicher, und seine Zunge zwang sie, die Lippen zu öffnen. Wäre sie zu Atem gekommen, hätte sie vor lauter Ekstase geschrien. All die Jahre hatte sie nichts von den schönsten Wundern dieser Welt geahnt. Ihre Hände glitten nach oben zu seinen breiten Schultern, ihre Finger schlangen sich in sein dichtes, seidiges Nackenhaar. Unter der Männertunika schmerzten ihre Brustwarzen. Hilflos gab sie dem Bedürfnis nach, ihre Hüften an seinen zu reiben.

In wachsendem Staunen fragte sich Dragon, ob er eine Flammengestalt umarmte. Aus ihrem Körper schien wilde Glut in seinen zu dringen. Obwohl er die Liebeslust in vielen Varianten kannte, hatte er noch keine so überwältigende Leidenschaft verspürt wie in diesem Augenblick. Offenbar hatte seine Kriegerin – so nannte er sie inzwischen – die gleiche sinnliche Natur wie er.

Und trotzdem war sie unschuldig. Das wusste er, denn er hatte genug Erfahrungen mit Frauen gesammelt. Diese Erkenntnis verscheuchte den roten Nebel seines Verlangens, doch er konnte sich nicht dazu durchringen, die Umarmung zu beenden. Den Kopf der jungen Frau an seine Brust gepresst, streichelte er zärtlich ihr Haar, während er den brennenden Wunsch bekämpfte, mit ihr ins weiche Gras zu sinken und zu genießen, was sie offensichtlich genauso heiß ersehnte wie er selbst.

Er hatte sie gezwungen, ihn zu begleiten, und er wollte ihr Vertrauen gewinnen. Mit diesem Gedanken stärkte er sein schwankendes Gewissen. Obwohl sie ihm nichts verweigern würde – seine Ehre gebot ihm, verantwortungsbewusst zu handeln.

»Das hätte ich nicht tun dürfen«, flüsterte er.

Verwundert schaute sie zu ihm auf, bis sie die Bedeutung seiner Worte verstand. Sofort versteifte sie sich, stemmte beide Hände gegen seine Brust, und er musste sich zwingen, sie loszulassen. Aber er versuchte ihre Hand zu ergreifen, als sie hastig zurücktrat. Die Wangen hochrot, wich sie ihm aus.

»Hör mir zu«, bat er eindringlich. »Du bist ein junges unberührtes Mädchen. Und ich habe mir gelobt, dich zu beschützen. Deshalb hätte ich das nicht tun dürfen. Aber um die Wahrheit zu gestehen – du führst mich in Versuchung, wie ich es nie zuvor…« Abrupt verstummte er, denn er wollte sie nicht erschrecken. »Trotzdem schwöre ich dir – du hast nichts von mir zu befürchten.«

Die Wahrheit.

Nachdenklich betrachtete sie ihn – diesen wunderbaren, faszinierenden, kraftvollen Mann, der sie in der Nacht umarmt hatte, um ihre Ängste zu verscheuchen, und mit ihr ausgeritten war, ohne Rücksicht auf seine eigenen Gefühle. Die bezähmte er auch jetzt, um sie vor ihrer eigenen berückenden

Sehnsucht zu retten. Der Held dieser fremden Welt… »Sogar über die Klippen bist du gestiegen«, sagte sie leise.

Tatsächlich, er fühlte sich, als wäre er von einem hohen Gipfel herabgestürzt. Doch sie meinte zweifellos etwas ganz anderes.

Lächelnd las sie die unausgesprochene Frage in seinen Augen. »Obwohl du an Höhenangst leidest, bist du mir zum Klippenrand gefolgt und hinabgeklettert, um mich vor dem sicheren Tod zu bewahren.«

Nun seufzte Dragon erleichtert auf. Sie zürnte ihm nicht. »Und dann trug ich dich zur Hütte.«

Ryccas Lächeln vertiefte sich. »Welch ein entschlossener Mann…«

»O ja«, bestätigte er und ging zu den Pferden.

Gegen Mittag kehrten sie in die Hütte zurück. Rycca behauptete, sie würde sich großartig fühlen. Doch sie widersprach Dragon nicht, als er ihr empfahl, sich hinzulegen und auszuruhen. Sobald sie die Augen geschlossen hatte, schlief sie ein und erwachte erst am Abend.

Nirgends ließ er sich blicken. Romulus und Remus standen im Stall. Sie freuten sich sichtlich, Rycca wieder zu sehen. Also war er nicht weggeritten. Natürlich – falls er sich entfernt hatte, zog er es vor, seine Beine zu benutzen. Nicht, dass sie ernsthaft glaubte, er hätte sie verlassen. Trotzdem war sie dumm genug, um aufzuatmen, nachdem sie den ausgenommenen, geschuppten Fisch entdeckt hatte, der auf grünen Zweigen über dem Feuer gegart werden sollte. Wo mochte er sein? Am Fluss? Sie wandte sich in diese Richtung. Und da sah sie vom Hang eines niedrigen Hügels, nahe der Hütte, Rauch aufsteigen.

Sie hatte von Saunen gehört. Aber diesen Brauch pflegten die Dänen, sicher keine ehrbaren Engländer. Warum gab es hier eine Sauna? Sie wollte darauf zugehen, dann blieb sie wie festgewurzelt stehen, denn am Fuß des Hangs öffnete sich eine Tür, und jemand trat heraus – ein nackter Mann.

O Gott...

Ryccas Wangen brannten wie Feuer, was sie kaum wahrnahm. Hastig trat sie hinter einen Baum und starrte ihn an, die Augen weit aufgerissen, von Bewunderung überwältigt.

Noch nie hatte sie einen schöneren Körper gesehen. Ihre Hände prickelten vor Verlangen, diese breiten Schultern zu berühren, über die Brust zu streichen, die muskulösen Arme, harten Schenkeln – und dann wieder nach oben, zu...

Offenbar hatte sie zu atmen vergessen, denn ihre Lungen rangen schmerzhaft nach Luft. Sie beobachtete, wie er zum Fluss ging. Sogar sein Rücken war eine Augenweide. Und die prallen Hinterbacken...

Wann war der Abend so heiß geworden? Beinahe glaubte sie, das Gras müsste vor ihren Augen in Flammen aufgehen. Oder vielleicht hatte sich die Sonne der Erde genähert. Gewiss, daran musste es liegen.

Nein, in ihr selbst loderte ein Feuer, eine glutvolle Begierde nach diesem hinreißenden Mann. Jetzt wusste sie, was in den Frauen vorging, über die sich ihr Vater und seine Kumpane so oft unterhielten – die angeblich heißer Wollust frönten. Stets hatte Rycca geglaubt, solche Frauen würde es nicht geben. Jetzt wusste sie es besser. Ja, sie begehrte den Fremden, und er ahnte gar nicht, auf welch unschickliche Weise er gemustert wurde. Würde sie *ihn* dabei ertappen, dass er sie so dreist anstarrte, wäre sie wütend. Und erregt. O nein, das stimmte nicht. Oder vielleicht doch... Daran wollte sie nicht denken.

Eigentlich sollte sie sich schämen. Und sobald sie wieder zu Atem kam, würde sie das wahrscheinlich auch tun.

Er ging zum Fluss – zweifellos, um zu schwimmen und sich nach der Hitze in der Sauna abzukühlen. Das gehörte dazu, nicht wahr? Erst heiße Dämpfe, dann kaltes Wasser.

Funkelnde Tropfen würden über diesen reizvollen Körper rinnen und Spuren ziehen, die sie mit ihren Fingerspitzen nur zu gern verfolgen würde…

Auch Rycca könnte ein kühles Bad gut gebrauchen. Aber sie würde sich nicht einmal in die Nähe des Flusses wagen. So viel Verstand, um diese Gefahr zu meiden, hatte sie immer noch.

Oder ihre Vernunft besiegte die Emotionen, nachdem er aus ihrem Blickfeld verschwunden war. Trotzdem wurde sie von süßen Erinnerungen verfolgt, von all den verwirrenden Einzelheiten jener Umarmung.

Ganz ruhig ein- und ausatmen, befahl sie sich. Er ist nur ein Mann – einfach nur ein Mann. Solange sie das nicht vergaß, war alles in Ordnung.

Doch er ließ sich nicht mit anderen Männern vergleichen – obwohl sie ihr Bestes tat, um diese Erkenntnis zu verdrängen.

Und deshalb musste sie ein Problem lösen. Wenn er zurückkam, würde sie sich vor lauter Scham in einer Ecke verkriechen…

Nein, welch ein Unsinn! Dafür war sie viel zu stolz. Irgendwie würde sie die Begegnung meistern.

Wenig später verließ Dragon das Flussufer, in einer sauberen, ärmellosen Tunika aus fein gesponnener brauner Wolle, die bis zu seinen Schenkeln reichte. Bei mildem Wetter war das seine übliche Kleidung. An einem breiten Ledergürtel hing eine Schwertscheide. Weiche Kiefernnadeln bedeckten den Weg zur Hütte. Deshalb trug er keine Sandalen. Die feuchten Haare hatte er im Nacken mit einem Band umwunden. Bevor er in die Sauna gegangen war, hatte er sich rasiert. Jetzt fühlte er sich erfrischt und sauber. Hawk konnte ein hinterhältiger autoritärer Bastard sein. Aber er besaß eine komfortable Sauna. Und er war ein guter Freund, dem es verdammt schwer fallen würde, zu begreifen, warum sich Dragon von einer rothaarigen Verführerin bezaubern ließ, die er gar nicht anschauen dürfte.

Geschweige denn küssen.

Nur ein Kuss, der nichts bedeuten sollte.

Auf seinen Reisen hatte er sich mit bildschönen, erfahrenen Kurtisanen vergnügt. Oder die Betten von Frauen geteilt, die mit ihrer Leidenschaft wettmachten, was ihnen an Liebeskünsten fehlte. Inzwischen müsste er das Stadium überwunden haben, wo ihn ein einziger Kuss übermäßig beeindrucken könnte.

Oder doch nicht?

Wie auch immer, es spielte keine Rolle, weil ihn größere Sorgen plagten. Zum Beispiel die Frage, wie er das unerträgliche Verlangen nach der jungen Frau zügeln sollte.

Seufzend nahm er sich vor, endlich herauszufinden, wer sie war. Sobald er das wusste, würde er die Gefahr abschätzen, in der sie schwebte, und ihre Sicherheit gewährleisten. Selbst wenn ihre Familie in die kürzlich niedergeschlagene Revolte gegen König Alfred verwickelt war, brauchte sie die Zukunft nicht zu fürchten. Hawk würde sie beschützen und ihr Schicksal dem König ans Herz legen. Wenn es um Frauen und Kinder ging, kannte der Herrscher keine Rachsucht. Für die junge Kriegerin wäre es am besten, Dragon anzuvertrauen, wovor sie floh. Dann würde ihr sicher nichts zustoßen.

Doch das musste er ihr erst einmal klar machen.

Mit diesem Problem befasste er sich immer noch, als er die Hütte erreichte. Die junge Frau war nirgends zu sehen. Wahrscheinlich schlief sie noch. Aber der Fisch konnte nicht länger warten. Außerdem musste sie hungrig sein. Gerade wollte er sie wecken, da trat sie hinter dem Stall hervor, den Kopf hoch erhoben.

Gleichmütig lächelte sie ihn an, die Wangen gerötet – von ihrem Schlummer, vermutete er.

»Ah, du bist zurückgekommen«, begrüßte sie ihn.

»Ich war schwimmen. Übrigens, hier gibt es eine Sauna, falls du sie benutzen willst.«

Dieser Vorschlag schien ihr zu missfallen. Vielleicht fand sie ihn fremdartig und exotisch. »Nein, ich bade lieber im Fluss. Sicher ist das Wasser warm genug.«

»O ja, sehr erfrischend.« Bald würden sie über das Wetter reden. Nach dem Kuss hatte sie nicht so verlegen gewirkt wie jetzt. Was mochte sie bedrücken? Warum wich sie seinem Blick aus? Bereute sie, was zwischen ihnen geschehen war – nachdem sie darüber nachgedacht hatte?

Das würde er bedauern, denn es erschwerte die Aufgabe, ihr Vertrauen zu gewinnen. Doch was den Kuss betraf – deshalb empfand er keine Gewissensbisse, die Erinnerung war zu süß. »Nun will ich mich um den Fisch kümmern«, erklärte er.

Während er das Abendessen vorbereitete, sammelte sie wilde Kräuter und Beeren. Meistens aßen sie schweigend, abgesehen von dem Lob, das sie dem gebratenen Fisch zollte, und einer kurzen Diskussion über die Frage, wie man am besten Forellen fing. Sie bevorzugte Netze, er Angelruten. Überaus höflich unterhielten sie sich.

Nach der Mahlzeit brach die Nacht herein. Sie nippten an dem Rheinwein, den Dragon in der Speisekammer gefunden hatte. Was die Vorräte betraf, war Hawk ein überaus großzügiger Gastgeber.

Rötlich schimmerte der Mars neben dem strahlend hellen Stern Spica. In dieser Nacht würde kein Mond scheinen, und der klare Himmel bot eine günstige Gelegenheit, die Konstellationen zu studieren.

»Kennst du auch Geschichten über Sterne?«, fragte Rycca zögernd. Sie hatte bemerkt, wohin er schaute, und die Neugier, die sie schon so oft beim Anblick der Lichter über der Erde verspürt hatte, erwachte wieder. Manchmal erschienen sie so nahe, als könnte man sie berühren, so, wie er es in der Kindheit versucht hatte.

»O ja, ein paar«, erwiderte er lächelnd. Sollte er sie mit Geschichten einlullen wie eine Mutter, die ihr Kind besänftigt? Sollte er Dichtung und Wahrheit erzählen, bis sie alles andere vergessen würde? Er füllte die beiden Becher noch einmal. »Siehst du die beiden hellen Sterne, die übereinander stehen – und die anderen zu ihrer Linken? Das ist Cassiopeia, die einstige Königin von Äthiopien, einem alten Land im Süden. Nachdem diese prahlerische Frau die Götter erzürnt hatte, wurde sie an ihren Thron gekettet. Hin und wieder hängt sie nach unten.«

»Wie schrecklich!«

»Gewiss. Aber die Araber behaupten, sie sei einfach nur ein kniendes Kamel. Rechts von ihr siehst du ihre Tochter Andromeda. Um Götter zu beschwichtigen und ihrem Schicksal zu entrinnen, wollte sie ihr Kind opfern, band es an einen Felsen am Meer fest und hoffte, ein Ungeheuer würde es verschlingen. Glücklicherweise ritt der Held Perseus auf einem geflügelten Pferd vom Himmel herab und rettete Andromeda gerade noch rechtzeitig.«

»Beneidenswerte Andromeda …«, murmelte Rycca.

Dragon nutzte die Gunst der Stunde. »Manchmal brauchen die Menschen Hilfe und müssen jemandem vertrauen, um ihre Probleme zu lösen.«

»Aber ich bin nicht an einen Felsen gefesselt.«

Ihre Geistesgegenwart verblüffte ihn. »Vielleicht doch – und du versuchst, dich allein aus einer Notlage zu befreien.«

»Was geschah mit Andromeda, nachdem Perseus sie gerettet hatte?«

»Welche Rolle spielt das?«

»Gehört das nicht zu der Geschichte?«

»Ja, wahrscheinlich schon.«

»Dann erzähl mir, wie es weiterging – *bitte.*«

Mit diesem Wort erreichte sie ihr Ziel. »Die beiden verliebten sich ineinander, Perseus nahm Andromeda zur Frau, und sie gebar ihm sechs Söhne und eine Tochter. Doch sie führten kein sorgenfreies Leben. Unwissentlich erfüllte Perseus die Prophezeiung, die seine Geburt überschattet hatte, und tötete seinen Großvater. Deshalb musste er aus seiner Heimat fliehen. Aber er gründete ein neues Königreich, dem viele Helden entstammen sollten. Und damit ist die Geschichte beendet.«

Inzwischen war das letzte Tageslicht erloschen, und er sah ihr Gesicht im Schatten, im Widerschein der Flammen. »Nur eine schöne Legende«, meinte sie. »Mehr nicht.«

»Es hätte tatsächlich geschehen können.«

Obwohl sie schwieg, wusste er, dass sie ihm nicht zustimmte.

Wenig später gingen sie schlafen – Rycca in der Hütte, Dragon im Freien. Die Nacht verdunkelte sich, Rehe und Hirsche tauchten aus dem Unterholz auf, wo sie tagsüber geschlafen hatten. Auch Füchse krochen aus ihrem Bau. Über Dragons Kopf flog eine Eule hinweg, die Flügel in der flüsternden Luft kaum bewegt. Ein paar kleine Fledermäuse flatterten unter den Bäumen. Im Stall träumten Romulus und Remus von grenzenlosen, saftig grünen Wiesen.

Dragon beobachtete, wie sich die Sternbilder veränderten. Bald sah er seinen Namensvetter, den Drachen, über den Himmel schweben. Früher hatte der hellste Stern im Drachen allen Reisenden den Weg nach Norden gewiesen. Jetzt war das nicht mehr möglich, denn der Himmel hatte sich verändert – auf seine eigene langsame Weise, die man in einem befristeten Menschenleben nicht wahrnahm. Er trank noch etwas Wein.

In schnellem Flug glitt ein funkelnder Stern über den Himmel und verschwand – blitzschnell erloschen, als hätte er niemals existiert.

So verdammt kurz war das Leben.

Immer wieder schlug Rycca mit der Faust auf das Kissen. Was zuvor angenehm und bequem gewesen war, erschien ihr jetzt klumpig. Und die weiche Decke reizte ihre Haut. Darunter war ihr zu heiß, ohne die dicke Wolle fror sie. Sie fand das Bett zu breit, die Luft zu still, die Nacht zu lang.

Also wirklich – wie konnte er sie mit Andromeda vergleichen? Und sich selbst mit dem Helden Perseus? Niemals würde er ein geflügeltes Pferd reiten. Sieben Kinder – ein verlorenes Königreich und ein neues Land. Welch eine Geschichte…

In ihrem Innern fühlte sie eine dumpfe, schmerzliche Leere. Warum ist das Leben so schwierig, fragte sie sich bedrückt. Solange sie mit ihrem Zwillingsbruder zusammen gewesen war, hatten sie einander nach besten Kräften geholfen. Davon abgesehen, blickte sie auf viele trostlose Jahre voller Zwietracht und Grausamkeit zurück. Und die Zukunft? Selbst wenn sie die Normandie erreichte – was mochte sie dort erwarten?

Thurlow musste seinen eigenen Weg gehen. Auf ihn konnte sie sich nicht verlassen. Wahrscheinlich blieben ihr nur zwei Möglichkeiten – das Kloster oder eine Ehe, beides gewissermaßen ein Gefängnis.

Aber es gab noch etwas anderes – das spürte sie mit allen Fasern ihres Seins. Am Strand war es ihr bewusst geworden, als sie ihre Freiheit genossen hatte. Was nutzte ihr die Freiheit, wenn sie allein lebte? Oder die Zweisamkeit, wenn sie die Gefangenschaft bedeutete?

Dieses verdammte Kissen…

Sie stieg aus dem Bett und wanderte zum Fenster, ging zum Tisch, strich über die Kante und erinnerte sich an den Kuss.

Da verstärkte sich der Schmerz in ihrem Innern.

Vermutlich würde man sie gefangen nehmen. Den Gedanken an diese Gefahr hatte sie tagelang verdrängt. Jetzt blickte sie der unheilvollen Wirklichkeit ins Auge. Nach Hawkforte zu gelangen, war schwierig genug. Vielleicht sogar unmöglich, denn inzwischen musste sich ihr Verschwinden herumgesprochen haben, und die Leute würden nach ihr suchen. Obwohl *er* ihr helfen würde, begann ihre Zuversicht zu schwinden.

Und wenn ihr die Flucht misslang, welches Schicksal mochte ihr dann drohen? Sie erschauerte. Sicher würde man sie einsperren, vielleicht sogar sterben lassen. Das traute sie ihrer Familie zu, und der Tod wäre ihre einzige Freiheit.

Ihr Atem stockte. Nein, sie liebte das Leben, jeden einzelnen Augenblick, und sie wollte in all den Freuden schwelgen, die es ihr bieten würde, wenn …

Wenn – was?

Wenn ich fliegen könnte, flüsterte ihr Herz.

5

Draußen war es kühler als tagsüber, aber Rycca fröstelte nicht. Durch das dünne Nachthemd hindurch liebkoste die Luft ihre Haut.

So leicht bekleidet ins Freie zu gehen, erschien ihr ziemlich gewagt. Wenn das Hemd auch bis zu ihren Fußknöcheln reichte – das Sternenlicht schimmerte durch den zarten Stoff. Einen Augenblick lang dachte sie an die Frau, für die es genäht worden war. Und plötzlich fühlte sie sich ihr eng verbunden. Barfuß, das offene Haar über den Schultern, eilte sie zum Feuer, neben dem Dragon lag.

Er schlief auf dem Rücken, einen Arm zum – oh, völlig leeren – Weinkrug ausgestreckt, den Kopf zu ihr gewandt, die Lippen leicht geöffnet. Bei jedem der rhythmischen Atemzüge, die seine Brust hoben und senkten, hörte Rycca ein leises Geräusch. Darüber musste sie lächeln. Dass er schnarchte, war eine kleine menschliche Schwäche, die ihr gefiel. Dadurch wirkte er zugänglicher. Langsam trat sie näher und begnügte sich vorerst damit, ihn zu betrachten. Zu ihrer eigenen Verblüffung kannte sie keine Bedenken. Die hätte sie hegen müssen, denn sie erlebte einen solchen Moment zum ersten Mal. Trotzdem zögerte sie nicht, weil sie einer viel zu düsteren Zukunft entgegenblickte. Wenn sie schon nichts Besseres erwarten durfte – diese Nacht würde ihr gehören.

Und dieser Mann.

Als er sich bewegte, lenkte er ihren Blick auf seinen Körper. Sie atmete die frische Nachtluft ein, und jenes erstaunliche wilde Verlangen regte sich erneut in ihrem Blut. O ja, sie würde ihm alles schenken. Zum Teufel mit Ehre und Pflichtbewusstsein und den übrigen Moralbegriffen! Nur sie allein bestimmte über ihr Leben, zumindest in diesen Stunden.

Aber wie sollte sie beginnen? Noch nie hatte sie einen Mann berührt, abgesehen von harmlosen Zärtlichkeiten, mit Thurlow ausgetauscht. Und außer jenem unschicklichen, betörenden Kuss, dessen sanfte, verhaltene Leidenschaft sie hierher gelockt hatte …

Also noch ein Kuss. Sie kniete neben ihm nieder. Dabei fiel eine ihrer Locken auf seine Stirn. Vorsichtig strich sie ihr Haar beiseite. Als er sich nicht bewegte, fasste sie Mut und neigte ihren Kopf hinab.

Obwohl im Schlaf entspannt, fühlten sich seine Lippen verführerisch an. Ganz behutsam berührte sie seinen Mund mit ihrem, ein Schmetterlingsflügel schien ihn zu streifen. Die Wärme, die er ausstrahlte, erhitzte ihren ganzen Körper. Oder vielleicht erfüllte die Glut bereits ihr Inneres, und der begehrenswerte Mann war der Funke, der sie entzündete.

Wie die Sonne den Himmel entflammt, dachte sie und verstärkte den Druck ihrer Lippen – nur ein wenig, immer noch sachte. Diesmal regte er sich, hob eine Hand seines ausgestreckten Arms und ließ sie wieder sinken.

Rycca lächelte an seinen Lippen, legte sich zu ihm und streichelte den nackten Arm. Unter ihren Fingern vibrierten seine Muskeln. Ihre Faszination wuchs. Niemals hätte sie sich träumen lassen, sie wäre so kühn, einen Mann aufreizend zu liebkosen. Die Frauen wurden von den Männern einfach gepackt, gedankenlos genommen, manchmal misshandelt. Denn die Herren der Schöpfung glaubten, der Körper einer Frau würde ihr nicht gehören. Ein männlicher Körper – das war etwas anderes. Sogar ein ganz gewöhnlicher Bauer hielt sich für den König seiner Hütte. Wehe dem, der daran zweifelte…

Aber jetzt ergriff *sie* die Initiative, wenn sie auch nicht wusste, wie sie vorgehen sollte. Bedauerlicherweise war er bekleidet, mit der Tunika, die er nach seinem Bad angezogen hatte. In der eher milden Nachtluft hatte er auf eine Decke verzichtet. Ryccas Hand glitt über seine breiten Schultern und die Brust, die sich wie ein sonnenwarmer Felsen anfühlte. Nur aus Sehnen und harten Muskeln schien er zu bestehen.

Ihr Wagemut beschleunigte ihre Herzschläge, während sie über seine Schenkel strich und die feinen Härchen ihre Handflächen kitzelten. Am Saum der Tunika zauderte sie. Wie einfach wäre es, das Gewand nach oben zu schieben und… Ryccas Wangen brannten. Nein, das wäre zu dreist.

Seufzend schüttelte sie den Kopf, und ihre kupferroten Locken streiften seine Brust. Wie immer wurde sie von der unausweichlichen Wahrheit gefangen genommen und nicht losgelassen. Mit ihrem Entschluss, das Schicksal nicht zu erdulden, das ihr die Familie zudachte, hatte sie die Grenzen der Schicklichkeit bereits überschritten. Und nun betrat sie in ihrer Kühnheit ein neues Reich, wo sich Verzweiflung und Sehnsucht kaum unterschieden.

Welch ein schöner Mann! So wundervolle Erinnerungen würden sie in der kalten, dunklen Zukunft wärmen.

Wenn ich mich schamlos verhalte – sei's drum, dachte sie, erhob sich hastig auf die Knie, ehe sie ihre Entscheidung zu widerrufen vermochte, und zerrte das Nachthemd über ihren Kopf. Kühle Luft berührte ihre Haut. Doch das spürte sie nicht. Zu heiß loderte das Feuer in ihrem Körper. Sie umfasste seine Hand und zog sie an ihren Busen.

Nur ein Traum – ein erotischer Traum, vom Wein heraufbeschworen ... Und doch, irgendwie anders ... Dragon verfügte über einen reichlichen Schatz an sinnlichen Erfahrungen, auf die er zurückgreifen konnte. Aber das schien nicht zu geschehen. Eigentlich müsste er träumen, er würde sich in Byzanz auf einem seidenen Diwan rekeln und die exquisiten Liebeskünste einer schönen Huri genießen – oder die Tscherkessin mit dem feuerroten Haar umarmen – oder die gelenkige Nubierin, die unglaubliche Positionen beherrschte ...

Stattdessen lag er auf hartem Boden, und die Huri – falls sie eine war – roch nach Geißblatt, und das erinnerte ihn ...

Abrupt öffnete er die Augen und starrte seine Hand an, die eine alabasterweiße, perfekt geformte Brust umschloss. Zwischen seinen Fingern ragte eine bezaubernde rosige Knospe hervor, und über einem energischen Kinn sah er honigfarbene Augen, die seinen Blick ohne die geringste Scheu erwiderten.

»Oh ...«, murmelte er, und das fand er so wortgewandt, wie man es von einem Mann unter diesen Umständen erwarten konnte, mochte er auch das Talent eines Skalden besitzen.

»Denk nicht nach«, empfahl sie ihm überflüssigerweise, denn er entsann sich nur vage, was Denken bedeutete. Und er wusste auch nicht, warum er sein Gehirn anstrengen sollte.

Ihr schimmernder Kopf beugte sich herab, und er fühlte

ihre suchenden Lippen, ihre warme Zunge, die seine kostete. Von heißem Verlangen erfüllt, fürchtete er zu bersten. Da lag sie, in seinen Armen. Während er sie mit seinem Körper bedeckte, meldete sich der letzte Rest seiner Vernunft und bekämpfte die rasende Begierde.

»Das darf ich nicht…«, flüsterte er. Doch er fand kein einleuchtendes Argument, um zu begründen, warum sein und ihr Verhalten unklug war.

Sein Protest wurde ignoriert. Mit beiden Händen, gestärkt vom jahrelangen Zügeln temperamentvoller Pferde, zog sie seine Tunika nach oben. Atemlos zerrte er den Saum in die entgegengesetzte Richtung. Welch eine lächerliche Situation – als hätten sie die Rollen vertauscht und *er* wäre die sittsame Jungfrau!

Erst jetzt bemerkte er, dass sie tatsächlich splitternackt war. Davon hatte er nicht geträumt, genauso wenig, wie er sich einbildete, ihre seidige Haut an seinem Körper zu spüren. Stöhnend strich er über ihren Rücken, die sanft gerundeten Hüften, und sie schmiegte sich fester an ihn.

Nein, er durfte es nicht tun. Auf keinen Fall, nachdem er gelobt hatte, er würde sie beschützen und sie könne ihm vertrauen. Heilige Frigg, Königin der Götter, hilf mir, betete er stumm.

Aber die Göttin zeigte sich nicht geneigt, ihm beizustehen. Er war allein mit seinem Gewissen – und mit dieser jungen Frau, die offensichtlich den Verstand verloren hatte. »Damit müssen wir aufhören«, keuchte er. Um seine Brust schienen sich Eisenklammern zu winden. Schmerzhaft hämmerte sein Herz gegen die Rippen. Und sein Penis, dieser leichtsinnige Kerl, strebte mit aller Macht danach, seinen Willen durchzusetzen – mochte es kosten, was es wollte.

»Nein«, entgegnete Rycca. »Nein«, wiederholte sie entschlossen, um ihm eine geflüsterte Bitte abzuschlagen. Und dieses zweite Nein drang durch den roten Nebel seines inneren Konflikts in sein Bewusstsein. Er schaute wieder in die schönen Augen seiner Kriegerin und las keine Angst darin, nicht einmal die schwache Spur irgendwelcher Zweifel. Von welchem Dämon wurde sie getrieben?

»Warum?«, fragte er, umfasste ihren Hinterkopf und streichelte ihr Haar. Mittlerweile war die Wirkung des Weins völlig verflogen, und Dragon fühlte sich hellwach.

Ihr Mund glitt über seinen. »Weil ich Erinnerungen sammeln möchte.« Unbefangen schob sie eine Hand unter seine Tunika, ertastete seine Männlichkeit und hielt erstaunt den Atem an.

Da stöhnte er wieder und ergriff ihre Finger. Aber er verwehrte ihr die Berührung nicht. Diese Zärtlichkeit ersehnten sie beide viel zu inbrünstig.

Erinnerungen? Das verstand er. Oft genug hatte er gewünscht, sich alle Sternenbahnen unauslöschlich einzuprägen, einen durchsichtigen Wolkenschleier vor dem Mond, den Duft einer Brise, das Flattern eines Vogelflügels – jede winzige, wunderbare Einzelheit auf dieser Welt. Doch solche Momente hatte er immer nur am Vorabend einer Schlacht erlebt. Oder in plötzlicher Stille, wenn er geglaubt hatte, der Zeitraum eines schönen Augenblicks müsste in Stunden gemessen werden, nicht in Sekunden.

Wo sah *sie* das Ende ihrer Hoffnungen? Dass sie es erwartete, bezweifelte er nicht. Sie hatte die Gefahr, die ihr drohte, und das Angebot seiner Hilfe erwogen und beschlossen, das Leben auszukosten, solange es noch möglich war. Damit bewies sie ihr mangelndes Vertrauen in ihn und ihren Mut. Trotzdem durfte er nicht tun, wozu sie ihn drängte. Oder doch?

Wie er aus Erfahrung wusste, gab es nichts, was Männer und Frauen enger verband als die körperliche Liebe. Wenn er ihr Freude und die angestrebten Erinnerungen schenkte und sie gleichzeitig vor allem Bösen bewahrte – würde sie ihm dann vertrauen? Dazu wäre sie gezwungen, wenn sie am Leben bleiben wollte.

Wenn...

Bei diesem Gedanken fühlte er, wie sich der mutwillige Kerl zwischen seinen Beinen ungeduldig regte. Die junge Frau rang wieder nach Luft. Aber sie ließ ihn nicht los. Auch Dragon holte tief Atem und kämpfte um seine Selbstkontrolle. In den parfümierten Gemächern von Byzanz hatte er Liebeskünste erlernt, die nur wenige Männer kannten. Nur ein einziges Ziel hatte er angesteuert – sein Vergnügen. Jetzt dachte er anders darüber.

Ja, er würde es tun und ihr die Erinnerungen verschaffen, die sie sich wünschte.

Hilflos bäumte sich Rycca auf, den Kopf in die Kiefernnadeln gepresst, die den harten Boden bedeckten. Schweiß benetzte ihre Haut, mühsam sog sie Luft in ihre Lungen, und die anschwellenden Wellen ihres Entzückens gönnten ihr keine Erholungspause. Sobald sie glaubte, sie wäre der süßen Qual entronnen, wurde sie von seinen suchenden Lippen und betörenden Händen in neue Ekstase getrieben. Ihre Brustwarzen erhärteten sich schmerzhaft, ihre Schenkel bebten, von Feuerströmen durchdrungen. Die Augen halb geschlossen, spähte sie zu dem dunklen Kopf zwischen ihren Beinen hinab und stöhnte, von unaufhörlichen gnadenlosen Reizen überwältigt.

Niemals hatte sie sich vorgestellt, niemals geahnt...

In der unwirtlichen Festung ihres Vaters hatte sie Männer unsanft nach den Brüsten der Frauen greifen sehen. Manche saugten sogar daran, wie Babys. Vor solchen Szenen pflegte Rycca zu fliehen. Aber eines Abends stand sie auf der Treppe, schaute in die Halle hinab und beobachtete einen Mann, der die Röcke einer Frau nach oben zerrte und sie auf einen Tisch legte, sein Glied entblößte und in sie eindrang. Nur ein paar kraftvolle Stöße, ein Grunzen – und seine Lust war gestillt. So wie sich Pferde paarten, ohne jedes Feingefühl …

Damals hatte Rycca geglaubt, auf diese Weise würden alle Liebesakte verlaufen. O süßer Himmel, welch eine Närrin war sie gewesen!

Ihre Finger gruben sich in seine breiten Schultern. Heiser schrie sie auf, als die Welt wieder zu bersten schien. Dragon hob den Kopf. Voller Genugtuung betrachtete er ihren hinreißenden Körper, der silbrig im Sternenlicht schimmerte. Die Befriedigung, die er ersehnte, empfand er nicht – nur jene, die er sich gestattete. Sie war eine Jungfrau. Davon hatte ihn sein Finger überzeugt, vorsichtig in ihre Weiblichkeit geschoben. Beinahe hätte ihn die heiße, feuchte Öffnung um seine Selbstbeherrschung gebracht. Doch die Barriere ihrer Unschuld bestärkte ihn in seinem Entschluss, sie nicht zu entehren.

Wie empfänglich sie für seine intimen Zärtlichkeiten war … Unter seiner Berührung erwachte ihr ganzer Körper zu pulsierendem Leben. Sie hatte keine großen Brüste. Aber sie passten perfekt in seine Hände, und er spürte die aufgerichteten Knospen. Anmutig geschwungene Hüften betonten die schmale Taille. An ihrem flachen Bauch war die Haut genauso empfindsam wie an den seidigen Innenseiten ihrer Schenkel. Und dazwischen glich das Zentrum ihrer Lust einer rosigen, glänzenden Muschel.

Mit flackernder Zunge schmeckte er sie, denn es drängte ihn, sie auf diese Weise kennen zu lernen, und ihre Leidenschaft belohnte ihn. Jener erste Kuss hatte ihn nicht getäuscht. In seinen Armen verwandelte sie sich in eine Flamme, ohne Scham, von einem Höhepunkt zum anderen gejagt.

Auf seine eigene Erfüllung verzichtete er. Irgendwie, obwohl es ihn fast umbrachte, würde er sich zurückhalten. Sein Körper schrie nach der Erlösung. Aber er ignorierte das

Verlangen, und seine Aufmerksamkeit galt ausschließlich der schönen Kriegerin.

Die Glut der schwelenden Asche verschärfte die markanten Züge seines Gesichts, die Rycca in ohnmächtigem Zorn musterte. Das tat er absichtlich – er verweigerte ihr, was sie sich am allermeisten wünschte, und gab ihr, was sie nie für möglich gehalten hätte. Das Erlebnis der Ekstase war eine weitere Neuheit in diesem seltsamen fremden Land. Doch diese Entdeckung genügte ihr nicht. Sie wollte… O Gott, noch einmal…

Jetzt ertrug sie es nicht länger. Und sie sehnte sich nach *ihm,* nicht nach der bezwingenden Fleischeslust, die er ihr bot. Entschlossen packte sie seine Schultern, mit einer Kraft, die sie sich niemals zugetraut hätte, schob ihn weg und drehte ihn auf den Rücken. »Das reicht«, wisperte sie an seiner heißen Brust. Dann wanderten ihre Lippen zum dunklen Kraushaar unterhalb seines Nabels hinab. »Genug! Du betrügst uns beide.«

»Nein«, erwiderte er, richtete sich auf und versuchte, sie zurückzuhalten. Aber sie war schneller. Mit seinem Liebesspiel hatte er ihr einiges beigebracht. Oder vielleicht ließ sie sich von ihren Instinkten leiten. Bei der ersten Berührung ihrer Zunge fiel er zu Boden und zitterte wie im Fieber.

Sehr gut, dachte sie, nun ergeht es ihm ebenso wie mir… Dann dachte sie gar nichts mehr und gab sich nur noch dem Bedürfnis hin, ihn zu kosten.

Irgendwo im Hintergrund seines Bewusstseins fragte er sich, ob man an dieser Wonne sterben könnte. Nach ein paar Sekunden schaltete das Rauschen seines Blutes alle Gedanken aus, und er verlor sich in heftigen Gefühlen.

Als seine Wahrnehmung zurückkehrte, kniete die junge Frau über seinen Hüften, schleuderte ihr Haar nach hinten und enthüllte ihre Brüste. Dieser Anblick würde ihm den letzten Atem rauben, hätte er zuvor ein bisschen Luft bekommen. Die Stirn gerunzelt, sank sie zielstrebig herab.

Plötzlich erkannte er ihre Absicht und bemühte sich, sie daran zu hindern, ohne Erfolg. Sie legte seine Hände auf ihre Brüste, ihre enge, feuchte Hitze umfing die Spitze seiner Männlichkeit.

Obwohl er wusste, er müsste ihr Einhalt gebieten, konnte er sich nicht dazu durchringen. Stürmische Leidenschaft lähmte seinen ganzen Körper – nur den mutwilligen Kerl zwischen seinen Beinen nicht, in dem sich sein ganzes Streben konzentrierte.

Fasziniert und völlig machtlos beobachtete er die junge Frau. In ihre Unterlippe gruben sich kleine weiße Zähne. Nachdem sie sich in die richtige Position gebracht hatte, glitt sie noch tiefer herab, um ihn in sich aufzunehmen. Er erwartete, sie würde zurückzucken, sobald er die Barriere erreichte. Doch er hätte es besser wissen müssen. Ohne Zögern erduldete seine Kriegerin den Schmerz.

Dragon schrie auf, und sie warf ihren Kopf in den Nacken. Aus ihrer Kehle rang sich ein lustvoller Laut, der ihm durch Mark und Bein ging. Seine großen Hände umfassten ihre Hüften. Vergeblich versuchte er, sie festzuhalten. Ihren inneren Muskeln war er nicht gewachsen. Rhythmisch bewegte sie sich, die Welt schien einzustürzen. Wie ein wilder Rausch übermannte ihn die Erfüllung, und die Essenz seines Lebens ergoss sich in den Körper seiner Liebhaberin. Stöhnend bäumte er sich auf, brach zusammen und versank in süßem Vergessen.

Etwas später hob Rycca langsam den Kopf, von der Kälte an ihrem Rücken gestört, und merkte, dass sie auf *ihm* lag. Seine Brust war ihr hartes Kissen. In ihrem Innern spürte sie einen sonderbaren, brennenden Schmerz, der sie eher an heiße Sinnenlust als an den Verlust ihrer Jungfräulichkeit erinnerte.

Die hatte sie *ihm* geschenkt. Gewiss, sie war eine Närrin, denn sie erkannte erst jetzt, was sie früher hätte bedenken müssen. Außer ihrer Unschuld hatte sie auch ihren Wert eingebüßt. Dem Himmel sei Dank, ich bin entehrt, dachte sie lächelnd. Die Familie würde sie sicher verstoßen. Denn der Vater und die Brüder konnten sie nicht mehr gegen eine königliche Gunst eintauschen. Für die Angehörigen würde sie nicht mehr existieren. Vielleicht konnte sie einfach verschwinden... Von neuer Hoffnung erfüllt, schmiedete sie Pläne.

Den Fremden, der unter ihr lag, hatte sie schon sie viel zu sehr in ihre Angelegenheit verwickelt und seine Hilfsbereitschaft ausgenutzt. Mochte er auch ein ranghoher Krieger sein und einem mächtigen Herrn dienen – woran sie nicht zweifelte –, würde man ihn womöglich zur Rechenschaft ziehen, wenn man erfuhr, was in dieser Nacht geschehen war. Vor dieser Gefahr musste sie ihn bewahren, das verlangte ihr Ehrgefühl.

Trotzdem fiel ihr die Trennung schwer. Nur sehr widerstrebend erhob sie sich. Nach einem letzten Blick auf den schlafenden Mann straffte sie die Schultern und eilte in die Hütte.

Wenige Minuten später schlich sie auf Zehenspitzen hinaus, wieder in ihrer Männerkleidung. Sie gestattete sich nicht, *ihn* noch einmal anzuschauen. Sonst würde ihr Entschluss ins Wanken geraten.

Von schwatzenden Eichhörnchen geweckt, blinzelte Dragon in die Sonne und beschattete seine Augen mit einer Hand. Als er aufsprang, kehrte die Erinnerung zurück. Wie festgewurzelt blieb er stehen. Die junge Frau...

Verwirrt schüttelte er den Kopf und versuchte klar zu denken. Er musste geträumt haben. Ja, natürlich. Sicher war sie nicht zu ihm gekommen, glühend vor Leidenschaft, um ihn auf betörende Weise zu verführen und seine edelsten Absichten zu vereiteln.

Nur ein Traum… Nein, kein Traum – denn jetzt betrachtete er seinen Körper und entdeckte den Beweis ihrer verlorenen Unschuld. Wütend begann er zu fluchen.

Neue Komplikationen in seinem ohnehin schon schwierigen Leben… Nun, jetzt ließ sich nichts mehr daran ändern. Damit mussten sich Hawk, Alfred und sogar sein Bruder Wolf abfinden. Ein schwaches Lächeln milderte seine grimmigen Züge. Vielleicht würde sich alles zum Guten wenden. Je länger er darüber nachdachte, desto wahrscheinlicher kam es ihm vor. Wäre etwas Wein im Krug übrig geblieben, er hätte ihn auf Friggs Wohl getrunken, denn er vermutete, die Göttin hätte die Ereignisse der letzten Nacht heraufbeschworen.

Doch er würde ihr erst später zuprosten. Zuerst wollte er die junge Frau finden.

Würde sie immer noch verschweigen, wer sie war? Grinsend malte er sich aus, wie er ihr erklären würde, sie könnte ihm ihr Geheimnis verraten oder warten, bis sie es dem Priester anvertrauen musste. Für ihn selbst würde das keine Rolle spielen.

Doch diese amüsante Begegnung fand nur in seiner Fantasie statt. Eine halbe Stunde später stellte er fest, dass sich das Mädchen weder in der Hütte noch in der näheren Umgebung aufhielt. Romulus und Remus standen im Stall, wie immer beglückt, ihn wieder zu sehen. Nachdem er ihnen frisches Wasser und Hafer gebracht hatte, setzte er seine Suche fort.

In der Sauna und am Ufer des Flusses fand er sie auch nicht. Immerhin entdeckte er ihre Fußspuren, die zum Wasserrand führten. Eine Zeit lang stand er da und starrte in die langsame Strrömung, dann schmetterte er seine Faust gegen den nächstbesten Baumstamm. Der schmerzhafte Schlag hätte einen schwächeren Mann in die Knie gezwungen. Aber

Dragon nahm ihn gar nicht wahr. Zum Teufel mit ihr! Sie hatte mit ihm geschlafen und ihm ihre Jungfräulichkeit geschenkt, den Eindruck erweckt, sie würde ihn zumindest begehren – nur um sich kurz danach in Luft aufzulösen, ohne ein einziges Abschiedswort.

Wie ein Tölpel war er einer betrügerischen, kaltherzigen Frau ins Netz gegangen. Und er hatte geglaubt, nichts könnte die Schmach übertreffen, von ihrem harten Knie in die Männlichkeit getroffen zu werden. Was er jetzt durchmachte, war viel schlimmer – eine Wunde in seinem Herzen, obwohl er diesen Schmerz nicht wahrhaben wollte. Nein, er erlaubte sich nur ein einziges Gefühl – wilden Zorn.

Ihr gebrochenes Wort würde sie bitter büßen – denn sie hatte versprochen, ein paar Tage in der Hütte zu bleiben. Außerdem war sie seine Geliebte geworden. Und deshalb hatte er gewisse Rechte, die sie ihm nicht nehmen durfte. Er würde sie finden und zwingen, ihren Namen zu nennen – und dann entscheiden, ob er die sinnlichste Frau, die ihm jemals begegnet war, für ihr Vergehen bestrafen wollte.

Wenig später stieg er auf Grani, den er Romulus genannt hatte. In Wirklichkeit hieß der Hengst nach dem Pferd des Gottes Sigurd. Sleipnir alias Remus, genannt nach dem Schlachtross des mächtigen Odin, folgte ihm. Im Sattel würde Dragon den Flüchtling am schnellsten aufspüren, und so verdrängte er seine Abneigung gegen Pferde.

Hastig untersuchte er die Umgebung und sah bestätigt, was er bereits ahnte. Die junge Frau hatte aus ihren Erfahrungen, vor zwei Tagen gesammelt, gelernt und keine Spuren außer den Fußabdrücken am Wasserrand hinterlassen. Also war sie in die Wellen gewatet. Diesem Beispiel konnte er nicht folgen, ohne die Pferde auf den glitschigen Felsen im Flussbett zu gefährden. Deshalb würde er ihr am Ufer nachreiten. An manchen Stellen zweigte der schmale Pfad in den

Wald ab. Doch das hatte nichts zu bedeuten, denn Dragon musste sich nur zwischen zwei Richtungen entscheiden.

Flussaufwärts, gegen den Strom, führte der Weg ins Hinterland, aus dem die Kriegerin geflohen war. Und flussabwärts lag Hawkforte, der Hafen, der ihr vielleicht eine Gelegenheit zur Flucht bieten würde.

Die Zähne zusammengebissen, wandte sich Dragon nach Süden.

Rycca strauchelte, schürfte ihre Knie auf scharfkantigen Felsen auf und unterdrückte einen Fluch. Mühsam erhob sie sich, spuckte Wasser aus und watete weiter – so wie jedes Mal, nachdem sie in diesem widerwärtigen, verhassten, scheinbar endlosen Fluss ausgerutscht und hingefallen war.

Klatschnass, halb blind vom feuchten Haar, das ihr in die Augen hing, folgte sie der Strömung. Alle Knochen taten ihr weh. Zudem fror sie erbärmlich. Und obwohl sie genug Wasser geschluckt hatte, um den Fluss trockenzulegen, reichten ihr die Wellen immer noch bis zur Taille. Die Versuchung, ans Ufer zu kriechen und sich wie ein Häufchen Elend zusammenzukrümmen, überwältigte sie beinahe. Aber ihre Willenskraft war immer noch stärker als dieser verlockende Gedanke. Nein, sogar ans Ende der Welt würde sie waten, stolpern und stürzen und stöhnen. Entweder der Fluss siegte – oder *sie*.

Weil sie kaum Luft bekam, lachte sie nur lautlos. Wenn sie bedachte, dass sie erst vor kurzem zu ertrinken gefürchtet hatte… Vielleicht wäre das ein barmherziger, schneller Tod gewesen, der scheinbar endlosen Qual vorzuziehen, die sie jetzt erlitt. Und was empfand ihr Herz? Keinen Schmerz. Es sei denn, die Leere in ihrem Innern würde vor Kummer widerhallen wie eine Höhle, wenn fremde Geräusche in ihre Tiefe drangen.

Ihn nie wieder zu sehen, nicht einmal seinen Namen zu

kennen – wie sollte sie das ertragen? Aber sie hatte ihn verlassen müssen. Er schwebte ohnehin schon in Gefahr, weil er mit ihr zusammen gewesen war – und in noch größerer, nachdem sie miteinander geschlafen hatten. Einem noch schlimmeren Unheil durfte sie ihm nicht ausliefern. Das wäre wahrlich ein schlechter Dank für seine Freundlichkeit. Wie selbstsüchtig sie ihn verführt hatte, ohne Rücksicht auf sein Wohl, nur um schöne Erinnerungen zu horten …

Auf ihren Lippen schmeckte sie Salz, das nicht aus dem Fluss stammte. Schluss mit solchen Gedanken! Was geschehen war, konnte sie nicht ändern. Und trotz ihrer Verzweiflung, trotz der Sehnsucht, die ihr die Kehle zuschnürte, wurde sie immer noch von dem inbrünstigen Wunsch getrieben, am Leben zu bleiben. Schritt für Schritt kämpfte sie sich flussabwärts, umklammerte Zweige und Felsvorsprünge, um ihr Gleichgewicht zu halten. Und jedes Mal, wenn sie ausglitt und stürzte, stand sie entschlossen wieder auf.

Erst nachdem sie mehrere Meilen zurückgelegt hatte, kletterte sie aus dem Wasser. Keuchend vor Erschöpfung, lag sie im Gras und versuchte, ihre Gedanken zu ordnen. War sie inzwischen weit genug geflüchtet, um einer Verfolgung zu entrinnen? Nicht einmal ein meisterhafter Späher konnte eine Spur finden, die es nicht gab. Oder doch?

Nein, das wollte sie sich nicht vorstellen. Eine Rückkehr in den Fluss würde sie nicht verkraften. Sie hob den Kopf und schaute sich um. Überall sah sie nur Wald, nichts wies darauf hin, wo sie sich befinden mochte. Seufzend stand sie auf und wrang das Wasser aus ihren Haaren und der Tunika. Sobald sie neue Kräfte gesammelt hatte, eilte sie weiter, am Ufer entlang. Eine halbe Stunde später hatte die warme Sonne sie beinahe getrocknet, und sie erreichte eine Flussbiegung, wo das Ufer in einen fast senkrechten Steilhang überging, dem sie nicht folgen konnte. Und so wandte sie sich landeinwärts, immer am Sonnenstand orientiert.

Eine Zeit lang durchquerte sie dichten Wald, auf unebenem beschwerlichem Terrain, bis sie eine breite Straße betrat, die vermutlich von vielen Reisenden benutzt wurde. Einerseits war das günstig, andererseits gefährlich. Nun kam sie etwas rascher voran. Aber sie konnte entdeckt werden. So schnell die müden Beine sie trugen, eilte sie weiter und lauschte unentwegt auf Hufschläge, rollende Wagenräder oder Schritte. Nach einigen Meilen fühlte sie sich völlig erschöpft. Mit letzter Willenskraft schleppte sie sich dahin.

Durch den Nebel ihrer Ermattung hörte sie die Geräusche der Reiter viel zu spät. Sobald sie das drohende Unheil erkannte, floh sie zwischen die Bäume am Straßenrand.

Aber der Anführer des Trupps hatte sie gesehen und rief: »Halt, Junge, halt!«

Natürlich gehorchte Rycca nicht. Ein kurzer Blick auf die Banner in den Händen der Vorreiter genügte ihr, um zu erkennen, in welch großer Gefahr sie schwebte. Im Zickzack rannte sie durch den Wald und hoffte, einen Weg zu finden, dem ein Pferd nicht folgen konnte. Aber das Schicksal war ihr nicht gewogen. Sie fühlte, wie der bemooste Waldboden unter Hufschlägen bebte, und im nächsten Augenblick wurde sie gepackt, auf einen Pferderücken gezerrt, und der Reiter sprengte zur Straße zurück. Rasend schnell glitten Büsche und Bäume an ihrem Gesicht vorbei und zerkratzten ihre Haut.

»He, Junge …« Unsanft wurde sie vom Pferd gestoßen und fiel in den Staub.

Die Stimme klang hart und hochmütig – und weckte qualvolle Erinnerungen. Ganz langsam stand sie auf – fest entschlossen, keine Angst zu zeigen. Und noch viel langsamer hob sie den Kopf, um der grausamen Wirklichkeit ins Auge zu blicken.

Im Sattel des stolzen Schlachtrosses saß ein kräftig gebauter Mann mit massigem Schädel und schütterem grauem

Haar, über vierzig Jahre alt. Brutalität und Ausschweifungen zeichneten seine Züge. Durch seine wettergegerbte Stirn zogen sich tiefe Furchen, ein faltiges Doppelkinn hing herab. Längst hatten sich einstige Muskeln in Fett verwandelt. Trotzdem wirkte er immer noch formidabel, wenn auch nur dank seiner deutlich erkennbaren Neigung, alle Leute zu töten, die ihn herausforderten, erzürnten oder einfach in seiner Bequemlichkeit störten. In letzter Zeit fand er wenig Gelegenheit, seiner Mordlust zu frönen, da König Alfred den Frieden sicherte. Dadurch war der unmenschliche Lord noch reizbarer geworden als in früheren Jahren. Mit schmalen Augen musterte er die schwankende Gestalt, die er zunächst für einen Jungen gehalten hatte.

Aber nicht lange, denn dafür kannte er sie viel zu gut.

Verblüfft hob er die Brauen, und der kleine Mund verzerrte sich. »Rycca!« Der Ruf – halb triumphierend, halb angewidert – jagte einen Schauer über ihren Rücken.

»Was?«, stieß eine jüngere Version des grauhaarigen Reiters hervor. Brutal riss der Mann an den Zügeln seines Pferds und lenkte es an die Seite des Anführers. »Rycca?«

»Sieh doch selbst!« Verächtlich wies der ältere Mann in ihre Richtung. »Ich wusste es ja, wir würden sie finden.« Auf den Sattelknauf gestützt, nickte er zufrieden. »Dummes Biest!«, fuhr er sie an. »Dachtest du wirklich und wahrhaftig, du könntest davonlaufen – und in der Kleidung deines Zwillingsbruders, dieses elenden Schwächlings, nach Hawkforte gelangen? Wolltest du dich auf ein Schiff schleichen, das die Normandie ansteuern würde?« Belustigt schüttelte er den Kopf, und der jüngere Mann stimmte in sein heiseres Gelächter ein.

»Bei Gott, du hast Recht! Diesen Plan hat sie zusammen mit Thurlow ausgeheckt. Erst verschwand der kleine Schurke, dann ergriff *sie* die Flucht. Und das taten sie nur, um dich zu demütigen.«

»Nein!« Trotz ihrer Angst konnte Rycca diese falsche Beschuldigung nicht hinnehmen. »Damit hatte Thurlow nichts zu tun, ich floh aus eigenem Antrieb.«

Wütend neigte sich der jüngere Mann aus dem Sattel hinab, um sie zu schlagen. Aber sie sprang behände zur Seite, und seine Faust traf die leere Luft, was seinen Zorn noch schürte. Fest entschlossen, sie zu züchtigen, stieg er ab.

Es gab keinen Ausweg, keine Zuflucht. Und die letzten Kräfte hatten sie verlassen. Verzweifelt entsann sie sich, wie wundervoll es gewesen war, umarmt und beschützt zu werden. In ihren Augen brannten Tränen, die sie erfolglos bekämpfte. Und ihr Herz – auf der langen Reise so dumpf und leer – schwoll plötzlich an vor lauter Sehnsucht nach dem Helden des fremden Landes, in dem sie nur wenige Tage verbracht hatte.

»Biest!«, wiederholte Ogden das Schimpfwort seines Vaters und schlug sie mitten ins Gesicht. Ein heißer Schmerz durchfuhr ihre Wange. Taumelnd sank sie zu Boden.

Der Lord of Wolscroft wandte sich zu einem der beiden Söhne, die seiner würdig waren – im Gegensatz zu der Zwillingsbrut, die seine schwache, kränkliche Frau kurz vor ihrem Tod geboren hatte. Der zweite war daheim geblieben, um die Festung zu hüten. »Beeil dich!«, befahl er und reichte ihm eine schwarze, zusammengerollte Peitsche. »Hier dürfen wir uns nicht lange aufhalten. Aber bring sie nicht um. Vielleicht können wir sie noch gebrauchen.«

Mit einem lauten Knall zuckte die Peitsche durch die Luft. Reglos, so fest wie nur möglich zusammengekrümmt, lag Rycca auf der Straße. Um zu wissen, wie sehr Ogden diese Vergeltung genoss, musste sie sein Gesicht nicht sehen. Schlimmer noch – sie wusste auch, welch große Freude der Vater an ihrem Leid fand. Beide Männer kannte sie gut genug. In ihrer Not sah sie nur einen einzigen Ausweg – die Flucht in ihre Seele. Dort hatte sie sich schon als kleines Mädchen verkrochen, wenn die

Grausamkeit des Vaters und der älteren Brüder unerträglich geworden war. Immer tiefer glitt sie hinab, zu einem besseren Ort, fern von der Welt, wo es so still war, dass sie kaum atmen musste.

Früher war es ein undefinierbarer Ort gewesen, leer und dunkel. Und jetzt nahm er plötzlich erkennbare Gestalt an – die Hütte, das parfümierte Bett, das leise Plätschern des nahen Flusses, der Duft von Holzrauch und *er*, der sie umarmte und mit seinem Lächeln erwärmte…

Beinahe war sie an diesem Ziel angekommen, als eine herrische Stimme in ihr Bewusstsein drang und sie in die raue Wirklichkeit zurückholte.

»Halt!« Dragon zügelte seinen Hengst vor der Truppe.

Ungläubig ließ er seinen Blick von dem zitternden, im Straußenstaub verkrümmten Mädchen zu dem Mann wandern, der eine Peitsche schwang. Dann starrte er den Reiter an, der offensichtlich das Kommando führte – zweifellos ein einflussreicher Lord, nach der vornehmen Kleidung und der erstklassig gerüsteten Eskorte zu schließen. Alle Anwesenden musterten ihn erstaunt – und in begreiflicher Sorge, die sich allerdings in Grenzen hielt, weil ihn niemand begleitete. Von dieser Erkenntnis beruhigt, bedeutete der ältere Mann einigen seiner Männer, den Fremden anzugreifen. Gehorsam ritten sie zu ihm und zückten ihre Schwerter.

Dragon beobachtete sie gelassen, seufzte leise und ließ Sleipnirs Zügel los. Sofort sprang das gut ausgebildete Schlachtross zur Seite. Zwischen Dragons Schenkeln spannte Grani seine Muskeln an.

Lässig zog Dragon sein Schwert aus der Scheide und grub die Fersen in die Flanken seines Hengstes.

Noch bevor der erste Angreifer seine Waffe schwingen konnte, streckte Dragon ihn nieder. Der Mann stürzte aus dem Sattel, prallte unsanft am Boden auf. Stöhnend tastete er nach seiner Schulterwunde, die nicht tödlich war, aber seine

Laufbahn als Ritter vermutlich beenden würde. Ein ähnliches Schicksal erlitt der zweite Krieger. Der dritte hielt etwas länger durch. Einige Minuten lang klirrten die Waffen, ehe auch er zusammenbrach. Fluchend und jammernd lagen alle drei auf der Straße – nur noch am Leben, weil es dem Fremden gefiel. Gewiss, in seinen Überlegungen spielte auch Mitleid eine kleine Rolle. Aber es widerstrebte ihm vor allem, diesem Abschaum den Weg nach Walhalla zu ebnen. Dort würden sie nämlich landen, wären sie im Kampf gestorben.

Dragons Bruder Wolf hielt man für den größten Krieger aus den nordischen Ländern, seit die alten Götter die Herrschaft übernommen hatten. Aber er behauptete, er habe den bedeutsamsten Krieger namens Dragon ausgebildet. An diesem strahlenden Frühlingstag, in Alfreds gesegneten Friedenszeiten, würde ihm wohl kaum ein Mann widersprechen, der dieser Straße nach Hawkforte folgte.

Ogden tat es jedenfalls nicht. Hastig wich er zurück, als Dragon sein Streitross mit sanftem Schenkeldruck zu ihm lenkte.

Unter der hellen Sonne schimmerte das blutrote Schwert. Ogden stolperte über die Peitsche und fiel schmerzhaft auf sein Hinterteil.

In panischer Kapitulation hob er die Hände. »Nein – nicht… Nur ein Missverständnis…«

»Wegen eines Missverständnisses hetzt Ihr bewaffnete Männer auf einen Reisenden, der Euch nichts getan hat?« Verächtlich wandte sich Dragon von dem Feigling, der zitternd im Staub lag, zu dem älteren Reiter.

Immer noch im Sattel, beobachtete der Anführer die Ereignisse. Aus seinem eben noch hochroten Gesicht war alle Farbe gewichen. Blitzschnell überdachte er die Lage. Mochte er auch grausam sein, dumm war er nicht.

»Ja, auch ich würde es ein Missverständnis nennen«, fuhr Dragon fort. »Und das ebenfalls…« Mit der Spitze seines

Schwerts zeigte er auf die junge Frau, die sich jetzt erhob und das wirre Haar aus ihrem Gesicht strich. Völlig verblüfft starrte sie ihn an, als wären Sonne und Mond gleichzeitig vor ihren Augen erschienen. Das bereitete ihm eine gewisse Genugtuung, aber es beschwichtigte seinen Zorn keineswegs. »Was macht Ihr hier?«, fragte er den älteren Mann.

»Bedauerlicherweise sehe ich mich gezwungen, eine ungehorsame Tochter zu bestrafen. Ja, Ihr habt mich richtig verstanden – trotz der Männerkleidung ist sie ein Mädchen. Dies alles geht Euch nichts an, Sir. Also reitet weiter.«

Die Tochter... Nur mühsam verbarg Dragon seine Überraschung. Das warf ein völlig neues Licht auf die Situation und erforderte eine kluge Taktik. »Darf ich erfahren, mit wem ich spreche?«, fragte er ausdruckslos.

Die Stirn gerunzelt, zögerte der ältere Mann. Doch er konnte sich nicht weigern, den Wunsch eines Kriegers zu erfüllen, der drei Wolscroft-Ritter besiegt hatte und Ogden im Staub winseln ließ. Dafür würde der Bursche teuer bezahlen. Andererseits brachte der Vater Verständnis für das würdelose Verhalten des Sohnes auf. Der Junge war dazu erzogen worden, alles zu tun, um zu überleben. Nur deshalb kroch er vor einem anmaßenden König zu Kreuze, der sich für einen hehren Friedensstifter hielt.

Bevor der Anführer antwortete, lächelte er kalt. Vielleicht erwartete er, der Krieger würde sein Verhalten bereuen, sobald er hörte, wen er herausgefordert hatte. »Ich bin Rudyard, Lord of Wolscroft aus Mercia. Genügt Euch das, wer immer Ihr sein mögt? Ihr wisst Euer Schwert zu schwingen. Aber ich sah Euch weder im Gefolge des Königs noch im Heer des Lords of Essex. Vielleicht sucht Ihr Ruhm und Ehre zu erwerben, indem Ihr Euch gegen ranghöhere Herren stellt.«

Jeden anderen Mann hätte die unmissverständliche Drohung eingeschüchtert. Aber Dragon starrte den Lord in wachsendem Unmut an. »Wolscroft …?«

Ungeduldig nickte Rudyard. »Steckt Euer Schwert in die Scheide und gebt den Weg frei, wir müssen weiterreiten.«

Dragon rührte sich nicht von der Stelle. »Dann ist Eure Tochter …?«

Warum erlaubte sich dieser unverschämte Fremde, nach dem Mädchen zu fragen? Rudyard seufzte ärgerlich. Aber wenn die Antwort den Kerl veranlassen würde, endlich zu verschwinden, sollte er sie hören. »Lady Rycca of Wolscroft. Übrigens würde ich Euch empfehlen, Euren Blick von ihr loszureißen. Denn sie ist mit einem norwegischen Lord verlobt, der bald hier eintreffen wird, um sie heimzuführen.«

Langsam schob Dragon sein Schwert in die Scheide – langsam stieg er aus dem Sattel. Ohne Rycca aus den Augen zu lassen, ging er zu ihr. Ogden war mittlerweile aufgestanden. Leichtsinnigerweise trat er vor seine Schwester, und Dragons gezielter Fausthieb warf ihn erneut zu Boden.

Rycca bewegte sich nicht. Hinter ihrer Stirn entstand ein schrecklicher Gedanke – so grausig, dass sie ihn kaum zu fassen vermochte. Der Held des fremden Landes hatte ihren Familiennamen erkannt. Das merkte sie ihm an, obwohl sie sich dagegen sträubte. O Gott, welcher beklemmenden Wahrheit musste sie ins Auge blicken?

Verzweifelt stieß sie hervor: »Ihr seid ein Angelsachse! Weil Ihr genauso gut englisch sprecht wie ich und …«

»Nun, ich beherrsche viele Sprachen, denn es fällt mir leicht, sie zu erlernen.«

»Ihr reist ohne Gefolge …«

Aber er benutzte eine Jagdhütte, die vermutlich dem Lord of Essex gehörte, mit allem erdenklichen Luxus ausgestattet. Und er besaß zwei prachtvolle Pferde. *Gesegnete Jungfrau Maria und alle Heiligen, warum hatte sie es nicht erraten?* Wer sonst würde es wagen, allein dieses Land zu durchqueren, seiner überragenden Kampfkraft sicher? Wer sonst durfte erwarten, dass niemand die Waffe gegen ihn erheben würde, wenn er sich nicht vor Hawk oder sogar dem König selbst verantworten wollte? Und warum hatte dieser Mann sie so freundlich behandelt, so geduldig und fürsorglich. Das passte nicht zu allem, was sie über ihn wusste – was sie unentwegt in bösen Träumen verfolgte.

»Auf meinen Wunsch verließ mich meine Eskorte. Ich wollte ein paar Tage allein sein. Um meine Zukunft zu überdenken.« Seine Mundwinkel zuckten. »Offensichtlich habt Ihr Euch nicht mit solchen Überlegungen begnügt – und stattdessen die Flucht ergriffen.«

Immer noch kämpfte Ryccas kaltes Grauen mit ungläubigem Staunen. Welche Arme hatten sie umfangen, wer hatte ihr jene himmlischen Freuden geschenkt, ihr Herz mit Zärtlichkeit und Leidenschaft beglückt? »Nein – Ihr könnt es unmöglich sein...«, stammelte sie und starrte in die goldbraunen Augen, die sie mit kühlem Spott musterten.

»Was soll das?«, fragte Rudyard. »Habt ihr beide euch schon kennen gelernt? Bei Gott, Sir, stellt Euch vor, oder Eure Fechtkunst wird Euch nicht vor dem Zorn des meist gefürchteten Wikingers retten, der es gewohnt ist, in Blut zu baden – ein Mann, so wild wie der Teufel, ein Mann, der...«

»...der einen Namen trägt«, fiel Dragon ihm ins Wort, griff nach Grani und sprang auf seinen Rücken. Nur sekundenlang erwiderte er Ryccas Blick, die ihn entgeistert anstarrte, das Gesicht aschfahl.

Entschlossen bekämpfte er den unsinnigen Wunsch, sie zu trösten, und wandte sich zu ihrem schurkischen Vater. Obwohl er mit ruhiger Stimme sprach, drang sie bis zur hintersten Reihe des Wolscroft-Gefolges. Und seine Erklärung wirkte durch ihre Schlichtheit umso eindringlicher.

»Ich bin Dragon Hakonson, Lord von Landsende, und ich kam hierher, um meine Braut zu holen.«

Sobald er die Worte ausgesprochen hatte, begann Rycca hilflos zu lachen – erst leise, dann immer lauter und schriller. Von der Ironie des Schicksals überwältigt, krümmte sie sich zusammen. Ihr Leben hatte sie gewagt, um diesem Mann zu entfliehen – und ihm nichts ahnend ihre Unschuld geschenkt. Und in diesem Moment schaute er von seinem hohen Ross auf sie herab und zürnte ihr – weil sie ihn betrogen hatte, mit ihm selbst?

Gab es irgendetwas Komischeres als das Leben?

Fluchend schwang sich Rudyard aus dem Sattel, um seine Tochter niederzuschlagen. Aber Grani sprang ihm in den Weg.

»Nein!«, rief Dragon in einem Ton, der keinen Widerspruch duldete.

Zunächst wollte der Lord of Wolscroft protestieren, doch er besann sich eines Besseren. Einen Mann wie Dragon Hakonson herauszufordern, wäre ein zu kühnes Wagnis. Außerdem mussten die Ansprüche eines Vaters hinter den Rechten eines Bräutigams zurückstehen.

»Verzeiht mir, Lord Hakonson«, bat er in jener demütigenden Pose, die er stets vor König Alfred einnahm. »Meine Tochter hat uns beide betrogen. Läge die Entscheidung bei mir, würde sie ihr restliches Leben hinter Gittern verbringen. So, wie die Dinge liegen …« Voller Hass und grimmiger Genugtuung starrte er das verzweifelte Mädchen an. »Einem ranghohen Mann wie Euch darf man nicht zumuten, eine Frau zu heiraten, wenn er nicht weiß, wo sie sich die letzten Tage aufgehalten hat oder – noch wichtiger – mit wem sie zusammen war. Falls Ihr meiner Tochter zufällig begegnet seid, könnte sie auch andere Männer getroffen haben. Solltet Ihr trotzdem auf der Hochzeit bestehen, muss sie vorher untersucht werden. Und ich gelobe Euch hoch und heilig – wenn sie keine Jungfrau mehr ist, wird sie sterben.«

Wie giftiger Nebel hing das grausige Versprechen des

Vaters in der Luft. Dragons und Ryccas Blicke trafen sich. Unausgesprochen teilten sie die Erkenntnis, dass er soeben die Waffe erhalten hatte, die ihn von einer unerwünschten Ehe befreien würde – von einer Braut, der er nicht trauen konnte. Wenn man bei einer Untersuchung die verlorene Jungfernschaft entdeckte, würde man ihr wohl kaum glauben, sie hätte sich ihrem Bräutigam hingegeben. Wenn er jetzt schwieg, würde sie den Tod finden.

Dragon zauderte nicht. Und er zog den bedeutungsvollen Augenblick auch nicht unnötig in die Länge. In gebieterischem Ton verkündete er: »Niemand wird sie anrühren. Da unsere Hochzeit als Friedenspfand zwischen unseren Völkern gilt, muss sie stattfinden – ohne Rücksicht auf die Gefühle der Braut.« Mit sanfter Stimme fügte er hinzu: »Oder auf meine.«

Ehe irgendjemand antworten konnte, beugte er sich hinab, schlang einen stahlharten Arm um Ryccas Taille und hob sie in den Sattel. Dann pfiff er nach Sleipnir, spornte Grani an und galoppierte zur Festung Hawkforte.

6

Das Geschrei drang in den ummauerten Garten nahe der Haupthalle. Sofort hörte Krysta auf, das Dillbeet zu bepflanzen, hob den kleinen Falcon hoch, der fröhlich krähte, und lief hinein. Von der Arbeit abgelenkt, eilten kopflose Dienstboten umher, was im wohlgeordneten Haushalt der Festung Hawkforte seltsam anmutete.

Verwundert versperrte Krysta einer Dienerin den Weg und erkundigte sich, was geschehen sei.

»O Mylady, soeben ist jemand eingetroffen – ich weiß nicht, wer … Aber es erscheint mir ungewöhnlich …«

Ungewöhnlich? Hawkforte war ein geschäftiger Hafen und die Residenz eines der mächtigsten englischen Lords. Nur der König würde über Hawk stehen, behaupteten manche Leute. Tag für Tag kamen und gingen zahlreiche Besucher – königliche Herolde, Geistliche, Handelsreisende aus fernen Ländern, sogar aus Byzanz. Daran war die Bevölkerung längst gewöhnt, und es erfüllte sie mit Stolz.

Warum regte sich die Dienerschaft plötzlich dermaßen auf?

Ihren kleinen Sohn noch fester an die Brust gepresst, durchquerte Krysta die Halle, trat in den hellen Sonnenschein hinaus und wandte sich an einen bewaffneten Krieger. »Hat jemand nach Seiner Lordschaft geschickt?«

Hawk hielt gerade Waffenübungen auf dem Turnierplatz ab. Regelmäßig und gewissenhaft drillte er sein Heer, das Alfreds Thron und den Frieden sichern half. Erst im Vorjahr hatte es den mercischen Verräter Lord Udell besiegt, der so wild entschlossen gewesen war, den König zu stürzen. Hawk hatte den Missetäter getötet – den Entführer seiner Frau Krysta. Damals waren sie noch nicht verheiratet gewesen. Doch sie hatte, wenn auch unwissentlich, bereits seinen Sohn unter dem Herzen getragen. Alles hatte ein gutes Ende gefunden. Dafür dankte sie dem Himmel jeden Tag.

Eifrig nickte der Soldat – ein hartgesottener, kampferprobter Krieger, aber trotzdem verwirrt, weil Hawks Frau ihn ansprach. Die Wangen leicht gerötet, antwortete er: »Ja, Mylady, er wurde verständigt.«

Sie lächelte ihn freundlich an, dann sah sie ihre alte Kinderfrau vorbeitrippeln. »Pass auf Falcon auf!«, rief sie. »Ich will sehen, wer angekommen ist.«

»Und wie geht's unserem Schätzchen heute Morgen?« Behutsam nahm Raven den kleinen Jungen in den Arm. »Also, ich schwöre, er ist letzte Nacht schon wieder um einen Zoll gewachsen.«

Glucksend schwenkte er beide Ärmchen durch die Luft, und Krysta lachte. Ihr Sohn war kerngesund. Schon jetzt deutete er an, dass er eines Tages die Körpergröße seines Vaters erreichen würde. Auch Hawks kastanienbraunes Haar hatte er geerbt, aber die waldgrünen Augen, die das Babyblau allmählich verdrängten, stammten von seiner Mutter. Das alles überraschte Krysta nicht. Denn sie erinnerte sich deutlich an jene seltsame Vision, wenige Monate vor der Niederkunft. Damals hatte sie in Lebensgefahr geschwebt, und das Bild eines jungen Mannes war ihr erschienen, um ihr Trost zu spenden und Kraft zu geben. Sie hatte ihn sofort als ihren Sohn erkannt. Bei dem Gedanken, wie knapp sie beide der wahnsinnigen, mordlustigen Frau entronnen waren, erschauerte sie immer noch. Aber dieses Unbehagen verflog jedes Mal sehr schnell. Jetzt genoss sie die Liebe und den Schutz ihres Ehemanns, die Wertschätzung seines Volks, dem sie mittlerweile angehörte, und die Freuden der Mutterschaft. Welches Unheil könnte ihr da noch drohen?

Trotzdem blickte sie dem Reiter, der soeben den Hof erreicht hatte, etwas beunruhigt entgegen. Sie kannte Dragon Hakonson. Schon mehrmals hatte er Hawkforte besucht, und er wurde stets herzlich begrüßt. Hawks Schwester, Lady Cymbra, war mit Dragons Bruder Wolf verheiratet. Und so wurden sie alle von freundschaftlichen und familiären Banden gleichermaßen vereint.

Nicht Dragons Anblick bereitete ihr Sorgen, sondern das Mädchen, das vor ihm im Sattel saß. Nur das kupferrote Haar, das auf die Schultern fiel, verriet das Geschlecht, denn die Unbekannte trug Männerkleidung. Doch das bedrückte Krysta nicht so sehr wie die sichtliche Erschöpfung der jungen Frau.

»Was ist geschehen?«, fragte sie und lief dem Paar entgegen. Während sie sich dem Mädchen näherte, wuchs ihre Bestürzung. An der Stirn zeigte sich eine Narbe, an der linken Wange eine starke Verfärbung. Die Kleidung war schmutzig und zerrissen. Auf den nackten Armen, Händen und Beinen entdeckte Krysta mehrere Kratzer.

Dragon übergab das leichenblasse Mädchen einem Krieger, stieg ab und nahm es sofort wieder auf seine eigenen Arme. Höflich nickte er Krysta zu. Aber er schenkte ihr kein Lächeln, was ihr ungewöhnlich erschien. In seinen Augen las sie einen eiskalten Zorn, den sie nie zuvor gesehen hatte.

»Ist Hawk hier?«, fragte er.

»Auf dem Turnierplatz. Er wurde schon benachrichtigt. Komm mit mir, bring deinen Schützling ins Haus.«

Mühelos kehrte sie die Schlossherrin hervor, wenn sie es für nötig hielt, und so auch diesmal. Wer immer das Mädchen war, es musste sofort umsorgt werden. Natürlich war Dragon zu klug, um eine andere Meinung zu vertreten. Aber falls er protestieren wollte, gab Krysta ihm keine Gelegenheit dazu. Gehorsam, wenn auch widerwillig, folgte er ihr in die Halle und die Treppe hinauf.

Sie führte ihn in den ersten Stock, wo die Gästezimmer lagen. Unterwegs befahl sie den Dienstboten, heißes Wasser, das Medizinkästchen, Verbandszeug und Ähnliches nach oben zu tragen. Als sie eine schwere Tür aufstieß, erkannte sie verspätet, dass sie ihn in sein gewohntes Zimmer geleitete. Für die junge Frau schickte sich das vielleicht nicht, denn sie war vermutlich – oder hoffentlich? – eine Fremde.

Diesen Irrtum berichtigte Dragon unverzüglich. Nachdem er sie aufs Bett gesetzt hatte, trat er abrupt zurück. »Darf ich dir Lady Rycca of Wolscroft vorstellen …« Wie sie hieß, schien ihm zu missfallen. Zumindest wiesen sein Tonfall und seine Miene darauf hin.

Beharrlich schwieg sie. Aber in ihrem abgewandten Blick lag ein so tiefer Kummer, dass Krysta unwillkürlich Mitleid empfand. Welches Geheimnis mochte hinter alldem stecken?

Denn Dragon war nicht der Mann, der Frauen unglücklich machte. Aber die Erklärungen mussten noch eine Weile warten. Erst einmal wollte Krysta die junge Frau verarzten, das war viel wichtiger.

Als die Dienstboten ins Zimmer eilten, nutzte Dragon die Gelegenheit, um sich mit einer knappen Verbeugung zu verabschieden.

In der Halle begegnete er Hawk. Die beiden Männer waren gleich groß, kräftig gebaute Krieger in der Blüte ihrer Jahre. Jeden bedauernswerten Widersacher, der sich zwischen sie stellte, würden sie zerquetschen, ohne sich anzustrengen. Freundschaftlich schüttelten sie sich die Hände.

»Dragon! Wir haben dich erst in ein paar Tagen erwartet. Ist dir die Jagd schon so bald langweilig geworden?«, fragte Hawk grinsend. Seit seiner Hochzeit wirkte er etwas entspannter und unbefangener. Trotzdem drückte seine Stimme einen gewissen Argwohn aus, weil er bereits erfahren hatte, dass sein Wikinger-Freund ein Mädchen mitgebracht hatte – sein Freund, der demnächst heiraten sollte.

»Von ein paar Hasen abgesehen, fand ich keine Zeit für die Jagd. Leider kam mir etwas dazwischen. Und das will ich dir erzählen, bevor du's aus anderem Mund hörst.«

»Lässt sich die Geschichte mit einem Ale-Horn leichter verkraften?«

»Eher mit einem ganzen Fass«, erwiderte Dragon grimmig und folgte dem Gastgeber zum wuchtigen Eichentisch am anderen Ende der Halle. Sofort erschien ein Diener – wie üblich, seit Lady Krysta die Haushaltsführung ihrer verrückten Schwägerin übernommen hatte. Schon nach wenigen Minuten wurden Ale-Hörner, frisch gebackenes Brot, kaltes Fleisch und Käse serviert, denn Krysta glaubte, man dürfte nicht trinken, ohne zu essen. Nachdem der Dienstbote seine Pflicht erfüllt hatte, entfernte er sich taktvoll.

»Nun, wo liegt das Problem?« Hawk nahm einen großen

Schluck, um den Staub des Turnierplatzes durch die Kehle hinabzuspülen.

Dragon zögerte nur kurz. »Wie du vermutlich schon erfahren hast, habe ich eine junge Frau mitgebracht, um die sich Krysta gerade kümmert – Lady Rycca of Wolscroft.«

Erstaunt hob Hawk die Brauen. »Deine Verlobte?«

»Meine *widerspenstige* Verlobte. Vor ein paar Tagen traf ich sie, nachdem sie in Männerkleidung aus dem Haus ihres Vaters geflohen war, statt hierher zu kommen und mich zu heiraten.«

Hawk räusperte sich und leerte sein Horn, denn er fand, diese Neuigkeit würde noch etwas mehr Ale erfordern. »Sie lief dir vor einigen Tagen über den Weg – und du bringst sie erst heute in meine Festung?«

»Wer sie ist, wusste ich nicht. Da sie sich weigerte, ihren Namen zu nennen ...« Sarkastisch verzog Dragon die Lippen. »... verschwieg ich auch meinen. War doch sehr klug, nicht wahr?«

»Warum gewinne ich den nachhaltigen Eindruck, du würdest das Gegenteil meinen?«

»Ohne zu wissen, wer ich bin ...« Eine Zeit lang starrte Dragon ins Leere, bevor er hinzufügte: »Ohne zu wissen, wer ich bin, schlief sie mit mir.«

Obwohl Hawk nicht sonderlich überrascht war, stieß er einen leisen Pfiff aus. »Nun, du hattest schon immer großen Erfolg bei den Frauen, darum musst du dich gar nicht bemühen. Natürlich fiel es dir leicht, eine verwirrte junge Unschuld zu verführen. Gewiss, sie hätte sich wehren müssen. Und du hättest nicht ...«

»So war es nicht«, unterbrach Dragon seinen Freund, die Wangen hochrot. »*Sie* hat *mich* verführt.«

»*Was?*« Hawk konnte seine Entrüstung nicht verbergen. »Aber – als ich Wolscroft besuchte und sie sah, nahm ich an, sie wäre – unberührt.«

»Das war sie auch.« Dragon trank sein Horn leer, füllte es noch einmal und gab seinem Freund zu verstehen, mehr habe er zu diesem Thema nicht zu sagen.

Nach einer längeren Pause fragte Hawk: »Ist sie tatsächlich weggelaufen?«

»Ja, in Männerkleidung, ganz allein. Wahrscheinlich wollte sie sich nach Hawkforte durchschlagen und an Bord eines Schiffs gehen.«

»Allein?« Ungläubig schüttelte Hawk den Kopf. »Ein tollkühnes Wagnis!«

»Auch ich hielt sie für mutig. Aber ich täuschte mich – sie hat Angst vor mir, weil sie mich nicht kennt und zweifellos die schlimmsten Schauergeschichten über die Wikinger gehört hat. Nun, diese Gefühle muss sie überwinden, sonst wird der Friede zwischen unseren Völkern bedroht.« Wehmütig seufzte Dragon. Dass er die »tapfere Kriegerin« falsch eingeschätzt hatte, bedrückte ihn. »Sie dachte nur an ihr eigenes Wohl«, fügte er bedauernd hinzu.

Was er damit ausdrücken wollte, verstand Hawk nur zu gut. Jahrelang hatten sie für eine bessere Zukunft gekämpft. Nun galt es, den Frieden zu sichern. Diesem Ziel musste man sich bedingungslos unterordnen, ohne Rücksicht auf persönliche Wünsche, Bedürfnisse oder sogar Ängste. Hawk hatte ebenfalls aus diesen politischen Gründen einer Heirat zugestimmt, den Widerstand seiner Instinkte missachtet – und das Glück seines Lebens gefunden. Manchmal ging das Schicksal seltsame Wege. »Ich dachte, sie würde zu dir passen, Dragon. Immerhin ist sie sehr schön. Und die Leute in Wolscroft wussten nur das Allerbeste über sie zu sagen.«

Plötzlich kehrte eine Erinnerung zurück, und Dragon schnitt eine Grimasse. »Ach ja, du hast die Leute schon immer mühelos zum Reden gebracht.«

Verlegen nickte Hawk. Vor einiger Zeit hatte er Wolfs Hakonsons Festung Sciringesheal in Vestfold aufgesucht, um herauszufinden, ob seine entführte Schwester eine Sklavin in grausamer Gefangenschaft oder eine bereitwillige, zufriedene Ehefrau gewesen war. Deshalb schickte er seine Männer in die Straßen der Stadt, wo sie sich umhören sollten. Aus ihren widersprüchlichen Berichten hatte er völlig falsche Schlüsse gezogen. »Vielleicht bin ich kein besonders guter Zuhörer«, meinte er reumütig.

»Mach dir keine Vorwürfe. Du hast getan, was dir richtig erschien. Das weiß ich zu schätzen.«

Hawk schwieg eine Weile. In seinen Sessel zurückgelehnt, betrachtete er das Ale-Horn, das er hin und her drehte. Aber er nahm keinen Schluck. Schließlich betonte er: »Du musst sie nicht heiraten.«

»Was?« Dragon zuckte zusammen, als hätte Hawk ihn geschlagen.

»Wolf, du und ich – wir alle sahen in der Ehe ein Mittel zum Zweck, das Bündnis zwischen den Norwegern und den Angelsachsen zu festigen. Trotzdem sind Wolf und ich sehr glücklich geworden. Und ich will mir nicht vorstellen, dir würde es anders ergehen.«

»Dachtest du nicht, die Liebe wäre so selten wie Hühnerzähne? Zumindest hoffst du, ich könnte der Dritte im Bunde werden?«

Seufzend zuckte Hawk die Achseln. »Als ich erkannte, wie innig sich Wolf und Cymbra lieben, glaubte ich, das wäre etwas ganz Besonderes – ein einzigartiges Himmelsgeschenk. Natürlich freute ich mich für meine Schwester, aber ich nahm nicht an, dieses Los wäre auch mir beschieden. Bis ich Krysta kennen lernte.«

»Anfangs hat sie dich verwirrt und erzürnt«, wandte Dragon lächelnd ein. Um jene Zeit hatte er Hawkforte besucht, und er erinnerte sich deutlich an die Spannungen zwischen den beiden, die jetzt eine so wundervolle Ehe führten.

»Nun ja, das stimmt – aber diese Schwierigkeiten habe ich bald überwunden. Jedenfalls – was ich vorhin sagte, war ernst gemeint. Du musst Lady Rycca of Wolscroft nicht heiraten. Indem sie davonrannte, brach sie den Ehevertrag. Niemand wird es dir verübeln, wenn du die Verlobung löst.«

»Obwohl ich mit ihr geschlafen habe?«

»Das war *ihre* Entscheidung – und *ihr* Fehler. Sicher werden wir eine andere Braut für dich finden – vielleicht keine so schöne, aber ein sanftmütiges, berechenbares Mädchen.«

»Eine fügsame kleine Frau, die mir die Füße warm reibt?«

»Was?«

Dragon verdrehte die Augen. »Vor einiger Zeit erklärte ich meinem Bruder, so würde ich mir meine künftige Gemahlin vorstellen. Da meinte er, ich würde mich zu Tode langweilen, noch ehe der Brautstrauß verwelkt.«

Vergeblich versuchte Hawk, ein Grinsen zu unterdrücken. Dann nahm sein Gesicht wieder ernste Züge an. »Ich weiß aus eigener Erfahrung, was eine Ehe bedeutet, die auf wahrer Liebe beruht. Und ich wäre ein schlechter Freund, wenn ich dich zu einer Heirat ermutigte, die von Misstrauen und Bitterkeit überschattet wird.«

»Trotz allem…«, begann Dragon langsam. »Ich werde mein Eheversprechen halten. Inzwischen ist es eine Frage der Ehre.«

»Leider ist die Ehre eine kalte Bettgenossin.«

Dragon wollte erwidern, Rycca sei keineswegs gefühlskalt. Aber er besann sich eines Besseren. An die Ereignisse jener Nacht wollte er nicht denken – es war immer noch zu schmerzlich. Dass sie ihn danach verlassen hatte, bereitete ihm Seelenqualen, die er niemals für möglich gehalten hätte. Ebenso die Erkenntnis, wie entschlossen sie ihn abgelehnt hatte, noch bevor sie einander begegnet waren…

Nein, darüber wollte er nicht grübeln. Und so konzentrierte er seine Aufmerksamkeit auf den Entschluss, der unwiderruflich feststand. »Was würde ihr denn zustoßen, wenn ich eine andere heirate? Als ich ihren abscheulichen Vater kennen lernte, wollte er sie gerade auspeitschen lassen.« Außerdem zog er es vor, ein Mädchen zu heiraten, das er kannte – bevor er eine weitere Enttäuschung erleben würde. »Also muss ich sie zur Frau nehmen«, bekräftigte er und trank sein Ale-Horn leer.

Behutsam hielt Lady Krysta einen Becher mit Kräutertee an die Lippen des Mädchens. »Hier, trinkt das.«

Nur langsam und zögernd gehorchte Rycca – als würde sie von irgendeinem fernen Ort zurückkehren. Offensichtlich war sie leicht benommen, vor Erschöpfung oder von dem grausamen Schlag in ihr Gesicht.

»Bitte, Lady Rycca«, drängte Krysta sanft. »Was immer Euch widerfahren ist – jetzt seid Ihr in Sicherheit, und wir werden Euch gut betreuen.« Ganz vorsichtig hob sie das Haar über der Stirn des Mädchens und betrachtete die Verletzung. »Wie ist das geschehen?«

Rycca schaute sie mit großen, blicklosen Augen an. Wieder einmal gewann Krysta den Eindruck, die junge Frau würde sich in weiter Ferne befinden.

Bevor die Frage in Ryccas Bewusstsein drang, verstrichen mehrere Sekunden. »Ich bin gestürzt«, erwiderte sie so leise, dass Krysta sich zu ihr neigen musste, um die Worte zu verstehen.

»Gestürzt? Wo denn?«

»Vom Rand einer Klippe – zum Meer hinab.«

Da Krysta das Mädchen nicht erschrecken wollte, verbarg sie ihr Entsetzen. »Und wie kam es dazu?«

Schweigend starrte Rycca den Becher an. Ein gutes Zeichen, dachte Krysta und hielt ihn wieder an die bebenden Lippen. »Nehmt noch einen Schluck, dieses Getränk aus Weidenrinde, Petersilie und einigen anderen Zutaten wird

Euch stärken. Das Rezept stammt von meiner Schwägerin, Lady Cymbra. Zweifellos habt Ihr von ihr gehört. Für ihre Heilkunst ist sie weithin berühmt.«

Nachdem Rycca an dem Becher genippt hatte, nickte sie. Wer hatte *nicht* von Lady Cymbra gehört? Sogar ihr Vater sprach mit widerwilliger Hochachtung von der Lady – vielleicht, weil sie die Ehefrau und die Schwester zweier gefürchteter Krieger war. Und außerdem die angeblich schönste Frau in der Christenheit. Als würde das noch nicht genügen, behauptete man, sie besitze die ungewöhnliche Gabe, fast alle Krankheiten und Wunden zu heilen.

Über seltsame Gerüchte wusste Rycca ebenfalls Bescheid. Ehe sie gelernt hatte, sorgsam zu verhehlen, wie unbeirrbar sie Lüge und Wahrheit unterscheiden konnte, war sie in Wolscroft voller Argwohn beobachtet worden. Hinter ihrem Rücken tuschelte man über sie. Ihr Vater meinte sogar, sie sei verhext. Eines Abends, nachdem er sich betrunken hatte, warf er ihr unheilvolle Blicke zu und murmelte, man müsse sie auf einem Scheiterhaufen verbrennen. Deshalb verkroch sie sich in den Tiefen ihrer Seele. Immer weiter hatte sie sich von der Außenwelt entfernt und schließlich befürchtet, es würde ihr eines Tages nicht mehr gelingen, in die Wirklichkeit zurückzukehren. Auch jetzt musste sie mit sich kämpfen, um diesen Raum wahrzunehmen, die Frau und alles andere, was real und berührbar war.

»Ja …« Endlich vermochte sie etwas lauter und energischer zu sprechen. »Von Lady Cymbra habe ich gehört. Auch von Euch.«

Diese Worte schienen Lady Krysta zu verwirren. Unsicher lachte sie und errötete leicht. In diesem Augenblick landete ein Rabe auf dem Fenstersims und spähte ins Zimmer. »Großer Gott, ich kann mir vorstellen, welche Geschichten Euch zu Ohren kamen.«

Dass sie von ihrem Ehemann vergöttert wurde, dass ihre

Schönheit dem Mond glich, dass sie mit ihren Segelkünsten so manchen Mann übertrumpfte … Warum bereitete ihr das alles Unbehagen? Gewiss, man munkelte, sonderbare Dienstboten würden sie umsorgen. Darauf hatte Rycca kaum geachtet – ebenso wenig wie auf das Geschwätz ihres Vaters über einen Landsmann namens Lord Udell. Dieser Mercier hatte geprahlt, er würde den König stürzen, und Lady Krysta entführt. Nach einer merkwürdigen Begegnung mit einem angeblichen Troll war er von einem wütenden Hawk erstochen worden. Jedenfalls blickte die Lady auf eine abenteuerliche Vergangenheit zurück.

»Glaubt mir, ich habe nichts gehört, was Eurem Ansehen schaden würde«, betonte Rycca.

Aber die Lady entstammte jenem verhassten, gefürchteten Volk, das in Ryccas Albträumen spukte. Niemals hatte sie erwartet, sie würde sich in der Gesellschaft von Wikingern wohl fühlen – oder sie würde mit einem dieser Männer schlafen, wenn auch unwissentlich … Die Erschöpfung drohte sie zu überwältigen. Doch der Tee wirkte belebend, und sie nahm noch einen Schluck.

»Was Euren Sturz von der Klippe betrifft«, begann Lady Krysta und raubte ihr die Hoffnung, sie hätte die Frage vergessen. »Wie schrecklich muss das gewesen sein! Wart Ihr auf dem Weg nach Hawkforte, als Ihr diesen Unfall erlitten habt?«

Langsam nickte Rycca. Selbst wenn sie die Kraft besessen hätte, die Wahrheit zu verheimlichen – sie sah keinen Sinn darin. Zweifellos würde Lord Dragon in allen Einzelheiten erzählen, was geschehen war. Keine Sekunde lang glaubte sie, er würde das Wort halten, das er ihrem Vater gegeben hatte, und sie tatsächlich heiraten. Obwohl jene Ankündigung ernsthaft und aufrichtig geklungen hatte … Nein, da musste sie sich irren. Wie konnte er sie zum Altar führen – nach allem, was geschehen war? Wahrscheinlich hatte er sie nur nach

Hawkforte gebracht, um sie zu bestrafen, mochte die sanfte Fürsorge, die sie jetzt genoss, auch nicht zu dieser Absicht passen. Nun, diese freundliche Betreuung würde sicher bald ein Ende finden, wenn es an der Tür klopfte und ein Krieger hereinstürmte, womöglich sogar Lord Hawk. Bei dieser Vision erschauerte sie. O Gott, was würde Lady Krysta empfinden, wenn sie erfuhr, wem sie so viel gütige Aufmerksamkeit geschenkt hatte?

»Sicher gehört das Nachthemd Euch, das ich in der Jagdhütte fand«, sagte sie unvermittelt. Ihr müdes Gehirn sprang von einem Gedanken zum anderen. »Das lieh ich mir aus, und dafür muss ich Euch um Verzeihung bitten. Ich weiß, es war falsch. Aber ich hatte noch nie etwas so Schönes gesehen.«

Verwundert schüttelte Krysta den Kopf. »Deshalb müsst Ihr Euch wirklich nicht sorgen. Wann seid Ihr von der Klippe gestürzt?«

»Vor ein paar Tagen.« Aus Ryccas Kehle rang sich ein leises Schluchzen. »Vor einer halben Ewigkeit …«

Inzwischen war Krysta ziemlich beunruhigt. Sie wusste, welche Folgen eine Kopfverletzung nach sich ziehen konnte. Dass Dragon für den Zustand des Mädchens verantwortlich wäre, vermutete sie keine Sekunde lang, denn er begegnete allen Frauen stets freundlich und rücksichtsvoll. Aber irgendetwas Grauenhaftes musste geschehen sein, und das wollte sie herausfinden. »War Euch nach dem Sturz schwindlig? Seit Ihr in Ohnmacht gefallen? Oder lässt Euch das Gedächtnis im Stich?«

Rycca lächelte schwach. »Ja, so lautet die Antwort auf alle drei Fragen. Mir schwindelte, ich verlor das Bewusstsein, und ich vergaß alles, was mir die Stimme der Vernunft zuflüsterte. Allerdings nicht in dem Sinn, auf den Ihr anspielt, Lady Krysta. Erstaunlicherweise nahm ich nur geringen körperlichen Schaden.«

Mit dieser Erklärung beruhigte sie Krysta nicht sonderlich. Vorsichtig strich sie über die Wange des Mädchens. Diese Verletzung sah frischer aus. Doch sie war sich nicht sicher. »Geschah das um dieselbe Zeit?«

»Nein, heute – mein Bruder schlug mich.«

Seufzend schnitt Krysta eine Grimasse. Von den Wolscrofts hatte sie immer nur Schlechtes gehört. »Tut mir Leid. Aber dieser Bluterguss wird bald verblassen. Jetzt braucht Ihr ein warmes Bad und eine herzhafte Mahlzeit – und nach einem erholsamen nächtlichen Schlaf werdet Ihr Euch morgen viel besser fühlen.«

»Wo ist Euer Mann?«

»Ich nehme an, er spricht mit Dragon. Warum fragt Ihr?«

»Dann wird Lord Hawk bald hierher kommen – und sich gewiss nicht über die freundliche Fürsorge freuen, die Ihr mir vergönnt, Lady Krysta.«

»Doch, natürlich. Warum zweifelt Ihr daran?«

Rycca holte tief Atem und suchte vergeblich, Mut zu fassen. Trotzdem antwortete sie: »Weil ich Lord Dragon nicht heiraten wollte, rannte ich davon. Wie es das Schicksal wollte, kreuzten sich unsere Pfade. Ich floh, und er verfolgte mich. Dabei fiel ich über den Klippenrand. Er trug mich in Eure Hütte, wo wir ein paar Tage verbrachten ...«

Sekundenlang senkte sie die Lider, dann begegnete sie Krystas sanftem Blick. Nur die Herzenswärme in den waldgrünen Augen bewog sie weiterzusprechen – und das verzweifelte Bedürfnis, jemand würde verstehen, was sie getan hatte, warum sie dazu getrieben worden war.

»Wer er ist, wusste ich nicht. Auch er kannte mich nicht. Doch ich – wünschte mir eine Erinnerung, etwas Schönes, Wunderbares, an das ich mich in der ungewissen Zukunft klammern könnte. Was zwischen uns geschah, ist einzig und allein meine Schuld. Und ich bereue es nicht einmal.«

Zu ihrer Verblüffung zeigte sich Lady Krysta weder entrüstet noch erschrocken. Stattdessen nickte sie und lächelte sogar, als würde sie eigene Erinnerungen wecken. »Ach ja, die Sehnsucht nach einem vollkommenen Glück in dieser unvollkommenen Welt, selbst wenn man die Vernunft missachtet, um es zu erringen …«

Während Rycca dieses unerwartete Verständnis zu begreifen versuchte, klopfte es an der Tür, und sie erstarrte. Nun würde man sie wegbringen, anklagen, bestrafen.

Aber die Lady rief: »Herein«, und einige Dienstboten schleppten gefüllte Wassereimer ins Zimmer. Andere folgten ihnen mit Kleidern, Speisen und Getränken. Wenige Minuten später hatten sie eine Wanne gefüllt und verschwanden.

»Über das alles reden wir später«, entschied Krysta. »Nehmt jetzt Euer Bad. Danach wird es Euch besser gehen.«

Verwirrt ließ sich Rycca von der zerfetzten, schmutzigen Männerkleidung befreien, die nach dem langen Marsch durch den Fluss ziemlich übel roch, und in die Wanne helfen. Das warme Badewasser duftete – nach Rosen? Ja, unverkennbar. Nie zuvor hatte sie so verschwenderischen, herrlich femininen Luxus genossen. »Himmlisch«, flüsterte sie.

»Ja, nicht wahr?«, stimmte Krysta zu, inspizierte die unansehnlichen Kleider und warf sie in eine Ecke. »Nun will ich Euer Haar reinigen.«

Ohne die Verletzungen an der Stirn und der Wange des Mädchens zu berühren, seifte Krysta die langen kupferroten Strähnen ein und spülte den Schaum heraus. Rycca saß einfach nur in der Wanne und bemühte sich, die Situation zu verstehen. Was sie vorhin erzählt hatte, schien die Herrin von Hawkforte nicht im Mindesten zu stören. Als würden jeden Tag entlaufene, zerlumpte Bräute in dieser Festung auftauchen und unmoralische Geständnisse ablegen …

Als das Badewasser abgekühlt war, stieg sie mit Krystas Hilfe aus der Wanne, wurde in ein großes Badetuch gehüllt und auf einen Stuhl am Tisch gesetzt. Behutsam rieb die

Gastgeberin das frisch gewaschene Haar trocken und entwirrte es mit einer Bürste.

Dann reichte sie Rycca ein Nachthemd. »Zieht das an.«

Zu müde und konfus, um zu widersprechen, gehorchte Rycca. Im breiten Bett, warm zugedeckt und von weichen Daunenkissen gestützt, beobachtete sie, wie einige Mägde erschienen und das Zimmer in Ordnung brachten. Keine warf auch nur einen kurzen Blick zu ihr herüber.

Nachdem sie sich entfernt hatten, trug Krysta ein Tablett zum Bett. »Nun müsst Ihr endlich etwas essen. Die Suppe schmeckt köstlich. Auch eins von Lady Cymbras Rezepten. Sie war so freundlich, mir ein Kochbuch zu schicken. Offen gestanden, für solche Dinge bin ich nicht sonderlich begabt.«

Fügsam schob Rycca einen vollen Löffel in den Mund. Die Suppe schmeckte tatsächlich ausgezeichnet. Von plötzlichem Heißhunger erfasst, lehrte Rycca die Schüssel so schnell, wie es der Anstand erlaubte. Danach sank sie in die Kissen zurück. Vor den Fenstern brach die Nacht herein.

Krysta ergriff einen Feuerstein und eine Zunderbüchse und entfachte Flammen in zwei eisernen Kohlenbecken, die zu beiden Seiten des Bettes standen. »Hoffentlich werdet Ihr bald einschlafen.«

»Wie kann ich Eure Freundlichkeit jemals vergelten?« In Ryccas Augen glänzten Tränen. Aber sie rollten nicht über die Wangen. So viel Selbstkontrolle besaß sie immer noch.

»Als ich in Not war, standen mir gütige Menschen bei«, erwiderte Krysta. »Eines Tages werdet auch Ihr jemandem helfen, und das ist mir Dank genug.« Sie wollte sich zum Gehen wenden, aber Rycca hielt ihre Hand fest.

»Bleibt noch eine Weile bei mir.«

»Ja, natürlich.« Krysta setzte sich auf den Bettrand und nahm an, das Mädchen würde sich nach allem, was es durchgemacht hatte, vor der Einsamkeit fürchten.

Doch sie erlebte eine Überraschung, denn Rycca verfolgte mir ihrer Bitte einen ganz bestimmten Zweck. »Habt Ihr wegen des Bündnisses zwischen den Wikingern und den Angelsachsen geheiratet?«

»Deshalb kam ich nach Hawkforte«, antwortete Krysta lächelnd. »Aber es war eine Liebesheirat.«

»Wie ist das möglich?« Entgeistert hob Rycca die Brauen. »Niemand heiratet aus Liebe.«

»Gewiss, so etwas kommt selten vor. Trotzdem ist es geschehen. Das ist eine lange Geschichte, und ich denke, dafür seid Ihr jetzt zu müde. Träumt Ihr von der wahren Liebe? Oder wollt Ihr aus anderen Gründen nicht heiraten?«

»An die Liebe habe ich bisher nicht geglaubt. Wenn Ihr sagt, sie würde existieren, will ich noch einmal darüber nachdenken. Jedenfalls bin ich eher skeptisch ... Was das Bündnis betrifft – Ihr seid Nordländerin, und ich möchte Euch nicht kränken.«

»Zweifelt Ihr am Wunsch der Wikinger, den Frieden zu bewahren?« In Lady Krystas Stimme schwang kein Vorwurf mit.

Was man in England von ihren Landsleuten hielt, wusste sie nur zu gut. Dafür brachte sie Verständnis auf. Nachdem so viele Angelsachsen jahrzehntelang unter den grausamen Angriffen der Norweger gelitten hatten, vermochten sie sich nicht vorzustellen, die wilden Männer aus dem Norden hätten ihre kriegerische Gesinnung tatsächlich aufgegeben.

»Abenteuer zu suchen – das liegt in der Natur unseres Volkes«, fuhr sie in sanftem Ton fort. »Außerdem hatten wir keine Wahl. So schön die nordischen Gebiete auch sind – sie bieten nur wenigen Menschen einen ausreichenden Lebensunterhalt. Wenn ein Bauernhof unter zu vielen Söhnen aufgeteilt wird, kann er keinen ernähren. Deshalb beschlossen zahlreiche Wikinger, Handel zu treiben, und reisten in die fernsten Teile der Erde.«

»Die Wikinger, die nach England kamen, wollten keine Geschäfte machen«, wandte Rycca ein.

»Ja, das stimmt. Hier sind schreckliche Dinge geschehen. Dieses Grauen musste ein Ende finden. Und so schlug Lord Wolf das Bündnis vor. Er hofft, mit der Zeit wird die Freundschaft zwischen den Norwegern und den Angelsachsen alle Betroffenen veranlassen, für den Frieden einzutreten.« Aufmerksam betrachtete Krysta das Gesicht des Mädchens. Dann lächelte sie wehmütig. »Ihr scheint mir nicht zu glauben, Rycca. Zumindest erwartet Ihr nicht, Wolfs Absichten würden zum Erfolg führen. Im Leben gibt es keine Garantien. Aber könnte sich die Mühe nicht lohnen?«

Brennende Hütten… Rauchwolken, von gellendem Geschrei erfüllt… Ein unfassbares Grauen, das ihr die Kehle zuschnürte… Und Aelflynne, die zu ihr rannte, die geliebte Puppe an die Brust gedrückt… Über ihr ein Schatten… Plötzlich ein Schluchzen, Aelflynnes Arme, Rycca entgegengestreckt, die sich im Stall versteckte… Für zeitlose Sekunden trafen sich ihre Blicke, bevor das Messer blitzte und Blut ins Erdreich sickerte – bevor die kleine Gestalt zu Boden sank und Aelflynnes Augen für immer erloschen…

»Nur die Macht gewährleistet den Frieden«, behauptete Rycca. »Wenn wir stark genug sind, um unsere Feinde zu besiegen, werden sie unsere Freunde. Vorher nicht.«

Krysta nahm kein Blatt vor den Mund. »Welch eine grässliche Ansicht!«

»Was ich miterleben musste, bestätigt meine Überzeugung«, stieß Rycca hervor. Abgesehen von der Herzensgüte eines Mannes, der sie nicht gekannt und trotzdem gelobt hatte, sie zu schützen, ohne irgendetwas für sich selbst zu verlangen… Einfach nur eine Laune des Schicksals.

Das ist nicht wahr.

»Bitte, lasst mich jetzt allein«, wisperte sie.

»Tut mir Leid, ich habe Euch zu lange wach gehalten.«

»Nein, so habe ich's nicht gemeint – es ist an *mir*, um Verzeihung zu bitten. Ihr wart sehr freundlich zu mir. Und das danke ich Euch mit schlechtem Benehmen.«

Krysta strich die Bettdecke glatt. »Keine Bange, ich fühle mich nicht gekränkt. Ihr seid müde.« So beschwichtigend wie eine Mutter, die mit ihrem Kind sprach, fügte sie hinzu: »Schlaft jetzt, Lady Rycca of Wolscroft. Morgen beginnt ein schönerer Tag.«

Einige Stunden später lag Krysta neben ihrem Mann im Bett. Schläfrig und zufrieden nach einem leidenschaftlichen Liebesakt, fragte sie sich, ob ihr hoffnungsvolles Versprechen erfüllt werden könnte.

Sie richtete sich auf und musterte Hawk. Die Wimpern gesenkt, die markanten Züge entspannt, wirkte er wie ein Mann, der nur noch eins im Sinn hatte – seine Ruhe. Krysta stieß ihn mit dem Ellbogen an. »Schläfst du?«

»Warum wollen die Frauen dauernd reden?«, seufzte er, ohne die Augen zu öffnen.

Da stieß sie ihn etwas fester an. »Frauen?«

Widerstrebend blinzelte er. »Habe ich das gesagt? Natürlich meine ich nur eine einzige Frau – eine wundervolle, hinreißende, gelegentlich lästige Frau.«

»Regt sich Dragon auf?«

»Männer regen sich nicht auf – sie geraten in Zorn oder Verwirrung, amüsieren sich, und ganz selten sind sie mit ihrer Weisheit am Ende. Aber sie regen sich niemals auf.«

»Und in welchem dieser Zustände befindet sich dein Freund Dragon?«

Hawk zögerte. Dann gab er es auf, Müdigkeit zu heucheln, und nahm seine Frau in die Arme. Als ihr Kopf auf seiner Brust lag, wo er hingehörte, antwortete er: »Ich glaube, sein Herz ist verwundet.«

»Ja, das hatte ich befürchtet. Sie ist sehr schön.«

»Nicht nur ihre Schönheit hat ihn bezaubert. Er dachte, sie wäre ungewöhnlich mutig und charakterstark. Und jetzt hat er eine Braut am Hals, die sich in ihrer Selbstsucht kein bisschen um den Frieden kümmert.«

»Da irrst du dich – der Frieden bedeutet ihr sehr viel. Sie meint nur, das Bündnis würde nicht dazu führen.«

»Was denn sonst? Ein neuer Krieg?« In Hawks Stimme schwang der Abscheu eines Mannes mit, der zu viele Jugendjahre auf Schlachtfeldern verbracht hatte.

»Das ist kein guter Beginn für eine Ehe«, seufzte Krysta.

»Trotzdem muss sie geschlossen werden.«

Aus der Wiege, die neben dem Bett stand, drangen leise, glucksende Laute. Falcons Eltern setzten sich auf, hielten den Atem an und fürchteten, nun wäre es um die Nachtruhe geschehen. Wenig später schlief das Baby wieder tief und fest. Erleichtert sanken sie in die Kissen zurück. Hinter Krystas Stirn kreisten immer noch Gedanken.

»Ein verwundeter Drache«, wisperte sie, an ihren Mann geschmiegt.

»Sieht so aus«, murmelte er im Halbschlaf.

Gefährlich, flüsterte eine warnende innere Stimme. Aber inzwischen fühlte sie sich zu erschöpft, um darauf zu hören. Außerdem war das nicht ihre Sorge.

Umso schwerer lastete das Problem auf Ryccas Seele. Während sie in dem breiten, luxuriösen Gästebett lag, zählte sie die langen nächtlichen Stunden und fragte sich, was der Morgen bringen würde. So gut gemeint Lady Krystas Versprechen auch war – Rycca bezweifelte, dass ihr ein schöner Tag bevorstand.

7

Endlich wurde sie vom Schlummer überwältigt – und am nächsten Morgen genauso freundlich betreut wie am Vortag. Als sie die Augen öffnete, blinzelte sie in hellen Sonnenschein, dann erblickte sie geschäftige Dienerinnen und eine entschlossen lächelnde Krysta. Der Tag sah aus wie blank geschrubbt, und Rycca fühlte sich so ähnlich, nachdem sie aus ihrem zweiten Bad gestiegen war.

Mit einem Hemd bekleidet, das Krysta ihr gebracht hatte, setzte sie sich an den Tisch vor der Fensterfront. Von hier aus sah sie die Dächer der zahlreichen Nebengebäude, die hohen steinernen Mauern, die Stadt mit dem Hafen, wo reges Leben und Treiben herrschte. Sicher war nur Winchester größer, die königliche Residenz, die Rycca einmal besucht hatte.

Die Aussicht auf Hawkforte milderte sogar ihre düsteren, ungeordneten Gedanken. Entlang der Straßen reihten sich Läden aneinander, manche zweistöckig, weil die Besitzer in den Obergeschossen wohnten. Große Gärten lagen hinter den Häusern. Da und dort grasten Ziegen, Schweine wälzten sich im Schlamm. Plötzlich leuchtete sonniges Weiß auf und lenkte Ryccas Blick auf eine kleine Schafherde, die zum Markt getrieben wurde.

Am Kai schaukelte ein halbes Dutzend Schiffe auf sanften Wellen, und Rycca fragte sich, auf welchem sie wohl zur Normandie gefahren wäre, hätte das Schicksal ihr diese Gunst gewährt. Vielleicht auf keinem – denn ihr Plan war von Anfang an zum Scheitern verurteilt gewesen. Trotzdem versank sie noch für eine kleine Weile in ihrem Traum, da es ihr widerstrebte, die Hoffnung auf Freiheit für immer aufzugeben.

Krysta holte sie in die Wirklichkeit zurück, mit sanfter Stimme, als spürte sie das Bedauern, das dunkle Schatten unter Ryccas Augen hinterlassen hatte. »Heute Morgen ist Euer Vater eingetroffen.« Was die Herrin der Festung Hawkforte davon hielt, deuteten die leicht verkniffenen Lippen an. »Er sprach mit meinem Gemahl. Worum es bei dieser Unterredung ging, weiß ich nicht. Jedenfalls wirkte Wolscroft danach etwas ruhiger.«

»Ruhiger?« Rycca hob die fein gezeichneten Brauen und wandte ihren Blick von dem Frühstückstablett ab, das vor ihr auf dem Tisch stand. In diesem Augenblick würde sie keinen Bissen hinunterbringen. Nachdem sie die Neuigkeit vernommen hatte, erschien ihr die Last, die ohnehin schon auf ihrer Seele lag, noch schwerer. Viel zu schnell stürmten Ereignisse auf sie ein, die sie nicht beeinflussen, geschweige denn kontrollieren konnte. Sie fühlte sich wie in einem Käfig, dessen Gitterstäbe näher und näher rückten. »Dieses Wort hörte ich noch nie, wenn mein Vater beschrieben wurde.«

»Nun, Hawk übt eine erstaunlich beschwichtigende Wirkung auf seine Mitmenschen aus, wenn er sich darum bemüht.« Wie Krystas Lächeln erkennen ließ, war der Ausdruck »beschwichtigend« vermutlich die falsche Formulierung für das Verhalten ihres Mannes.

»Trotzdem …«

»Eure Mitgift wurde unserem Priester übergeben, Vater Desmond. Heute Nachmittag wird er Euch mit Lord Dragon vermählen.«

Aus Ryccas Gesicht wich der letzte Rest eines rosigen Hauchs. Verzweifelt schaute sie ihre Gastgeberin an und las aufrichtiges Mitleid in den grünen Augen, aber auch unbeugsame Entschlossenheit. Krysta setzte sich zu ihr und umfasste ihre kalten Hände mit warmen Fingern. »Was Euch offensichtlich quält, würde ich Euch gern ersparen. Bitte, findet Euch mit Eurem Los ab. Diese Hochzeit *muss* stattfinden.«

»Warum?«, fragte Rycca leise. »Eigentlich dachte ich, mittlerweile hätte sich Lord Dragon anders besonnen und entschieden, unsere Ehe würde ihm missfallen.«

»Nein, sein Entschluss steht fest.«

»Von Anfang an war er gegen die Verlobung. Nur widerwillig erklärte er sich dazu bereit. Und jetzt, wo ich einen so schlechten Eindruck auf ihn gemacht habe…« Ryccas Stimme erstarb.

Was der Mann von ihr halten mochte, der sie umarmt und beglückt hatte – diesen Gedanken konnte sie kaum ertragen. Schlimm genug, dass sie vor einer Heirat geflohen war, die dem Frieden dienen sollte. Noch schlimmer – sie hatte einem vermeintlich Fremden ihre Jungfräulichkeit geschenkt, die einzig und allein ihrem künftigen Gatten gehören müsste. Sicher glaubte er, sie wäre ein selbstsüchtiger Feigling, eine Hure ohne jede Moral.

Welch ein schreckliches Vorzeichen für eine Ehe… Die Lippen zusammengepresst, kämpfte sie mit den Tränen.

Krysta stand auf und warf einen kurzen Blick auf die Dienerinnen, die in diskreter Entfernung warteten, um die Braut anzukleiden. Dann wandte sie sich wieder zu Rycca. Nicht unfreundlich, denn das würde ihrem Wesen widersprechen, erklärte sie: »Wie ich Euch bereits mitgeteilt habe, bleibt Dragon bei seiner Entscheidung. Aber Ihr habt die Möglichkeit, Nein zu sagen, wenn Ihr heute Nachmittag mit Vater Desmond sprecht. Dagegen könnte niemand etwas unternehmen, weder Dragon noch Hawk oder Euer Vater, nicht einmal der König. Was das betrifft, folgt die Kirche einem unwiderruflichen Gebot. Ohne die Zustimmung des Bräutigams und der Braut darf keine Ehe geschlossen werden.« Eindringlich schaute sie in die Augen des Mädchens. »Ihr wisst natürlich, was dann mit Euch geschehen würde.«

»Ja – ich müsste mich wieder in die Obhut meines Vaters begeben.«

»Genau. Und er würde Euch bestrafen. Dazu ist er nach dem Gesetz berechtigt.«

Zu Krystas Überraschung lächelte Rycca dünn. »Was für eine Ironie! Mein Vater würde sich freuen, wenn die Trauung nicht stattfände.«

»Wegen der Mitgift?«

»Keineswegs. Er prahlt sehr gern mit seinem Reichtum. Aber sein Hass gegen die Wikinger kennt keine Grenzen. Auch den König verabscheut er, der das Bündnis mit den Norwegern geschlossen hat und sich mit den Dänen zu einigen sucht. Trotzdem würde er mich bestrafen. Vielleicht sogar mit dem Tod.«

Eine Zeit lang schwieg Krysta, dann fragte sie tonlos: »Wisst Ihr, ob Wolscroft auf Lord Udells Seite stand?«

»Meint Ihr den mercischen Verräter, den Euer Mann getötet hat?«

Krysta nickte und erinnerte sich beklommen an die Ereignisse des Vorjahrs. Beinahe hätten sie zu einer Tragödie geführt. »Euer Vater wurde nicht verdächtigt. Allerdings – wenn er Alfred hasst …«

»Nun, er hielt Udell für einen aufgeblasenen Narren, einen Angeber, der sich einbildete, er könnte den König stürzen. Aber Udell ergriff immerhin die Initiative, mochte er auch ein falsches Ziel ansteuern, während mein Vater untätig blieb. Selbst wenn er noch so erbittert gegen den König wettert – im Grunde geht's ihm nur ums Überleben.«

Erleichtert atmete Krysta auf. »Und deshalb ließ er sich von Hawk *beschwichtigen*.«

Zu ihrer eigenen Verblüffung lachte Rycca, bis ihr Blick zu den wartenden Dienerinnen hinüberglitt. In wachsender Verzweiflung erkannte sie ihre ausweglose Lage.

Das traumhafte schöne Brautkleid erweckte den Eindruck, es wäre aus schattigem Moos gewoben, aus Sonnenlicht, das zwischen Bäumen schimmerte. Hier und da, an den Ärmeln und am Saum, mit scheuen Veilchen und verschlungenen Zweigen bestickt.

So etwas hatte Rycca nie zuvor gesehen. »Das kann ich unmöglich tragen.«

»Natürlich könnt Ihr es«, widersprach Krysta energisch. »Die Farbe passt perfekt zu Euch. Viel besser als zu mir.«

»Es wurde für Euch geschneidert.«

»Ja«, gab Krysta zu. »Aber ich habe dieses Kleid nie getragen. Und jetzt will ich es Euch schenken. Kommt, wir müssen herausfinden, ob etwas geändert werden muss. Wahrscheinlich nicht, denn wir sind gleich groß.«

Sie streifte das prachtvolle Gewand über Ryccas Kopf und half ihr, die Arme in die Ärmel zu schieben. Dann verschnürte sie das Oberteil am Rücken und trat zurück, um die Braut prüfend zu betrachten.

»Genauso, wie ich es erwartet habe. Das Kleid sitzt wie angegossen. Und die Farben passen ausgezeichnet zu Eurem Haar und den Augen.«

Hinter ihr jubelten die Dienerinnen, um ihre Zustimmung zu bekunden, wichen eifrig zur Seite und gaben den Blick auf einen Gegenstand frei, den Rycca verwirrt anstarrte. So etwas sah sie zum ersten Mal – das seltsame Ding war fast so groß wie sie, eine halbe Armeslänge breit, und darin schimmerte …

Von ungläubigem Staunen erfasst, ging sie darauf zu, streckte eine Hand aus und beobachtete, wie die ätherische Gestalt im glänzenden Metall dieselbe Geste machte.

»Ein Spiegel aus Byzanz«, verkündete Krysta.

»Unglaublich«, flüsterte Rycca. »Bisher kannte ich nur Spiegel, die in der Länge und der Breite ein paar Zoll maßen …« Verwundert unterbrach sie sich, denn die Frau im Spiegel bewegte die Lippen. Das konnte unmöglich sie selbst sein, dieses zauberhafte Geschöpf mit feuerrotem Haar und dem schönen Gesicht über einem gertenschlanken, grazilen Körper, den das Kleid verhüllte und zugleich betonte. In diesem Spiegel zeigte sich kein einziger Makel. Nicht einmal die Verletzung auf der Wange. Zögernd trat Rycca näher und berührte ihr Gesicht. Der Bluterguss war völlig verblasst, die Narbe auf der Stirn nicht mehr zu sehen.

»Wie schön Ihr seid!«, meinte Krysta aufmunternd.

Damit tröstete sie Rycca nicht. Unter normalen Umständen würde ihre Schönheit den Bräutigam vielleicht erfreuen. Aber so, wie die Dinge lagen, durfte sie nicht darauf hoffen. Ihrem Charakter würde seine Aufmerksamkeit gelten, nicht ihrem Gesicht oder ihrer Figur. Sie holte tief Atem und wandte sich vom Spiegel ab.

»Wollt Ihr etwas trinken?«, fragte Krysta.

Nur um der freundlichen Frau einen Gefallen zu erweisen, würgte Rycca einen Schluck Wasser hinunter. Zu ihrer Erleichterung wurde bis zur Zeremonie gefastet.

Viel zu früh kam der Augenblick, in dem sie aus dem Zimmer die Treppe hinabgeführt wurde. Aus der Halle drang ihr lautes Stimmengewirr entgegen. Eine Hand gegen die Wand gestützt, blieb sie stehen und starrte nach unten. Welch eine Menschenmenge... Reiche Kaufleute und ihre Ehefrauen mischten sich mit würdevollen Rittern und deren Ladys. An einer Seite des Raums entdeckte sie ihren Vater und sein Gefolge. Die Stirn gerunzelt, sah er sich um. Aber vor den wachsamen Augen der Hawkforte-Krieger konnte er nichts unternehmen. Und dann erblickte sie den Festungsherrn. Alle anwesenden Männer überragte er, außer dem Wikinger, der neben ihm stand. Offenbar führten die beiden ein angeregtes Gespräch.

Während Rycca ihren Bräutigam betrachtete, stockte ihr Atem. Nur das goldbraune, im Nacken zusammengebundene Haar, die ebenmäßigen markanten Gesichtszüge und die hoch gewachsene Gestalt erinnerten an den Mann, der ihre Flucht verhindert hatte. Jetzt trug er eine schwarze, mit kostbaren Goldfäden durchwirkte Tunika. Auch an seinem Hals schimmerte Gold, das Symbol seines Rangs und seiner Macht. Er trug nur einen kurzen Dolch an der Taille, vielleicht zu Ehren des Gastgebers. Trotzdem wirkte er bedrohlich. Und seine düstere Miene verriet, wie schwer ihm der Gang zum Traualtar fallen würde.

Den Männern in seiner Nähe schien die Hochzeit ebenso wenig zu behagen. Fast so groß wie Dragon, mit scharfen, durchdringenden Augen, strahlten seine Wikinger-Krieger unbesiegbare Kraft und Kampflust aus. Falls sie die angelsächsische Gesellschaft unangenehm fanden, ließen sie sich nichts dergleichen anmerken. Aber wie ihre angespannte Haltung bezeugte, waren sie auf der Hut – und stets bereit, beim geringsten Anzeichen einer Gefahr einzugreifen.

Kein Wunder, dass sich Ryccas Vater und seine Eskorte an die Wand zurückgezogen hatten... Nur sekundenlang empfand sie den verrückten Wunsch, zwischen diesen Männern Schutz zu suchen. Nein, sicher wäre es besser, noch einmal von einer Klippe in die Tiefe zu stürzen.

In diesem Moment erblickte Dragon seine Braut und zuckte zusammen. Doch er hatte sich sofort wieder in der Gewalt. Er begrüßte sie nicht, und er schenkte ihr kein Lächeln. Obwohl sie nichts anderes erwartet hatte, wuchs ihre Verzweiflung. Die Lider gesenkt, stieg sie die restlichen Stufen hinab. Plötzlich verstummten alle Gespräche.

Die Hände geballt, spürte sie, wie sich ihr Magen umdrehte. Nur gut, dass sie nichts gegessen hatte. Sie zwang sich, den Kopf zu heben, die Schultern zu straffen. Am liebsten wäre sie davongerannt. Aber dieser fast unwiderstehlichen Versuchung durfte sie nicht erliegen. Sie musste durch die Menschenmenge gehen, zu ihrem Verlobten – mit ruhiger, heiterer Miene, als würde ihr schönster Wunschtraum Erfüllung finden.

Begierig wurde sie gemustert, von Männern und Frauen gleichermaßen. Wie Jäger, die eine soeben erlegte Beute umringen und auf das Ausbluten warten, dachte sie. Nicht auf *ihr* Blut. Das hatte sie beim Verlust ihrer Jungfräulichkeit vergossen, aber sie lebte noch. Und nun musste sie diese Hochzeit überstehen, die ihr wie eine grausame Farce erschien.

Hinter ihr murmelte Krysta: »Alles wird ein gutes Ende finden.«

Wieder einmal wurde Rycca vom Gefühl reiner Wahrheit durchdrungen. Was die Herrin von Hawkforte versicherte, erhoffte sie nicht nur, sie glaubte ganz fest daran.

Rycca fand keine Zeit, um darüber nachzudenken – denn jetzt kam ihnen der hoch gewachsene Festungsherr mit dem schimmernden kastanienbraunen Haar und den klaren blauen Augen entgegen.

Zärtlich lächelte er Krysta an und weckte in Ryccas Brust eine plötzliche Sehnsucht nach einem Glück, das sie niemals genießen würde. Er wandte sich zu der widerspenstigen Braut. »Willkommen auf Hawkforte, Lady Rycca«, grüßte er in freundlichem, aber entschiedenem Ton. »Unser Priester, Vater Desmond, möchte Euch kennen lernen.«

Bei diesen Worten wies er auf einen jungen Mann mit einer Tonsur, den Rycca erstaunt musterte. Dass ein so junger Geistlicher einem Herrn von Hawk of Essex' Rang diente, erschien ihr ungewöhnlich. Vielleicht verdankte er diese Position der Klugheit, die aus seinen dunklen Augen strahlte.

Der Geistliche trat vor und reichte ihr seine Hand. »Wenn Ihr mir ein paar Minuten Eurer kostbaren Zeit opfern würdet, Mylady…«

Wenn es nach ihr ginge – den ganzen restlichen Tag und auch noch den nächsten… Sie nickte und folgte ihm – erleichtert, weil sie der neugierigen Menschenmenge wenigstens kurzfristig entrinnen würde, und fest entschlossen, sich nicht zu fragen, warum Lord Dragon kein Wort gesagt hatte.

Nicht weit von der Haupthalle entfernt, betraten sie eine schöne kleine Kapelle. Flackernde Bienenwachskerzen spendeten sanftes Licht. In der Luft hing süßer Blumenduft, auf dem bestickten Altartuch standen silberne und goldene Gefäße.

»Wie Ihr seht, ist alles für Eure Hochzeit vorbereitet«, bemerkte Vater Desmond lächelnd, setzte sich auf eine der beiden breiten Stufen, die zum Altar führten, und bedeutete ihr, neben ihm Platz zu nehmen. Sein unbefangenes Verhalten verblüffte sie, aber sie erfüllte seinen Wunsch. »Wisst Ihr, warum ich Euch sprechen will, Mylady?«

»Ja …« Unsicher faltete sie die Hände im Schoß. »Ich muss der Hochzeit zustimmen.«

»Allerdings. In dieser Hinsicht folgt die Kirche strengen Gesetzen.«

»Ich bin wohl kaum die erste Braut, die gegen ihren Willen heiratet.«

Besorgt runzelte der junge Priester die Stirn. »Also seid Ihr nicht dazu bereit?«

»Das spielt keine Rolle.«

»Oh, doch. Um Eurer unsterblichen Seele willen – es ist sehr wichtig.«

Nachdem er vergeblich auf eine Antwort gewartet hatte, erhob er sich, begann umherzuwandern und unterstrich seine Worte mit ausdrucksvollen Gesten. An zwei Fingern seiner rechten Hand entdeckte sie Tintenflecken, starrte sie an und hörte ihm nur mit halbem Ohr zu. »Seid Ihr ein Schreiber?«, unterbrach sie seinen Vortrag über die Hochzeit zu Kana.

»Nun ja …«, entgegnete er verwundert. »Manchmal schreibe ich immer noch Bücher, wenn es die Zeit erlaubt, die ich anderen Pflichten widmen muss.«

»Für die Stellung eines Hausgeistlichen in einer so mächtigen Festung seid Ihr sehr jung. Darf ich fragen, wie es dazu kam?«

Vater Desmond errötete leicht. »Früher arbeitete ich im Skriptorium von Winchester. Seine Lordschaft beauftragte mich, ein Buch für Lady Krysta zu schreiben. Mit dem Ergebnis meiner Bemühungen waren beide zufrieden. Außerdem brauchten sie einen neuen Hauspriester. Und so boten sie mir diesen Posten an, den ich nur zu gern antrat.«

»Bei meinem Besuch in Winchester sah ich die großartige Bibliothek.«

»In der Tat, sie ist wundervoll. Aber um zu unserem Thema zurückzukehren – Eure Zustimmung zu dieser Heirat ist unabdingbar. Wollt Ihr sie verweigern?«

»Nein«, erwiderte Rycca und sah ihn erleichtert aufatmen. Natürlich wollte er weder seinen Herrn, Lord Hawk, noch den gefürchteten Krieger Lord Dragon verärgern. Trotzdem gewann Rycca den Eindruck, davor würde er nicht zurückschrecken, wenn sie sich der Eheschließung widersetzte.

»Anscheinend war Eure Ankunft in Hawkforte mit gewissen – Schwierigkeiten verbunden«, sagte er taktvoll. Ja, zweifellos – eine schmutzige, zerlumpte Braut auf den Armen ihres Verlobten – statt im Schutz ihrer Familie, wie es Sitte und Anstand erfordert hätten …

»Auf dem Weg hierher erlitt ich einen Unfall, und Lord Dragon war so freundlich, mir beizustehen.«

Vater Desmond nickte lächelnd. »Vom Jarl hört man nur Gutes, und ich glaube, er zählt zu Hawks besten Freunden.«

»Heutzutage ist die Freundschaft zwischen Norwegern und Angelsachsen große Mode.«

»Glaubt Ihr das?« Der Priester schaute sie prüfend an. »Obwohl ich einige Jahre am königlichen Hof verbrachte, verstehe ich nichts von der Mode. Für solche Dinge fand ich keine Zeit.«

»Diese Freundschaft beruht auf dem Bündnis, auf das man sehr viel Wert legt.«

»Warum auch nicht? Wir alle sehnen uns nach Frieden.«

Wehmütig lächelte sie den Priester an. »Wenn es Euch auch überraschen mag, Vater Desmond – gewisse Leute würden den Krieg vorziehen. Und was haltet *Ihr* von dem Bündnis? Meint Ihr, die Wikinger wollen den Frieden zwischen den beiden Völkern tatsächlich einhalten?«

Darüber dachte er eine Weile nach, dann nickte er. »O ja, ich denke schon. Die Bewohner von Vestfold wünschen den Frieden. Außerdem vermute ich, das Bündnis soll den Dänen klar machen, sie würden – falls sie begierige Blicke nach Vestfold richten – auf erbitterten Widerstand stoßen. Auch hier, an der dänischen Südflanke, würden die Angelsachen gegen sie kämpfen. Und die Dänen streben wohl kaum einen Krieg zwischen zwei Fronten an.«

»Und wenn die Norweger und Dänen stattdessen beschließen, England gemeinsam anzugreifen? Immerhin haben sie mehr gemeinsam als die Wikinger und die Angelsachsen. Sie sprechen dieselbe Sprache, verehren dieselben Götter, achten dieselben Sitten und Gebräuche. Sicher würde ein solches Bündnis nahe liegen.«

»Sieht so aus«, stimmte Vater Desmond zu. »Aber die Dänen und die Norweger sind auch Konkurrenten, was Gebietsansprüche, Fischgründe und Handelswege betrifft. Übrigens sollen möglichst viele Ehen zwischen Norwegern und Angelsachsen die kulturellen Unterschiede überbrücken. Eure Heirat wird die dritte sein, Mylady. Dem Frieden zuliebe knüpft man familiäre Bande.«

»Hoffentlich habt Ihr Recht«, seufzte Rycca leise.

Vater Desmond reichte ihr seine Hand, und sie stand auf. Seite an Seite knieten sie vor dem Altar nieder, und er begann zu beten. Seine sanfte Stimme führte Rycca in ein Reich voller Ruhe und Stille. Nie hätte sie sich träumen lassen, sie würde einen solchen Ort jemals betreten. Für ein paar Minuten fand auch ihre Seele ein bisschen Frieden.

Danach gab es nichts mehr zu besprechen, und sie kehrten in die Haupthalle zurück.

Dragon beobachtete Ryccas Ankunft. So wie vorhin, während sie die Treppe herabgestiegen war, sah er eine Vision voller weiblicher Anmut und Schönheit, die ihm den Atem nahm. Zum Teufel mit ihr... Beinahe überwältigte ihn ein drängendes, wildes Verlangen, und er verfluchte sein hitziges Blut. Dann versuchte er sich zur Ruhe zu zwingen. Unglaublich – nachdem er so viele Schlachten kalten Herzens überstanden hatte, schmerzte seine Brust, als würde sie von Stahlbändern zerquetscht, und seine Handflächen schwitzten.

Was hatte sie dem Priester erzählt?

Hawk behauptete, Vater Desmond könne die Trauung nur vornehmen, wenn die Braut einverstanden sei. Hatte es jemals eine widerwilligere Braut gegeben?

Obwohl er Ryccas Blick suchte, weigerte sie sich, ihn anzuschauen. Aber der Priester lächelte, nickte Dragon zu und wandte sich an Hawk.

»Alles in Ordnung. Soll die Zeremonie beginnen?«

»Ja, unverzüglich«, antwortete Hawk und verbarg seine Erleichterung. Davon ließ sich Dragon nicht täuschen. Bis zu diesem Augenblick war nicht einmal der Lord of Essex sicher gewesen, ob sein Freund tatsächlich heiraten würde.

Krysta eilte an Ryccas Seite. Leise sprach sie mit ihr und führte sie in einen kleinen Nebenraum. Hier musste die Braut warten, während sich die Gäste, Rudyard Wolscroft mit seinem Gefolge und ein grimmiger Bräutigam in der Kapelle versammelten.

Als Dragon dem Geistlichen folgte, wurde ihm die ganze Tragweite der Situation bewusst. Also würde er Rycca wirklich und wahrhaftig zur Frau nehmen. In einer langen schlaflosen Nacht hatte er darüber nachgedacht und sich gefragt, warum er auf dieser Heirat beharrte. Seine Verlobte hatte ihn betrogen – mit ihm selbst, gewiss. Trotzdem war es ein Betrug, nicht nur mit ihrem Körper, sondern auch – was er noch schlimmer fand – mit ihrem Geist begangen.

Für so mutig hatte er sie gehalten und dann ihre Feigheit erkannt. Die Qualen der Furcht hatte er selbst empfunden, aber gelernt, wie man sie besiegen konnte. Auch von Ryccas Ehrbarkeit und ihrer Charakterstärke war er überzeugt gewesen – nur um dann festzustellen, wie rücksichtslos sie nur nach ihrem eigenen Wohl trachtete.

Warum bedrückte ihn das so sehr? Warum lachte er nicht einfach über die absurden Ereignisse? Anfangs hatte er sich gegen diese Heirat gesträubt, aber schließlich eingesehen, dass sie notwendig war, und nichts erwartet. Das hatte er zumindest geglaubt. Niemals wäre er auf den Gedanken gekommen, er würde seiner Frau mit Argwohn und Verachtung begegnen. Ohne Vertrauen und Respekt, diese unverzichtbaren Grundlagen einer Ehe – wie sollten sie das gemeinsame Leben ertragen?

Im Blumenduft der Kapelle hörte er dem Priester zu, der ihm erklärte, was nun geschehen würde.

»Da Ihr kein Christ seid, sollte ich Euch vielleicht auf einige Punkte aufmerksam machen …«

»Ich kenne die Gesetze des christlichen Glaubens. Während Ihr die Messe lest, gedenkt Ihr des Opfers, das Euer Erlöser der Menschheit brachte.«

»So ist es. Vorher werde ich Euch und Lady Krysta bitten, mir mitzuteilen, was Ihr beide wünscht. Ihr müsst mir sagen, ob Ihr auf den Segen von Kana Wert legt. Nach weltlichen Gesetzen seid Ihr bereits verheiratet, da der Ehevertrag unterzeichnet wurde. Aber die Kirche möchte den Bund heiligen.«

»Schön und gut. Was wollte Ihr damit andeuten?«

Forschend schaute Vater Desmond in Dragons Augen. »Ich dachte, in den nördlichen Ländern würde die gleiche Regel gelten. Mit oder ohne priesterlichen Segen ist ein Paar gesetzmäßig verheiratet, falls die erforderlichen Dokumente unterschrieben sind. Stimmt das nicht?«

Dragon nickte nachdenklich. Also hatte er in jener sternklaren Liebesnacht mit seiner *Ehefrau* geschlafen. Wahrscheinlich wollte ihn der Priester mit diesem Hinweis besänftigen. Aber für Dragon machte es keinen Unterschied. Wenn Rycca auch nicht gewusst hatte, wer er war und welches Recht er auf sie besaß – in ihrem Herzen musste sie erkannt haben, dass sie zueinander gehörten. Trotzdem hatte sie ihn verlassen.

Sicher würde sie noch einmal davonlaufen, würde sich eine Gelegenheit bieten. Ausgerechnet er, der zahllose Frauen beglückt hatte, war unfähig gewesen, Rycca zu erfreuen. So sah es zumindest aus, denn sonst wäre sie bei ihm geblieben.

»Bringen wir's hinter uns«, entschied er und trat missgelaunt vor den Traualtar.

Rycca staunte über die schlichte Zeremonie und fand es seltsam, dass ein so folgenschweres Ereignis wie eine Hochzeit nur wenige Minuten dauerte. Nach ein paar einleitenden Worten fragte der Priester, ob das Brautpaar bereit sei, einander in guten und schlechten Zeiten beizustehen. Beide stimmten zu, er segnete sie mit dem Kreuzzeichen, und sie waren vor Gott und der Welt verheiratet.

Eine Hand von Dragons Fingern fest umschlossen, wandte sich Rycca vom Altar ab und begegnete dem stechenden Blick ihres Vaters. Irgendwie wirkte er kleiner, ebenso wie Ogden an seiner Seite – als wären sie geschrumpft. Nein, unmöglich … Das bildete sie sich in ihrer Verwirrung nur ein.

Sie kehrten ins goldene Sonnenlicht zurück. Schweigend stand Dragon neben ihr. Kein einziges Mal schaute er in ihre Richtung. Aber sie spürte die Wärme, die er verströmte. Mit einem strahlenden Lächeln kam Krysta zu ihnen, beglückwünschte sie und umarmte Rycca, die sie anstarrte und kein Wort hervorbrachte.

Dann ergriff Lord Hawk den Arm seiner Frau und begann ein freundschaftliches Gespräch mit Dragon. Wie aus weiter Ferne drangen die Männerstimmen zu Rycca, durch dichten Nebel …

Energisch riss sie sich zusammen. Dragon führte sie in die Halle, wo beflissene Dienstboten hin und her eilten. Auf langen, mit weißem Leinen gedeckten Tischen glänzten kostbare Teller. Hawk und Krysta nahmen ihre Plätze an der Herrschaftstafel ein, mit Dragon und Rycca, die zwischen ihrem Ehemann und Vater Desmond saß. An Hawks linker Seite musste sich Wolscroft niederlassen, nahe genug, so dass der Festungsherr ihn im Auge behalten konnte. Offensichtlich schon beschwipst, stolperte Ogden zu dem Stuhl neben seinem Vater.

Nach einem launigen Trinkspruch des Gastgebers begannen Musiker zu spielen, Pagen servierten große Platten mit verschiedenen Speisen, Dienerinnen füllten Ale- und Weinhörner. Über der Haupttafel lag drückende Stille, ein scharfer Gegensatz zum fröhlichen Stimmengewirr an den anderen Tischen. Um das unangenehme Schweigen zu brechen, wandte sich Krysta zu Dragon und erkundigte sich nach seiner Reise. Wohl oder übel musste er antworten. Dann bat der Priester die Braut, von ihrem Besuch in Winchester zu erzählen. Ärgerlich sah sich Hawk dem Brautvater ausgeliefert. Von einem liebevollen Lächeln seiner Gemahlin beschwichtigt, seufzte er und fragte Wolscroft, ob er die

Bärenjagd immer noch für einen erfreulichen Zeitvertreib halte.

So verstrichen die nächsten Stunden. Rycca aß fast nichts, und Dragon sprach kein einziges Mal mit ihr. Scheinbar nahm er ihre Anwesenheit gar nicht zur Kenntnis, obwohl sie sich, wie es üblich war, einen Teller teilten.

Einmal berührte sie versehentlich seine Hand und spürte, wie er sich plötzlich versteifte. Aber er schaute sie noch immer nicht an.

Tapfer verbarg sie ihren Kummer, dankbar für die Gesellschaft des gütigen Priesters, der sich als interessanter Gesprächspartner erwies. Er war in einer der Schulen ausgebildet worden, die König Alfred im ganzen Land gegründet hatte, und das Studium der Natur bereitete ihm ganz besondere Freude. Nach einem langen, ausführlichen Vortrag über die Gewohnheiten der Meise unterbrach er sich plötzlich und errötete. »Verzeiht mir, Lady Rycca, ich fürchte, ich schwatze zu viel und stelle Eure Geduld auf eine harte Probe.«

»Keineswegs!«, beteuerte sie hastig. »In meinem bisherigen Leben fand ich nur selten eine Gelegenheit, mich mit der Natur zu befassen, abgesehen von dem alltäglichen Erscheinungen in der Umgebung eines Herrschaftshauses. Aber manchmal vernachlässigte ich meine Pflichten und beobachtete, wie ein Vogel sein Nest baute oder eine Hirschkuh ihre Jungen betreute. Jene Augenblicke zählen zu meinen kostbarsten Erinnerungen.«

Verständnisvoll nickte der Priester. »Genauso geht es mir, und ich darf mich glücklich schätzen, weil Lord Hawk und Lady Krysta mich immer wieder ermutigen, die Tiere zu zeichnen, die mir begegnen. Seine Lordschaft hat ein weiteres Buch in Auftrag gegeben und möchte seine Schreibstube vergrößern.«

Ehe Rycca antworten konnte, wurde sie von einem kleinen

Tumult am anderen Ende der Tafel abgelenkt. Das Gesicht vom Alkohol gerötet, versuchte Ogden eine junge Magd auf seinen Schoß zu ziehen. Mit dem linken Arm umschlang er ihre Taille, mit der rechten Hand zerrte er am Oberteil ihres Kleids. Verängstigt wehrte sie sich.

Hawk und Dragon sprangen sofort auf. Da der Festungsherr näher bei Ogden gesessen hatte, packte er ihn zuerst. Sekunden später griff auch sein Freund zu. Hawk befreite die Dienerin, indem er den Arm des jungen Trunkenbolds von ihrer Taille riss und auf seinen Rücken drehte. Dann zerrte er ihn auf die Beine.

Verspätet erkannte Rudyard Wolscroft, was neben ihm geschah, wollte aufstehen und wurde unsanft auf seinen Stuhl zurückgedrückt. »Was soll das?«, rief er kampflustig. »Mein Sohn hat nichts verbrochen, der will sich nur ein bisschen amüsieren.«

»Nicht hier«, erwiderte Hawk und winkte zwei seiner Krieger zu sich. »Lord Ogden fühlt sich unwohl. Bringt ihn in sein Zimmer.«

»Was zum Teufel…« Das konnte Wolscroft nicht hinnehmen, und so versuchte er erneut, sich zu erheben. Aber Dragon hielt ihn eisern fest. »Lasst mich los, Junge! Vielleicht bildet Ihr Euch ein, hier könntet Ihr den Ton angeben. Da täuscht Ihr Euch. Von Euresgleichen lasse ich mich nicht beleidigen.«

Rycca schnappte nach Luft. Auch sie war aufgestanden. Entsetzt beobachtete sie die Szene. Dass Ogden die weibliche Dienerschaft belästigte, wenn er zu tief in den Becher geschaut hatte, war nichts Neues – genauso wenig das anmaßende Benehmen ihres Vaters.

Zu einem solchen Verhalten fühlten sich beide berechtigt und nahmen es ernstlich übel, wenn jemand andere Ansichten bekundete. Das missfiel auch ihrem Gefolge, das am Nachbartisch saß.

Mit glasigen Augen spähten die Mercier herüber, einige waren bereits auf den Beinen. Hawk und Dragon wechselten einen kurzen Blick. Wenn Ogden aus der Halle geführt wurde, bestand immer noch die Möglichkeit, den Zwischenfall friedfertig zu beenden. Dragon ließ Wolscroft los, der erbost aufsprang, und trat zurück, ohne den älteren Mann aus den Augen zu lassen. »Natürlich will ich nicht mit Euch streiten, aber Euer Sohn hat zu viel getrunken. Deshalb sollte er nicht mehr mit den Ladys an einem Tisch sitzen und sich zurückziehen.«

»Ach, tatsächlich?«, fauchte Wolscroft. Er schwankte, gewann aber sein Gleichgewicht sofort wieder und tastete nach seiner Hüfte, wo normalerweise ein Schwert hing. Jetzt nicht. Hawk hatte alle Waffen entfernen lassen. Auf dem Tisch lag nur der kleine Dolch, den er benutzt hatte, um sein Fleisch zu schneiden. Erstaunlich schnell griff Rudyard danach. Vor Ryccas angstvollen Augen richtete er die Spitze der Klinge auf Dragons Brust. »Mit dieser Heirat war ich nur einverstanden, weil der großmächtige Alfred mich dazu aufforderte. Und weil der da…« Der Dolch zeigte auf Hawk. »Weil dieser Lakai des Königs ins gleiche Horn blies! Allerdings hätte ich meine Tochter lieber mit einem Dänen vermählt – wenn's schon unbedingt ein Wikinger sein musste.« Voller Hohn schaute er zu Rycca hinüber. »Dauernd schnüffeln die Dänen in unserem Land herum und bringen Alfred um den Nachtschlaf. Da hätte ich mir einen passenden Schwiegersohn aussuchen können.«

»Sicher wäre das eine schlechte Wahl gewesen«, meinte Hawk in ruhigem Ton. Er ging nach rechts – ganz langsam, um Wolscroft nicht zu alarmieren, aber offensichtlich entschlossen, zwischen den bewaffneten Mann und Krysta zu treten, die in unmittelbarer Nähe des Merciers saß. So wie Rycca erkannte auch Dragon die Gefahr und ermahnte seine Männer mit unauffällig erhobenen Brauen, innezuhalten. Sie waren mittlerweile näher gekommen, um auf sein Zeichen einzugreifen. Nun erstarrten sie, zu einem Kampf bereit, der einseitig, aber trotzdem blutig verlaufen mochte.

In Ryccas Kehle stieg bittere Galle empor. Jahrelang hatte sie mit ihrer Familie auf Kriegsfuß gestanden, von Thurlow abgesehen, den Vater und die älteren Brüder stets gefürchtet. Nun fühlte sie sich zutiefst gedemütigt. Dragon bewies eine bewundernswerte Selbstkontrolle, erweckte aber den Eindruck, er müsste irgendetwas Ekelhaftes von seiner Stiefelspitze wischen. In sich zusammengesunken, stand Ogden zwischen den beiden Rittern und schien gar nicht zu merken, welchen Schaden er angerichtet hatte.

Umso zorniger zückte Rudyard Wolscroft den Dolch. »Eine bessere Wahl als Lord Dragon! Wie ein verdammter Eunuch lässt er sich vom König gängeln. Alfred wird uns allen die Eier abschneiden.«

»Legt den Dolch auf den Tisch«, sagte Hawk.

Aber Wolscroft hörte den Befehl nicht, zu betrunken, zu wütend. »Warum zeugt man eine Tochter, wenn man sie nicht gewinnbringend verheiraten kann? Er kriegt die Mitgift«, fügte er hinzu und wies wieder auf Dragon. »Und was bekomme ich? Einen norwegischen Abschaum, der sich mein Schwiegersohn nennt!« Da der Wikinger immer noch schwieg, grinste der Mercier verächtlich. »Soeben habe ich Euch als Abschaum bezeichnet, Junge. Findet Ihr nicht, Ihr solltet was unternehmen?«

»Was denn, alter Mann?«, fragte Dragon leise. »Gegen Euch kämpfen? Auf dem Hochzeitsfest Eurer Tochter?« Angewidert schüttelte er den Kopf. »Legt den Dolch beiseite und geht schlafen. Hier seid Ihr am Ende.«

»Noch lange nicht!«, stieß Wolscroft hervor. »Anscheinend seid Ihr nicht Manns genug. Da gerade von Eunuchen die Rede war…«

»Jetzt reicht's!« Der Klang ihres eigenen Rufs überraschte

Rycca. Doch sie empfand keine Angst mehr, von ihrer Scham zur Verzweiflung getrieben. Den ganzen Tag war sie in seelischen Qualen versunken, im Netz ihres eigenen Versagens gefangen, und hatte sich immer wieder gefragt, wie Dragon über sie denken würde. Nun brachte ihr dreister Vater das Fass zum Überlaufen. Diesem Unhold, der ihr das Leben zur Hölle gemacht hatte, musste sie endlich Einhalt gebieten.

Verblüfft wandte er sich zu ihr. Im selben Augenblick schlug sie mit ihrem schweren Trinkhorn auf sein Handgelenk, und er öffnete schreiend die Finger. Als ihm die Waffe entglitt, packte sie den Griff und richtete die Dolchspitze auf seine Brust. Dabei begann sie zu zittern, nicht aus Furcht vor ihm, denn plötzlich sah er wie der alte Mann aus, den Dragon verspottet hatte. Nein – sie erschrak vor sich selbst. War das wirklich Lady Rycca of Wolscroft, die sich sanftmütig und damenhaft zeigen müsste?

»Verschwinde!«, befahl sie ihrem Vater. Tränen drohten ihre Stimme zu ersticken.

Blitzschnell trat Dragon an ihre Seite und entwand ihr den Dolch, den sie ihm bereitwillig überließ. Dieses grausige Ding wollte sie nie wieder sehen.

Inzwischen war Ogden abgeführt worden. Zwei Hawkforte-Krieger umklammerten Rudyard Wolscrofts Arme und zerrten ihn aus der Halle. Wenn er auch dagegen protestierte – sein Kampfgeist war erloschen. Vielleicht wurde ihm erst jetzt bewusst, welche Szene er im Heim des mächtigen Lords of Essex heraufbeschworen hatte. Oder die Erkenntnis, dass ihn seine eigene, stets verachtete Tochter übertrumpft hatte, nahm ihm allen Wind aus den Segeln.

Für Rycca spielte es keine Rolle. Ihre Scham kannte keine Grenzen.

Ebenso wenig wie Dragons Verwirrung. Welch unglaubliche Tapferkeit hatte seine feige, selbstsüchtige, unzuverlässige Braut bewiesen... Ohne Zögern hatte sie einen Krieger entwaffnet, ihren eigenen Vater.

Und Dragon konnte den beunruhigenden Verdacht nicht verdrängen, sie hätte ihn schützen wollen.

Das ergab keinen Sinn. Wer war diese Frau?

Natürlich abgesehen von der Tatsache, dass sie *seine* Frau war.

8

Um darüber nachzudenken, würde Dragon noch Zeit genug finden – möglicherweise ein Leben lang. Aber nun musste er erst einmal die Nacht überstehen – seine Hochzeitsnacht.

Er musterte Rycca, die bleich, erschöpft und todunglücklich aussah. Bedrückt seufzte er. Wie konnte er ihr zumuten, mit ihm zu schlafen – nach allem, was sie erlitten hatte, trotz allem, was zwischen ihnen stand? Gewiss erwarteten alle Bewohner von Hawkforte, er würde die Ehe vollziehen, und sich maßlos wundern, wenn es nicht geschah. Zum Teufel mit den Leuten, dieses Problem würde er später lösen. Jetzt wollte er Rycca unverzüglich aus der Halle führen – bevor ihr elender Zustand noch offensichtlicher wurde.

Von Hawks Armen umfangen, begegnete Krysta dem Blick des Wikingers und verstand sofort, was ihm Sorgen bereitete. Nachdem sie ihren Mann beruhigend angelächelt hatte, verließ sie ihn und eilte zu Rycca. »Komm, meine Liebe, du solltest dich zurückziehen.«

Sobald Dragon die unverhohlene Angst in Ryccas Augen las, schwanden alle Zweifel an seinem edlen Plan, seine Frau in dieser Nacht zu schonen – und an der Einmischung des boshaften Gottes. Sicher spielte ihm der mutwillige Bursche wieder einmal einen Streich. Wie könne man sonst erklären, warum ein Mann, der die Frauen anbetete – und von ihnen angebetet wurde –, an eine Gemahlin gebunden war, die lieber ein Schlangennest aufsuchen würde als ihr Ehebett?

Und das keineswegs, weil sie die körperliche Liebe an sich fürchtete. Damit durfte er sich nicht trösten, denn er hatte sich vom Gegenteil überzeugt. Nein, *ihn* lehnte sie ab, seit sie wusste, wer er war. Loki musste sich köstlich amüsieren, während Dragon ganz andere Gefühle hegte. Die Stirn gerunzelt, beobachtete er seine widerstrebende Braut, die Krysta aus der Halle folgte, leerte sein Trinkhorn und bedeutete einem Diener, es noch einmal zu füllen.

Hawk lachte, teils erleichtert, nachdem die unangenehme Szene mit den Wolscrofts ohne Blutvergießen beendet worden war – teils von jener Belustigung erfasst, die ein glücklicher Ehemann angesichts des nervösen Bräutigams verspürte. »Vorsicht, mein Freund!«, warnte er. »Zu viel Wein und sogar der beste Mann …« Viel sagend zuckte er die Achseln. Dragon nahm noch einen großen Schluck, dann wischte er mit seinem Handrücken den Mund ab und sank stöhnend auf seinen Stuhl.

»Glaub mir, dies ist das geringste meiner Probleme.«

»Mein Sohn, wenn Euch ein Kummer quält …«, begann Vater Desmond.

»Würdet Ihr für einen Heiden beten, guter Priester?«

»Oh, für alle Menschen«, erwiderte der junge Mann frohgemut. »Und für sämtliche Tiere, die Vögel in ihren Nestern, die Schafe auf der Weide. Denn der Herr liebt seine Geschöpfe ausnahmslos.«

»Euer Herr sollte sich mal mit meinen Göttern unterhalten«, murmelte Dragon, »insbesondere mit dem bösartigen Loki.«

»Mylord, es gibt nur *einen* Gott, in dem sich auch Eure verschiedenen Gottheiten vereinen. Und falls es Euch tröstet

– was Ihr für göttliche Tücke haltet, dient letzten Endes einem guten Zweck.«

»Verdammt will ich sein, wenn das stimmt.«

»Über die Verdammnis sollten wir hier nicht reden. Immerhin habt Ihr Lady Rycca geheiratet, um den Frieden zwischen unseren beiden Völkern zu festigen. Wie unser Herr verkündet hat, sind die Friedensstifter gesegnet.«

»Und dem Gerechten gibt's der Herr im Schlafe. Daran zweifle ich.«

Hawk setzte sich neben Dragon und ließ sein Trinkhorn nachfüllen. Offenbar stand ihm eine lange Nacht bevor. »Dass du dich in solchen Dingen auskennst, wusste ich gar nicht.«

»Kein Wunder. Seit Jahren beschäftigt Wolf einen Hauspriester, obwohl er kein Christ ist. Zumindest gibt er's nicht zu. Aber ich vermute, das ist nur mehr eine Frage der Zeit. Übrigens, euer heiliges Buch enthält viele spannende Geschichten.«

Lachend wandte sich Hawk zu dem sichtlich verwirrten Priester. »Wenn Ihr meinen Freund bekehren wollt, guter Vater Desmond, müsst Ihr ihm Bibelgeschichten erzählen. Dann kann er Euch nicht widerstehen.«

Der junge Geistliche nickte langsam. »Ah, ich verstehe ... Für welche Geschichten interessiert Ihr Euch am meisten, Lord Dragon? Mir gefiel das Buch Jona stets am besten. Aber die Geschmäcker sind verschieden. Wir wär's mit Samson? Habt Ihr schon von ihm gehört?«

Wider Willen fasziniert, schüttelte Dragon den Kopf. »Wer war das?«

Vater Desmond schilderte die Erlebnisse des alttestamentarischen Helden, der von der Philisterin Delila verraten worden war. Das fand Dragon nicht so schlimm, und er betonte, sie habe Samson nur das Haar abgeschnitten und ihn der Sklaverei ausgeliefert, um ihrem Volk zu helfen.

Dieses Thema führte zum Buch Esther, das Dragon kannte. Aber von Ruth wusste er nichts, und er meinte, nachdem der Priester von ihr berichtet hatte, sie sei ein ausgezeichnetes Beispiel für den Mut und die Opferbereitschaft der Frauen. Danach diskutierten die drei Männer über Salome, deren Verworfenheit Dragon entschieden bestritt. Aber für Jezabel fand er kein freundliches Wort.

Schließlich räusperte sich Vater Desmond und wechselte einen Blick mit Hawk. »Lord Dragon, mein Sohn – Eure Kenntnisse über die Heilige Schrift beeindrucken mich, nicht zuletzt, weil Ihr ein Heide seid. Weiß der Himmel, solche Gespräche erfreuen niemanden so sehr wie mich. Doch ich fürchte, nun habe ich Euch zu lange aufgehalten.«

Erst jetzt stellte Dragon fest, dass die Hochzeitsgäste die Halle verlassen hatten oder auf ihren Stühlen schliefen. Der Priester sah so als, als könnte er die ganze Nacht aufbleiben. Aber Hawk schien sich nach seinem Bett zu sehnen – oder eher nach seiner Frau.

Zur Hölle mit ihm, dachte Dragon… Nein, dieser Neid war seiner nicht würdig. Er freute sich über das Glück des Freundes. Und er wünschte nur, das Schicksal würde auch ihn ein kleines bisschen begünstigen.

Mit dem Eifer eines Mannes, der zu einer bereits verlorenen Schlacht aufbricht, erhob er sich, wünschte den beiden Männern eine gute Nacht und ging zur Treppe.

Rycca lag auf der Bettkante, den Rücken zur Tür gewandt. Diese Position nahm sie ein, nachdem sie sich stundenlang hin und her geworfen hatte.

Ein paar Mal war sie aufgestanden und durch das Zimmer geschlendert. Nur die Angst, Dragon könnte plötzlich eintreten und sie bei ihrer rastlosen Wanderung ertappen, hatte sie immer wieder ins Bett zurückgetrieben. Natürlich durfte er nicht merken, wie unwohl sie sich fühlte.

O Gott, welch ein unzulängliches Wort! Und völlig falsch. Sie war verängstigt und erregt, von Grauen und Sehnsucht gleichermaßen erfüllt, verwirrt, in Tränen aufgelöst – und verheiratet.

Verheiratet.

Sie wollte nicht verheiratet sein, sondern wieder vor der Jagdhütte beim Feuer liegen, ohne Scheu Dragons Körper erforschen und spüren, wie ihr eigener erwachte – zum ersten Mal in ihrem Leben glücklich sein, Entscheidungen treffen, ihre Zukunft selbst bestimmen.

Frei sein …

Verheiratet.

Nacht und Tag, schwarz und weiß, Gewinn und Verlust.

Zweifellos hatte sie verloren, die kostbare, nur kurzfristig genossene Freiheit – und die Gelegenheit versäumt, eine Ehe einzugehen, die ihr womöglich Freude bereiten oder zumindest Zufriedenheit schenken würde. Welch eine Ironie, dachte sie bitter. Wäre sie daheim geblieben, eine fügsame, den Plänen der Familie nicht abgeneigte Tochter, hätte sie Dragon vielleicht lieben gelernt und sein Herz erobert.

Oder auch nicht – wer mochte das wissen? Und welchen Sinn hatten solche Überlegungen? Was geschehen war, ließ sich nicht ändern. Einfach albern, hier zu liegen wie ein Häufchen Elend, das Kissen mit heißen Tränen zu benetzen. Wütend auf sich selbst, hob sie den Kopf und wischte ihre Wangen ab.

Er würde nicht zu ihr kommen, das war mittlerweile offensichtlich. Stattdessen saß er unten in der Halle, trank mit Hawk und den anderen, und wahrscheinlich vergnügte er sich sogar in den Armen einer willigen Magd. Großer Gott, wie weh dieser Gedanke tat! Stöhnend setzte sie sich auf, schlug mit beiden Fäusten ins Kissen, dann erstarrte sie plötzlich, denn sie hörte leise Schritte im Flur.

Nur Einbildung... Oder ein Dienstbote...

Die Schritte näherten sich.

Langsam und zögernd.

Nun schwang die Tür auf.

Hastig schlüpfte Rycca unter die Decke und schloss die Augen, zwang sich, tief und gleichmäßig zu atmen.

Schlafen – träumen – keinen Kummer kennen...

Jetzt stand Dragon neben dem Bett, und sie fühlte seinen prüfenden Blick. »Sehr gut«, murmelte er.

Wie ein Messer stachen die Worte in ihre Brust. Fand er es angenehm, dass sie schlummerte? Damit er sich nicht mit ihr abgeben musste? Seine Stimme klang müde. Nicht, dass sie sich deshalb sorgte.

Er ging zum Waschtisch, und sie vernahm plätschernde Geräusche. Bald danach raschelten Kleider. Auf der anderen Seite des Betts wurde die Decke gehoben, die Matratze senkte sich. Rycca hielt die Luft an, wartete...

Und wartete. Das Bett war ungewöhnlich breit. Mindenstes eine Armeslänge trennte sie von ihrem Mann. Sie nahm nicht einmal seine Körperwärme wahr. Ein- oder zweimal bewegte er sich, dann lag er reglos da.

Also wirklich, warum machten die Leute so viel Aufhebens um Hochzeitsnächte? Man sollte meinen, da würde sich etwas ganz Besonderes ereignen.

Wenigstens weinte sie nicht mehr. Wegen dieser beklagenswerten Neigung, die sie in letzer Zeit entwickelt hatte, verachtete sie sich selbst. Schluss damit. Weder Dragon noch sonst jemand durfte ihr anmerken, wie verletzt sie war, welche Reue- und Angstgefühle sie peinigten. Stolz erhobenen Hauptes wollte sie alles hinnehmen, was ihr die Zukunft bringen mochte.

Obwohl sie fürchtete, sie würde kein Auge zutun, wurde sie allmählich von ihrer Erschöpfung überwältigt, die das Leid verdrängte. An ihren Lidern schienen bleischwere Gewichte zu hängen. Zweimal nickte sie ein und wehrte sich dagegen. Beim dritten Mal nicht mehr.

So glücklich war Dragon nicht. Stundenlang lag er hellwach neben seiner Gemahlin, lauschte ihren rhythmischen Atemzügen und schalt sich einen Narren. Die Fehler, die er begangen hatte, ließen sich mühelos aufzählen. Zuerst hatte er sich bereit erklärt, ein fremdes Mädchen zu heiraten. Gewiss, in der lobenswerten Absicht, dem Frieden zu dienen. Aber er hätte seine Braut selber aussuchen sollen. Dann hatte er darauf verzichtet, Rycca of Wolscroft vor der Hochzeit kennen zu lernen – aus Feigheit, wie er sich ehrlich eingestand, aus Angst vor einer Enttäuschung. Und dann – am allerschlimmsten – war er gar nicht auf den Gedanken gekommen, die rothaarige Schönheit, auf der Flucht durch englische Wälder, könnte vor *ihm* davonlaufen. Dass er nicht der erste Mann war, der seiner Eitelkeit zum Opfer fiel, tröstete ihn nicht.

Aber was hätte er erwarten dürfen? Im richtigen Leben ging es anders zu als in jenen Märchen, wo sich immer alles zum Guten wendete. Die Wirklichkeit war unsicher und launisch, weil die Götter ihr heimtückisches Spiel mit dem Los der Menschen trieben. Benahm sich der Christengott genauso? Offenbar hatte er dem liebenswürdigen Vater Desmond zu aufmerksam zugehört. Der Priester wirkte jedenfalls sehr überzeugend.

Steckte tatsächlich ein tieferer Sinn hinter allen Ereignissen, jenseits von Kämpfen und Sorgen?

Und wenn Gott ein Skalde war? Wenn der Lauf dieser Welt der regen Fantasie eines himmlischen Märchenerzählers entstammte?

Dragons Kopf schmerzte. Das verdankte er dem Wein. Aber so viel hatte er gar nicht getrunken.

Welch eine Geschichte – die unglückliche Braut, der enttäuschte Bräutigam, zum Wohl ihrer beiden Völker aneinander gekettet … Was mochte daraus werden?

Wenn er mit Rycca in Landsende eintraf, würde sich die Situation bessern. Dort würde sie ihren eigenen Haushalt führen. So etwas gefällt den Frauen, überlegte er. Wie ein unfehlbarer Kenner des weiblichen Geschlechts fühlte er sich zwar nicht mehr, aber sie musste doch froh sein, weil sie Lord Wolscroft, ihrem widerlichen Vater, entronnen war. Bis zur Ankunft in ihrer neuen Heimat brauchte sie einfach nur Zeit, um sich an die einschneidende Veränderung in ihrem Leben zu gewöhnen. Verdammt, er selber auch …

Sein Herz war genauso verwundbar wie ihres. Als Mann konnte er solche Schwächen leichter verbergen – und die Angst, die ihn immer noch quälte. Zweimal war Rycca vor ihm geflohen. Würde sie es wieder wagen?

Warum nicht? Es gab keinen Grund für die Vermutung, sie hätte sich mit ihrer Ehe abgefunden. Ganz im Gegenteil. Sie war klug und erfinderisch. Also musste er mit einem weiteren Fluchtversuch rechnen.

In dunkler Nacht, von düsteren Gedanken verfolgt, fand er endlich Trost. Seine Flotte lag im Hafen, zum Aufbruch bereit. Bevor seine widerspenstige Gemahlin Männerkleider anziehen, über eine Klippe fallen oder in einen Fluss springen konnte, würde er sie an Bord eines Schiffs bringen. Verdammt wollte er sein, wenn ihm das nicht gelingen würde.

Nachdem er diesen Plan geschmiedet hatte, seufzte er erleichtert, und er schlief sogar ein wenig, ehe die grauen Finger der Morgendämmerung die Nacht verscheuchten.

»Schon so bald?«, fragte Krysta. Die Stirn gerunzelt, schaute sie von Dragon zu Rycca hinüber, die still und in sich gekehrt neben ihm saß. Sie frühstückten in der Halle. Inzwischen waren alle anderen Leute hinausgegangen. Nach einem kurzen Blick auf ihren scheinbar gleichgültigen Ehemann fuhr sie fort: »Ich dachte, ihr würdet etwas länger bleiben.«

»Normalerweise würde ich deine Einladung annehmen«, erwiderte Dragon höflich. »Aber Wolf, Cymbra und unser Volk können es kaum erwarten, Rycca kennen zu lernen.«

»Das verstehe ich natürlich. Aber würde es auf ein oder zwei Tage ankommen?« Hoffnungsvoll lächelte Krysta die beiden Männer an. »Dann würden Rycca und ich genug Zeit finden, für ihre Garderobe zu sorgen.«

»Garderobe?«, fragte Dragon.

»Garderobe?«, echote Hawk.

»Ich habe keine Garderobe«, erklärte Rycca verwundert. Dies waren die ersten Worte, die sie seit dem Beginn der Mahlzeit aussprach.

Da sie in den letzten Tagen nur wenig gegessen hatte, verspürte sie einen wahren Heißhunger. Nicht einmal alles Leid dieser Welt vermochte ihren Magen für längere Zeit lahm zu legen. Und vielleicht regte die Abreise der Mercier am frühen Morgen ihren Appetit noch an. Dass Wolscroft es nicht nötig gefunden hatte, sich von seiner Tochter zu verabschieden, überraschte sie nicht. Sie war sogar froh, weil er ihr seinen neuerlichen Anblick erspart hatte. Nun erschien ihr die Vorstellung, sie könnte Kleider oder sogar eine Garderobe besitzen, völlig absurd. Verblüfft ließ sie das Stück Käse sinken, in das sie soeben gebissen hatte.

»Genau das meine ich«, entgegnete Krysta. »Du brauchst was zum Anziehen.« Als sie Ryccas verständnislose Miene bemerkte, wandte sie sich zu Dragon. »Siehst du das denn nicht ein? Soll Rycca in unpassender Kleidung vor deine Landsleute treten?«

»Daran habe ich nicht gedacht…«

»Du erstaunst mich, Dragon. Gerade du, der die Frauen kennt! Wie kannst du etwas so Wichtiges vergessen?«

»Hm – vermutlich war ich – zu beschäftigt.«

»Nirgendwo wirst du so schöne, erstklassige Stoffe finden wie hier, feines Leinen, erstklassige Wolle, edle Gewebe aus dem Osten – alles, was ein weibliches Herz begehrt.«

»Zwei Tage«, entschied Dragon, der stets erkannte, wann er sich geschlagen geben musste. So lange konnte er sich notfalls die Zeit vertreiben. »Wollen wir auf dem Turnierplatz unsere Kräfte messen, Hawk?« Sekunden später scharrten Stuhlbeine über den Boden.

Mit Krysta allein gelassen, gestand Rycca: »Ich habe keine Ahnung, was zu einer Garderobe gehört.«

»Oh, mach dir deshalb keine Sorgen. Das weiß ich sehr gut. Und du willst doch«, fügte Krysta viel sagend hinzu, »dass er stolz auf dich ist.«

Mit diesem Argument traf sie den Nagel auf den Kopf. Wenn Rycca auch bezweifelte, eine Ehefrau aus einer so nichtswürdigen Familie würde Dragon jemals mit Stolz erfüllen, schöpfte sie neue Hoffnung. Und so gab sie sich ohne Zögern in Krystas Obhut.

Zwei Tage später fragte sie sich, ob das ein kluger Entschluss gewesen war. Sie fühlte sich todmüde, ihre Beine schmerzten, weil sie bei den Anproben stundenlang hatte stehen müssen, und die Welt schien nur noch ein Farbenmeer und exotische Stoffe zu enthalten. So etwas hatte sie nie zuvor gesehen. Feinstes Leinen und weiche Wolle bildeten nur den Anfang. Da gab es Materialien, von deren Existenz sie erst jetzt erfuhr. Nie hätte sie sich träumen lassen, solchen Luxus jemals zu berühren.

»Diese Seide stammt aus Byzanz«, hatte Krysta am Morgen des zweiten Tages verkündet und einen schimmernden, golden bestickten blauen Stoff hochgehalten. »Zumindest wurde sie durch diese Stadt befördert. Aber ich glaube, sie wurde in einem der legendären fernöstlichen Länder hergestellt.«

Entzückt riss Rycca die Augen auf. »Wie Meereswellen unter strahlendem Sonnenlicht …«

»An dir wird die Seide noch besser aussehen«, meinte die Hausherrin und wies eine der Schneiderinnen an, den Stoff um Ryccas Körper zu drapieren. Etwa ein Dutzend Frauen hielt sich im Zimmer auf. Voller Eifer beeilten sie sich, die zahlreichen Hemden, Tuniken und Umhänge zu vollenden, die Krysta für unverzichtbar hielt.

Am Nachmittag – Rycca sorgte sich allmählich um die Kosten für ihre neue Garderobe – bestand Krysta darauf, mit ihr in die Halle hinunterzugehen. Dort würde sie ihr etwas zeigen, erklärte sie. Was immer es sein mochte, blieb ein Geheimnis, weil die Männer in diesem Moment vom Turnierplatz zurückkehrten.

Später sollte Rycca überlegen, ob das Zusammentreffen ein Zufall gewesen war. Wie sie mittlerweile festgestellt hatte, war die schöne Lady Krysta nicht nur überaus gütig, sondern auch raffiniert. Aber im Moment hatte sie nur Augen für Dragon.

Seit dem Morgen des vergangenen Tages war sie ihm nur selten begegnet. Den Großteil seiner Zeit verbrachte er auf dem Turnierplatz, jagte mit Hawk in den Wäldern, oder sie segelten über das Meer. In der vergangenen Nacht hatte er wieder auf seiner Seite des Betts gelegen, ohne seine Frau anzurühren. Sie redete sich ein, sie sei erleichtert, und die Lüge lastete bleischwer auf ihrer Seele.

Nun durchquerte er die große Halle, roch nach Wind, Sonne und Sattelleder – und sehr männlich. Offensichtlich war er in bester Stimmung, obwohl Rycca glaubte, Schatten unter seinen Augen zu sehen.

»Mylord!«, rief Krysta. Nachdem sie seine Aufmerksamkeit erregt hatte, knickste sie anmutig.

Dragon lachte, und Hawk hob warnend die Brauen. »Sei vorsichtig, mein Freund, sie will was.«

»Lass den Unsinn!«, tadelte sie und schlug spielerisch auf seinen Arm. »Es ist *wirklich* wichtig.«

»Sicher weltbewegend...« Mit seinem Spott handelte er sich einen weiteren Klaps auf den Arm ein und grinste.

Verblüfft beobachtete Rycca die Szene. Noch nie hatte sie Eheleute gesehen, die so unbefangen miteinander umgingen. Und dieser Mann war der meist gefürchtete Krieger von England, bekannt für seinen eisernen Willen und seine unbesiegbare Kampfkraft.

Krysta sprach unbeirrt weiter.

Belustigt hörte ihr Gemahl zu, mit einem zärtlichen Lächeln. Das muss die wunderbare Macht der Liebe sein, dachte Rycca wehmütig.

»Voller Respekt vor deiner prall gefüllten Börse, mein guter Dragon, fürchtet deine Frau, wir wären zu verschwenderisch«, gab Krysta zu bedenken.

»Oh«, das bezweifle ich«, erwiderte Dragon, sichtlich überrascht. »Um wie viele Kleidungsstücke geht es?« Diese Frage richtete er an Rycca.

Aber es war Krysta, die hastig antwortete. »Ein Dutzend Hemden, dieselbe Anzahl Tuniken, einige Umhänge, Schuhe, Gürtel, Handschuhe, Schleier – das Übliche.«

»Reicht die Zeit nicht für etwas mehr Sachen?«

»Leider nicht – es sei denn, ihr verlängert euren Aufenthalt.«

«Krysta...« Mahnend berührte Hawk die Schulter seiner Lady.

»Schon gut, ich fange nicht mehr damit an. Also glaubst du nicht, wir hätten übertrieben, Dragon?«

»Keineswegs«, betonte er und warf Rycca einen kurzen Blick zu. »Für die nächsten Monate müsste diese Garderobe genügen.«

Genügen? Diese vielen kostbaren Kleider würden nur genügen?

»Vielleicht möchtest du die Pelze selber aussuchen, Dragon«, schlug Krysta vor.

»Ja, natürlich«, stimmte Dragon zu, als wäre das nichts Besonderes.

Lächelnd drehte sich Krysta zu Rycca um. »Darüber wirst du dich im nächsten Winter freuen. Cymbra hat mir erzählt, in den Nordländern sei es fast das ganze Jahr eiskalt. Aber das stört sie nicht. Ständig lodern helle Flammen, alle Leute sind fröhlich, und Wolf hat ihr einen wunderbaren Schlitten geschenkt. Davor sind Rentiere gespannt, die von den Lappen dressiert wurden. Ist das nicht erstaunlich?«

Rycca nickte schweigend und spürte Dragons Blick. Doch sie konnte ihn nicht erwidern. Nach einer Weile räusperte er sich. »Was hältst du von einem Besuch in der Sauna, Hawk?«

Damit war Hawk einverstanden. Bevor er seinem Freund aus der Halle folgte, schaute er Krysta an. In ihren Augen las er, dass sie das Verhalten des frisch vermählten Paares ebenso sonderbar fand wie er selbst.

Diese Sorge teilten sie auch am nächsten Tag, auf dem Weg zum Kai. Während Rycca neben ihrem Mann zum Hafen ritt, versuchte sie, die drei wartenden Schiffe nicht anzustarren. Lang und schnittig, mit einem Mast in der Mitte und Ruderbänken, schaukelten sie auf den Wellen. Seinen Reichtum hatte Dragon auf Geschäftsreisen erworben. Aber er hatte nicht die üblichen Handelsschiffe benutzt, sondern solche Drakars – Drachenschiffe für den Drachenlord –, mit geschwungenen doppelten Bügen, die sogar dem tapfersten Herzen Angst und Schrecken einjagten.

Schaudernd rang Rycca nach Luft und zwang sich zur Ruhe.

Doch die Visionen waren zu klar und deutlich, die Bilder zu tief in ihre Seele eingegraben.

Rauch und Nebel... Der Mond, von Wolken verhüllt... Überall Stille, bis auf das leise Rascheln nächtlicher Geschöpfe... Und dann das dumpfe Geräusch eines Schiffsrumpfs, der an die Küste schlug... Klirrendes Metall... Trommelnde Schritte...

Die Kirchenglocken läuteten und läuteten und läuteten – nicht langsam und majestätisch, als wollten sie die Gläubigen zum Gebet rufen, sondern gellend und hektisch, so wie damals, als die Mühle Feuer gefangen hatte und alle in die Nacht gestürmt waren, um die Flammen zu bekämpfen.

Auch in dieser Nacht loderten helle Flammen. Blut und Geschrei... Aelflynne... Voller Panik schreckte sie vor Wolscroft zurück. In jener Zeit noch jünger, aber bereits so herrisch und anmaßend wie in späteren Tagen, packte er sein Schwert, erteilte Befehle, rief nach seinem Pferd... Das schreckensbleiche Gesicht eines Jungen, kurz bevor Wolscroft ihn erstach und zum Schweigen brachte. Denn niemand sollte erzählen, der Lord sei vor den Wikingern geflohen.

Im Morgengrauen schlich Rycca aus dem Stall und zum Fluss hinab, hörte das Gelächter der Angreifer, die ihr Werk vollendeten, die Beute und die Sklaven auf ihre Schiffe luden, bevor die Drachenbüge im Nebel verschwanden...

»Rycca?«

Ihr Gemahl sprach sie an, ihr *Wikinger*-Gemahl. Von Sleipnirs Sattel aus – inzwischen hatte ihr ein Reitknecht die richtigen Namen der beiden Füchse verraten – schaute er besorgt zu ihr herüber. »Fühlst du dich nicht gut?«

Verkriech dich in dir selber, lass dir nichts anmerken... »Doch.« Unter ihr scheute Grani, als würde die Lüge durch seinen Körper strömen, und sie erschauerte wieder. »Wirklich, mit mir ist alles in Ordnung.« In ihren Schläfen dröhnte es. So wie immer, wenn sie log.

Beunruhigt runzelte Dragon die Stirn. Seine Frau war unnatürlich blass. Und in ihrem Blick entdeckte er einen Ausdruck, den er kannte. Oft genug hatte er ihn in den Augen der Männer nach blutigen Schlachten gesehen. Zweifellos hatten auch seine eigenen dieses Grauen bekundet.

Er betrachtete den Hafen, dessen Wellen im Sonnenschein funkelten, die schöne, florierende Stadt, die mächtige Festung auf dem Felsengrat. Warum machte diese Szenerie seiner Frau Angst? Oder fürchtete sie seine stolzen Schiffe?

Sicher bangte ihr vor der Reise in ein fernes Land, so wie Ruth, die in die Fremde gezogen war, um ihrem Schicksal zu gehorchen. In diesen letzten Tagen hatte er gehofft, Rycca würde ihren Kummer überwinden. Danach sah es nicht aus. Nun, es ließ sich nicht ändern – sie waren beide an ihre Pflicht gebunden.

Er spornte Sleipnir an und vergewisserte sich, dass sie an seiner Seite blieb. Am Kai stiegen sie ab. Krysta und Hawk gesellten sich zu ihnen.

Aufmerksam musterte Hawk den Himmel. »Gutes Segelwetter.«

»In der Tat«, bestätigte Dragon ohne Begeisterung. Er befahl einigen Männern, die Pferde auf eines der Schiffe zu bringen. Unterdessen verluden andere die letzten Truhen und Stoffballen, Fässer und Körbe. An der Hafenmauer hatte sich eine große Menschenmenge eingefunden, um die Abreise zu beobachten. Sogar für die weltoffenen Bewohner von Hawkforte war der Anblick eines norwegischen Jarls, der mit seiner angelsächsischen Frau an Bord ging, ein aufregendes Ereignis. Ein paar kühnere Männer jubelten und wünschten ihnen eine gute Reise.

Da Dragon zum Aufbruch drängte, konnte Krysta die junge Frau, die sie lieb gewonnen hatte, nur kurz umarmen. Eindringlich flüsterte sie ihr zu, alles würde sich zum Guten wenden. Dann beauftragte er einen seinen Krieger, Rycca auf das größte Schiff zu führen. Bevor er ihr an Deck folgte, versprach er seinem Freund: »Ich werde Wolf erzählen, was wir besprochen haben. Sicher wird er bald Verbindung mit dir aufnehmen.«

Hawk nickte. »Bis dahin werde ich versuchen, etwas mehr

zu erfahren.« Sie schüttelten sich die Hände, und Dragon ging an Bord.

Auf seinen Befehl wurden die Taue gelöst. In schneller Fahrt glitten die Drachenschiffe aus dem Hafen.

Rycca wurde ignoriert. Dafür war sie dankbar. Ein paar Stunden nach der Abreise aus Hawkforte hatte Dragon noch immer kein Wort zu ihr gesagt. Stattdessen wechselte er sich mit seinen Männern an den Rudern ab.

Während er ruderte, versuchte sie den kraftvollen Rhythmus seiner Muskeln zu übersehen. Aber gegen ihren Willen wanderte ihr Blick immer wieder zu ihm hinüber. In der fremden Welt, die sie jetzt umgab, bot ihm nur seine Nähe ein bisschen Sicherheit.

Scheinbar grenzenlos erstreckte sich das Meer nach allen Seiten. Sobald das Land hinter dem Horizont verschwunden war, schien es nicht mehr zu existieren. Nun gab es nur noch den Wind und das Wasser, die knarrende Takelage, geblähte Segel, das Ächzen der Ruderer.

Im Bug war ein kleines Zelt für Rycca errichtet worden. Wenn sie Wert auf ihre Privatsphäre legte, konnten die Seitenwände herabgelassen werden. Aber vorerst zog sie es vor, sich umzuschauen. Für allen Komfort, den man an Bord ermöglichen konnte, hatte man gesorgt. In ihrem Zelt stand ein stabiles Bett, breit genug für zwei Personen, mehrere Truhen mit flachen Deckeln, die als Bänke dienten, niedrige Tische, sogar eine Öllampe, sorgsam an einen Holzpfosten gebunden, damit sie nicht umkippte.

In gehobenen Positionen genoss man gewisse Vorrechte. Offenbar gehörte der Müßiggang nicht dazu, denn Dragon gönnte sich keine Ruhe. Bis zum Einbruch der Dunkelheit saß er auf der Ruderbank. Bevor das Tageslicht erlosch, entdeckte Rycca Land am Horizont – nur schwache Umrisse. Gehörte diese Küste zu den nördlichen Ländern? Sie hatte vermutet, die wären viel weiter entfernt. Bleich ging der Mond auf. Unter seinem silbrigen Glanz ankerten sie in einer seichten Bucht. Rycca sah nichts, was auf eine Besiedlung hinwies, und sie vernahm auch keine Geräusche in der stillen Nachtluft. Als Dragon endlich zu ihr kam, brachte er ihr eine Schüssel mit einem Eintopf und einen Becher Apfelwein. »Du musst dich stärken«, meinte er und wandte sich zum Gehen. Inzwischen hatten die Männer das Segel eingeholt und sich auf den Decksplanken ausgestreckt. Einige sprachen leise miteinander.

»Warte …«, bat Rycca. Die Einsamkeit hatte sie nie zuvor gestört. Aber hier, wo das Land nur ein dunkler Streifen zwischen Meer und Himmel war, sehnte sie sich nach menschlicher Nähe. Wortlos drehte sich Dragon um. »Wo sind wir?«

»Vor der Küste der Normandie. Morgen segeln wir nordwärts. Wenn das Wetter anhält, müssten wir in etwa einer Woche Landsende erreichen.«

»Die Normandie …« So nahe – und jetzt so unerreichbar.

Offenbar hörte er die Wehmut, die in ihrer Stimme mitschwang, denn er kniete vor ihr nieder, umfasste ihr Kinn und zwang sie, seinen Blick zu erwidern. »Wohin wolltest du gehen?«

»Wann?«, fragte sie verwirrt. »Was meinst du?«

Sein Griff verstärkte sich ein wenig. »Bei unserer zufälligen Begegnung. Ich nehme an, du warst auf dem Weg nach Hawkforte. Hattest du vor, ein Schiff zu suchen, das die Normandie ansteuern würde?« Ihr stockender Atem genügte ihm als Antwort, und er ließ ihr Kinn los. Aber er entfernte sich nicht. »Ist Thurlow dorthin gereist?«

»Wieso weißt du von ihm?«, flüsterte sie bestürzt.

»Hawk erzählte mir, dein Zwillingsbruder habe Wolscroft verlassen, und das beruhigt mich ein bisschen. Wenigstens ein Mitglied dieser Familie hat ein Fünkchen Verstand bewiesen.«

Brennend stieg das Blut in ihre Wangen. Aber sie konnte ihm wohl kaum widersprechen.

Dragon musterte sie noch eine Weile. Dann stand er auf und ließ die Zeltwände herab. »Wenn du gegessen hast, geh ins Bett.«

»So früh am Abend? Ich bin noch nicht müde.«

»Habe ich gefragt, ob du müde bist?« Ohne ihr einen Blick zu gönnen, öffnete er eine Truhe und nahm einen breiten Ledergurt heraus.

Rycca hatte den Löffel in den Eintopf getaucht. Nun stellte sie die Schüssel beiseite und starrte den Gurt an. Trotz der milden Nachtluft fröstelte sie plötzlich. Mit einem solchen Riemen hatte der Vater sie geschlagen, oder mit einem Stock – was immer gerade zur Hand gewesen war. Würde ihr Ehemann sie genauso behandeln?

»Wozu brauchst du das?« In Ryccas eigenen Ohren klang ihre Stimme laut und schrill.

Als wollte er die Beschaffenheit des Gürtels prüfen, drehte er ihn hin und her. »Ich möchte keine nächtlichen Überraschungen erleben.«

»Überraschungen?«

»Bist du nicht hungrig?« Er kam zu ihr. In dem kleinen Zelt, an Bord des Schiffs, auf dem Meer gab es keinen Ausweg. »Dann streck deinen Arm aus.« Sie musste aufstehen, zumindest einen Schritt zurückweichen, nachdenken … »Warum?«

»Keine Widerworte! Wir ankern vor der Normandie. Glaubst du wirklich, ich würde dir eine Gelegenheit zur Flucht geben.«

Entgeistert blinzelte sie. Was würde er ihr antun? Wollte er sie schlagen, damit sie nicht davonlaufen konnte? »Das – das ist nicht nötig«, stammelte sie.

Dragon sah ihre blicklosen Augen, lauschte den mühsamen Atemzügen. »Rycca …«

Plötzlich straffte sie die Schultern, kehrte zurück aus den Tiefen eines seltsamen Orts, der ihr Geheimnis blieb, und fauchte ihn an: »Das nimmst du nur zum Vorwand, um mir wehzutun! Du verabscheust meinen Vater, mit gutem Grund. Aber er verhielt sich genauso wie du. ›Rycca, du bist respektlos. Rycca, schau nicht so aufsässig drein. Rycca, du gehorchst nicht schnell genug…‹ Immer hatte er irgendetwas an mir auszusetzen. Es sei denn, er war betrunken – dann brauchte er natürlich keinen Vorwand. Betrinkst du dich auch manchmal, Dragon? Muss ich dann das Schlimmste befürchten?«

»Tod und Teufel, Rycca…« Dieser christliche Fluch kam ihm so leicht über die Lippen wie ihr Name. »Lass den Unsinn! Noch nie habe ich eine Frau geschlagen, und ich werde es auch nicht tun. Ich will dich nur an mich festbinden, während wir schlafen.«

»Alle Männer schlagen die Frauen.«

»Nicht *alle* – weder Wolf noch Hawk oder ich. Und kein Mann, der in meinen Diensten steht, wagt eine Frau zu misshandeln, sonst bekäme er meine Fäuste zu spüren. Immerhin sind die Frauen das schönste Geschenk der mächtigen Götter.«

»Es gibt nur *einen* Gott.«

»Also gut, dann sind sie eben *sein* schönstes Geschenk.«

Um ihre Mundwinkel bebte ein schwaches Lächeln. »Aber den Mann erschuf er zuerst. So steht es in der Heiligen Schrift.«

»Wahrscheinlich, weil er üben wollte. Jetzt streck deinen Arm aus. Bringen wir's hinter uns.«

Statt zu gehorchen, starrte sie ihn an, als würde sie ihn zum ersten Mal sehen. Schließlich wisperte sie: »Ich kann nicht schwimmen.«

»Was?« Hätte sie erklärt, sie sei stumm oder lahm, wäre er genauso verblüfft gewesen.

»Ich kann nicht schwimmen«, wiederholte sie. »Daran solltest du denken, falls dir mein Versprechen, keinen Fluchtversuch zu unternehmen, nicht genügt. Selbst wenn wir vor der Normandie ankern – für mich ist sie unerreichbar.«

»Aber – du kannst reiten.«

»Natürlich, jeder kann reiten.«

»Und jeder kann schwimmen.«

»Ich nicht. Wo ich aufwuchs, gibt es nur Flüsse. Allzu viele Leute schwimmen nicht darin. Ich habe es nie gelernt.«

Erleichtert seufzte er auf. Er hatte den Gedanken gehasst, Rycca an sich zu fesseln, aber keine andere Möglichkeit gesehen. Dass sie nicht schwimmen konnte – darauf wäre er nie gekommen. »Natürlich musst du schwimmen lernen«, entschied er und legte den Gürtel in die Truhe zurück.

»Ja, Mylord.« So demütig hatte sie noch nie mit ihm gesprochen. Doch er hörte auch einen gewissen Humor aus ihrer Stimme heraus, der sein Herz erwärmte. Trotzdem war die Angst, sie würde fliehen, noch nicht restlos verflogen. Rycca zu verlieren, wäre – schmerzlich.

»Iss und geh schlafen«, murmelte er. »Selbst wenn du noch nicht müde bist – für mich war es ein langer, anstrengender Tag.« Um seinen Worten Nachdruck zu verleihen, zog er seine Sandalen aus und legte sich aufs Bett, das viel schmaler war als das breite, luxuriöse Lager in Hawkforte.

Wie warm es hier draußen auf dem Meer war … Sie hatte gedacht, es müsste kühler sein. Aber ihr Körper schien zu glühen. Sie aß die Schüssel leer und trank den Apfelwein bis zum letzten Tropfen. Dabei ließ sie sich viel Zeit. Da er müde war, würde er bald einschlafen. Aber nachdem sie den Becher beiseite gestellt hatte, beobachtete er sie immer noch, und ein kaum merkliches Lächeln umspielte seine Lippen.

Weil sie etwas zu lange zögerte, hob er eine Hand, gebieterisch und ermutigend zugleich. »Komm ins Bett, Rycca.«

Sie gehorchte zaudernd und bemühte sich, ihn nicht zu berühren. Auf die Seite gedreht, kehrte sie ihm den Rücken. Eine Minute verstrich, dann noch eine. Offenbar würde er sich nicht bewegen.

Als er seufzte, zuckte sie zusammen. Ein eisenharter Arm umschlang ihre Taille. Behutsam zog er sie an sich, seine Wärme und seine Kraft hüllten sie ein. Um ein Stöhnen zu unterdrücken presste sie ihr Gesicht ins Kissen.

Auf sanften Wellen schaukelte das Schiff.

9

Auf diese Weise verstrich eine knappe Woche. Von lebhaften Brisen begünstigt, mit schnellen Rudern, fuhren sie dahin. Jede Nacht ankerten sie vor einem Strand. Zweimal gingen sie an Land, um frisches Wasser zu holen und zu jagen. Doch sie kehrten jedes Mal möglichst schnell an Bord zurück. Die Küste, die sie entlangsegelten, gehörte zu Jütland, einem dänischen Gebiet. Obwohl Dragons Schiffe diese Gewässer regelmäßig auf ihren Handelsreisen passierten, wollte er kein unnötiges Risiko eingehen.

Von morgens bis abends legten sich die Männer in die Riemen. Auch Dragon gönnte sich kaum eine Erholungspause. Die Nächte verbrachte er mit Rycca auf dem schmalen Bett und hielt sie im Arm. Zu intimeren Zärtlichkeiten ließ er sich kein einziges Mal hinreißen. Wenn er nicht ruderte, brachte er ihr Norwegisch bei.

»Viele meiner Landsleute sprechen angelsächsisch«, erklärte er. »Andere Sprachen beherrschen sie ebenfalls, dank ihrer zahlreichen Reisen. Aber sie werden sich zweifellos freuen, wenn du sie in unserer Muttersprache begrüßt.«

Eifrig stimmte sie zu und erwies sich als gelehrige Schülerin. Gegen Ende der Woche konnte sie bereits einfache Sätze aussprechen.

Am sechsten Tag ließen sie die Küste hinter sich und fuhren aufs offene Meer hinaus. »Diese Meeresstraße zwischen Jütland und den nordischen Ländern heißt Vik«, verkündete Dragon. »Nach ihr wurde unser Volk benannt. Wenn wir nächstes Mal Land sehen, sind wir daheim.«

Dieser Gedanke schien die Männer zu beflügeln, denn sie ruderten noch emsiger. Die Segel im Wind gebläht, schienen die Schiffe über das Wasser zu fliegen. Dragon orientierte den Kurs an der Sonne, und wenn sie im Meer versank, am Nordstern.

»Was geschieht, wenn Wolken den Nachthimmel verbergen?«, fragte Rycca. »Dann weißt du nicht, wohin du steuern musst?«

Er zog einen kleinen Beutel unter seiner Tunika hervor und nahm einen Stein heraus, der an einer Schnur hing. »Sieh mal, wie sich dieser Stein dreht.«

Tatsächlich – ohne sein Zutun bewegte sich der Stein eine Zeit lang, dann hielt er inne. An der Seite war ein kleiner Pfeil eingeritzt. Jetzt zeigte er in die Richtung, die sie eingeschlagen hatten.

»Warum dreht sich der Stein?«, erkundigte sich Rycca verblüfft.

»Das weiß niemand. Aber dieses Zeichen weist immer nach Norden.« Sorgfältig verstaute er den Stein wieder in dem Beutel, den er unter seine Tunika schob. »Wenn es stimmt, was man mir erzählt, ist er weit gereist, denn er entstammt einem Land im Osten, jenseits einer langen Mauer. Um von ihrem einen Ende bis ans andere zu gehen, braucht man über hundert Tage. Der Stein wurde aus dem Hof eines mächtigen Herrschers entwendet und wanderte durch viele Hände, bevor ich ihn erhielt.«

»Sicher ist er sehr kostbar.«

Dragon zuckte die Achseln. »Zumindest glaubte ein Mann, er wäre sein Leben wert.« Als er Ryccas Entsetzen bemerkte, fügte er hastig hinzu: »Diesen Stein schenkte mir ein byzantinischer Händler, um mir zu danken, nachdem ich sein Leben gerettet hatte. Da er kinderlos war und gerade in den Ruhestand trat, wollte er den Stein einem Mann übergeben, von dem er wusste, er würde ihn sorgsam verwahren und nutzen.«

Nun schämte sie sich für ihre Gedanken und senkte den Kopf. »Tut mir Leid.«

»Was denn? Dachtest du, ich hätte den Stein gewaltsam erworben? So wie sich alle Wikinger fremden Besitz aneignen?« Seine Stimme klang ärgerlich. Das konnte sie ihm wohl kaum verübeln. Aber auf seine nächste Frage war sie nicht vorbereitet. »Wolltest du mich deshalb nicht heiraten – weil ich ein Wikinger bin?«

Sie schwieg, denn ihre Gründe würden ihm nichts bedeuten. Doch er steckte voller Überraschungen, dieser Held aus ihrer seltsamen neuen Welt. Geduldig wartete er auf eine Antwort, und schließlich erwiderte sie: »In der Tat, es widerstrebte mir, einen Wikinger zu heiraten.«

»Wegen der Schauergeschichten, die du über uns gehört hast?«

»Nein, wegen des Grauens, das ich mit ansehen musste.«

Verwundert runzelte er die Stirn. »Mercia ist weit entfernt von den Küstengebieten, die früher überfallen wurden.«

»Aber Wolscroft liegt an der Themse, und die mündet ins Meer. In meiner Kindheit zogen die Dänen mordend und plündernd an den Ufern entlang.«

Jetzt erinnerte er sich. Die eine Hälfte des Königreichs Mercia hatten die Dänen erobert, die andere gehörte zu Alfreds Reich. »Dein Traum …«

»Welcher Traum? Was weißt du davon?«

Ihre plötzliche Bestürzung weckte seine Neugier, die er jedoch verbarg. »Nur dass du in der Jagdhütte von einem Albtraum heimgesucht wurdest. Anscheinend konntest du nicht erwachen. Das widerfährt uns allen hin und wieder.«

»Ja – vermutlich.«

»Hing dein Traum mit den Dänen zusammen?«

»Vielleicht.« Rycca suchte nach Ausflüchten und fand keine. Wie viel hätte sie in diesem Augenblick für die Fähigkeit gegeben, ihre Mitmenschen zu belügen …

»Träumst du oft von ihnen?«

»Es ist nicht wichtig. Nur eine Erinnerung – aus der Kindheit.«

»Kamen die Dänen nach Wolscroft?«

Schweigend nickte sie. Über jene Ereignisse wollte sie nicht sprechen. In Worte gefasst, würden sie ihr viel zu real erscheinen.

»Sind ihre Schiffe den Fluss heraufgefahren?«

»Ja«, bestätigte sie notgedrungen. »Sie taten – was sie immer taten. Dann verschwanden sie, das war alles. Darf ich den Stein noch einmal sehen? Er ist so wundervoll.«

»Später. Wie alt warst du damals?«

»Sechs …« Inständig wünschte sie, er würde dieses Gespräch beenden.

Er trat näher zu ihr und legte einen Arm um ihre Schultern. Nun wirkte seine Stimme sanft und unnachgiebig zugleich.

»Du hast Menschen sterben sehen.«

Wie eine Frage klang seine Bemerkung nicht, denn er wusste, was ihr Gedächtnis unauslöschlich bewahrte – woran sich alle erinnerten, die einen solchen Angriff überlebt hatten. Inbrünstig dankte er dem Himmel, weil sie verschont worden war – aber sie hatte seelische Wunden erlitten, das erkannte er in diesem Augenblick. »Ist jemand gestorben, den du sehr geliebt hast?«

Sie nickte an seiner Schulter. Wie ihr Kopf dorthin gelangt war, entsann sie sich nicht. »Meine Freundin Aelflynne.«

»War sie in deinem Alter?«

Wieder nickte Rycca, und sie konnte kaum atmen. »Sie durchschnitten ihren Hals. Und dann verblutete sie in meinen Armen.«

Dragon zog ihren bebenden Körper noch fester an sich. »Wie bist du entkommen?«

»Keine Ahnung. Nachdem ich zu Aelflynne gerannt war, wüteten sie rings um mich – überall – mordeten und steckten Häuser in Brand und vergewaltigten die Frauen… Irgendwie übersahen sie mich. Warum ich noch lebe und Aelflynne den Tod fand, weiß ich nicht. Sie war viel lieber und gütiger als ich. *Mich* hätten sie umbringen müssen.«

»Nein!« Behutsam wischte er die Tränen von ihren blassen Wangen. »So etwas darfst du nicht sagen. Lehrt dich dein Glaube nicht, dass wir uns stets in Gottes Hand befinden?«

»In der Hand eines achtlosen oder unergründlichen Gottes… Warum hat er eine Welt voller Leid erschaffen?«

»Das ist nicht wahr, und du weißt es. Auf dieser Erde gibt es so viel Schönheit und Freude.«

Ja, sie wusste es – seit sie *ihn* kannte.

»Ich *bin* ein Wikinger«, betonte er so unglücklich, als würde er es ändern, wenn es möglich wäre.

»So wie die anderen bist du nicht.« *Die Wahrheit.*

»Trotzdem hast du dich verbissen gegen unsere Heirat gesträubt.«

»Bevor ich dich kannte. Jahrelang hörte ich die Schauergeschichten, die mein Vater über blutrünstige Wikinger erzählte. Und er behauptete, du wärst der Schlimmste von allen.«

»Einfach lächerlich! Ich habe immer nur gekämpft, um mich zu verteidigen.«

»Für Wolscroft spielt das keine Rolle. Seid jener Nacht ist

er von seinem Hass gegen die Wikinger besessen.« Sie hob den Kopf, schaute in Dragons Augen und fasste Mut. »Bei jenem Angriff – ritt er davon. Obwohl seine Leute ihn so dringend brauchten, ließ er sich ein Pferd bringen und flüchtete. Er tötete sogar einen Stalljungen, der ihn beobachtet hatte – und später nichts verraten sollte.«

»Zum Glück bist du ganz anders.«

Ryccas Seele erwärmte sich. Nur ganz langsam. Doch die kleine Flamme des Trostes loderte immer heller. »Vielleicht hasste er die Wikinger so abgrundtief, weil sie ihm seinen Charakter vor Augen führten.«

»Vergiss Wolscroft. Er ist für immer aus deinem Leben verschwunden. Schau nach Norden. Morgen wirst du die ersten Lebenszeichen sehen, die Möwen und Seeschwalben werden den Schiffen entgegenfliegen, um uns zu begrüßen. Und das Meer wird die Farbe wechseln, denn da oben ist es viel tiefer. Wenn wir den Kieferndruft riechen, sind wir zu Hause.«

Ein Zuhause hatte sie nie gekannt. Aber *er*. Und die Visionen, die er heraufbeschwor, erschienen ihr so machtvoll, dass sie die Bilder mit eigenen Augen zu sehen glaubte. »Du rührst mich nicht an.« Gegen ihren Willen hatte sie die Worte ausgesprochen. Erschrocken biss sie in ihre Unterlippe, bis sie blutete.

»Nicht«, mahnte er fast flehend. Mit einer Fingerspitze wischte er den winzigen roten Tropfen weg. Sein Mund streifte ihren, nur ganz leicht. Aber es genügte ihr, um ihn zu schmecken.

»Bald werde ich dich umarmen«, versprach er und weckte heiße Sehnsucht.

Am nächsten Nachmittag sichteten sie Land. Es geschah ganz plötzlich. Zumindest gewann Rycca diesen Eindruck. Eben noch war die Welt völlig blau gewesen, eine Mischung aus Himmel und Meer. Und im nächsten Augenblick schimmerte sie grün, von weißen und grauen Streifen durchzogen. Der Kontrast wirkte atemberaubend. Wie es Dragon vorhergesagt hatte, schwirrten Vögel über den Schiffen, um sie willkommen zu heißen. Die Männer warfen ihnen Fische zu, lachend beobachteten sie die Möwen und Seeschwalben, die herabsausten, fast ins Wasser tauchten wieder emporschwebten. Bald wetteiferte der Salzgeruch mit dem würzigen Duft fruchtbarer Erde und hoch aufragender Kiefern.

Fasziniert sah Rycca die hoch aufragenden Berge. Die Welt schien aus den Fugen zu geraten, nicht mehr flach, mit sanften Hügeln, an die sie gewöhnt war. Sogar im Sommer lag hier Schnee in den Felsspalten hoher Gipfel. Da und dort, an den Hängen und in den Tälern dazwischen, entdeckte sie goldene Felder, die in der Sonne reiften, grünes Weideland, dunkle Wälder. Glitzernd im Sonnenlicht, griffen die Finger des Meeres in die Furchen der Berge, als wollten sie ihnen die Vorherrschaft streitig machen. Gewiss, ein schönes Land – und doch ein Land, in dem einem nichts geschenkt wurde.

Dragon stand neben seiner Gemahlin am Bug des Drachenschiffs. »Jenseits der Ebene von Jæren, im Osten, liegt die Festung meines Bruders. Zwischen seiner und meiner Residenz kontrollieren wir die Küste, die Jütland gegenüberliegt. Seit die Dänen uns zuletzt angriffen, sind mehrere Jahre verstrichen. Zweifellos sind sie ehrgeizige, habgierige Männer, aber auch vernünftig. Wie sie mittlerweile herausgefunden haben, ist der Handel viel einträglicher als ein Krieg. Und dass sie's nicht vergessen – dafür sorgt das Bündnis zwischen den Angelsachsen und Norwegern.«

»Ach, würden die Dänen den Engländern das bloß auch lehren …«

»Deshalb musst du dich nicht sorgen, denn Alfred ist ein tüchtiger Lehrer.«

Darüber lächelte sie, wie er es erhoffte – denn er verfluchte sich, weil er die Dänen erwähnt hatte. Offenbar litt sie immer noch unter dem Grauen jener Nacht. Aber mit der Zeit und bei sorgsamer Pflege konnten alle seelischen Wunden heilen, sogar ältere.

Jetzt ertönten Signalhörner auf den Wachttürmen von Landsende, um die Heimkehrer zu begrüßen, und Dragons Herz schlug höher. Die Schiffe waren nahe genug an die Küste herangekommen, so dass sie am Wasserrand und auf den Feldern mehrere Leute sahen, die den Besatzungen zuwinkten. In beängstigend schneller Fahrt glitten die Schiffe in den Fjord, bis sie den Kai fast erreicht hatten und Dragon mit seiner durchdringenden Stimme einen Befehl erteilte. Sofort wurden die Segel eingeholt, die Ruder hoben sich aus dem Wasser und bespritzten die Männer. Alle drei Drachenschiffe stießen sanft gegen den steinernen Wall.

Inzwischen hatten sich zahlreiche Menschen im Hafen versammelt, mit lebhaftem Beifall feierten sie das seemännische Kunststück, und beim Anblick ihres Jarls jubelten sie noch lauter. Die Wachtposten schlugen mit ihren Schwertern gegen die Schilde, Männer und Frauen stampften begeistert mit den Füßen auf den Boden. Schreiende Kinder rannten umher, Hunde bellten, Hähne krähten, und die allgemeine Freude war grenzenlos.

Bis man die Frau an Dragons Seite bemerkte.

Wissen sie denn nicht, warum er nach England gefahren ist, fragte sich Rycca, während der Jubel langsam erstarb. Sie mussten doch annehmen, dass er eine Braut heimführen würde. Oder hatten sie geglaubt, irgendetwas würde die Heirat verhindern? Beinahe wäre es geschehen. Das würden sie hoffentlich niemals erfahren.

Nun lag tiefe Stille über dem Kai, und die vielen hundert Augenpaare, die Rycca anstarrten, nahmen ihr den Atem. Trotzdem straffte sie die Schultern, den Kopf hoch erhoben.

Angelsächsischer Stolz, ermahnte sie sich und sog die fremde Luft tief in ihre Lungen.

Nur zu gut kannte Dragon sein freundliches, aber vorsichtiges Volk. Er wusste, die Leute würden einer angelsächsischen Braut mit gemischten Gefühlen begegnen, trotz der Wertschätzung, die Lady Cymbra genoss. Da man sie für einzigartig hielt, wies nichts darauf hin, wie man Rycca aufnehmen würde.

Sicher war es am besten, wenn er möglichst schnell für klare Verhältnisse sorgte. Sein Blick fiel auf Sleipnir und Grani, die gerade vom benachbarten Drachenschiff geführt wurden. Während sich ein halbes Dutzend Reitknechte um die Pferde kümmerte, wichen die Zuschauer zurück. Nach über einer Woche an Bord und nur zwei Gelegenheiten, die überschüssigen Energien an Land loszuwerden, zeigten die beiden Füchse ihr wildes Temperament. Ungeduldig scharrten sie mit den Hufen, warfen die mächtigen Köpfe zurück und erweckten den Eindruck, sie würden jeden Augenblick durchgehen.

»Möchtest du reiten, Rycca?«, fragte Dragon. Ohne eine Antwort abzuwarten, hob er sie hoch und trug sie vom Schiff auf den Kai. Schweigend zog sich die Menge noch weiter zurück. »Das will ich hoffen«, fuhr er fort, als wäre er mit seiner Frau allein. »Ziehst du Sleipnir oder Grani vor? Wahrscheinlich magst du beide.«

»O ja«, stimmte sie zu, dankbar für die Ablenkung von der drückenden Stille.

Aufmunternd lächelte er sie an. »Wie ich bereits festgestellt habe, bist du eine ausgezeichnete Reiterin. Traust du dir zu, eines dieser Ungeheuer zu bändigen, nachdem sie tagelang eingesperrt waren?«

Ohne zu zögern, erwiderte sie seinen Blick. »In der Tat, ich reite sehr gut. Und sie sind gewiss keine Ungeheuer.«

Da vertiefte sich sein Lächeln. Als er mit ihr zu den Pferden ging, beruhigten sie sich ein wenig, stießen ihn aber mit den Nüstern an und versuchten, ihm irgendwelche Leckerbissen zu entlocken. »Benehmt euch!«, befahl er in einem Ton, der keinen Widerspruch duldete. Sofort standen sie still, und er setzte Rycca auf Granis Rücken. »Halt die Zügel fest«, murmelte er, »und mach ihm klar, dass du seine Herrin bist.«

Ihre Augen strahlten, und sie vergaß die prüfenden Blicke der Leute, die immer noch stumm und reglos dastanden. Zärtlich tätschelte sie Grani, versicherte ihm, er sei wundervoll – diese Meinung teilte er – und merkte nicht, wie sich die Stimmung in der Menschenmenge änderte. Der Argwohn wich maßlosem Staunen. Aufgeregt sprang ein Kind vor und zeigte in die Richtung der fremden Reiterin, bis es von seiner Mutter zurückgezerrt wurde. Erwachsene Männer sperrten Mund und Nase auf, und so manche Krieger, die geglaubt hatten, nichts könnte sie erschüttern, reckten die Hälse, damit sie das Ereignis besser beobachten konnten. Das alles nahm Dragon voller Genugtuung wahr, im Gegensatz zu seiner Frau.

Unbefangen ritt sie neben ihm den Kai entlang und die Straße zur Festung hinauf. Es dauerte eine Weile, bis sie die Menge bemerkte, die ihnen folgte, das immer dichtere Gedränge am Wegesrand. Endlich wurde das drückende Schweigen gebrochen, ringsum erklang gellendes Stimmengewirr.

Unsicher, wie sie sich verhalten sollte, streichelte sie Grani noch einmal und lachte, als er zu galoppieren versuchte. »Noch nicht«, mahnte sie und zügelte ihn mühelos. »Aber bald…« Sie schaute zu Dragon hinüber. »Wenn du's erlaubst?«

»Morgen reiten wir aus, und dann darfst du nach Herzenslust galoppieren.« Erfreut und sogar belustigt, erwiderte er ihren Blick.

»Das verstehe ich nicht. Erst waren deine Leute so still und jetzt…«

Plötzlich jubelten sie wieder, die Frauen nickten anerkennend, und die Männer warfen sogar ihre Kappen in die Luft. Kreischende Kinder rannten neben den Füchsen her, wagten sich aber nicht zu nahe heran.

»Habe ich schon erwähnt, dass bisher immer nur ich diese beiden geritten habe?«, fragte Dragon grinsend.

Rycca traute ihren Ohren nicht. »Sonst niemand?«

»Nur ich«, bestätigte er. »Einige meiner Krieger haben es probiert, und alle wurden abgeworfen.« Zu Rycca hinübergeneigt, flüsterte er: »Vielleicht hätten sie die Zügel fester gehalten, wenn sie an Höhenangst leiden würden.«

Da brach sie in Gelächter aus – ein übermütiges, kindliches Gelächter. Erst jetzt verstand sie, warum er sie auf Grani zur Festung reiten ließ. Unglaublich – aber er war ihr schon oft überaus freundlich begegnet. Um ihretwillen hatte er seinen Kriegerstolz bezähmt und der Öffentlichkeit vor Augen geführt, er wäre nicht der Einzige, der diese beiden wilden Pferde bezwingen konnte. Auf diese Weise veranlasste er sein Volk, die fremde Angelsächsin zu bewundern. Tief gerührt betrachtete sie all die lächelnden Gesichter und erkannte, dass er sein Ziel erreicht hatte.

Männer, Frauen und Kinder, die sie zum ersten Mal sah, lauter Wikinger – vermeintliche Feinde –, bejubelten die neue Gemahlin des Jarls, als würde sie bereits zu ihnen gehören. Was sie ihr zuriefen, verstand sie nur teilweise. Aber es klang ermutigend, eine warmherzige Begrüßung. Freudentränen verengten ihre Kehle. Überwältigt wandte sie sich zu Dragon und las unverhohlenen Stolz in seinen Augen. Ohne zu bedenken, was sie tat, hielt sie ihm ihre Hand hin, die er ergriff und an die Lippen zog.

Da schwoll der Jubel noch lauter an und stieg zum Himmel empor.

Und zum ersten Mal in ihrem Leben hatte Rycca das Gefühl, sie würde nach Hause kommen.

Landsende beglückte Ryccas Seele. Wohin ihr Blick auch schweifte – überall sah sie erfreuliche Unterschiede zu Wolscroft. Gewiss, auch hier gab es starke steinerne Mauern und hohe Türme, aber auch liebenswürdige Menschen. Lachende Kinder rannten umher. Lebhaft schwatzten die Frauen, und die Männer ließen sich von ihrer Fröhlichkeit anstecken.

Statt der halb verfallenen Hütten, die Rycca von ihrer Heimat her kannte, reihten sich in Dragons Stadt schöne, stattliche Häuser aneinander – an sauber gefegten Straßen. Hier wurde nichts vernachlässigt, und – Wunder über Wunder – vor den Türen wuchsen sogar Blumen auf kleinen Beeten.

Auf einem Hügel oberhalb der Stadt lagen die ummauerten Festungsgebäude. An den geöffneten Toren hielten bewaffnete Krieger Wache, die in den Jubel der Menschenmenge einstimmten, als das Ehepaar in den Hof ritt. Kläffende Hunde sprangen neben den Pferden her, gackernde Hühner kreuzten ihren Weg. In der Mitte des Hofs erhob sich ein großes Holzgebäude mit einem Ziegeldach, geschnitzte Ornamente umrahmten die Türen und Fenster. In der Nähe standen kleinere Häuser, darunter die Küche, wie Rycca am Rauch über dem Schornstein erkannte. Andere Gebäude standen etwas weiter entfernt, ebenfalls reich verziert und bemalt.

Dragon zügelte Sleipnir, stieg ab und streckte seiner Frau die Arme entgegen. Lächelnd ließ sie sich aus dem Sattel heben, folgte ihm hölzerne Stufen hinauf, zu einem Fußweg entlang der Mauer. Von hier aus überblickte sie die Stadt und den Hafen, goldene Felder und dahinter eine neblige Region, wo das Land mit dem Meer verschmolz. »Landsende«, verkündete er stolz, »die Heimat meiner Mutter. Vor dem Krieg bewirtschaftete ihre Familie einen Bauernhof und trieb ein bisschen Handel. Nachdem Wolf und ich genug von der Welt gesehen hatten, zog ich auf diesen Hügel. In der Stadt waren nur wenige Häuser unversehrt geblieben, und die Bewohner, die das Grauen der Kämpfe überstanden hatten, kämpften mühsam um ihren Lebensunterhalt. Glücklicherweise hat sich das mittlerweile geändert.«

Interessiert beobachtete Rycca das rege Leben und Treiben in den Straßen. »Und woran liegt's?«

»Am Frieden – denn Menschen, die sich sicher fühlen, bestellen ihre Felder, halten ihre Häuser instand, treiben Handel und so weiter. Sie sitzen nicht am Herd, um auf die nächste Katastrophe zu warten. Wenn Besucher sehen, wie eine Siedlung blüht und gedeiht, werden sie sich darin niederlassen und zum Wohlstand beitragen. Aber solange Frieden herrscht, ist alles möglich.«

»Und ohne den Frieden gar nichts?«

»Zumindest nichts, was die Mühe lohnen würde. Und nun sollten wir keine Zeit mehr verschwenden. Ich möchte dich mit ein paar Leuten bekannt machen.«

Damit untertrieb er maßlos. Einige Stunden später glaubte Rycca, sie hätte sämtliche Bewohner von Landsende kennen gelernt. Oh, vielleicht waren ihr ein oder zwei Babys noch nicht präsentiert worden, weil sie gerade schliefen. Aber ansonsten hatte wohl kaum jemand die Gelegenheit versäumt, die Gemahlin des Jarls willkommen zu heißen. Junge und alte Männer und Frauen, Bauern, Krieger und Handwerker – alle eilten herbei. Lächelnd nickte sie ihnen zu und sprach sie auf Norwegisch an, so gut sie es nach den wenigen Unterrichtsstunden vermochte. Das wurde so begeistert aufgenommen, dass sie sich gelobte, fleißig zu studieren, damit sie die fremde Sprache bald fehlerfrei beherrschen würde.

Da ihr die Leute überaus herzlich begegneten, fielen die wenigen, die sie nicht so wohlwollend musterten, umso deutlicher auf. Ein paar junge Frauen warfen ihr vorwurfsvolle Blicke zu und schmachteten Dragon seufzend an. Die Hände geballt, war sie sehr stolz auf sich, weil sie ihren Zorn bezähmte und diese Flittchen nicht ohrfeigte.

»Mein Stellvertreter«, verkündete Dragon und wies auf einen Krieger, der etwas jünger war als er selbst. »Schon in der Kindheit kannten wir uns, und vor ein paar Jahren zog er nach Landsende.«

Nachdenklich runzelte Rycca die Stirn, denn sie glaubte, den Mann zu kennen.

»Er war mit mir in Essex«, fügte Dragon hinzu. »Auf der Heimreise kümmerte er sich um die Pferde.«

Natürlich. Magnus hatte seinen Herrn nach Essex begleitet, um an dessen Hochzeit teilzunehmen. Aber er war der Braut nicht vorgestellt worden, wegen der – ungewöhnlichen Ereignisse. Rycca lächelte, fest entschlossen, den Mann zu mögen, dem ihr Gemahl offensichtlich vertraute. Aber im nächsten Augenblick empfand sie ein Unbehagen, das sie sich nicht erklären konnte. So gut wie Dragon sah Magnus nicht aus. Ganz im Gegenteil, er hatte eher unscheinbare Züge. Als er sich vor ihr verneigte, wirkte er freundlich. So *wirkte* er nur. Ihr verhasstes Talent wies sie wieder einmal darauf hin, dass der äußere Schein nicht zählte.

Nur die Wahrheit zählte.

Und was mochte wahr sein?

In Magnus' Augen las sie Respekt und Bewunderung. »Hier seid Ihr hoch willkommen, Mylady. In der Tat, Eure Ankunft erfüllt uns alle mit großer Freude.«

Aalglatt... Was stimmte nicht mit ihm? Offenbar ein diplomatischer Mann – was keineswegs bedeuten musste, er wäre illoyal.

»Auch ich bin froh, dass meine Reise ein so wunderbares Ende fand«, erwiderte Rycca. »Mit diesem Empfang habe ich nie gerechnet.«

»Wirklich nicht? Sicher wusstet Ihr, wie sehnlich wir uns den Frieden wünschen.«

Er nicht.

Diesen Argwohn musst du bekämpfen, ermahnte sie sich. Für ihren Verdacht gab es nicht den geringsten Grund. Der Mann war nett und höflich. Und Dragon konnte den Spreu gewiss vom Weizen trennen. Wenn er Magnus vertraute, durfte sie keine Zweifel hegen.

Blut… Feuer… Schmerzen…

Sekundenlang schloss sie die Augen und versuchte die Erinnerungen zu verdrängen, die ihre heitere Stimmung bedrohten.

»Was bedrückt dich?«, fragte Dragon voller Sorge. Seine Güte veranlasste sie erst recht, ihr Misstrauen zu verabscheuen, das einen dunklen Schatten über diesen erfreulichen Tag warf.

»Nichts«, beteuerte sie hastig und zwang sich zu einem Lächeln, »ich bin nur müde.«

»Daran hätte ich denken müssen.« Vermutlich gab er der Menge irgendein Zeichen, denn sie wich zurück, als er seine Gemahlin auf die Arme nahm. Trotz ihres schwachen Protests trug er sie zu einem der Holzhäuser. Größer als die anderen, stand es etwas abseits.

Bevor er mit einer Schulter die Tür aufstieß, sah Rycca die Schilde zu beiden Seiten. Die Luft roch nach Kiefern. An den Fenstern waren die Vorhänge aus Wachstuch hochgerollt, die Läden geöffnet. Eine Matte aus frischen Binsen bedeckte den Boden, Blumen schmückten einen Tisch. Auf dem breiten Bett mit dem kunstvoll geschnitzten Kopfteil lagen frische Laken. Auch ein halbes Dutzend Truhen war reich verziert mit Ornamenten und Jagdszenen. Eiserne Kohlenbecken wurden von schlangenförmigen Ständern gehalten, ebenso wie mehrere Tabletts mit verschiedenen Gefäßen. In diesem Raum wirkte alles schön und zweckmäßig zugleich, die gesamte Einrichtung zeugte von Reichtum und erlesenem Geschmack.

Für Rycca, an die unkultivierte Ausstattung von Wolscroft gewöhnt, war das Haus eine Offenbarung. In der Jagdhütte bei Hawkforte hatte sie geglaubt, etwas Schöneres könnte es nicht geben. Jetzt musste sie sich eines Besseren belehren lassen. Aber im Gegensatz zur Hütte war dies eindeutig die Domäne eines Mannes, das verrieten die Waffen und Banner an den Wänden.

Und dann entdeckte sie etwas, das ihr den Atem raubte. Auf dem Tisch lag ein Buch. Das erkannte sie sofort, obwohl sie so etwas nur selten gesehen hatte. Es befand sich in einem geschnitzten, bemalten Kästchen, und es juckte sie in den Fingern, danach zu greifen.

Als Dragon der Richtung ihres Blicks folgte, bemerkte er: »Ah, sehr gut, es ist eingetroffen.« Behutsam stellte er sie auf die Füße, ging zum Tisch und nahm das Buch aus der Kassette. »Mein lieber Freund Kareem ben Abdul hat es für mich aufgestöbert. Darin stehen fabelhafte Geschichten, von der Gemahlin eines grausamen Herrn erzählt, den sie so gut unterhielt, dass er ihr das Leben schenkte.«

Trotz ihrer Faszination erschrak sie. »Wie furchtbar? Wollte er sie denn umbringen?«

»Nun, er zürnte allen Frauen. Wer weiß schon, was in einem kranken Gehirn vorgeht... Kannst du lesen?«

Zögernd kämpfte sie mit ihrem Bedürfnis, sich zu schützen. Wie immer siegte ihre Ehrlichkeit. »Ja«, flüsterte sie.

In ihrer Heimat durften die Frauen nicht lesen – nicht nach der Ansicht ihres Vaters. Er glaubte, diese Fähigkeit sollte man nur Mönchen zubilligen, diesen Eunuchen, die niemals aufbegehrten. Aber wenn Frauen lasen, kamen sie womöglich auf dumme Gedanken. Heimlich hatte Rycca lesen gelernt, dank eines Mönchs, der kein Eunuch und ein ehrenwerter, tapferer Mann gewesen war.

»Ja«, wiederholte sie etwas lauter, falls Dragon ihre Antwort nicht gehört hatte.

»Großartig! So wie Alfred bin ich bestrebt, Schulen in meinem Land zu gründen und Bücher zu beschaffen. Das erweitert ihr Wissen.«

Hätte er erklärt, er würde sich Flügel wachsen lassen und zum Mond fliegen, wäre sie nicht verblüffter gewesen. So dachte ein Krieger, der sein Schwert hervorragend zu schwingen wusste, was sie auf der Straße nach Hawkforte beobachtet hatte? Ein Wikinger? »Welch ein lobenswerter Plan…«

»Da sind einige Leute ganz anderer Meinung, denn sie halten die Gelehrsamkeit für ein Zeichen der Schwäche. Keine Ahnung, warum. Ich finde, es zeugt eher von Mut, wenn man die Welt mit all ihren komplizierten Erscheinungen gründlich erforschen will.«

Weil sie nichts zu sagen wusste, nickte sie nur. Dieser Mann überraschte sie immer wieder.

»Jetzt schicke ich die Frauen zu dir«, kündigte er an und legte das Buch beiseite. »Sie werden ein Bad vorbereiten und dir eine Mahlzeit bringen. Einverstanden?«

»O ja, natürlich.«

»Und danach findet ein Fest statt.« Lässig winkte er ab, als wäre es nicht so wichtig. »Das erwarten die Leute – verstehst du?«

»Ja, gewiss.«

Ja und ja und ja. Etwas anderes vermochte sie anscheinend nicht mehr zu sagen. Bücher, wundervolle Zukunftspläne, eine Mahlzeit, ein Bad, ein Fest. Und das breite Bett – so nahe…

Selbstvergessen schaute sie ihn an – ihren *Ehemann*. Viel zu deutlich entsann sie sich, wie es gewesen war, mit ihm zu schlafen.

Auf dem Weg zur Tür drehte er sich noch einmal um. »Ich weiß, du bist erschöpft. Also werden wir nicht allzu lange mit den Leuten feiern.«

In ihrem Lächeln sah er keine Müdigkeit. Nur ein Versprechen.

Ein Dampfbad. Das brauchte er jetzt. Und eine Atempause. Landsende gefiel ihr. Daran zweifelte er nicht. Mochte er Wolfscroft auch verwünschen, er war seinem Schwiegervater dankbar. Wegen dieses Mannes hatte Rycca nur geringe Erwartungen in ihre Zukunft gesetzt. Und ihre Angst war verflogen. Dafür dankte er den Göttern – oder dem Gott, der es verdiente.

In dieser Nacht würde er die Ehe vollziehen – und die lange Schiffsreise vergessen, auf der er ungewohnte Keuschheit geübt hatte.

Ja, sie würde ihm gehören.

Ein heftiges, besitzergreifendes Gefühl stieg in ihm auf, das ihn verwirrte, denn keine Frau hatte es je zuvor geweckt. Aber Rycca war *seine* Frau – und anders als alle, die er jemals gekannt hatte.

Eine fügsame kleine Frau, die seine Füße warm rieb.

Bei diesem Gedanken lachte er laut auf und pries die Götter, die ihm das erspart hatten. Auf Odin, den Herrn der Götter, und seine streitbare Gemahlin Frigg würde er trinken, sogar auf Loki, denn es war immer ratsam, diesen boshaften Kerl gnädig zu stimmen. Vielleicht würde er einen Priester nach Landsende holen, denn die meisten Geistlichen waren klug und gebildet. Sicher würde es nicht schaden, einen solchen Mann in der Festung zu beherbergen.

Sollte er ernsthaft erwägen, ein Skriptorium einzurichten, würde er mehrere Priester brauchen. Auf Hawkforte hatte er die eindrucksvolle Schreibstube seines Freundes gesehen – und vom Skriptorium in Winchester wahre Wunderdinge gehört. Nur Mönche besaßen die erforderlichen Fähigkeiten.

Rycca liebte Bücher, und diese Erkenntnis erwärmte Dragons Herz. Inzwischen zürnte er ihr nicht mehr, weil sie vor der Hochzeit geflohen war, denn er wusste, was sie dazu getrieben hatte. Ihre Furcht war einem Lächeln gewichen. Und in ihren Augen las er immer wieder heiße Sehnsucht. Nun standen sie auf der Schwelle eines neuen Anfangs, und er beschloss, die Gunst der Stunde zu nutzen.

Aber zuerst musste das Fest stattfinden. Seine Leute meinten es gut, sie mochten Rycca. Und sie wollten die neue Herrin näher kennen lernen. Sein Blick wanderte über die üppig gedeckten Tische hinweg. Wie sich die Frauen bemüht haben mussten, um eine solche Fülle an köstlichen Speisen vorzubereiten... Plötzlich sah er Rycca aus dem Blickwinkel der Wikingerinnen, schön gekleidet, erhobenen Hauptes und gelassen auf dem Rücken eines Pferdes, das bisher nur der Jarl gebändigt hatte. Natürlich wollten sie die Angelsächsin beeindrucken. So wie er selbst.

Von der Sauna gereinigt, frisch rasiert und festlicher gekleidet, als er es eigentlich beabsichtigt hatte, erwartete er seine Gemahlin in der Halle. Und wartete und wartete. Mittlerweile hatten sich die Gäste versammelt. Bevor sie unruhig wurden, erschien Rycca – gerade noch rechtzeitig.

Welch eine bildschöne Erscheinung... Wie kupferrote Flammen fielen die Haare auf ihren Rücken. Voller Stolz beobachtete Dragon ihre anmutigen Schritte. Der Himmel hüllte sie ein. Nicht wirklich, aber der Stoff ihres Kleids sah so aus und erinnerte ihn an einen strahlenden Sonnenaufgang in sanftem Blau, mit zarten weißen Wolken verwoben – der Beginn eines perfekten Tages.

Hoffentlich musste er sich nicht mehr allzu lange gedulden, bis er mit ihr ins Bett sinken würde. Sobald er das Fest verlassen konnte, ohne den Eindruck zu erwecken, es würde ihm an Selbstkontrolle mangeln. Vor allem Rycca durfte das nicht glauben. Er dachte an jene Nacht, als sie ihn beim Lagerfeuer vor der Jagdhütte verführt hatte. In *dieser* Nacht wollte er ihr ein Glück schenken, das alle ihre Träume übertraf.

Wein, Bier und Met flossen in Strömen. Immer neue Platten voller Fische und Schweinebraten wurden aufgetischt, geräuchertes Fleisch, Brot und Käse, sommerliches Obst und Gemüse in verschwenderischen Mengen, sogar seltene Speisen mit Gewürzen aus fernen Ländern. Dieses Festmahl war eines Königs würdig.

Auch die Unterhaltung ließ nichts zu wünschen übrig. Gaukler und Spielleute wetteiferten um den Applaus. Nicht weniger als drei berühmte Skalden, an Dragons Hof stets willkommen, gaben Geschichten aus verschiedenen Zeitaltern zum Besten. Diesmal verzichtete der Festungsherr auf einen eigenen Vortrag. Nur hin und wieder redete er mit Rycca, die neben ihm saß und genauso förmlich antwortete, wie er sie ansprach.

Noch nie hatte er sich in Gesellschaft einer Frau so unsicher gefühlt.

Nicht nur, weil ihn ihr Duft, ihr Anblick oder die zufällige Berührung ihrer Hand maßlos erregten.

Ausgerechnet er, der mit dem schöneren Geschlecht so viele erfreuliche Erfahrungen gesammelt hatte, kam sich an der Seite seiner Gemahlin wie ein grüner Junge vor.

Die Liebesnacht konnte gar nicht früh genug beginnen.

10

Wenn Rycca auch hörte, dass die Tür nachdrücklich geschlossen wurde, drang das Geräusch wie aus weiter Ferne zu ihr. Irgendwann zwischen dem Zeitpunkt, als sie Dragon aus der Haupthalle gefolgt war, und der Ankunft in seinem Haus hatten sich ihre Herzschläge beängstigend beschleunigt. Als wäre sie meilenweit gelaufen, musste sie nach Luft ringen.

So wie an jenem Tag an der Küste von Essex, bei ihrer Flucht vor Dragon.

Damals war sie der Freiheit entgegengerannt, das hatte sie zumindest geglaubt – während jetzt...

Wie albern! Sie hatte doch schon mit diesem Mann geschlafen, aus eigenem Antrieb, ohne jungfräuliche Scheu oder Scham zu empfinden. Im Gegenteil, sie hatte es genossen, ihn in sich aufzunehmen, den Erguss seines Samens zu spüren, ihr eigenes heißes Entzücken – den Lohn für ihre Kühnheit, die sie im Rückblick immer noch kaum fassen konnte.

Warum wurde ihre Erregung jetzt von dieser seltsamen Angst überschattet?

Dragon wanderte im Raum umher und schloss die Fensterläden. Aber die Wachstücher blieben hochgerollt, damit die nächtliche Brise durch die Ritzen im Holz hereinwehte. Der Widerschein des schwachen Feuers in den Kohlenbecken beleuchtete ihn, und Rycca vermochte ihren Blick nicht von ihm abzuwenden. Reglos stand sie in der Mitte des Raums und beobachtete ihn.

Trotz seiner Größe bewegte er sich erstaunlich geschmeidig, in harmonischem Rhythmus – vielleicht, weil sich sein großzügiger Geist in seinem wohlgeformten Körper heimisch fühlte. Ihr Mund war staubtrocken. Auf dem Fest hatte sie fast nichts getrunken und noch weniger gegessen. Nun wünschte sie plötzlich, sie hätte einen ganzen Weinschlauch geleert, um sich Mut zu machen. Feigling, schalt sie sich. Fürchtete sie diese Nacht, weil sie instinktiv ahnte, diese Liebesnacht würde anders verlaufen als jene erste?

Aus den Augenwinkeln bemerkte Dragon ihr Unbehagen und lächelte schwach. Normalerweise fand er es nicht erstrebenswert, dass sich eine Frau in seiner Gesellschaft beklommen fühlte.

Nur Rycca bildete eine Ausnahme. In jeder Hinsicht, dachte er, und sein Lächeln vertiefte sich.

Er hatte entschieden, es wäre an der Zeit, seine Beziehung zu ihr ins rechte Lot zu bringen. Gewiss, eine starke, tapfere Frau war schön und gut. Eine andere würde ihm missfallen. Aber in der Ehe musste sich einiges ändern. Seine *Gemahlin* durfte niemals allein die Wälder durchqueren, ein Knie zwischen seine Beine rammen, mutwillig davonlaufen, seine Autorität in Frage stellen und ihn dann – oh, süße Erinnerung – mit Liebeskünsten verführen, die dank ihrer Unerfahrenheit umso zauberhafter wirkten. Die zahlreichen Beweise ihres Wagemuts bewogen ihn, den Kopf zu schütteln, und festigten seinen Entschluss. O ja, seine *Gemahlin* musste daheim bleiben, ihren Herrn mit einem Lächeln und sanften Worten begrüßen, wann immer er nach Hause kam, seine Halle zieren und sein Bett wärmen, mit der geziemenden Begeisterung einer Ehefrau.

So entsprach es den Gesetzen dieser Welt. Wobei es keine Rolle spielte, dass er diese Regeln jahrelang ignoriert hatte. Jetzt war er verheiratet, und alles sollte, verdammt noch mal, seine Ordnung haben.

Dragon trat hinter seine Frau und legte eine Hand auf ihre Schulter. Voller Genugtuung spürte er, wie sie zusammenzuckte. Doch das war nur der Anfang. Um ihren schlanken Hals zu entblößen, schob er ihr seidiges Haar beiseite. Dann neigte er sich zu ihr, so dass sein warmer Atem ihre Haut streifte. Triumphierend sah er Rycca erschauern und berührte ihren Hals mit seinen Lippen – erst die eine Seite, dann die andere. Da warf sie ihren Kopf in den Nacken.

»Dragon …« Ihre Stimme klang atemlos und unnatürlich hoch. Sehr gut.

»Hm?« Betörend roch sie nach Geißblatt, Kiefernholzrauch und ihrem eigenen femininen Duft.

»Es war sehr nett von dir, dass du mir erlaubt hast, Grani zu reiten. Besitzt du die Füchse schon lange? Gibt es hier noch andere Pferde? Sicher keine so erstklassigen wie die beiden, das wäre unmöglich. Aber ich frage mich, ob du welche züchtest. Sicher wäre das einträglich, denn gute Pferde werden immer gebraucht. Falls du noch nicht daran gedacht hast, könnte ich dir helfen, eine Zucht aufzubauen. Am besten benutzt du Sleipnir und Grani als Deckhengste. Dann werden die Leute bald von weither nach Landsende kommen, um deine prachtvollen Pferde zu bewundern. Und nachdem du am Handel interessiert bist …«

Grinsend drehte er sie zu sich herum. Ihr Gesicht war gerötet, ihre Bernsteinaugen erschienen ihm unnatürlich groß. »Darüber reden wir ein andermal, teure *Gemahlin.* Jetzt interessiert mich nur eins – ich will mit dir ins Bett gehen.«

Dass sich ihre Wangen noch dunkler färben könnten, hätte er nicht vermutet. »Oh, es eilt nicht, oder? Immerhin haben wir schon …«

»Nur ein einziges Mal. Und es war wie ein Traum. Ich schlief ein, meine Hand nach einem Weinkrug ausgestreckt, und erwachte in deinen Armen.«

»Das schien dir zu gefallen«, erwiderte sie bissig.

»Nur ein Vorgeschmack auf größere Freuden …«

Ryccas Erregung kämpfte mit ungläubigem Staunen. Sicher scherzte er. Noch mehr zu empfinden als in jener Nacht – unvorstellbar … Und wenn es trotzdem möglich war – wollte sie solche Gefühle kennen lernen, nachdem sie sich damals in wilder Ekstase vergessen hatte? Aus *eigenem* Bestreben. Diesmal würde *er* die Kontrolle übernehmen, daran zweifelte sie nicht, denn er tat es bereits. So sanft und verlockend strich er über ihre Wange und ihren Mund. Sein Atem wärmte ihr Gesicht. Und sein Körper war ihrem viel zu nahe. Wie sollte sie ihn *nicht* begehren?

Beim Himmel, sie würde ihrem Verlangen nicht nachgeben. Die Sinnenlust war wundervoll, die Ehe heilig. Aber der Stolz gebot ihr, Dragon zu verheimlichen, wie leicht er sie verführen könnte. Sobald er das herausfand, wäre sie verloren. »Ich dachte nur – vielleicht bist du müde«, entgegnete sie und hob die fein geschwungenen Brauen. »Nach diesem langen Tag – und der Schiffsreise …«

Sein Körper, von heißer Begierde erfüllt, spannte sich an. Wusste sie, dass sie seine Manneskraft herausforderte? Wahrscheinlich nicht. In vielen Dingen war sie immer noch unschuldig. Er lächelte dünn. »Sei versichert, deine Sorge ist überflüssig. Hat dir das Fest gefallen?«

Das Fest? Daran erinnerte sie sich nur vage. Offenbar amüsierten sich die Leute nach wie vor. Aus der Halle drang gedämpftes Stimmengewirr herüber. Nun war sie mit Dragon allein. Sie erwiderte seinen Blick. Wie schon so oft wurde sie von seiner Größe überwältigt. Im Mondlicht, das durch die Ritzen der Fensterläden hereinschien, zeichneten sich die Umrisse seiner breiten Schultern ab. Nur das rötliche Flackern des Feuers in den Kohlenbecken beleuchtete seine Züge und erweckte den Eindruck, sie wären aus Granit gemeißelt.

»Deine Leute waren sehr freundlich.«

»Ja, gewiss. Warum fürchtest du dich?«

»Unsinn, ich fürchte mich nicht.« Viel zu hastig ausgesprochen, klangen die Worte wie eine Lüge.

»Vorhin nahm ich an, du würdest dich nur unbehaglich fühlen. Aber jetzt lese ich Angst in deinen Augen. Warum? Ich bin kein Fremder für dich.«

»Doch – fremder als alle Männer, die ich kenne.«

Dragon seufzte, dann umfasste er Ryccas Haar und bog ihren Kopf nach hinten, um ihr Gesicht genauer zu betrachten. »Immer wieder verletzt du mein Selbstbewusstsein. Davon wird bald nichts mehr übrig bleiben.«

Verwirrt starrte sie ihn an. »Was habe ich denn gesagt?«

»Es geht darum, was du *nicht* gesagt hast. Wie auch immer, ich bin fest entschlossen. In dieser Nacht will ich meine *Ehefrau* lustvoll stöhnen hören.«

Da stockte ihr Atem, und sie wollte zurückweichen. Blitzschnell hielt er sie an ihren Haaren fest – nicht grausam. Ganz sanft schlang er seine Finger in die weichen Strähnen, und ein stahlharter Arm umfing ihre Taille. In wachsender Sehnsucht spürte er ihre weiblichen Rundungen. Aber sie schmiegte sich nicht an ihn. Stattdessen wehrte sie sich gegen seine Nähe.

Aus ihren Augen schienen Funken zu sprühen, und Dragon trat wohlweislich beiseite. Nur zu deutlich entsann er sich, wie sie im Wald von Essex seinem Griff entronnen war. »Ein zweites Mal wirst du mit dieser Methode keinen Erfolg erzielen.«

Ihrem verständnislosen Blick folgte ein heftiges Erröten, sobald sie sich an ihre wenig damenhafte Gegenwehr erinnerte, und Dragon bereute seine Worte. Es gab keinen Grund für die Vermutung, sie würde ihr Knie erneut zwischen seine Schenkel stoßen. Trotzdem musste man einem Mann unter gewissen Umständen eine übertriebene Vorsicht verzeihen.

Um Rycca versöhnlich zu stimmen, ließ er ihr Haar los und zog sie näher zu sich heran. Mit seiner freien Hand streichelte er ihren Arm. Das Kleid hatte eng anliegende Ärmel, und sie musste die Liebkosung so intensiv spüren, als würde er ihre nackte Haut berühren. »Warum sollten wir uns die Freuden der Ehe versagen?«, murmelte er an ihren Lippen. »Ich möchte dich einfach nur beglücken.«

Unfähig, ihr Zittern zu unterdrücken, schwankte sie. Seine Hand glitt zu einer ihrer Brüste, seine Finger umkreisten die Knospe, die sich unter dem dünnen Stoff aufrichtete. Dann neigte er den Kopf hinab und küsste die empfindsame Stelle. Durch die Seide, von seiner Zunge befeuchtet, ließ er sie seine Zähne fühlen, nur ganz leicht. Weil ihre Knie nachzugeben drohten, umklammerte sie seine Schultern.

Aber in ihrer Stimme schwang keine Schwäche mit. »Du

willst mich beherrschen«, meinte sie so gleichmütig, als würde sie die Notlage einer anderen Frau erwähnen.

Überrascht blickte er auf. »Du bist meine Gemahlin.«

»Eher dein Eigentum, nicht wahr?«

Warum betonte sie, was selbstverständlich war? Ungeduldig zuckte er die Achseln. »Alle Ehefrauen gehören ihren Männern.«

»Trotzdem möchte ich frei sein.«

Da verdunkelte sich sein Blick. Mit einer so dreisten Herausforderung hatte er nicht gerechnet. »Du bist vor deiner Familie – und vor unserer Hochzeit geflohen, um dich in Sicherheit zu bringen.«

»O nein. Nur in einem Kloster hätte ich Sicherheit gefunden, und dazu konnte mich nicht einmal mein Vater zwingen. Doch meine Sicherheit war mir nicht wichtig, deshalb lief ich nicht davon. Einzig und allein meine Freiheit wollte ich erringen – die ich genossen habe, wenn auch nur für kurze Zeit. Danach sehne ich mich immer noch.«

Von einem plötzlichen Schmerz getrieben, den ihr Geständnis entfachte, presste er sie fester an sich. Plante sie einen weiteren Fluchtversuch, um sein Herz zu brechen? Nein, beim Himmel, das würde ihr nicht gelingen. »Niemand ist frei«, stieß er hervor, »wir alle sind dem Zwang unserer Pflichten, unserer Verantwortung unterworfen.«

»Deine Pflicht erfüllst du, weil es dir gefällt. Bist du nach deinen jahrelangen Reisen nicht bereitwillig hierher zurückgekehrt, um dein Erbe anzutreten? Dein Schicksal bestimmst du selbst, und das gleiche Recht versuche ich mir zu nehmen – nicht mehr und nicht weniger.«

»Aber du bist eine Frau …« Dragons Verwirrung war echt. Was Rycca sich wünschte, stand nur Männern zu. Die Frauen mussten am heimischen Herd bleiben, für die Kinder sorgen, auf Ordnung achten. Darauf musste sich ein Mann verlassen können, wenn er in die Welt hinauszog, um Abenteuer zu bestehen oder auf fernen Schlachtfeldern zu kämpfen. Wenn das nicht möglich war – gab es dann noch irgendeinen Sinn im Leben? »Du bist eine Frau!«, wiederholte er eindringlich. »*Meine* Frau. Leider hast du zu viele Jahre deiner Jugend ohne weiblichen Einfluss verbracht. Ich bewundere deine Kraft und deinen Mut, beides werden meine Söhne erben. Trotzdem ...«

»*Deine Söhne*? Das werden auch *meine* Söhne sein, du eitler Lord, und *meine* Töchter. Vielleicht werde ich nur Töchter gebären – ja, beim Himmel, es würde mich freuen, dir diese Enttäuschung zu bereiten.«

Lüge, alles Lüge. Und seltsamerweise auch die Wahrheit, denn sie fühlte sich zerrissen und kämpfte mit sich selbst. Das Mädchen, das sie einst gewesen war, drohte für immer zu entschwinden. Und die Frau, zu der sie sich allmählich entwickelte, war ihr fremd. Genauso fremd wie der Mann, der die Verwandlung bewirkte.

Vergessen war seine Güte, die Erinnerung an die süße Sehnsucht, die sie nachts in seinen Armen an Bord des Drachenschiffs empfunden hatte. Nur in ihrem tiefsten Innern blieb dies alles haften und fesselte sie mit Ketten, wie von ihrem eigenen Herzen geschmiedet.

»Irgendwie habe ich das Gefühl, du fürchtest nicht mich«, sagte er unvermittelt, »sondern dich selbst.« Da er die Gabe eines Skalden besaß, sah er – als wäre ein Vorhang beiseite gezogen worden – die Landschaft ihrer Seele so deutlich, wie er ihren nackten Körper erblicken würde. »Es widerstrebt dir, das Leben einer Frau zu führen. Denn du glaubst, dann wärst du schwach und verletzlich. Das stimmt nicht. Und selbst wenn es so wäre – du hast keine Wahl, weil dein eigener Gott dich so erschuf.« Plötzlich lachte er erleichtert, nachdem er die Ursache ihres Aufbegehrens erkannt hatte. Zumindest bildete er sich das ein. »Eins musst du ihm jedenfalls zugestehen, Lady – er hat großartige Arbeit geleistet.«

Wie konnte er es wagen, über den Allmächtigen zu scherzen? Sekundenlang blieb ihr die Luft weg, und das genügte Dragon, der längst gelernt hatte, den Vorteil der Überraschung zu nutzen. Ehe sie Atem holen konnte, hob er sie hoch, trug sie zum Bett und legte sie darauf.

Dann neigte er sich zu ihr herab, so groß und stark – und so fest entschlossen. Zu beiden Seiten ihres Körpers stützte er seine Arme auf das Kissen, ohne sie zu berühren. Trotzdem gab es kein Entrinnen. »Also hast du gar keine Angst, Rycca. Du willst nur frei sein.«

Wie es ihr Stolz gebot, starrte sie ihn herausfordernd an. »Das sagte ich doch, nicht wahr?«

»Und du wünschst dir Töchter?«

»Wieso plapperst du mir plötzlich alles nach? Zu welchem Zweck?«

Im schwachen Feuerschein funkelten seine weißen Zähne, und das lodernde Licht ließ Ryccas Haare auf dem weißen Damast wie Flammen erscheinen. »Ah, Lady, zu welchem Zweck? Vielleicht will ich einfach nur deine Wünsche erfüllen. Du sehnst dich nach Freiheit? Die kann ich dir schenken. Auch Töchter – da bin ich mir allerdings nicht so sicher.«

»Und wie willst du mir Freiheit gewähren?« Wollte er sie wegschicken, seine zänkische Ehefrau verbannen, weil er die Heirat längst bereute? Ein brennender Schmerz erfüllte ihre Seele. Vergeblich versuchte sie, sich dagegen zu wappnen.

Und ihre Verwirrung wuchs, denn jetzt spürte sie wieder seinen Mund an ihrem Hals, der süße Qualen weckte. Und seine Hände – seine viel zu verführerischen Hände schoben ihren Rock nach oben, entblößten ihre Beine, und die kühle Nachtluft streichelte ihre Haut.

»Erinnerst du dich?«, flüsterte Dragon. »Als wir miteinander schliefen – weißt du noch, wie du zum Himmel emporgeschwebt bist? Auch das ist eine Art von Freiheit.«

Nie zuvor hatte sie sich so frei gefühlt. Doch das würde sie ihm nicht gestehen. »Nur für wenige Sekunden.«

Von dunklen Wimpern umrahmt, strahlten seine Augen – die Fenster seiner Seele. »Nur sekundenlang? Verzeih mir, diesmal will ich's besser machen.«

Während er sie aufrichtete und ihr das Kleid über den Kopf zog, fragte sie sich, warum das wie ein Versprechen und zugleich wie eine Drohung klang.

Weil es beides gewesen war. Das erkannte sie viel später, als sie aus dem Meer des Entzückens auftauchte, in das er sie geworfen hatte. Stöhnend rang sie nach Atem. Ein Mann, der sein Wort hielt …

»Noch einmal, meine Süße«, murmelte er mit seiner tiefen, bezwingenden Stimme und hob seinen dunklen Kopf zwischen ihren Schenkeln. Die Augen verschleiert, betrachtete sie ihren nackten Körper und fragte sich, wer darin wohnen mochte. Wer war diese zitternde Frau mit den geschwollenen Brüsten, mit fast schmerzhaft harten Knospen, den schamlos gespreizten Beinen, die ihre Hüften einer so kühnen Liebkosung entgegenhob? Wer war diese Frau, die sich so verzweifelt nach der Erlösung sehnte, alle Muskeln angespannt – bis Dragon sich wieder hinabbeugte und seine Zunge flackern ließ …

»Ahhhh – nein …«

Ihre Finger in sein Haar geschlungen, zerrte sie daran, bekämpfte erfolglos die Zuckungen der Ekstase. Gegen diesen Mann war sie machtlos, und sie wusste auch nicht, warum sie sich wehren sollte. Mit jeder Berührung, jedem Blick, jedem Wort betörte er ihre Sinne.

Und er lächelte, denn er hatte erneut gesiegt und ihr die Kapitulation entlockt, die sie ihm missgönnte. Er richtete sich auf, hauchte Küsse auf ihren glatten Bauch und die Hüften, den Nabel. Immer weiter wanderten sein Lippen nach oben, ganz langsam, ließen sie warten, bis seine Zunge endlich ihren Mund erforschte.

Immer noch riss sie an seinem Haar. Da lachte er, umklammerte ihre Handgelenke und drückte sie zu beiden Seiten ihres Kopfs ins Kissen. »Meine reizende kleine Frau – so fügsam, so unterwürfig …«

»Zur Hölle mit dir! Du bist so ungerecht! Warum darf ich dich nicht berühren?« Mit jeder Minute wuchs ihre Sehnsucht, nicht einmal von den Freuden gestillt, die er ihr so oft und großzügig bereitete.

Lachend ließ er sie los, stieg aus dem Bett und betrachtete ihren schönen, lustvoll bebenden Körper. »Weil ich meine eigenen Grenzen kenne. Und ich will sie nicht zu schnell überschreiten, so wie beim letzten Mal.« Er schlüpfte aus seiner Tunika, zog die Sandalen aus und vergewisserte sich, dass ihm Ryccas ungeteilte Aufmerksam galt. Aber er kehrte nicht ins Bett zurück. Stattdessen ging er zum Tisch, ergriff einen silbernen Krug und goss rubinroten Wein in zwei Kelche. Aus kostbarem Glas, an den Rändern vergoldet.

Die Gefäße in beiden Händen, ging er zu Rycca.

Gebannt starrte sie ihn an und fuhr mit der Zungenspitze über ihre Lippen. In der Tat, von welcher Gottheit dieser Mann auch immer erschaffen worden war – sie hatte gewaltig übertrieben. Von den breiten Schultern und der muskulösen Brust bis hinab zu den schmalen Hüften und sehnigen Schenkeln – alles war vollkommen. Ein Naturwunder, das ihren Blick genauso unwiderstehlich fesselte, wie er ihre Unterwerfung erzwungen hatte. Wie anmutig er sich bewegte, völlig unbefangen in seiner Nacktheit …

In hilfloser Faszination beobachtete sie ihn. Über seinen flachen Bauch zog sich dunkles Kraushaar nach unten und verdichtete sich zwischen den Hüftknochen. Diesen Mann hatte sie in ihrem Körper aufgenommen und wilde Ekstase verspürt, aber noch nie so eingehend betrachtet – abgesehen von jenem kurzen Moment nach seinem Aufenthalt in der Sauna. Damals war er nicht erregt und völlig entspannt gewesen – jetzt bot er einen anderen Anblick.

»Soll ich mich geschmeichelt fühlen?« Lächelnd reichte er Rycca einen Kelch und streckte sich wieder neben ihr aus. In die Kissen gelehnt, erweckte er den Anschein, er hätte nichts anderes vor, als mit ihr zu plaudern. »Früher hattest du keine Angst. Und da warst du noch Jungfrau.«

»Offenbar haben Unschuld und Unwissenheit viel gemeinsam.« Ohne es wahrzunehmen, trank sie den Kelch fast leer. Sie fühlte sich erhitzt und unsicher. Am liebsten hätte sie die Decke über ihren nackten Körper gezogen. Aber die lag zusammengeknüllt am Fußende des Betts, und Rycca wollte nicht danach greifen. Sonst hätte Dragon ihre Verlegenheit bemerkt. Die lässige Art, wie er mit seiner und ihrer Nacktheit umging und seine sichtliche Begierde schürten ihre Verwirrung.

Um die gleiche Gelassenheit zu bekunden, suchte sie verzweifelt nach irgendeiner Ablenkung und fand sie an unerwarteter Stelle. Plötzlich fiel ihr Blick auf eine lange weiße Narbe, die sich quer über seinen linken Oberschenkel zog und von einer herabsausenden Klinge stammen musste. Waren die Knochen beinahe durchtrennt worden? Ryccas Atem stockte, und sie überlegte, was sie mehr verblüffte – die Spur einer so schrecklichen Wunde oder die Heilung. Langsam strich sie über die Narbe, nur ganz leicht, als fürchtete sie, weiteren Schaden anzurichten.

»Wie ist das geschehen?«

Gleichmütig zuckte er die Achseln. »Während eines Kampfs rutschte ich im Schlamm aus, und mein Gegner nutzte seinen Vorteil.«

»Wie konntest du eine so schwere Verletzung überleben? Und warum bereitet sie dir keine Schwierigkeiten?«

Dragon lachte und versuchte, die Wirkung ihrer Finger auf

seiner Haut zu missachten. Wie lange er seine maßlose Erregung noch bezähmen würde, wusste er nicht. Allzu lange nicht mehr, wenn Rycca fortfuhr, ihn zu streicheln… Und die sanfte Sorge in ihren Augen, die vorhin so wilde Funken gesprüht hatten, war nicht sonderlich hilfreich.

Welch einen widersprüchlichen Charakter sie hatte – zu unbeugsamem Stolz fähig, aber auch sehr verwundbar. Sie konnte ihn ärgern und zugleich völlig verwirren, was er Loki verdankte. Oder vielleicht Frigg, denn er nahm an, eine Frau wie Rycca würde der Königin aller Götter gefallen.

»Hier siehst du die Vorzüge weiter Reisen«, begann er so beiläufig wie möglich, »und der glücklichen Wahl, die mein Bruder traf, als er sich eine Braut aussuchte.«

»Das verstehe ich nicht«, erwiderte Rycca.

»In Konstantinopel lernte ich einen Arzt kennen, der mir zeigte, wie man Wunden nähen muss. Diese Maßnahme fand ich sehr vernünftig, im Gegensatz zur Behandlung des Fleisches mit einer glühenden Schneide. Jahre später verblutete ich beinahe auf einer Straße bei Hedeby in Jütland. Da erinnerte ich mich an Nadel und Faden in meinem Gepäck – Utensilien, die wir benutzten, um Segel zu flicken. Die leisteten mir ausgezeichnete Dienste.«

»Also hast du deine Wunde selber genäht?« Allein schon der Gedanke, wie schmerzhaft das gewesen sein musste, erfüllte sie mit kaltem Grauen.

Eine solche Maßnahme würde eine fast übermenschliche Selbstkontrolle erfordern.

»Das zog ich der einzigen anderen Möglichkeit vor. Leider war ich nicht besonders erfolgreich. Der Schenkel verheilte schlecht und peinigte mich, bevor sich Cymbra darum kümmerte.«

»Lady Cymbra, Wolfs Frau?«

»Dieselbe. In der Heilkunde unübertrefflich. Wie ich allerdings zugeben muss, hätte ich ihr manchmal am liebsten den schönen Hals umgedreht, weil sie mich ständig mit ihrer Fürsorge belästigte und mir keine Ruhe ließ, bis ich vollends genas.«

Das war zweifellos jene berühmte Schönheit, von der Krystas wundervollen Rezepte stammten. Krysta – selber so schön, so gütig, so fügsam, wie eine Ehefrau sein sollte...

Ganz anders als Rycca, die über keinerlei häusliche Talente verfügte, weit entfernt von weiblicher Vollkommenheit... Rycca, die nach Freiheit strebte, nur Töchter gebären wollte und ihren Mann wütend anfauchte, wenn er ihr unbeschreibliche Freuden schenkte...

Möge mir der Himmel helfen, flehte sie stumm.

Offenbar verriet ihre Miene, was in ihr vorging, denn Dragons Stimmung änderte sich plötzlich. Er nahm ihr den Weinkelch aus der Hand und stellte ihn zusammen mit seinem eigenen auf den Nachttisch. Dann umarmte er Rycca, und sie versteifte sich, was er ignorierte. Entschlossen drückte er ihren Kopf an seine Schulter. »Wenn ich dich beobachte, glaube ich zu sehen, wie schnell das Wetter über dem Meer wechselt. Eben noch kommst du mir ruhig und sanft vor. Und im nächsten Moment scheint ein Sturm in dir zu toben.«

An seiner Haut klang ihre Stimme gedämpft, und er spürte die Bewegung ihrer Lippen. »Meine Emotionen habe ich stets verborgen. Bis jetzt. Manchmal dachte ich sogar, ich hätte keine Gefühle.«

»Außer deiner Sehnsucht nach Freiheit?«

Ihr Haar streifte ihn wie warme Seide. »Ja, davon abgesehen. Hätte mir mein Vater diesen Wunsch angemerkt, wäre ich verprügelt worden.«

Zärtlich streichelte er ihren Rücken. »Wie lange wird es dauern, bis du erkennst, dass du hier in Sicherheit bist?«

Auf diese Frage fand sie keine Antwort, und sie suchte auch nicht danach. Die Schatten der Vergangenheit boten keinen angenehmen Gesprächsstoff – insbesondere, weil sich ein anderer, sehr verlockender Zeitvertreib ankündigte. Hatte Dragon vergessen, dass er ihr verboten hatte, ihn intim zu berühren? Würde er sich ihrem Verlangen fügen, so wie in jener denkwürdigen Liebesnacht? Vielleicht müsste er noch etwas mehr Wein trinken. Aber als sie über seiner Brust nach einem Kelch tastete, den sie ihm reichen wollte, hielt er ihre Hand fest.

Ehe sie wusste, wie ihr geschah, drehte er sie auf den Rücken und presste ihren Körper mit seinem in die Matratze. Grinsend entblößte er seine schneeweißen Zähne. »Schließen wir ein Abkommen, teure Gemahlin?«

»Welches Abkommen?«, murmelte sie, ohne ihren Argwohn zu verhehlen.

»Ich mache mit dir, was mir beliebt, und du wehrst dich nicht. Wenn ich befriedigt bin, darfst *du* tun, was auch immer dir gefällt.«

Über diesen Vorschlag staunte sie nur kurz. »Entsinnst du dich, was ich vorhin über Unwissenheit und Unschuld sagte?«

»Sogar sehr gut.«

»Beides habe ich mittlerweile abgelegt. Wenn du dir deine Wünsche erfüllt hast, wirst du einschlafen. Und ich werde vor Wut kochen, weil ich mich auf einen so unvorteilhaften Pakt eingelassen habe.«

»Du kränkst mich – schlimmer noch, dich selbst. Weißt du denn nicht, dass du eine Verführerin bist, der kein Mann widerstehen kann?« Erbost unterbrach er sich und runzelte die Stirn. »Wehe dem Schurken, der dir zu erliegen wagt, denn er würde meinem Schwert zum Opfer fallen.« Die Finger in Ryccas Haar geschlungen, bog er ihren Kopf nach hinten und küsste ihren Hals. »Ich warne dich, liebe Gemahlin – ich bin sehr besitzergreifend.«

Mit einem herausfordernden Lächeln umfasste sie seine

Schultern, spreizte die Beine, und er sank zwischen ihre Schenkel. »Das bin ich auch«, wisperte sie und biss behutsam in sein Ohr. »Also sei ebenfalls gewarnt.«

In ihrer Umarmung spannte sich sein kraftvoller Körper an, von einem plötzlichen, fast übermächtigen Drang getrieben. Sie fand kaum Zeit, um über ihre kühnen Worte nachzudenken. Natürlich durften die Frauen ihre Ehemänner nicht so mutwillig herausfordern. Dann entschwanden alle klaren Gedanken, denn er berührte ihre Brüste und saugte abwechselnd an beiden Knospen. Beinahe war das Entzücken unerträglich, ebenso wie die sanfte Verschmelzung. Das Gesicht verzerrt von der Mühe seiner Selbstbeherrschung, drang er langsam, aber zielstrebig in sie ein. Rycca öffnete die Beine noch weiter, um ihn aufzunehmen. Diesmal spürte sie keine Schmerzen so wie beim ersten Liebesakt, nur das beglückende Gefühl, er würde ihren Körper und ihre Seele ganz und gar ausfüllen.

Auf seine starken Arme gestützt, schaute er sie an. Trotz der kühlen Nachtluft glänzte Schweiß auf seiner Stirn. Er regte sich kaum.

Nur die Spitze seiner Männlichkeit tastete sich allmählich vor, zu einer verborgenen Stelle in ihrem Innern, von deren Existenz sie nichts geahnt hatte.

Die Welt schien zu bersten. Ohne Vorwarnung wurde Rycca zu einem berauschenden Gipfel emporgeschleudert. Kaum waren die ersten Wellen der Ekstase verebbt, begann sich Dragon in ihr zu bewegen. Jetzt hielt ihn fast nichts mehr zurück, und er nahm sich die Rechte eines Ehemanns und Liebhabers. Während die Leidenschaft wuchs, erreichte seine Frau einen neuen Höhepunkt. Vom Zentrum ihrer Lust strömte flüssiges Feuer durch alle ihre Adern. Hilflos warf sie ihren Kopf auf dem Kissen umher, hob die Hüften, um ihren Gemahl noch tiefer in sich zu spüren, um völlig eins mit ihm zu werden.

»O Dragon …«

Kein Protest, sondern ein Flehen, eine Forderung. Sie klammerte sich an ihn, grub die Fingernägel in seine Schultern, und ihre süße Erfüllung brachte ihn um den letzten Rest seiner Selbstkontrolle. Als er ihr den Mund mit einem heißen Kuss verschloss, spielte seine Zunge mit ihrer, im selben Rhythmus, der seine Lenden antrieb, schneller und schneller.

Bald überwältigte ihn ein verzehrender Orgasmus, der kein Ende zu finden schien.

Rycca lag auf dem Rücken – erstaunt, weil sie immer noch bei Sinnen war oder ins Bewusstsein zurückkehrte.

Nach dem Erlebnis der letzten Minuten dürfte sie der banalen Welt nicht mehr angehören. Aber sie spürte ein warmes, zerknülltes Laken, ihre brennenden Lippen und geschwollenen Brüste. Und zwischen ihren Schenkeln erinnerte sie ein schwaches Pochen an das Wunder, das sich soeben ereignet hatte. Sie drehte den Kopf zur Seite – erleichtert, weil es ihr gelang – und stellte fest, dass Dragon nicht schlief. Nicht einmal müde wirkte er, was sein gutes Recht gewesen wäre, sondern hellwach. Auf einen Ellbogen gestützt, musterte er Rycca, mit einer Miene, die verdächtig nach Belustigung aussah.

»Ich glaube, du bist kein Mensch«, flüsterte sie und zog einen Schmollmund.

»Vorhin kam ich mir wie ein Gott vor«, entgegnete er grinsend. »Und das ist dein Verdienst, nicht meines.«

Gewiss, die Worte klangen sehr nett. Trotzdem ärgerte sie sich über seine Gelassenheit nach diesem Liebesakt, der sie völlig erschöpft hatte. Sie setzte sich abrupt auf, verließ das Bett und ignorierte den beschämenden Wunsch, noch stundenlang liegen zu bleiben, wohlig an ihren Mann geschmiegt, seinen warmen Körper und die Kraft seiner Umarmung zu genießen.

Jetzt war es Dragon, der seinen Unmut zeigte. »Wohin gehst du?«

Rycca warf ihr Haar nach hinten, das bis zu ihren Hüften reichte. Herausfordernd spähte sie über eine Schulter. »Ich suche ein Nachthemd.«

Eigentlich erwartete sie, er würde protestieren. Stattdessen überraschte er sie wieder einmal. »Zieh das grüne an.«

Sie wollte es aus einer der Truhen nehmen. Dann hielt sie inne und betrachtete ihn. Völlig unbefangen lag er auf der Seite, nicht im Mindesten beeindruckt von der intimen Atmosphäre, die sie verlegen, aber auch seltsam zufrieden stimmte.

Hastig ergriff sie das Nachthemd und schlüpfte hinein. Dragon verbarg ein Lächeln. Wahrscheinlich wusste sie nicht, welchen Anblick sie bot, von einem hauchdünnen Stoff umhüllt, der dem Schaum auf Meereswellen glich, schimmernd im schwachen Sternenschein, der durch die Ritzen der Fensterläden drang. Das wollte er ihr nicht verraten, denn sie war schon nervös genug. Wortlos richtete er sich auf und streckte ihr eine Hand entgegen.

Rycca zögerte. Da er schwieg und einfach nur wartete, wurde sie schließlich schwach. Könnte sie doch irgendetwas an ihm entdecken, dass ihr missfiel… Dann würde sie sich gegen das tückische – und so köstliche Verlangen wehren, das er immer wieder in ihr entzündete. Zudem war sein vollkommener Körper nur das Gefäß eines wahrhaft edlen Geistes. Wie sollte sie *nicht* in seinen verlockenden Bann geraten – und sich *nicht* in die zweifellos sehr lange Reihe schmachtender Frauen einordnen, die seine Aufmerksamkeit ersehnten?

Voller Abscheu erschauerte sie.

»Rycca…?«

»Mir ist nur kalt.«

Da stand er auf, legte einen Arm um ihre Schultern und führte sie zum Bett zurück. Mit einem kostbaren Pelz deckte er sie zu, bevor er den Weinkrug holte. »Ist dir jetzt wärmer?«, fragte er und kroch neben ihr unter die Felldecke.

An ihren Mann gekuschelt, fühlte sie sich so umsorgt und beschützt wie noch nie in ihrem Leben. Tief bewegt, brachte sie kein Wort hervor und nickte nur. Etwas später schloss sie die Augen, ermattet vom Wein und allem, was in dieser Nacht geschehen war.

Dass Dragon den Kelch aus ihrer Hand nahm, merkte sie kaum. »Ich will nicht schlafen«, flüsterte sie.

»Und was willst du?« Im Halbdunkel klang seine Stimme wie eine Liebkosung.

»Einfach nur hier liegen …«

Da er ein Mann war, glaubte sie, er würde widersprechen und viel mehr fordern. Stattdessen küsste er ihre Schulter und drückte ihren Rücken an seine Brust, sein Arm umfing ihre Taille, seine Finger berührten ihren Bauch.

Wohlig seufzte sie. Ihre Glieder fühlten sich schwerelos an. Durch die dünne Seide ihres Nachthemds spürte sie Dragons wachsende Erregung. Trotzdem unternahm er nichts, sagte nichts, hielt sie nur fest.

»Verlierst du niemals deine Selbstbeherrschung?«, fragte sie neugierig.

Ehe er antwortete, verstrichen mehrere Sekunden. »Das ist schon lange nicht mehr geschehen.«

»Willst du's?« Die Frage überraschte sie, und sie wusste nicht, wieso sie darauf kam.

Dragon wunderte sich wahrscheinlich genauso. Trotzdem erwiderte er: »Selbstkontrolle ist sehr wichtig. Vor allem auf dem Schachtfeld, wo sie oft den Unterschied zwischen Leben und Tod bedeutet. Aber auch in anderen Situationen hängt vieles davon ab.«

»So wie damals, als du deine Wunde genäht hast?«

»Ja. Ohne Selbstbeherrschung wäre ich nicht am Leben geblieben.«

»Und wie war's in deiner Kindheit?«

»Da hatte ich Glück, weil Wolf mich stets beschützte.«

Leise raschelte die Seide ihres Nachthemds, als sie sich in seinen Armen zu ihm drehte. Mit sanften Fingern streichelte sie sein markantes Kinn. »Du hast meine Frage noch nicht beantwortet.«

»Die verstehe ich nicht. Warum sollte ich mir wünschen, die Kontrolle zu verlieren?«

»Vielleicht merkst du, dass du sie nicht immer brauchst. Du vertraust deinem Bruder und weißt, du kannst dich stets auf ihn verlassen. Hast du jemals einem anderen Menschen so rückhaltlos vertraut?«

»Nein«, erwiderte er prompt.

Ryccas Beine schlangen sich um seine, ihre Zehen zeichneten die Muskeln seiner Waden nach. »Möchtest du auch jemand anderem dein Vertrauen schenken?«

»Musst du das wirklich fragen?« Dragon lachte leise. »Verzeih mir, dass ich kein Blatt vor den Mund nehme, meine Süße – aber ist es nicht offensichtlich?«

Allerdings. Doch sie ließ sich nicht beirren und beschloss, ihre Kühnheit zu nutzen, bevor der Mut sie verlassen würde. »Tu mir den Gefallen«, murmelte sie an seiner Brust, »verrat mir deine Wunschträume.«

»Versuchst du herauszufinden, ob ich dir gern vertrauen würde? Ja, natürlich. Aber wie du zugeben musst, war der Anfang unserer Bekanntschaft nicht gerade vertrauenerweckend.«

»Könnten wir uns nicht darum bemühen?«

Sein Daumen strich über eine ihrer harten Brustwarzen. »Gewiss«, stimmte er zu und fühlte, wie sie erschauerte. »Am besten hörst du auf, mich zu bekämpfen.«

»Wie kannst du behaupten, ich würde dich bekämpfen?«, protestierte Rycca. »Einfach absurd, nach allem, was zwischen uns geschehen ist!«

»In deiner Seele wehrst du dich gegen mich«, beharrte er. »Du versuchst dich gegen die Freuden zu wappnen, die ich dir schenke. Genau weiß ich nicht, was du für Schwäche oder eine bedrohliche Gefahr hältst. Jedenfalls spürte ich's, und es bekümmert mich.«

»Letzten Endes besiegst du mich so oder so.« Sie betrachtete seine Hand, die eine ihrer Brüste umschloss. Dann schaute sie in seine Augen. »Vielleicht musst du dich ein bisschen anstrengen, um einen Erfolg zu erzielen. Stört dich das?«

»Keineswegs, meine Süße. Glaub mir, die Mühe lohnt sich, wenn mich deine Leidenschaft entzückt. Ich wüsste nur gern, ob du auch ohne Widerstand bereit wärst.«

»Soll ich vollends aufgeben, was ich bin?«

»Nein, ich hoffe nur, du wirst das Wesen deiner Seele bald mit mir teilen.«

Welch eine große Versuchung... Im warmen Dunkel beschwor er Visionen von einem Glück herauf, die sich vielleicht verwirklichen ließen. Wie in einem Traum, ganz anders als alles, was sie in den harten Jahren auf Wolscroft gekannt hatte...

Oder träumte die tatsächlich? War sie bereits eingeschlafen, in der Obhut seiner Arme?

Nein, ihr Körper blieb eindeutig wach, erregt von seiner Nähe, und missachtete alle ihre Bedenken. Leichtfertig und sorglos, ohne Rücksicht auf Vergangenheit oder Gegenwart, lebte dieser Körper nur für den verführerischen Augenblick. Glücklicher Körper...

Dragon fühlte, wie sie schwach wurde, und nutzte die Gunst der Stunde. Mit erfahrenen Händen und Lippen begann er sie zu liebkosen. Bald verlor sie sich in reinem Entzücken, das die rastlosen Gedanken verdrängte. Der Sieg fiel ihm diesmal leichter, und er genoss ihn in vollen Zügen. Immer wieder im Lauf der Nacht.

Bevor der Morgen graute, beugte sich Rycca über ihn. Inzwischen war das Feuer erloschen, tiefer Schatten umgab das Bett.

»Hast du unseren Pakt vergessen, mein Gemahl?« Lächelnd las sie wachsende Verblüffung in seinen schläfrigen Augen.

Vom Liebesgenuss befriedigt, wie niemals zuvor, hob er belustigt die Brauen. »So ungern ich dich auch enttäusche, meine Süße …«

»Das wirst du nicht«, versprach sie und widmete sich dem Liebesspiel, auf das sie so lange gewartet hatte. Wenig später erkannte der Lord von Landsende, dass seine Frau ihr Wort zu halten wusste.

11

Vom Sonnenlicht geweckt, das durch ihre geschlossenen Lider drang, bewegte sie sich träge. Zunächst wusste sie nicht, wo sie war, dann vermisste sie das rhythmische Schaukeln des Schiffs. Verwirrt blinzelte sie. Hatten die Wikinger ihr Ziel erreicht?

Ja – am Vortag waren sie in Landsende eingetroffen … Sie hatte Grani geritten … Dann das Fest … Dragon …

Dragon.

Ruckartig richtete sie sich auf, strich ihr Haar aus dem Gesicht und ließ ihren Blick durch das Zimmer wandern. Als sie merkte, dass sie allein war, seufzte sie erleichtert – bis sie erkannte, wie spät es schon sein musste.

Erst ihr zweiter Tag in der Festung ihres Mannes, und sie hatte verschlafen. Damit setzte sie das Wohlwollen seiner Leute aufs Spiel. Nun hielten sie seine angelsächsische Gemahlin sicher für einen Faulpelz, weil sie immer noch im Bett lag, während anständige Männer und Frauen längst arbeiten würden.

Nicht, dass sie wüsste, was sie unternehmen könnte, wäre sie zeitiger erwacht. Nun, dieses Problem würde sie lösen, sobald sie den Schlaf aus ihren Augen gerieben hatte und sich imstande fühlte, den Tag zu meistern – wenn auch etwas verspätet.

Der Krug auf dem Fenstertisch enthielt kühles Wasser. Natürlich, nachdem er seit Stunden da stand… Als sie sich wusch, nahm sie ihr Frösteln kaum wahr. Den Luxus heißen Wassers hatte sie erst vor kurzem kennen gelernt. Ihr Magen knurrte. Hastig nahm sie ein paar Kleidungsstücke aus einer Truhe und zog sich an. Ihre Garderobe, aus Hawkforte mitgebracht, war viel heikler und schwieriger zu handhaben als die raue Wolle, die sie früher getragen hatte. Doch sie kam damit zurecht, obwohl sie sich ziemlich ungeschickt anstellte. Würde sie sich jemals daran gewöhnen, in Kleider zu schlüpfen, die einer Märchenprinzessin würdig waren? Vielleicht irgendwann in ferner Zukunft – vorerst wollte sie ihre Zeit nicht mit solch müßigen Gedanken vergeuden.

Entschlossen trat sie in den hellen Tag hinaus. Vom Meer wehte eine frische Brise heran, die nach Salz roch und sich mit dem Duft umgegrabener Erde mischte. Sonnenschein beleuchtete die Berge im Westen, wo sie Schafherden weiden sah. Auf den Feldern nahe der Festung schwankte goldgelbes Getreide im Wind.

Fischerboote fuhren zum Hafen, in dem mächtige Handelsschiffe ankerten. Von Frieden und Sicherheit umgeben, spürte Rycca, wie ihre innere Anspannung nachließ, die ihr erst jetzt bewusst wurde. Da sie daran gewöhnt war, auf jeden ihrer Schritte zu achten und ständig über die Schulter zu schauen, bemerkte sie ihr eigenes Unbehagen nur selten. Hier war alles neu – und ganz anders. Die alten Gefühle passten nicht nach Landsende.

Wohin sollte ihr erster Weg führen? In die Küche, entschied sie. Das Nebengebäude lag nicht weit von der Haupthalle entfernt. Vor dem Eingang standen mehrere eiserne Dreifüße über lodernden Flammen, neben einem Backofen. Einige Frauen bereiteten eine Mahlzeit vor.

Während Rycca zögernd zu ihnen ging, erregte sie die Aufmerksamkeit einer älteren Frau mit einem Kopftuch über dem grauen Haar. Hastig sprach sie mit ihren Gefährtinnen, dann eilte sie der Herrin entgegen, um sie zu begrüßen. »Mylady, ich bin Magda Kirstendotter. Wenn Ihr die Küche besichtigen wollt – darf ich Euch alles zeigen? Hier führe ich seit Jahren die Aufsicht, und wenn ich Euch helfen kann, bin ich gern dazu bereit.« Bei diesen Worten nahm sie einen Schlüsselbund von ihrem Ledergürtel und überreichte ihn Rycca. »Sicher werdet Ihr alles in bester Ordnung finden, Mylady. Landsende ist eine reiche Stadt, und es mangelt uns wahrlich an nichts.«

Unsicher starrte Rycca die Schlüssel an, deren Bedeutung sie sehr gut verstand. Die Gemahlin des Festungsherrn hatte das Recht, das gesamte Eigentum des Haushalts zu verwalten – Essensvorräte, Getränke, Kleider und dergleichen. Das alles sollte sie verteilen, so wie sie es für richtig hielt. Dieser Verantwortung fühlte sie sich nicht gewachsen. Aber sie musste den Schlüsselbund wohl oder übel entgegennehmen. Als er an ihrem eigenen Gürtel hing, lächelte Magda zufrieden.

»So lange haben wir auf Lord Dragons Heirat gewartet, Mylady, und wir alle freuen uns über Eure Ankunft.«

»Das will ich hoffen«, erwiderte Rycca. Das heitere Gesicht der Frau verriet aufrichtige Zuneigung. »Am Kai gewann ich gestern den Eindruck, die Leute wären sich ihrer Gefühle nicht sicher.«

Dieses freimütige Geständnis schien Magda zu verwirren. Aber sie erholte sich sofort von ihrer Verwunderung und lachte. »Oh, sobald sie Euch auf Grani sahen, überwanden sie ihre anfänglichen Bedenken. Unvorstellbar – eine Frau, die diesen wilden Hengst bändigt! Gestern Abend sprachen die Männer kaum von anderen Dingen, und schließlich redeten sie sich ein, Lord Dragon habe dem Pferd befohlen, Euch nicht abzuwerfen.«

Da lachte auch Rycca, und sämtliche Frauen stimmten ein. Magda stellte ihr alle vor. Schwatzend nahmen sie die Herrin in ihre Mitte und geleiteten sie zur Küche. Das Selbstvertrauen und der Frohsinn der kleinen Schar fiel ihr ebenso auf wie Tags zuvor die vielen Spuren weiblichen Schönheitssinns in den Straßen der Stadt. Vor ihren Besuch in Hawkforte hatte sie keine Frauen gekannt, die sich nicht ständig fürchteten. Nun wuchs ihre Verblüffung, was sie sorgsam verbarg.

Auch die Küche erschien ihr wie ein Wunder. Auf Wolscroft tauchte halb rohes oder verbranntes Fleisch aus düsteren, schmutzigen, feuchten Räumen auf, auch andere Ekel erregende Speisen, an die sie sich lieber nicht erinnerte. Nur selten hatte sie die heimische Küche betreten, denn ihr Vater war gar nicht auf den Gedanken gekommen, ihr die Verantwortung für den Haushalt zu übertragen.

Aber hier blitzte die Küche vor Sauberkeit, mit blank gescheuerten Arbeitstischen und geschrubbten Böden. Nirgends war Unrat zu sehen, nur angenehme, verlockende Gerüche hingen in der Luft.

»Da haben wir Wasser.« Magda zeigte ihr einen Brunnen in der Mitte des größten Raums. Davor standen mehrere hölzerne Bottiche. Die ältere Frau sprach englisch, wiederholte die Worte auf Norwegisch und nickte anerkennend, als Rycca diesem Beispiel zu folgen suchte. »Seht doch – die vielen Töpfe und Bratspieße aus bestem Eisen. Die stellen die Schmiede für uns her. Einige Teller und Schüsseln haben wir von Handelsreisenden gekauft.«

Auf dem Fest am Vorabend war Rycca zu abgelenkt gewesen, um dergleichen zu bemerken. Jetzt bewunderte sie das reich verzierte Geschirr aus glasierter Keramik, die Gefäße aus kostbarem Metall und Glas. Hinter einem kunstvoll gestalteten schmiedeeisernen Wandschirm stand ein hoher Schrank mit Schubfächern in verschiedenen Größen.

»Darin verwahren wir unsere Gewürze«, erklärte Magda, »natürlich außer dem Salz. Das haben wir nur in geringen Mengen zur Hand, und der Rest lagert in Fässern in einer der Speisekammern.« Sie wies auf den Schlüssel an Ryccas Gürtel. »Mit diesem langen Schlüssel lassen sich alle Schubladen öffnen. Jeden Morgen nehme ich die Gewürze heraus, die wir tagsüber brauchen. Selbstverständlich könnt Ihr es anders halten, Mylady.«

»Nein, ich sehe keinen Grund, irgendetwas zu ändern«, murmelte Rycca. Unglaublich – ein ganzer Schrank, nur mit Gewürzen gefüllt… Und anderswo gab es noch mehr davon. Noch erstaunlicher fand sie die Erkenntnis, dass sie diesen Haushalt führen sollte, dass man von ihr erwartete, sie würde wissen, was zu tun war. Plötzlich schwankte sie.

»O Mylady, verzeiht mir!«, rief Magda bestürzt. »Wie rücksichtslos ich bin! Schnell, Lilla, hol einen Stuhl für unsere Herrin. Und sie muss etwas essen. Vielleicht ein bisschen Suppe? Die Brötchen sind frisch gebacken.«

Mit sanfter Gewalt wurde Rycca auf einen Stuhl gedrückt, und jemand brachte ihr ein Tablett. Besorgte Frauen umringten sie.

»Fühlt Ihr Euch jetzt besser?«, fragte Magda, nachdem Rycca einen Bissen gekostet und dann das beste Brötchen ihres Lebens verschlungen hatte.

»O ja, danke«, beteuerte Rycca. »Gestern Abend aß ich nur wenig…« Fast nichts – und da sie bis zum Nachmittag geschlafen hatte, war sie beinahe einen ganzen Tag ohne Nahrung ausgekommen. Deshalb wunderte sie sich nicht über den Schwindelanfall und … Magdas sichtliche Enttäuschung unterbrach diese Gedanken. »Stimmt was nicht?«

»Alles in Ordnung, Mylady.«

Lüge.

Rycca wartete, in der festen Überzeugung, die freundliche Frau würde die Wahrheit gestehen. Bald wurde ihre Geduld belohnt. Magda schaute ihre Gefährtinnen an, die ihr ermutigend zunickten. Nach kurzem Zögern stammelte sie: »Es ist nur – nun ja, wir dachten – vielleicht – wisst Ihr … Lord Dragon vergöttert seinen kleinen Neffen. Jedes Mal, wenn wir die beiden zusammen sehen, entzückt uns das hübsche Bild. Und wir freuen uns auf den Tag, wo unser Jarl selber Vater wird.«

Also hatten sie gehofft … Rycca errötete und fühlte sich albern. Jetzt war sie verheiratet und musste mit einer Schwangerschaft rechnen. Insbesondere nach dieser leidenschaftlichen Liebesnacht … Womöglich hatte sie bereits ein Baby empfangen, und sie wusste es gar nicht. Dieser Gedanke erfüllte sie mit Sehnsucht und Angst zugleich. Natürlich würde sie ihr Kind lieben und umsorgen. Es würde ganz anders aufwachsen als sie selbst. Aber ihr bangte vor der Verantwortung, und sie fragte sich, ob sie eine gute Mutter sein würde, nachdem sie ihre eigene schon so früh verloren hatte.

»Kostet die Suppe, Mylady«, drängte Magda, »und sagt mir, was Ihr von den Gewürzen haltet.«

Gehorsam schob Rycca einen gefüllten Löffel in den Mund und staunte über die Mischung aus verschiedenen Aromen. Hühnerfleisch – ja, das schmeckte sie deutlich heraus, Wilde Möhren, Wacholder. Und noch etwas …

»Thymian«, verkündete Magda. »Nachdem ich hörte, Lady Cymbra würde dieses Kraut oft verwenden, dachte ich, es wäre genau richtig für meine Hühnerbrühe.«

Schon wieder die viel gepriesene Lady Cymbra … Insgeheim dankte Rycca dem Himmel, weil wenigstens die schöne

Krysta auf der anderen Seite des Meeres lebte und sie sich nur gegen eine wunderbare, tugendhafte Frau behaupten musste. Das würde ihr schwer genug fallen. Im nächsten Moment schämte sie sich dieser Gedanken. Sie aß die Suppe, die sie gern in vollen Zügen genossen hätte. Doch daran hinderte sie ihr schlechtes Gewissen. Nachdem sie den halben Tag verschlafen und so gut wie nichts von der Festung besichtigt hatte, war sie vor lauter Hunger fast ohnmächtig geworden. O Gott, welch einen Eindruck würde sie auf die Frauen machen …

Sie stand auf und strich ihr schönes Kleid glatt, das ihr wie geborgtes Gefieder erschien. »Nun möchte ich die Vorratsräume sehen.«

Bereitwillig führte Magda sie durch den Hof. Die Frau war die Freundlichkeit selbst und zeigte ihr alles, was sie für wichtig hielt. Unterwegs blieben sie immer wieder stehen, um mit einigen Leuten zu reden. Als Magda merkte, wie interessiert ihre Herrin den norwegischen Gesprächen lauschte, wiederholte sie einige Sätze etwas langsamer und freute sich über Ryccas Lerneifer.

Massive, mit Eisen beschlagene Türen schützten die Vorratskammern. Zu Ryccas Verwunderung wartete um diese Jahreszeit immer noch ein Großteil der Ernte auf den Feldern. Sie ahnte, wie ängstlich die Leute das Wetter beobachteten und hofften, der herbstliche Regen würde nicht zu früh beginnen, die Sonne nicht zu heiß scheinen und kein Hagel die Früchte harter Arbeit vernichten. Sicher würden sie erleichtert aufatmen, wenn sie alles unter Dach und Fach gebracht hatten, bevor der erste Frost zerstören konnte, was nicht rechtzeitig geerntet worden war. Oft genug hatte sie beobachtet, wie sich ihr Vater und seine Krieger am winterlichen Feuer die Bäuche voll schlugen, während die Bauern dank einer schlecht geplanten Ernte mühsam nach Nahrung suchten, alte Menschen und Kinder verhungerten und alle anderen erbärmlich abmagerten. Sie hatte geglaubt, eine reiche, gut gelagerte Ernte wäre die einzige Rettung vor einem solchen Schicksal. Jetzt erkannte sie ihren Irrtum. Auch eine prall gefüllte Börse, in weiser Voraussicht geöffnet, sorgte für gut bestückte Speisekammern.

»Woher stammt dieses Getreide, Magda?«, fragte sie.

»Aus dem Süden, wo die Felder bereits abgeerntet wurden. Der Jarl tauscht es gegen unsere Waren ein.«

»Was für Waren sind das?«

»Räucherfisch, Pelze, Pferde und Schiffe. Lord Dragon und sein Bruder bauen schöne, schnelle Drachenschiffe, die sogar von den Bewohnern ferner Länder gekauft werden.«

»Ah, ich verstehe. Und an dieser Küste kontrollieren die beiden zweifellos den Handel. Wer hier Geschäfte machen will, muss ihnen Tribut zahlen, nicht wahr?«

Magda zuckte die Achseln. »Was nur recht und billig ist. Immerhin sind es ihre Waffen, die den Frieden sichern und den Handel ermöglichen.«

Nachdenklich runzelte Rycca die Stirn. Also nutzte ihr Ehemann seine Macht und seinen Reichtum, um für den Wohlstand seines Volkes zu sorgen. Kein Wunder, dass so viele Leute nach Landsende zogen …

Noch hatte sie längst nicht alles gesehen. Hinter den Vorratsräumen waren Keller in den Hang des Hügels gegraben, wo Wein-, Bier- und Metfässer standen. Die großen Scheunen waren jetzt leer, weil die Herden auf den Weiden grasten. Bald würde man das Futter für den Winter lagern. Und man würde Tag und Nacht in den Räucherkammern arbeiten, um Fleisch und Fische zu horten.

Dies alles musste sie nun verwalten, einen reibungslosen Ablauf der verschiedenen Tätigkeiten gewährleisten. Mit bebenden Fingern tastete sie nach den Schlüsseln an ihrem Gürtel und versuchte sich zu entsinnen, zu welcher Tür jeder einzelne gehörte.

Immer noch an Magdas Seite, besichtigte sie die Weberei, als sich Dragon hinzugesellte. Er war vom Turnierplatz zurückgekehrt – verschwitzt, mit nackter Brust und in Ryccas Augen einfach atemberaubend. Stotternd erwiderte sie seinen Gruß und sah Magda viel sagend grinsen. Dann entfernte sich die taktvolle Frau.

Sie standen in der stillen Werkstatt, wo gerade niemand arbeitete. Im Sonnenschein, der durch die Fenster hereinströmte, tanzten winzige Fasern, der süßliche Geruch von Schafwolle hing in der Luft. Das Schweigen zog sich in die Länge, bis Dragon fragte: »Hat Magda dich herumgeführt?«

»Ja«, antwortete Rycca und wünschte, sie könnte ihren Blick von ihm losreißen. »Sie ist sehr freundlich.«

»Gewiss, eine nette, tüchtige Frau. Aber jetzt bist du die Herrin dieser Festung und musst die Änderungen vornehmen, die du für richtig hältst.«

»Tatsächlich?« Sie lächelte gequält. »Meinst du, es würde dir gefallen, wenn die Binsen am Boden liegen bleiben, bis sie verfaulen – wenn ich das Essen erst servieren lasse, wenn es kalt ist, und wenn die Kleider nicht gewaschen werden, bis sie vor Schmutz starren?«

Lachend ging er zu ihr, hielt aber inne, als er sich an seinen Zustand erinnerte. »Da wir gerade von Schmutz reden – im Augenblick ist meine Gesellschaft nicht besonders angenehm. Aber vielleicht willst du die Nachsicht einer gütigen Ehefrau beweisen und mich zu einem kleinen Teich begleiten, nicht weit von hier?«

Sie nahm an, er wollte baden. Plötzlich erinnerte sie sich an jenen Tag, wo er aus der Sauna bei der Jagdhütte gekommen war, und ihr Mund wurde trocken. »Ich dachte, die Wikinger würden es vorziehen, vor einem Bad in heißem Dampf zu schwitzen.«

»Normalerweise würde ich dir zustimmen. Aber wenn ich jetzt in die Sauna gehe, schlafe ich ein.«

»Haben dich die Waffenübungen ermüdet?«

Sein anzüglicher Blick trieb ihr das Blut in die Wangen. »Nein, sondern meine beachtlichen Leistungen in unserem Ehebett – was du eigentlich wissen müsstest, Lady.«

»Oh, das erleichtert mich…« Als sie seine Verblüffung bemerkte, fuhr sie hastig fort: »Ich meine – wenn ich mir vorstellen müsste, du hättest dich auf dem Turnierplatz verausgabt, während ich bis zum Nachmittag schlief, würde ich mich für meine Faulheit schämen.«

»Falls es dich tröstet – zur Belustigung meiner Männer schlief ich unter einem Baum ein. Das werden sie mich nicht so bald vergessen lassen.«

Da lachte sie, und ihre innere Anspannung ließ nach. Ohne Zögern reichte sie ihm ihre Hand.

Nachdem sie einige Sachen aus ihrem Haus geholt hatten, verließen sie die Festung. Der Teich lag auf der anderen Seite des Hügels, zu Fuß bequem erreichbar und trotzdem abgeschieden, besonders um diese Stunde, wo das Abendessen vorbereitet wurde. Aus der Stadt wehte ein sanfter Wind gedämpfte Geräusche herauf.

Dragon blieb am Ufer des Teichs stehen. »Heute sind wir nicht ausgeritten. Vielleicht morgen.«

Ausnahmsweise fand Rycca den Gedanken, auf einem schönen, temperamentvollen Pferd zu sitzen, eher reizlos. Der Anblick ihres Ehemanns, der seinen Waffengurt ablegte und aus der Hose schlüpfte, faszinierte sie viel mehr.

Splitternackt watete er in den Teich, tauchte unter und prüstend wieder auf.

»Gib mir bitte die Seife!«, rief er und schüttelte das Wasser aus seinem dichten Haar.

Um diese einfache Aufgabe zu erfüllen, müsste sie ins Wasser steigen – wenn er nicht zu ihr kam.

»Was für ein schönes Kleid«, meinte er lächelnd.

»Alle meine Kleider sind schön, dank Lady Krystas gutem Geschmack und deiner Großzügigkeit.«

»Wie schade, wenn du's nass machen würdest…«

Erschrocken starrte sie ihn an. Erwartete er wirklich und wahrhaftig, sie würde sich ausziehen – hier draußen im Freien?

Sein unschuldiger Blick bestätigte ihren Verdacht.

»Weißt du, wie viele Frauen stundenlang arbeiten mussten, um dieses Kleid zu nähen?«, fragte sie.

»Nein. Du?«

»Keine Ahnung – weil ich noch nie ein solches Kleid besaß. Natürlich will ich's nicht ruinieren.«

»Warum ziehst du's nicht aus? Nur zur Sicherheit.«

Gewiss, dann würde es keinen Schaden erleiden. Und niemals hatte sie sich *sicherer* gefühlt als nackt in Dragons Armen, nur der Gefahr ihrer eigenen Gefühle ausgeliefert. »Nachdem ich aufgestanden bin, habe ich mich gewaschen…«

»Nach diesem warmen Tag wird dich ein Bad erfrischen.«

»Aber der Teich sieht ziemlich tief aus. Bedenk doch, ich kann nicht schwimmen.«

»Das wollte ich dir beibringen. Erinnerst du dich?«

»Jetzt?«, fragte sie bestürzt.

»Warum nicht? Welcher Zeitpunkt würde sich besser eignen?«

»Darauf bin ich nicht vorbereitet…«

»Wenn du das Kleid ausziehst, wirst du dich bald an den Gedanken gewöhnen«, erwiderte er geduldig.

Voller Unbehagen trat sie einen Schritt zurück, dann noch einen. »Nein – darauf muss ich mich erst einstellen…«

»Rycca?«

»Ja?«

»Jetzt gebe ich dir noch fünf Sekunden Zeit, dann komme ich zu dir, ziehe dich aus, und du lernst schwimmen. Ist das klar?«

Völlig klar. Sie wich noch weiter zurück. Auf der Suche nach einem Fluchtweg spähte sie über die Schulter. Das war ein Fehler.

Klatschnasse Hände packten sie. Ehe sie Zeit gefunden hatte, irgendwelche Pläne zu schmieden, stand er vor ihr. Genauso schnell streifte er das Kleid über ihren Kopf. Darin ist er anscheinend geübt, dachte sie erbost.

In der Tat, das Wasser war sehr angenehm.

»Entspann dich.« Dragon legte einen Arm um Ryccas Schultern und führte sie tiefer hinein. Als sie ihm einen vernichtenden Blick zuwarf, lachte er. »Schon gut, vielleicht verlange ich zu viel. Aber versuch nicht, uns beide zu ertränken.«

»Könnte ich das?«

»Nein, natürlich nicht – das war ein Scherz. Atme ganz ruhig und gleichmäßig … So ist's richtig.«

Während sie immer tiefer in den sanften Wellen versanken, klammerte sie sich an ihn. Warum trieben die Menschen diesen Unsinn? Warum blieben sie nicht an Land, wo sie hingehörten? »Bitte, Dragon, ich denke nicht …«

»Ausgezeichnet! In solchen Situationen wäre es ganz falsch, irgendwas zu denken.«

»Ich meine, das ist keine gute Idee.«

Da blieb er stehen und schaute sie an, die Augen voller Zärtlichkeit. »Hör mal, Rycca, die Fische *schwimmen*.«

»Selbstverständlich.«

»Fische sind sehr dumm. Oder glaubst du, sonst würden sie sich von den Menschen fangen lassen? Trotzdem können sie schwimmen, und du – eine kluge, mutige Frau – wirst es auch schaffen.«

Hielt er sie für klug – dieser Mann, der für Bücher schwärmte? Und mutig? Ein unbesiegbarer Krieger wie Dragon fand sie mutig? Nun, vielleicht würde sie schwimmen lernen. Ihn zu enttäuschen – das wäre unerträglich. »Was muss ich tun?«

»Leg dich auf den Rücken, entspann dich und hol ein paar Mal tief Atem... Ja, so... Jetzt streck die Beine aus, ich halte dich immer noch fest.«

Sie spürte seine Hände unter ihrem Rücken und schaute zum blauen Himmel hinauf. Über ihrem Kopf kreisten Möwen.

»Leg den Kopf zurück«, bat er.

Rycca spürte, wie ihr langes Haar auf dem Wasser trieb. Welch eine wundervolle Erfrischung nach diesem warmen Tag...

Und sie musste gar nichts tun, einfach nur auf dem Rücken liegen, von Dragons Händen gestützt.

Aber nun stand er viel zu weit entfernt, um sie festzuhalten.

»Dragon!« Ruckartig hob sie den Kopf, ihre Füße gingen unter. Mit beiden Armen schlug sie um sich. Sofort war er bei ihr und nahm sie in den Arm.

»Beruhige dich... Das Wasser trug dich, und dir wurde gar nicht bewusst, dass ich dich losließ. Versuch's noch einmal.«

»Geh nicht weg...«

Seine Mundwinkel zuckten. »Keine Bange, ich bleibe bei dir. Bist du bereit?«

Nein. Doch sie hatte keine Wahl. Und so lag sie wieder auf dem Rücken, betrachtete den Himmel und spürte, wie Dragon seine Hände entfernte. Diesmal versank sie nicht, und nach einer Weile genoss sie es sogar, auf den Wellen dahinzugleiten.

»Ausgezeichnet«, lobte er. »Und jetzt versuch's anders herum.«

»Warum? So gefällt es mir sehr gut.«

»Wenn du auf dem Rücken liegst, kommst du nirgendwohin.« Sein Lächeln nahm teuflische Züge an. »Eigentlich schon – aber das ist ein anderes Kapitel. Hol tief Luft.«

»Wieso?«

Weil er sie auf den Bauch drehte und ihr Gesicht ins Wasser tauchte. Prustend fuhr sie empor, und er zeigte keine Reue. »Versuch's noch einmal.«

»Nein, dazu habe ich kein Lust …« Auch sie konnte auf ihrem Willen beharren.

Sein Seufzer war ein ausreichender Tadel. Also sog sie möglichst viel Luft in ihre Lungen, steckte ihr Gesicht ins verdammte Wasser und rührte sich nicht, während Dragon ihre Beine umfasste und ausstreckte. Erstaunlicherweise ging sie nicht unter.

Als die Sonne die Wipfel der Bäume im Westen küsste, schwamm Rycca zum ersten Mal. Zunächst gelangen ihr nur wenige Züge. Aber sie strahlte vor Freude. »Oh, ich bin wirklich und wahrhaftig geschwommen!«

Die Hände in die Hüften gestemmt, stand er grinsend im Wasser, das ihm bis zum Nabel reichte. »So gut wie die Fische.«

»Weil du ein fabelhafter Lehrer bist.«

Mit ihrem Kompliment überraschte sie ihn. Wenn sie nicht in seinen Armen dahinschmolz, war sie ein halsstarriges kleines Biest, und er hatte sie gezwungen, etwas gegen ihren Willen zu tun. Deshalb hatte er mit zäherem Widerstand gerechnet. Doch sie benahm sich mustergültig, und ihre Nervosität war längst verflogen.

Jetzt verschwand die Sonne hinter den Bergen im Westen, eine kühle Brise kräuselte das Wasser. Dragon wollte trotzdem im Teich bleiben, dann sah er seine Frau erschauern und besann sich anders. Eine kleine Weile schwammen sie noch umher. Entzückt über ihre neu erworbenen Fähigkeiten, spürte Rycca die Kälte nicht, bis sie erbärmlich fror. Da ließ sie sich lachend aus dem Wasser tragen, in ein großes Leintuch hüllen und abtrocknen. Nachdem sie in ihr Kleid geschlüpft war, fühlte sie sich etwas wohler. Sie beobachtete, wie Dragon eine saubere Hose anzog. Auf die Tunika verzichtete er.

»Ist dir nicht kalt?«, fragte sie und packte die Seife, das Badetuch und seine Kleider zusammen.

»Im Sommer? Natürlich nicht, meine Süße.«

»O Gott, ich will mir gar nicht vorstellen, wie es im Winter ist!«

»Davor musst du dich nicht fürchten«, erklärte er und berührte ihre Nasenspitze. »In warme Pelzdecken gewickelt, wirst du am Feuer sitzen.« Lächelnd zog er sie an sich und flüsterte ihr ins Ohr: »Die Winternächte sind *sehr* lang. Also müssen wir uns irgendwie beschäftigen.«

In seiner Fantasie erschien das Bild ihres Körpers, nicht von Pelzen verborgen. Stattdessen lag sie darauf, ihre rosige Haut schimmerte im Flammenschein, und für ihn gab es nichts anderes zu tun, als die Freuden der Liebe mit ihr zu teilen. Konnte sich ein Mann auf dieser Welt – oder vielleicht in der nächsten – etwas Schöneres wünschen?

Aber während sie den Hang hinaufstiegen, wurde er an andere Dinge erinnert. In der Nähe des Grats kam ihnen Magnus entgegen, auf der Seite des Teichs. Entschuldigend lächelte er Rycca an und wandte sich an seinen Jarl. »Verzeih mir die Störung, Dragon. Soeben ist das Schiff aus Gallien eingetroffen.«

»Und die Fracht?«

»Wenn ich auch nicht mit dem Kapitän gesprochen habe – ich glaube, alles ist in Ordnung.«

»Gut, ich werde sofort zum Hafen reiten. Tut mir Leid, Rycca, ich muss dich verlassen. Auf dieses Schiff warte ich seit Monaten. Bring meine Lady nach Hause, Magnus. Ach ja, Rycca, sag Magda, der Kapitän und seine Besatzung werden heute Abend an unserer Tafel sitzen. Sie kennt Paulo und weiß, was er gern isst.«

Eifrig wie ein kleiner Junge eilte er über den Grat, um zu

bewundern, was immer das Schiff nach Landsende befördert hatte, und ließ sie mit Magnus allein.

Mit dem vertrauenswürdigen Stellvertreter meines Mannes sagte sie sich. Trotzdem gab sie vor, die Hand nicht zu bemerken, die er ihr reichte, und überquerte die Anhöhe. Im Abstand einiger Schritte folgte er ihr.

Auf der Seite des Teichs war er ihnen entgegengegangen. Vorhin hatte er erklärt, das Schiff sei soeben eingetroffen. Um den Hügel von der Stadt aus zu erreichen, brauchte man eine ganze Weile. Also hätte er seinen Herrn und dessen Gemahlin auf der anderen Seite treffen müssen. Oder war er schon früher hierher gekommen, ohne sich bemerkbar zu machen?

Hat er uns beobachtet, fragte sich Rycca. Dieser Gedanke jagte ihr einen noch kälteren Schauer über den Rücken als das kühle Wasser… Hör auf damit, ermahnte sie sich. Ihr Argwohn könnte dem Mann Schwierigkeiten bereiten. Das wollte sie nicht. Außerdem – vielleicht war ihr Verdacht unbegründet.

Jetzt beschleunigte er seine Schritte und holte sie ein. »Beunruhigt Euch irgendetwas, Mylady?«

»Nein«, erwiderte sie so freundlich, wie es ihr Unbehagen gestattete, »ich war nur in Gedanken.«

»Natürlich, hier stürmen so viele neue Eindrücke auf Euch ein.«

»Allerdings, aber die Leute waren sehr nett.«

»Das freut mich. Falls Ihr Probleme habt – ich würde Euch gern helfen.«

Lüge.

Wie ein schwarzer Schatten lastete die Erkenntnis auf Ryccas Seele, und ihr war elend zumute. Nach einem kurzen Blick in Magnus' Richtung ging sie etwas schneller weiter.

Nichts in seiner Miene zeugte von charakterlichen Mängeln, sein Gesicht war glatt, seine Augen drückten ungetrübte Heiterkeit aus. Vielleicht wirkte er deshalb so jung – als wüsste er nichts vom Leid der Welt.

Und doch – irgendetwas stimmte nicht mit ihm, und Rycca fragte sich vergeblich, woran ihr Misstrauen liegen mochte. Nur eins wusste sie – dass sie sich maßlos erleichtert fühlte, als sie die Stadt sah und in den Schutz der Festungsmauern zurückkehrte.

Geradewegs eilte sie in die Küche, wo sie Magda antraf und ihr die Neuigkeit erzählte. Damit beschwor sie hektische Betriebsamkeit herauf, und bald vergaß sie alles andere.

12

Am nächsten Tag erwachte Rycca etwas früher – aber nur, weil sie sich das ganz fest vorgenommen hatte. Wenn sie ihren verantwortungslosen Körper sich selbst überlassen hätte, wäre er in einem langen Tiefschlaf versunken. Entschlossen ignorierte sie seinen Protest und stand auf, wusch sich, kleidete sich an und verließ das Haus. Wohin sie auch schaute – überall gingen die Leute eifrig ihrer Arbeit nach. Sie wollte Magda aufsuchen. Aber da entdeckte sie mehrere Männer, die vor der Haupthalle standen und einen Kreis bildeten.

Von fröhlichen Stimmen angelockt, trat sie vorsichtig näher. Zu viele Jahre lang war sie dem starken Geschlecht wohlweislich ausgewichen, um ihm unbefangen zu begegnen. Doch diese Krieger waren so groß, dass Rycca nicht über sie hinwegspähen konnte.

Langsam schlich sie sich heran und reckte den Hals. Was immer sie beobachteten, schien ihnen zu gefallen, denn sie jubelten ermutigend und bewegten sich aufgeregt. Als sich eine

Lücke zwischen zwei Rittern öffnete, schaute Rycca hindurch und hielt den Atem an.

Dragon, ihr Ehemann... Mit nacktem Oberkörper, die bronzebraune Haut über kraftvollen Muskeln gespannt, schwang er ein mächtiges Schwert und bekämpfte jeden, der ihn anzugreifen wagte. Einer nach dem anderen sprang vor, wechselte ein paar Schwerthiebe mit dem Jarl, die in Ryccas angstvollen Augen mörderisch wirkten, und gab sich – widerwillig, aber mit gutmütigem Grinsen – geschlagen. Lebhaft kritisierten die Zuschauer die einzelnen Darbietungen, riefen den Herausforderern Ratschläge zu und erörterten die Qualität der Waffen. Immer mehr Krieger wollten sich mit dem Festungsherrn messen. Ohne Zögern kämpfte er weiter, unermüdlich, zeigte nicht das geringste Anzeichen von Schwäche und schien sich sogar zu amüsieren.

Niemals würde sie die Männer verstehen – und diese hier schon gar nicht. Aus Gewalttaten machten sie ein Spiel, als würde bei Fehltritten oder falschen Bewegungen keine Lebensgefahr drohen. Ein tödliches Spiel – mit erstaunlichem Geschick betrieben... Schließlich stand nur mehr Dragon im Kreis, kein weiterer Mann fand sich bereit, mit ihm zu fechten.

Das Schwert hoch erhoben, trotz der zahlreichen Kämpfe in kerzengerader Haltung, ließ er seinen fragenden Blick über die Gesichter wandern.

Als niemand vortrat, lachte er und senkte seine Waffe. »Diese Mauren schmieden verdammt gute Klingen.«

»In der Tat«, bestätigte Magnus und nickte ihm bewundernd zu. »Kein Wunder, dass du so lange und geduldig darauf gewartet hast.«

»Um das Geheimnis ihrer Kunst zu ergründen, würde ich noch länger warten. Aber das hüten sie sorgsam.« Dragon hielt die Waffe hoch und begutachtete die Schneide. »Irgendwie muss es mit dem Falzen des Metalls zusammenhängen. Zumindest habe ich das gehört.«

»Alle Geheimnisse lassen sich lüften.« Auch Magnus musterte die Klinge – begehrlich, wie Rycca fand. »Dafür hast du ein Vermögen bezahlt. Mit dieser Summe hättest du genauso gut den Schmied bestechen können.«

Lachend schlug Dragon auf die Schulter seines Stellvertreters. »Immer wählst du den direkten Weg, was, Magnus? Ohne die furchtbare Rache der wütenden Mauren zu berücksichtigen! Zweifellos würden sie unseren Drachenschiffen ihre Häfen versperren und jeden Wikinger enthaupten, der sich in ihre Nähe wagt.«

»Dann würden wir ihnen den Krieg erklären, Dragon. Sind wir nicht mächtig genug?«

»Da bin ich mir nicht sicher. Sie sind in der Überzahl. Weil wir ihre Gesetze und ihre Lebensart respektieren, kommen wir gut miteinander aus. Und das genügt mir.«

Magnus schwieg. Aber Rycca las kühlen Spott in seinen Augen, der ihrem Gemahl offensichtlich entging – denn in diesem Moment bemerkte er ihre Anwesenheit. Sein sanftes Lächeln bildete einen seltsamen Gegensatz zu den kämpferischen Aktivitäten, die sie soeben beobachtet hatte.

»Komm her, Rycca, schau dir dieses Schwert an, von den Mauren in Spanien erzeugt. Was die Verarbeitung von Stahl betrifft, haben sie überragende Talente.«

Die Männer traten beiseite und betrachteten sie mit verhaltener Neugier. Sorgsam vermieden sie es, die Gemahlin ihres Herrn zufällig zu berühren. Sie verdrängte ihr Unbehagen, erwiderte Dragons Lächeln und ging zu ihm. »In der Tat, diese Klinge sieht eindrucksvoll aus. Und du weißt sie zu schwingen.«

»Mit einer solchen Waffe fällt's mir nicht schwer, denn sie ist leichter als die meisten anderen und lässt sich mühelos balancieren.«

Ohne Vorwarnung drückte er ihr den Schwertgriff in die Hand. »Hier, versuch es selbst.«

Als sie die Krieger nach Luft schnappen hörte, ahnte sie, was sie dachten. Eine solche Waffe war für Männer bestimmt – für die Allerstärksten. Trotzdem übergab Dragon das Schwert der fremden Frau, der sie erst vor zwei Tagen zum ersten Mal begegnet waren, die nur gebrochen norwegisch sprach und – falls die Gerüchte zutrafen – den Jarl nur widerstrebend geheiratet hatte.

Vor einer solchen Herausforderung wollte sie nicht zurückschrecken. Inständig hoffte sie, ihrem Mann keine Schande zu bereiten, und umklammerte das Schwert. Es erschien ihr nicht so schwer wie die Waffen, die sie in Wolscroft heimlich ausprobiert hatte. Anmutig schwenkte sie es hin und her, in kleinen, kontrollierten Bögen. Thurlow hatte ihr beigebracht, wie man mit einem Schwert umging – nur in groben Zügen, aus Angst, sie könnte eines Tages vor lauter Verzweiflung die älteren Brüder oder sogar den Vater attackieren. Obwohl das ihren sicheren Tod bedeutet hätte, war sie manchmal nahe daran gewesen, einen solchen Angriff zu wagen.

Nun richtete sie die stählerne Spitze spielerisch auf Dragons muskulöse Brust. »Schade, dass du kein zweites maurisches Schwert besitzt…«

»Doch, ich habe auch für Wolf eins gekauft.« Nur sekundenlang erlaubte er ihr zu überlegen, ob er sich die andere Waffe tatsächlich bringen lassen würde. Dann bewies er, dass er nichts dergleichen brauchte, um seiner Gemahlin einen schmerzlichen Schlag zu versetzen. »Übrigens, er wird uns mit Cymbra besuchen.«

»W-w-was?« Kraftlos ließ sie die Klinge sinken.

»Noch heute werden mein Bruder und seine Frau in Landsende eintreffen. Ich dachte, das würdest du gern wissen.«

Zum Teufel mit seinem breiten Grinsen… »Natürlich! Allmächtiger, nur mehr wenige Stunden bis zu ihrer Ankunft! Warum hast du mir nicht früher Bescheid gegeben?«

Behutsam nahm er ihr das Schwert aus der Hand, das sie völlig vergessen hatte. »Welche Rolle spielt das schon? Um die Mahlzeit kümmert sich Magda, in dem Haus, das Wolf und Cymbra stets bewohnen, ist alles vorbereitet. Und du …« Ehe er weitersprach, musterte er sie so eingehend, dass seine Männer lachten. »Nach meiner Meinung siehst du gut genug aus.«

Am liebsten hätte sie ihm die Waffe wieder entrissen und an seine Kehle gehalten.

Offenbar erriet er ihre Gedanken, denn er steckte das Schwert hastig in die Scheide. Dann versicherte er leise, nur für Ryccas Ohren bestimmt: »Alles wird gut verlaufen, meine Süße.«

So gern hätte sie ihm geglaubt … Aber sie hegte ernsthafte Zweifel. Niemals würde Lady Cymbra ein Schwert auf ihren Mann richten, schon gar nicht vor den Augen seiner Krieger, oder ein Knie zwischen seine Schenkel rammen. Für ihre Schönheit und ihre Heilkunde war sie weithin berühmt. Als würde das nicht genügen, lobte man auch noch ihre überragende Kochkunst.

Und sie würde hierher kommen. Rycca unterdrückte ein Stöhnen. Welch ein missgünstiges Schicksal …

Ein paar Stunden später ankerte das Drachenschiff mit dem Wolfsemblem am Segel im Hafen von Landsende. Nur mühsam hatte Dragon seine Frau dazu überredet, ihn auf den Kai zu begleiten und die Gäste zu begrüßen. Nun hielt er ihre Hand eisern fest, falls sie einen Fluchtversuch erwägen sollte. Nicht, dass sie mit diesem Gedanken spielte. So feige war sie nicht. Außerdem – wohin könnte sie laufen?

Also stand sie möglichst würdevoll neben ihm und dachte dankbar an Lady Krysta, eine weitere mustergültige Ehefrau, die ihr eine luxuriöse Garderobe beschafft hatte. Trotzdem gab es sicher einiges an ihrer Erscheinung auszusetzen. Sie hatte ihr Bestes getan, um das Kleid nicht zu beschädigen.

Aber ihre Haare waren wahrscheinlich zerzaust, die Wangen zu stark gerötet, und ihrer Pose mangelte es gewiss an weiblicher Grazie. Jeder würde sie für eine unpassende Gemahlin eines Jarls halten.

Insbesondere der hoch gewachsene, dunkelhaarige, schwarz gekleidete Mann, der jetzt seine Hand einer Frau reichte und mit ihr von Bord ging… Er war so groß wie Dragon und offenkundig ein ebenso formidabler Krieger. Wie Rycca vermutete, hatte er auch gewinnende Züge. Doch sie betrachtete ihn nur flüchtig, denn ihre ganze Aufmerksamkeit galt seiner Gemahlin.

Was sie sah, krampfte ihr Herz schmerzhaft zusammen. Lady Cymbra war die personifizierte Schönheit. Kastanienrote, mit goldenen Strähnen durchzogene Locken fielen fast bis zu ihren Knien hinab. Strahlend blau wie das Meer unter der Sommersonne, beherrschten ihre Augen ein ovales, ebenmäßiges Gesicht mit schmaler Nase und vollen, rosigen, leicht geöffneten Lippen. Und ihr wohlgeformter Körper musste die Wunschträume aller Männer übertreffen.

Sie war perfekt, exquisit, eine zum Leben erwachte Statue, wohl kaum menschlich. Bis sie lächelte. Da wirkte sie plötzlich wie eine ganz normale, warmherzige Frau. »Dragon!«, jubelte sie, eilte ihrem Mann voraus und umarmte ihren Schwager liebevoll. »Wie gut du aussiehst! Macht dir dein Bein immer noch Schwierigkeiten?«

»Das würde es nicht wagen, nach dem Martyrium, dem du es ausgeliefert hast«, scherzte er. Über ihren Kopf hinweg nickte er seinem Bruder zu. »Willkommen, Wolf, du hast keine Zeit verloren, um meinem Ruf zu folgen.«

Der gefürchtete Lord of Sciringesheal, dessen Ruhm von den frostigen Ländern des Nordens bis zu den warmen südlichen Meeren gedrungen war, grinste belustigt. »Dachtest du, ich würde zaudern? Vor zwei Tagen wurden deine Schiffe nahe der Küste gesichtet, und so erfuhr ich von deiner Heimkehr.« Seine grauen Augen richteten sich auf Rycca. Sofort erlosch sein Lächeln. »Lady Rycca of Wolscroft, nehme ich an?«

Mit sanfter Gewalt schob Dragon die Schwägerin beiseite und ergriff wieder die Hand seiner Frau. »Nein – jetzt Lady Rycca Hakonson.«

Wolf starrte sie wortlos an, und seine eisigen Augen schienen sie zu durchbohren. Wie rasend hämmerte ihr Herz gegen die Rippen.

»Hör auf, Wolf!«, mahnte Cymbra, berührte seinen Arm und lächelte zauberhaft. »Du jagst der armen jungen Lady Angst ein. Und weiß der Himmel, sie hat schon genug erduldet.« Zu Rycca gewandt, fügte sie in beiläufigem Ton hinzu: »Am besten beachtest du ihn gar nicht, meine Liebe. Die beiden Brüder halten wie Pech und Schwefel zusammen – was keineswegs bedeutet, dass wir dich nicht freudig in der Familie begrüßen. Komm, du musst mir alle Neuigkeiten über Hawkforte berichten.« Energisch befreite sie Ryccas Hand von Dragons Griff, umfasste ihren Arm und führte sie zur Straße. Ohne den Männern einen Blick zu gönnen, schwatzte sie unentwegt. »Krysta und Hawk schreiben mir regelmäßig. Aber ich kann gar nicht genug über meine Heimat erfahren. Sicher hast du die beiden gesehen? Und den kleinen Falcon?«

Verblüfft über die Kühnheit dieser Frau, die dem Furcht erregenden Wolf so unbefangen begegnete, von Dragon ganz zu schweigen, konnte Rycca nur stammeln: »Ja – gewiss – alle drei …«

»Und wie fühlst du dich? Hoffentlich hat dich die Schiffsreise nicht allzu sehr ermüdet.«

»Nein, sie war wirklich angenehm.«

»Bring Lion mit, Wolf!«, rief Cymbra über die Schulter. »Rycca und ich gehen voraus!«

Als Wolf etwas Unverständliches murmelte, lachte Dragon schallend.

Auf dem Weg zur Festung wusste Rycca nicht, was sie denken sollte. Nur eins stand fest – sie genoss die Gesellschaft einer wahrhaft legendären Frau. Was für fantastische Geschichten man über Lady Cymbra erzählte! In ihrem eigenen Haus war sie gefangen gehalten worden. Sonst hätten zahllose Männer, in heißer Leidenschaft entbrannt, um sie gekämpft. Sie besaß übernatürliche Kräfte. Voller Rachsucht, über ein erlittenes Unrecht erbost, hatte Wolf sie entführt und dann aus Liebe geheiratet. Von einem Missverständnis veranlasst, hatte ihr Bruder Hawk sie mit List und Tücke nach England zurückgeholt. Deshalb wäre beinahe ein Krieg zwischen den Norwegern und Angelsachsen ausgebrochen.

Trotz ihrer abenteuerlichen Vergangenheit wirkte sie erstaunlich gelassen. »Bist du mit deinem neuen Haushalt zufrieden? Magda ist sehr tüchtig. Aber wenn du irgendetwas brauchst…«

»Danke, nein – alles in bester Ordnung.«

»Erst jetzt, nachdem Dragon endlich gefunden hat, was ihm bisher fehlte – eine Ehefrau, die ihm inneren Frieden schenkt und seinem Leben einen Sinn verleiht«, betonte Cymbra freimütig. »Ebenso wie Wolf musste er harte Zeiten überstehen. Hat er dir davon erzählt?«

»Ein wenig – er erwähnte, er sei schon in früher Jugend mit seinem Bruder zur See gefahren.«

»Jahrelang räumten die beiden alle möglichen Hindernisse aus dem Weg, die schwächere Männer vernichtet hätten. Und heutzutage sind sie angeblich, zusammen mit meinem Bruder Hawk, die meist gefürchteten Krieger auf dieser Welt. Ich glaube, das stimmt. Aber nun wollen sie den Frieden bewahren. Um dieses Ziel zu erreichen, schrecken sie vor nichts zurück.«

»In Dragons Fall nicht einmal vor einer unerwünschten Ehefrau«, platzte Rycca heraus. Hatte sie das tatsächlich gesagt? Unfassbar... Dazu musste sie von Cymbras Offenherzigkeit ermutigt worden sein.

»Du bist die dritte Braut, die um des Friedens willen vor den Traualtar trat«, bemerkte Cymbra lächelnd. »Um ehrlich zu sein, Krysta und mir fiel es nicht leicht. Aber wenn wir – nach all unseren bisherigen Erfahrungen – die Zeit zurückdrehen könnten, würden wir keinen anderen Weg gehen.«

»Hattet ihr denn eine Wahl?«

Zu Ryccas Überraschung lachte Cymbra. »Was *mich* betrifft – nein.« Mit einem übertriebenen schmachtenden Seufzer fuhr sie fort: »Oh, wie gut erinnere ich mich an Wolfs romantischen Antrag... Er erklärte mir, wenn ich ihn nicht heirate, würde er meinen Bruder töten.«

»*Was?*«

»Reg dich nicht auf, inzwischen hat er sich gebessert.« Cymbra lächelte träumerisch. »Sogar *sehr*. Nun, Dragon verstand schon immer viel mehr von den Frauen als sein Bruder.«

Dem konnte Rycca nicht widersprechen, aber auch nicht ignorieren, was sie soeben gehört hatte. Entsetzt fragte sie: »Wie hast du Wolfs abscheulichen Heiratsantrag beantwortet?«

»Natürlich verpasste ich ihm eine saftige Ohrfeige. Auf dem Weg zum Traualtar fürchtete er, man würde den Bluterguss sehen.«

»Du hast ihn – geschlagen?«

Diese ätherische Schönheit war so kühn gewesen, den wilden Wolf anzugreifen?

»Eins musst du dir von Anfang an klarmachen, meine liebe Schwägerin. Wolf und Dragon sind wundervolle, aber schrecklich herrische, anmaßende Männer – das gehört zu ihrer Anziehungskraft. Trotzdem muss man streng mit ihnen sein. Was übrigens auch für meinen Bruder gilt. Das hat seine Gemahlin bald herausgefunden.«

»Aber Lady Krysta und Lord Hawk scheinen sich innig zu lieben.«

»So wie Wolf und ich. Was keineswegs bedeutet, dass wir fügsame kleine Frauen sind, die ihren Männern die Füße warm reiben.«

»Welch ein absurder Gedanke! Wie kommst du darauf?«

»Oh, wusstest du's nicht? So eine Frau hat sich Dragon immer gewünscht.«

Noch weitere erschütternde Neuigkeiten – und Rycca würde auf der Stelle versteinern. »Das hat er gesagt? Was dachte er sich bloß dabei? Eine solche Frau würde ihn doch zum Wahnsinn treiben.«

»Eine ähnliche Warnung sprach auch Wolf aus – er meinte, sein Bruder würde vor Langeweile sterben, noch ehe der Brautstrauß verwelkt wäre. Nein, Dragon braucht eine Frau, die es mit seinem Temperament aufnehmen kann. Und ich glaube, du bist genau die Richtige. Komm, gehen wir zu Magda. Sie wird uns kalte Milch und Kuchen servieren, und wir suchen uns ein gemütliches Plätzchen, während sich die Männer ohne uns amüsieren.«

»Gestern hat Dragon ein Schwert für Wolf gekauft.«

»Ah, das maurische Schwert? Großartig, dann sind sie stundenlang mit ihrem Fechtkampf beschäftigt. Bevor sie sich vergewissert haben, dass keiner von beiden stärker und leichtfüßiger ist als der andere, werden wir sie bestimmt nicht wieder sehen.«

»Wollte einer den anderen schon immer übertrumpfen?« Rycca versuchte möglichst viel über ihren Mann herauszufinden. Dass die legendäre Lady Cymbra so zugänglich war, konnte sie kaum glauben. Vielleicht war dieser Besuch in Landsende gar nicht so übel.

»Ja, schon seit der Kindheit. Aber täusch dich nicht, sie sind einander treu ergeben. Und was mich ganz besonders freut – jetzt gehört auch mein Bruder zu diesem Bund. Bis er die beiden Hakonsons und Krysta kennen lernte, wusste er nicht viel über Loyalität.«

»Verzeih mir, daran zweifle ich. Ich dachte, ein so mächtiger Lord müsste die Loyalität aller Menschen in seiner Umgebung erzwingen.«

Inzwischen hatten sie das Küchenhaus erreicht. Magda und die anderen Frauen eilten heraus, um die Ladys zu begrüßen.

Als Cymbra sich wieder zu ihrer Schwägerin wandte, schienen die klaren blauen Augen in Ryccas Seele zu blicken. Was sie sah, gefiel ihr offensichtlich, denn sie lächelte voller Zuneigung. Aber dann verdüsterte sich ihre Miene. »Hast du von Daria gehört?«

»Nein, gar nichts.«

Cymbra seufzte. »Das hatte ich befürchtet. Dragon möchte dich nicht erschrecken. Trotzdem musst du's erfahren.«

Wenig später saßen sie in der Küche und tranken Milch aus dem tiefen Brunnen, in dem die Getränke gekühlt wurden.

»Daria ist meine und Hawks Halbschwester«, begann Cymbra, »die Tochter aus der ersten Ehe unseres Vaters. Bei meiner Geburt war sie schon erwachsen, und ich kannte sie kaum. Nur eins wusste ich – in ihrer Jugend war sie mit einem mercischen Lord verheiratet, der gegen Alfred of Wessex rebellierte. Während Alfred sein Volk zu einigen suchte, verriet ihn dieser Mann.«

»Anscheinend ist der Verrat in den Kreisen mercischer Lords ein beliebter Zeitvertreib«, meinte Rycca.

»War nicht dieser Udell, den Hawk letztes Jahr getötet hat, ebenfalls ein Mercier?«

»In der Tat – und ein niederträchtiger Verräter.«

»Das galt auch für Darias Ehemann. Glücklicherweise hat Alfred ihn rechtzeitig durchschaut. Er traf ihn auf dem

Schlachtfeld, tötete ihn und eignete sich die Ländereien des besiegten Gegners an, wie es dem Gesetz entspricht. Was Daria am meisten schätzte, verlor sie – das betrifft nicht ihren Ehemann, sondern die Macht und die Privilegien, die ihr nach ihrer Ansicht zustanden. Von diesem Schicksalsschlag erholte sie sich niemals. Obwohl Hawk sie in seiner Festung aufnahm und ihr sogar für einige Zeit die Haushaltsführung überließ, nährte sie in ihrem Herzen den Hass gegen Alfred.«

Nun unterbrach sich Cymbra, um den kleinen Lion bequemer auf ihrem Schoß zurechtzurücken. Vorhin hatte Wolf ihr das Kind gebracht und Rycca überrascht, weil er so gut mit seinem Sohn umgehen konnte. Sie entsann sich, wie Cymbra ihr empfohlen hatte, ihn nicht zu »beachten«. Nein, sie würde sich nicht von diesem formidablen Krieger überwältigen lassen. Stattdessen blickte sie hinter die Fassade und sah einen Mann, der seine Frau und sein Kind abgöttisch liebte. Dass er davongeeilt war, um gegen Dragon zu kämpfen, beunruhigte sie ein bisschen – insbesondere, weil der eine ebenso eifrig nach dem Sieg strebte wie der andere. Doch sie tröstete sich mit dem Gedanken, die beiden müssten schon oft die Klingen gekreuzt haben, ohne einander ernsthaft zu verletzen.

Außerdem war sie fasziniert von Cymbras Geschichte, und so verdrängte sie ihre Sorge.

»Vor etwa zwei Jahren«, fuhr Cymbra fort, »entschied Wolf, ein Bündnis zwischen den Norwegern und Angelsachsen würde die Dänen in Schach halten. Um diesem Zweck zu dienen, wollte er mich heiraten. In einem Brief an meinen Bruder hielt er um meine Hand an. Das gefiel Daria ganz und gar nicht. Mit der Hilfe Vater Elberts, eines verräterischen Hauspriesters, fing sie den schriftlichen Heiratsantrag ab und stahl Hawks Siegel. Dann schrieb sie Wolf in Hawks und meinem Namen, lehnte das Ansinnen ab und beleidigte ihn zutiefst. Wie er sich daraufhin verhalten würde, war vorauszusehen. Aber Daria hegte keine Bedenken.«

»Und was hat er getan?« Vergeblich bemühte sich Rycca, den atemlosen Klang ihrer Stimme zu unterdrücken.

Mit einem träumerischen Lächeln erwiderte Cymbra: »Er kam nach Essex und entführte mich heimlich. Erst nach unserer Hochzeit teilte er meinem Bruder mit, wo ich zu finden sei. Natürlich war Hawk wütend und besorgt. Er segelte nach Sciringesheal, wo ich mein Bestes tat, um ihn von meinem Eheglück zu überzeugen. Bedauerlicherweise glaubte er mir nicht. So sind die Männer nun einmal – starrsinnig und anmaßend. Eins führte zum anderen, und Hawk holte mich nach Essex zurück. Um diese Zeit begann der Winter, und es dauerte Monate, bis Wolf mir folgen konnte. Mittlerweile hatte Hawk seinen Irrtum erkannt. Als Wolf in Hawkforte eintraf, versöhnten sich die beiden. Ein Glück, denn ich war gerade Mutter geworden.« Liebevoll streichelte sie ihren schläfrigen Sohn. »Und ich hatte wahrlich keine Lust, mich über die Dummheiten eigenwilliger Männer zu ärgern. Während wir in Hawkforte warteten, bis ich neue Kräfte sammelte und die Rückreise antreten konnte, schlug Wolf vor, auch Hawk und Dragon sollten Ehen schließen, die dem Bündnis nutzen würden.«

»Sicher gerieten die beiden in helle Begeisterung«, bemerkte Rycca ironisch, und Cymbra lachte.

»Genauso gut hätte er sie auffordern können, in heißem Öl zu sieden. Hawk sträubte sich besonders hartnäckig gegen Wolfs Wunsch. Ein paar Jahre zuvor war er schon einmal verheiratet gewesen. Damit verband er keine angenehmen Erinnerungen. Aber ich muss sagen, Krysta belehrte meinen Bruder viel schneller eines Besseren, als ich es für möglich gehalten hätte.«

»Weißt du, wie sie das anfing?« Rycca hoffte, sie würde nicht allzu neugierig wirken.

»O ja, sogar ganz genau.« Lächelnd musterte Cymbra ihre Schwägerin. »Sie liebte ihn.«

»War das alles? Sie *liebte* ihn einfach nur?«

»Offen gestanden, ich glaube, außerdem hatte sie ihn maßlos geärgert und verwirrt. Das alles trug sicher zu Krystas Erfolg bei. Aber sie soll dir die Geschichte selber erzählen, was sie sicher tun wird, sobald sich eine Gelegenheit ergibt. Befassen wir uns wieder mit Daria.«

Seufzend starrte Cymbra ins Leere.

»Bei unserer Rückkehr nach Sciringesheal wussten Wolf und ich noch immer nicht, wer jenen gefälschten Brief abgeschickt hatte. In der Zwischenzeit war Hawks Ehe arrangiert worden. Krysta reiste nach Hawkforte und heiratete meinen Bruder. Aber Daria bemühte sich immer noch, das Bündnis zwischen den Norwegern und den Angelsachsen zu zerstören, aus abgrundtiefem Hass gegen den König. Sie glaubte, dieses Abkommen würde ihn im Kampf gegen die Dänen stärken, was natürlich stimmt. Deshalb beschloss sie, Krysta zu töten und das Verbrechen Hawk anzulasten.«

»Tatsächlich? Sie wollte Krysta *umbringen*?«

»Allerdings. Daria dachte, wenn ein angelsächsischer Lord seine norwegische Gemahlin ermordet, wäre das Bündnis zum Scheitern verurteilt. Damit hätte sie wahrscheinlich Recht behalten. Glücklicherweise überlebte Krysta den Anschlag. Nachdem Darias und Vater Elberts Schuld erwiesen war, wurde der Priester den kirchlichen Behörden übergeben, und Hawk schickte unsere Halbschwester in ein Kloster. Dort lebt sie bis zum heutigen Tag.«

Vor Entsetzen über diese Frau, die in ihrem Hass so viel Unheil angerichtet hatte, hielt Rycca den Atem an. Jetzt holte sie tief Luft. »Wie schrecklich muss das für euch alle gewesen sein! Arme Lady Krysta! Unter solchen Umständen zu heiraten – und dann in tödlicher Gefahr zu schweben … O Gott, jetzt schäme ich mich meines Widerstrebens und der Schwierigkeiten, die ich heraufbeschwor …«

»Schwierigkeiten? Davon weiß ich nichts.«

Rycca schaute zu den Frauen hinüber, die in einem anderen Teil des Küchenraums arbeiteten, und senkte die Stimme. »Vielleicht will Dragon das alles geheim halten.«

»Dann solltest du schweigen.« In sanftem Ton fuhr Cymbra fort: »Aber wenn du mir dein Herz ausschütten möchtest, werde ich dein Vertrauen nicht missbrauchen.«

Die Wahrheit. Reine, lautere Wahrheit.

Während Rycca diese Erkenntnis gewann, runzelte Cymbra plötzlich die Stirn. »Was war das?«, fragte sie verwirrt und schien mit sich selbst zu besprechen.

»Was?«

Cymbra lehnte sich auf ihrem Stuhl zurück und umarmte ihren schlafenden Sohn etwas fester. Aber sie ließ Rycca nicht aus den Augen. »Eben fühlte ich etwas. Und ich glaube, es kam von dir.«

Unmöglich. Und doch … *Die Wahrheit.*

»Jetzt wieder …« Eindringlich schaute Cymbra in Ryccas Augen. »Ja, das bist *du.*«

»Nein.« Rycca sprang so hastig auf, dass sie beinahe ihren Stuhl umwarf. »Bitte, entschuldige mich – ich muss nach eurer Unterkunft sehen.«

Während sie aus der Küche floh, wünschte sie verzweifelt, sie könnte sich von ihrem seltsamen, beängstigenden Wesen befreien.

Allzu lange konnte sie sich nicht verstecken, und sie war auch nicht so dumm, das zu versuchen. Bald danach fasste sie sich und entschied, wie sie sich verhalten würde. Zuerst wollte sie sich bei Cymbra entschuldigen und erklären, die Ankunft der Gäste habe sie etwas durcheinander gebracht. Normalerweise würde sie sich nicht so albern benehmen. Und dann würde sie der Schwägerin tunlichst aus dem Weg gehen – ganz egal, wie lange Wolf und seine Frau in Landsende zu bleiben gedachten. Dass die Freundschaft, so spontan entstanden, im Keim erstickt wurde, zählte nur zu den vielen Enttäuschungen in ihrem Leben, an die sie gewöhnt war.

Zufrieden mit ihrem Plan, dachte sie nur flüchtig über Cymbras Fähigkeit nach, die Gefühle anderer Menschen zu erkennen. Vielleicht gehörte so etwas einfach dazu, wenn man so bildschön und klug war.

Wolf, Dragon und die anderen Krieger hielten sich immer noch auf dem Turnierplatz auf, wo der Kampf mit den kostbaren maurischen Schwertern im Mittelpunkt der allgemeinen Aufmerksamkeit stand. Dafür war Rycca dankbar. Magda und ihre Gehilfinnen bereiteten das Festmahl zu Ehren Lord Wolfs und seiner Gemahlin vor.

Da Rycca nichts zur Küchenarbeit beitragen konnte, wollte sie sich zurückziehen, bis ihre Anwesenheit verlangt wurde.

Sie wählte das Ufer des Teichs, in dem sie mit Dragon geschwommen war – vor einer halben Ewigkeit, wie es ihr jetzt vorkam. Von ein paar Seevögeln abgesehen, war sie allein. Aber nicht lange. Nur wenige Minuten verstrichen, bis Cymbra den Hang herabstieg, ihren kleinen Sohn im Arm. Ohne Rücksicht auf ihr kostbares Kleid setzte sie sich neben Rycca ins feuchte Gras und hielt Lion auf ihrem Schoß fest. »Ich weiß, du willst allein sein. Verzeih mir, dass ich deinen Wunsch missachte. Aber ich muss dir etwas sagen.«

Unsicher umfing Rycca ihre angezogenen Knie und starrte ins Wasser. »Wieso wusstest du, wo ich bin?«

»Wann immer Wolf und ich Landsende besuchen, ist das unser Lieblingsplatz. Und ich dachte, er müsste auch dir und Dragon gefallen.«

»Gestern hat er mich in diesem Teich schwimmen gelehrt«,

erzählte Rycca wehmütig, als würde die schöne Erinnerung bereits verblassen.

»Weiß er es?«

»Was?«

»Dass du die Wahrheit spürst.«

Verblüfft wandte sich Rycca zu ihrer Schwägerin. »Wie hast du das herausgefunden?«

»Überleg doch. Welche Fähigkeit muss ich besitzen, um das festzustellen?«

» Spürst du die Gefühle anderer Menschen?«

Lächelnd nickte Cymbra. »Könnte sich eine heilkundige Frau ein hilfreicheres Talent wünschen?«

»Also bist du imstande …«

»Schon in meiner frühen Kindheit erkannte ich, was in meinen Mitmenschen vorging. Ein Segen und ein Fluch zugleich. Anfangs vermochte ich diese Gabe nicht zu kontrollieren. Das ist der wahre Grund, warum Hawk mich in meinem Haus einsperrte – nicht jener Unsinn, den du vielleicht gehört hast – über die Männer, die sonst um mich gekämpft hätten. Über jeden, der das versuchen sollte, wäre mein Bruder voller Zorn hergefallen. Bis ich lernte, eine Barriere in meinem Inneren zu errichten und mich gegen die Gefühle anderer abzuschirmen, war ich völlig hilflos. Das lernte ich schließlich. Aber dafür bezahlte ich einen hohen Preis. Viel zu lange lebte ich hinter dieser Mauer. Erst nachdem Wolf mich entführt hatte, wurde mir bewusst, dass ich keinen Schutzwall brauche. Jetzt finde ich mich in dieser Welt zurecht und bin die Gleiche geblieben. Aber meine übernatürlichen Kräfte beunruhigen mich nicht mehr.«

Erstaunt versuchte Rycca zu fassen, was sie soeben erfahren hatte. Also beruhte der Ruhm der heilkundigen Lady Cymbra auf dieser besonderen Gabe. Welch eine Herausforderung, stets mit allen Menschen verbunden zu sein, ihre Gefühle nachzuempfinden, ihren Ängsten, Sorgen und Schmerzen ausgeliefert …

»So schrecklich ist es nicht«, betonte Cymbra. »Mittlerweile weiß ich, wie ich gewissen Emotionen entrinnen kann, ohne mich völlig abzuschotten. Gelingt dir das auch?«

»Nein«, gab Rycca leise zu. Jetzt erschien es ihr sinnlos, ihr Inneres noch länger zu verbergen. Und die Versuchung, sich alles von der Seele zu reden, war viel zu groß. »Die Wahrheit ist die Wahrheit. Daran lässt sich nichts ändern, und das gilt auch für die Lüge.«

»Bei mir ist es wie ein schimmerndes Licht, das meinen Körper durchströmt. Geht es dir genauso?«

Langsam nickte Rycca. »Und die Lügen werden von dunklen, beklemmenden Wolken begleitet. Niemals gibt es irgendwelche Zweifel.«

»Weiß irgendjemand von deiner Fähigkeit?«

»Die hielt ich stets geheim. Aber ich glaube, mein Zwillingsbruder Thurlow hat irgendetwas geahnt. Wären mein Vater und meine älteren Brüder darauf gekommen, hätten sie mich für eine Hexe gehalten und ohne Zögern getötet.«

Voller Mitgefühl griff Cymbra nach Ryccas Hand. »Tut mir Leid. Jetzt bist du von deiner Familie befreit. Meinst du nicht, du solltest Dragon einweihen?«

»Dragon, der sich gegen diese Ehe sträubte – der nun an eine Frau gebunden ist, vor der er nichts verbergen kann? Ob er die Wahrheit sagt oder lügt, werde ich immer erkennen. Glaubst du, eine solche Gemahlin gefällt ihm?«

Eine Zeit lang dachte Cymbra schweigend nach. »Das weiß ich nicht. Vielleicht, wenn du ihm die Füße warm reibst …«

Entsetzt schnappte Rycca nach Luft. Dann sah sie die unverhohlene Bosheit in Cymbras Augen und brach in schallendes Gelächter aus, in das ihre neue Schwägerin – und Freundin – einstimmte. Sie lachten und lachten und beherrschten sich erst, als Lion empört die Augen aufriss, die beiden Frauen vorwurfsvoll anstarrte und mit seinem schrillen Gebrüll die Seevögel verscheuchte.

»O Gott…«, stöhnte Rycca, als sie wieder zu Atem gekommen war.

Seufzend erhob sich Cymbra, legte den Kopf ihres kleinen Jungen an ihre Schulter und versuchte, ihn zu besänftigen. »So gellend brüllt er schon seit seiner Geburt. Bei seiner Taufe wären die Deckenbalken in der Kapelle von Hawkforte beinahe geborsten.«

»Sehr eindrucksvoll.« Rycca stand ebenfalls auf. »Wahrscheinlich wurde er deshalb nach dem König aller Tiere getauft, dem Löwen.«

»Eigentlich heißt er Kerr, zu Ehren von Wolfs und Dragons Vater. Aber wir nennen ihn Lion. Und dabei wird es wohl bleiben.«

Ungeduldig zappelte er im Arm seiner Mutter, bis sie ihn auf die Beine stellte. Dann stapfte er entschlossen den Hang hinauf, von den beiden belustigten Frauen gefolgt.

13

Eine Woche lang blieben Wolf, Cymbra und Lion in Landsende. Für Rycca verging die Zeit viel zu schnell. Mit ihrer neuen Freundin suchte sie auf den Wiesen nach den Kräutern, die Cymbra stets brauchte. Dabei redeten sie über Gott und die Welt. Immer wieder brachen sie in übermütiges Gelächter aus, was ihre Ehemänner bewog, die Augen zu verdrehen.

Rycca entspannte sich sogar in der Gegenwart des formidablen Wolfs, der das Eheglück seines Bruders bemerkt und seine strenge Haltung aufgegeben hatte.

Am letzten gemeinsamen Abend wurden die angeregten Gespräche nur unterbrochen, wenn Dragon sich dazu überreden ließ, Geschichten zu erzählen. Offenbar war sein Vorrat unerschöpflich, und sein Vortrag beeindruckte seine Gemahlin so tief, dass sie gebannt an seinen Lippen hing. Das entging Cymbra nicht.

Nachdem er wieder einmal eine Geschichte beendet hatte, meinte sie: »Vielleicht möchte Rycca hören, wie der Krieger Hadding von Odin vor seinen Feinden gerettet wurde. Das würde auch mich interessieren, denn als ich dich zum letzten Mal danach fragte, hast du die Ereignisse in viel zu knappe Worte gefasst, ohne die Einzelheiten zu erwähnen.« In ihren Augen funkelte jenes besondere Licht, das Rycca bereits kannte, und sie wusste auch, was es bedeutete. Nun führte ihre Schwägerin irgendetwas im Schilde. Was hinter dem scheinbar unschuldigen Vorschlag stecken mochte, konnte sie sich allerdings nicht vorstellen.

Dragon grinste und schaute Wolf an, der sich lachend in seinem Sessel zurücklehnte.

Verwirrt runzelte Rycca die Stirn, und Cymbra erklärte: »Wie ich gestehen muss – deine sichtliche Begeisterung für Dragons Geschichten erinnerte mich an mein Hochzeitsfest. Damals drängte ich ihn, eine Geschichte nach der anderen zu erzählen, und er bewies eine geradezu übermenschliche Geduld.«

»*Er?*«, warf Wolf ein. »Welch ein Unsinn! *Ich* war die personifizierte Geduld. Natürlich wusste mein lieber Bruder, wie verzweifelt ich verschiedene Möglichkeiten erwog, ihn loszuwerden und mich endlich meiner Hochzeitsnacht zu widmen. Das genoss er in vollen Zügen.«

»Wie sollte ich das denn wissen?«, protestierte Dragon. »Weil der Weinkelch in deiner Hand eine seltsame Form annahm?«

»Statt dieses Kelchs hätte ich lieber deinen Hals umgedreht.« Zu Rycca gewandt, fügte Wolf beruhigend hinzu: »Keine Bange. Hätte ich ihm nicht schon längst verziehen, wäre ich von seinem fabelhaften Geschenk dazu gezwungen worden.«

»Ja, die Schwerter sind wundervoll«, stimmte Dragon zu. »In der ganzen christlichen Welt versuchen die Waffenschmiede das Geheimnis der Mauren zu ergründen, aber...«

»Irgendwie muss es mit der Temperatur des Stahls zusammenhängen«, meinte Wolf.

»Und mit dem Falzen. Das tun sie öfter als wir. Wahrscheinlich hundertmal.«

»Tatsächlich? Dann muss die Temperatur sehr hoch sein. Sonst könnten sie den Stahl nicht so dünn hämmern. Was glaubst du, wie viel Kohlenstaub sie beimengen?«

»Darüber werden sie noch stundenlang diskutieren, Rycca«, seufzte Cymbra. »Komm, ziehen wir uns zurück.«

Grinsend zog Wolf ihren Stuhl näher zu sich heran und flüsterte ihr etwas zu, das dunkle Röte in ihre Wangen trieb.

Dann räusperte sie sich. »Nun, in diesem Fall solltest du dich ebenfalls zurückziehen.« Hastig stand sie auf und umfasste die große Hand ihres Mannes mit zarten, schmalen Fingern. »Gute Nacht, Rycca, gute Nacht, Dragon. Schlaft gut!« Die letzten Worte rief sie über die Schulter, während sie Wolf aus der Halle zerrte.

Ihre offenkundige Absicht verwirrte Rycca. So kühn würde sie sich niemals benehmen.

Aber Dragon lachte genauso laut wie sein Bruder. Nachdem das Paar verschwunden war, bemerkte er: »Die beiden führen eine sehr glückliche Ehe, was du vermutlich schon erraten hast.«

»Wie Lord Hawk und Lady Krysta«, ergänzte sie leise.

Sie saßen allein an der herrschaftlichen Tafel, da Dragons und Wolfs Krieger die Halle schon früher verlassen hatten.

Zu dieser Mahlzeit war Magnus nicht erschienen. Wie

Rycca gehört hatte, besuchte er Verwandte im Landesinneren. Für seine Abwesenheit war sie dankbar, denn sie konnte das Unbehagen, das er ihr bereitete, nicht mehr verdrängen.

Um diese späte Stunde eilten immer noch ein paar Dienstboten geschäftig umher. Doch sie würden bald schlafen gehen. Die fast herabgebrannten Fackeln warfen lange Schatten auf den Herd in der Mitte des Raums, der an diesem milden Abend kalt geblieben war. Zwischen den geöffneten Fensterläden wehte eine sanfte Brise herein. Einer der zahlreichen Hunde, die in der Festung hausten, lag zusammengerollt vor Dragons Füßen. Wie oft musste sich Rycca zwingen, ihren Mann nicht anzustarren. Er sah einfach hinreißend aus mit seinen ebenmäßigen, markanten Gesichtszügen. Und erst sein Körper … Sie schluckte krampfhaft. Sicher war es besser, nicht daran zu denken.

»Nachdem beide Ehepaare so viel erdulden mussten, dürfen sie sich jetzt doppelt glücklich schätzen«, meinte sie.

Dragon ergriff seinen Weinkelch. Langsam drehte er ihn hin und her. Aber er trank nicht daraus. Über den vergoldeten Rand hinweg musterte er seine schöne Frau. An diesem Abend wirkte sie besonders nachdenklich. Ihre Wangen schimmerten rosig. In ihren Augen tanzte der Flammenschein. Dragons Blick blieb an ihren Lippen hängen, und er schaute rasch weg.

»Hat Cymbra dir von Daria erzählt?«

»Ja.«

»Das dachte ich mir, und ich fand, du solltest es aus ihrem Mund erfahren. Jetzt kann Daria niemandem mehr schaden.«

»Cymbra erwähnte, die Frau würde in einem Kloster leben.«

»In diesem Konvent werden Kranke und Geistesgestörte betreut. Die Nonnen sind barmherzig, aber nicht dumm. Was Daria tat, wissen sie. Deshalb wird sie streng bewacht.«

»Und der Priester?«

»Vater Elbert sitzt im Domkapitel seines Ordens hinter Schloss und Riegel. Obwohl er steif und fest behauptete, er sei an jenen Missetaten fast gar nicht beteiligt gewesen und nur gelegentlich in Darias unheilvollen Bann geraten, glaubte ihm niemand. Offensichtlich muss ein *Mann* die tückischen Pläne geschmiedet haben.«

»Warum *offensichtlich?*«

Dragon lächelte. Welch ein aufsässiges kleines Ding... Er freute sich darauf, Rycca zu besänftigen. Bald würde sie Wachs in seinen Händen sein. *Sehr* bald. »Nichts für ungut, Lady. Das sage ich nur, weil alles darauf hinwies. Ein Abgesandter meines Bruders übergab Hawk den Brief, in dem Wolf um Cymbras Hand anhielt, und kehrte nie nach Sciringesheal zurück. Wahrscheinlich wurde er für immer zum Schweigen gebracht. Wenn Daria auch versuchte, Krysta zu ermorden – sie hätte es niemals geschafft, einen bärenstarken Wikinger zu töten, der doppelt so groß war wie sie. Die Nachricht mit Hawks Siegel übergab uns ein kornischer Handelsreisender, der Sciringesheal und Hawkforte häufig besucht. Dieser ehrbare Mann erzählte uns, ein Unbekannter, in Hawks Farben gekleidet, habe ihm den Brief anvertraut und ihn für seinen Botendienst bezahlt. Das glaubten wir ihm. Aber Daria übte keinen Einfluss auf Hawks Krieger aus, und keiner hätte einen Auftrag von ihr erledigt.«

»Hat einer von Hawks Männern jemals gestanden, er sei an den kornischen Handelsreisenden herangetreten?«

»Nein, und das bewog uns zu der Vermutung, der Betreffende könnte geahnt haben, dass irgendetwas mit diesem Brief nicht stimmte, und längst geflohen sein.«

»Oder er zählte gar nicht zu Hawks Kriegern und hat sich nur verkleidet.«

»Genau. Jedenfalls – ob er nun zur Garnison gehörte oder nicht –, er hätte keinen Befehl von Daria entgegengenommen. Sie war sehr unbeliebt und das Gespött aller Bewohner von

Hawkforte. Also musste ein Mann dahinter stecken, nämlich Vater Elbert.« Dragon zog Ryccas Hand an seine Lippen. »Weder von diesem Priester noch von der grässlichen Frau hast du irgendetwas zu befürchten, da die leidige Angelegenheit endgültig abgeschlossen ist.«

Er sprach im Brustton der Überzeugung, und sie fand keinen Grund, an seinen Worten zu zweifeln. Trotzdem stieg eine vage Sorge in ihr auf. Diese innere Unrast verfolgte sie hartnäckig, während sie mit Dragon zu ihrem Haus ging und in seinen Armen die Freuden der Liebe genoss. Immer wieder musste sie an den Mann denken, der den Frieden zwischen zwei Völkern beinahe zerstört hätte. Im Priestergewand sah sie ihn nicht. Stattdessen erschien eine schattenhafte, gesichtslose Gestalt vor ihrem geistigen Auge.

Am nächsten Morgen segelte Wolfs Drachenschiff mit der Flut davon. Als es auslief, unterhielten sich Cymbra und Rycca immer noch, die eine an Deck, die andere auf dem Kai. Erst als sie einander nicht mehr hörten, verstummten sie, nach dem inbrünstigen Versprechen, sich bald wieder zu sehen.

»Sie wohnt nur eine Tagesreise entfernt«, tröstete Dragon seine Gemahlin. »Sobald die Ernte eingebracht ist, fahren wir nach Sciringesheal. Würde dir das gefallen?«

Von seinen Armen umfangen, nickte sie etwas schüchtern. »Nach Aelflynnes Tod hatte ich keine Freundin mehr – und keine Freunde außer Thurlow ...«

»Auch ich bin dein Freund«, beteuerte er leise und strich mit einer Fingerspitze über ihre vollen Lippen. »Wenn ich auch gestehen muss, dass ich mir die Rolle eines Ehemanns anders vorgestellt habe – allmählich erweitere ich meinen Horizont.«

Tief bewegt lächelte sie. Um die Intensität ihrer Gefühle zu verbergen, erwiderte sie leichthin: »Darüber freue ich mich, denn ich hatte befürchtet, die Ehe würde dich enttäuschen.«

»Wieso, Lady? Gab ich dir jemals einen Grund für diese Annahme?«

»Nun, bisher habe ich's versäumt, dir die Füße warm zu reiben.«

Dragons schallendes Gelächter zog die Blicke einiger verblüffter Leute an, die auf dem Kai standen. »Das hast du also gehört, Rycca? Zu meiner Ehrenrettung muss ich betonen, dass ich verdammt jung und dumm war, als ich diesen Unsinn erzählte.«

»Und jetzt bist du älter und klüger.«

»Nicht viel, aber ein bisschen – jedenfalls genug, um zu wissen, was in meinem Leben gut und schön ist.«

Plötzlich blinzelte sie, denn die grelle Sonne trieb ihr Tränen in die Augen. Das redete sie sich ein, doch sie glaubte keine Sekunde lang daran.

Arm in Arm schlenderten sie zur Festung zurück. Schon nach wenigen Schritten fiel ein Schatten über ihren Weg, und Magnus lächelte entschuldigend. »Verzeih mir, Dragon. Soeben kehrte ich nach Landsende zurück – und sosehr ich es auch bedaure, diese Angelegenheit verlangt deine Aufmerksamkeit.«

»Sofort?«, fragte Dragon und schaute Rycca an.

»Ja, leider. Aus einem Handelsschiff, das vor wenigen Stunden anlegte, ist ein Teil der Fracht verschwunden. Sicher wirst du die Aufregung des Kapitäns verstehen.«

Erst jetzt wandte sich Dragon zu seinem Stellvertreter. »Behauptet er, die Ladung wurde gestohlen.«

»Zumindest hat er diesen Verdacht geäußert.«

»Kein Hafen wird besser bewacht als Landsende.«

»Das weiß ich, aber…« Seufzend breitete Magnus die Arme aus.

»Entschuldige mich«, bat Dragon seine Frau. »Wenn es

einen Dieb in unserer Mitte gibt, muss ich der Sache auf den Grund gehen.«

»Natürlich, das verstehe ich.«

»Magnus, bring meine Lady …«

»Nein!«, unterbrach sie ihn so hastig, dass beide Männer verwundert die Brauen hoben. Da mäßigte sie ihren Ton und zwang sich sogar zu einem Lächeln – fest entschlossen, die Gesellschaft des getreuen Stellvertreters unter allen Umständen zu meiden. »Ich würde gern in der Stadt bleiben. Bisher sah ich leider nicht allzu viel davon, und sie ist anscheinend sehr schön.«

»Freut mich, dass du dich umschauen willst. Allerdings brauchst du eine Eskorte.«

Obwohl sie sich keineswegs belustigt fühlte, lachte sie. »Noch nie hielt ich mich an einem Ort auf, wo es so gesittet und wohl geordnet zuging. Hier achten dich jeder Mann und jede Frau und jedes Kind. Wenn deine Gemahlin auf einer Wanderung durch diese Straßen bangen muss – dann ist nichts auf dieser Welt sicher, nicht einmal das Licht der Sonne.«

»Nun schmeichelst du mir«, entgegnete Dragon amüsiert. »Aber es stimmt, in ganz Landsende kann man sich sicher fühlen. Tu, was dein Herz begehrt. Ich bitte dich nur – nimm dir nicht zu viel Zeit. Bald werde ich das Problem gelöst haben.«

Davon war sie überzeugt, denn jetzt las sie in seinen Topasaugen nicht die Sanftmut des vertrauten Liebhabers, sondern die eiserne Entschlossenheit eines Anführers, der keinen Verstoß gegen seine Gesetze duldete. Flüchtig dachte sie an den tollkühnen Dieb und erschauerte.

Die beiden Männer eilten den Kai entlang, und Rycca blieb sich selbst überlassen. Sie wartete, bis Dragon aus ihrem Blickfeld verschwand. Hingerissen starrte sie ihm nach, schüttelte den Kopf über ihre hilflose Faszination und ging in die Stadt. Bald musste sie ihre Schritte verlangsamen, denn zahlreiche Leute begrüßten sie. Alle kannten die neue Festungsherrin. Und alle schienen sich zu freuen, sie zu sehen.

Höflich, aber zurückhaltend verneigten sich die Männer – sichtlich bestrebt, jede Geste zu vermeiden, die den Jarl auch nur annähernd beleidigen könnte. Die freundlichen Frauen plauderten mit Rycca über das prächtige Wetter und boten ihr kleine Geschenke an – einen blank polierten Apfel, einen Becher kühles Brunnenwasser, vermischt mit Fruchtsaft oder zerdrückten Waldbeeren, einen kleinen Beutel voller duftender Kräuter, den sie in den Ausschnitt ihres Kleids stecken konnte. Dies alles nahm sie gerührt entgegen und bedankte sich schüchtern.

Am freimütigsten begegneten ihr die Kinder, fröhlich und neugierig. Als sie merkten, dass ihre Gesellschaft willkommen war, schlugen sie vor, was sie besichtigen und unternehmen sollte. Sie zeigten ihr Hündchen, erst vor wenigen Tagen geboren, einen lahmen Falken, der in der Hütte des Schmieds seinen gebrochenen Flügel auskurierte. Dann führten sie Rycca zu einer alten Frau, die großzügig Honigbonbons verteilte.

Solche Kinder hatte sie in Wolscroft nie gesehen – glückliche, kerngesunde kleine Geschöpfe, die lachend umhersprangen, die Augen strahlend, die runden Backen gerötet.

Zwischen dem Meer und hohen Bergen gelegen, mit Wohlstand und Frieden gesegnet, würde Landsende jeden Betrachter erfreuen. Aber in Ryccas Augen verwandelten die Kinder diese schöne Stadt in einen fast magischen Ort. Wieder einmal glaubte sie, inmitten einer fremden Welt zu stehen, in die sie der Sturz von den Klippen so unerwartet befördert hatte.

Am liebsten hätte sie noch viele Stunden bei ihren kleinen neuen Freunden verbracht. Und vielleicht hätte sie es auch getan, wäre nicht ganz plötzlich eine dunkle Wolke auf den hellen Tag herabgesunken. Unsicher erstarrte Rycca und wusste nicht, wie sie sich verhalten sollte. Während sie mit den Kindern um eine Straßenecke bog, entdeckte sie ein Gesicht, das ihr bekannt vorkam. Der Mann, etwa fünfundzwanzig Jahre alt, mittelgroß und schlank, trug die schlichte Kleidung eines Bauern oder Seefahrers. Auf die schmalen Schultern hing offenes braunes Haar herab. Wo hatte sie ihn schon einmal gesehen? Und dann entsann sie sich. In der Halle von Wolscroft, wo er mit ihrem Vater gesprochen hatte.

Ein Mann aus Wolscroft *hier?* In Landsende? Wie war das möglich? Mit den Norwegern machten die Mercier keine Geschäfte, sondern mit den Walisern und den gälischen Stämmen auf der anderen Küste der Irischen See. Niemals mit den Engländern. Gewiss, die Hälfte von Mercia wurde von den Dänen regiert. Aber obwohl Ryccas Vater und viele mercische Lords in Alfreds Hoheitsgebiet lebten, mieden sie das angelsächsische Volk, das sie gleichermaßen fürchteten und hassten.

Wieso kam ein Bewohner von Wolscroft nach Landsende? Sie musste sich täuschen. Immerhin hatte sie ihn nur kurz erblickt, bevor er in die Richtung des Hafens verschwunden war. Nun drehte sie sich um und hoffte ihn noch einmal zu sehen. Doch er tauchte nirgends auf, und nach einer Weile fühlte sie sich ziemlich albern.

Die Kinder zerrten an ihren Händen, denn sie wollten ihr die besten Angelplätze an den Bächen hinter der Stadt zeigen. Da erregte eine große Menschenmenge, die sich am Kai vor einem Handelsschiff drängte, Ryccas Aufmerksamkeit. Von den Kindern gefolgt, ging sie darauf zu und versuchte zu verstehen, was besprochen wurde.

In der Mitte der Versammlung stand Dragon. Trotz seiner einfachen, bequemen Kleidung gab es keinen Zweifel an seinem Rang. Allein schon durch seine Größe und den kraftvollen Körperbau stellte er alle anwesenden Krieger in den Schatten. Aber es war seine Haltung, die seine Macht bekundete. Die markanten Züge unergründlich, hörte er einem Kaufmann mit hochrotem Gesicht zu. In seinem feinen Samt schien der Mann Blut und Wasser zu schwitzen.

»Üppig mit Juwelen besetzt, Mylord! Ein Kelch, der den vornehmsten König nicht beschämen würde! Das kostbarste Stück meiner Fracht! Wie soll ich einen solchen Schatz ersetzen? Und was erzähle ich meinen Geldgebern, die mit einem beträchtlichen Gewinn rechnen?«

Zunächst antwortete der Jarl nicht und schaute den Handelsreisenden von oben herab an – so frostig und gelassen, dass der Mann, der seine Klage in selbstgerechter Entrüstung begonnen hatte, vor lauter Verwirrung stotterte und schließlich verstummte.

»Wie – was …«

»Kommt mit mir« sagte Dragon in ruhigem Ton, aber mit sichtlich erzwungener Geduld. Ohne festzustellen, wer ihm folgen würde oder auch nicht, stieg er den Hang zur Festung hinauf.

Natürlich eilten alle hinterher, auch Rycca, die sich neugierig fragte, wie ihr Gemahl die Schwierigkeiten meistern würde. Nach der Erklärung des Kaufmanns zu urteilen, ging es um einen schwerwiegenden Diebstahl. Außerdem musste man befürchten, die anderen Händler würden den Hafen Landsende nicht mehr für einen sicheren Ankerplatz halten. Sie bezweifelte nicht, dass Dragon solche Bedenken schnell zerstreuen würde, und die Frage lautete nur – auf welche Weise?

Von einer großen Schar begleitet, erreichte sie den Eingang zur Halle und entdeckte einen schäbig gekleideten Jungen, den man offensichtlich unsanft behandelt hatte. Über seine linke Wange zog sich eine Schramme, seine Hände waren hinter seinem Rücken zusammengebunden. Der vermeintliche Dieb wirkte völlig verängstigt, unter diesen Umständen kein Wunder. Aber er hob herausfordernd den Kopf und versuchte sich trotz der Fesseln kerzengerade aufzurichten, als ihn ein Wachtposten über die Schwelle stieß.

In der Halle drängte sich Rycca an den Leuten vorbei und huschte hinter einen der hölzernen Pfeiler, die das Dach stützten. Da sie nicht wusste, was Dragon von ihrer Gegenwart halten würde, wollte sie möglichst wenig Aufmerksamkeit erregen. Doch sie war fest entschlossen, die Ereignisse zu beobachten.

Dragon setzte sich auf den Stuhl mit der hohen Lehne, den er bei den Mahlzeiten benutzte. Aus diesem Anlass war er vor die herrschaftliche Tafel gestellt worden, für alle Anwesenden sichtbar. Der aufgeregte Kaufmann bahnte sich gebieterisch einen Weg durch die Menge, von seiner eigenen Wichtigkeit überzeugt, und ergatterte einen Platz in der Nähe des Jarls. Empört starrte er den Jungen an, der zu seinem Richter geführt wurde.

Schweren Herzens bemerkte Rycca das unverhohlene Entsetzen des Jungen, denn es würde den Verdacht gegen ihn noch erhärten. Eine Zeit lang musterte Dragon ihn schweigend. Unter diesem forschenden Blick hätte sich so mancher erwachsene Mann zusammengekrümmt. Stattdessen hielt der Junge den Kopf hoch erhoben. Noch erstaunlicher – er schaute dem mächtigen Kriegsherrn, der über Leben oder Tod entscheiden würde, unverwandt in die Augen.

»Wie heißt du?«, fragte Dragon schließlich.

»Olav, Mylord«, antwortete der Junge mit bebender Stimme, aber klar und deutlich.

»Aus welcher Familie?«

»Ich gehöre zu den Ragnarsons, die in Hedeby leben.«

Langsam nickte Dragon. Der Junge entstammte dem größten Handelszentrum von Jütland – ein Däne, aus einer angesehenen Familie. Bei jedem Urteilsspruch musste der Jarl das

Für und Wider sorgfältig abwägen. Doch in diesem Fall war besondere Vorsicht geboten. »Warum hast du Master Trygyv auf seiner Reise begleitet?«

Als der Kaufmann antworten wollte, brachte Dragon ihn mit einer knappen Geste zum Schweigen. »Ihr werdet bald zu Wort kommen, Master Trygyv. Jetzt soll der Junge sprechen.«

Der Angeklagte zögerte, die Wangen feuerrot. Widerstrebend erklärte er: »Da ich Hedeby für eine Weile verlassen musste, fragte ich Master Trygyv, ob ich auf seinem Schiff arbeiten dürfe, und er stimmte zu.«

»Ich verstehe. Und wieso hast du deiner Heimat den Rücken gekehrt?«

Unsicher kaute der Junge an seiner Unterlippe, und der übereifrige Händler wollte sich wieder einmischen. Nur Dragons strenger Blick hielt ihn davon ab.

»Ich erregte den Unmut meines Vaters«, gestand Olav nach einer langen Pause. »Und da sagte er, ich soll ihm aus den Augen gehen.«

»Womit hast du diesen strengen Tadel verdient?«, fragte Dragon.

»Nun ja – ich wollte die Frau, die er für mich ausgesucht hat, nicht heiraten.«

Erst vor kurzer Zeit mit einem ähnlichen Problem konfrontiert, verbarg Dragon seine Überraschung. »Ein ehrenwerter Sohn gehorcht seinem Vater.«

»Oh, ich bin ehrenwert!«, stieß Olav hervor. »Aber es gibt gewisse Grenzen.« Er schaute sich um, in der Hoffnung, jemanden zu entdecken, der ihm zustimmen würde. Doch er sah nur abweisende Mienen. Verzweifelt fuhr er fort: »Die Lady ist zwanzig Jahre älter als ich, dreimal verwitwet. Außer ihrem Reichtum weist sie keinerlei Vorzüge auf. Darf man mich verdammen, wenn ich mir eine Braut wünsche, die nicht nur Geld und Gold in mein Haus bringt?«

»Und in dein Bett!«, rief jemand, und das Publikum lachte. Verwirrt runzelte Olav die Stirn, dann brachte er ein schwaches Lächeln zustande.

»Um deine persönlichen Probleme geht es hier nicht, meine Junge«, entschied Dragon, »sondern um den wertvollen Kelch. Master Trygyv glaubt, du hättest ihn entwendet.«

»Das *weiß* ich!«, schrie der Kaufmann. Jetzt konnte er sich nicht mehr zurückhalten. Mit einem dicken Finger zeigte er auf den unglücklichen Olav. »Wider mein besseres Wissen nahm ich ihn auf die Reise mit, aus reinem Mitleid. Ich bot ihm eine Gelegenheit, seine Ehre zu retten – vielleicht sogar, auf eigenen Füßen zu stehen und im Wohlstand zu leben. Und wie hat er mir die Güte gedankt? Er stahl mir ein Vermögen, mit dem ich ein Drachenschiff bezahlen könnte!«

»Dann muss es ein sehr großer Kelch sein«, bemerkte Dragon trocken. »Wo könnte Olav ihn versteckt haben?«

»Keine Ahnung, Lord Dragon. Erst vor wenigen Stunden ankerten wir im Hafen Landsende, und danach war ich beschäftigt. Also fand er genug Zeit, um den Kelch von Bord zu schmuggeln und ihn irgendwo an dieser Küste zu verstecken.«

»Master Trygyv, das ist eine schwere Beschuldigung. Damit deutet Ihr an, ein Bewohner meiner Stadt müsste sich mit einem Dieb verbündet haben.«

Etwas verspätet erkannte der Händler, wie unklug es war, einen so mächtigen Jarl zu verärgern. »Viele Leute kommen hierher, verehrter Lord Dragon«, betonte er hastig. »Seid versichert, ich verdächtige keine Einheimischen, sondern irgendeinen fremden Reisenden.«

»Wann habt Ihr den Kelch zuletzt gesehen?«

»Als er in ein Holzkästchen gepackt wurde, das ihn auf der Fahrt vor Schaden bewahren sollte.«

»Wo wurde dieses Kästchen aufgehoben?«

»In meinem kleinen privaten Laderaum. Den hätte jeder

betreten können – in der allgemeinen Hektik, während wir anlegten…«

»War dieses Kästchen nicht verschlossen?«, fragte Dragon erstaunt.

»Doch. Das Schloss wurde aufgebrochen.« Erbost starrte Trygyv zu dem Jungen hinüber. »Ich nehme an, er hat einen Hammer benutzt.«

»Also brach er das Schloss auf, entwendete den Kelch und verbarg ihn unter seiner Kleidung. Dann ging er von Bord und übergab die Beute einem Komplizen?«

»Genau!«, bestätigte Trygyv triumphierend. »Vielleicht ist der Kelch bereits aus Landsende verschwunden, und wir finden ihn nie wieder. Nehmt diesen Dieb ins Verhör, Lord Dragon. Lasst ihn foltern, bis er gesteht, was er mit meinem Eigentum gemacht hat!«

Obwohl Olav erbleichte, bewog ihn nicht einmal diese Drohung, den Kopf zu senken. Das beobachtete Rycca, die immer noch hinter dem Pfeiler stand, und es bestärkte sie in ihrer Vermutung. Um notfalls einzugreifen, wagte sie sich einen Schritt vor.

Aber Dragon erweckte nicht den Eindruck, er würde den Vorschlag des Kaufmanns ernst nehmen. »Wieso wusste der Junge von der Existenz des Kelchs? Habt Ihr davon gesprochen, Master Trygyv?«

»Nun – natürlich nicht. Trotzdem muss er irgendwie davon erfahren haben. Wahrscheinlich schon in Hedeby, vor unserer Abreise. Das könnte der Grund gewesen sein, warum er überhaupt an mich herantrat.«

»Vermisst Ihr einen Eurer Männer?«, fragte Dragon mit gerunzelter Stirn.

»Nein, alle sind zur Stelle, Lord Dragon. Darf ich hinzufügen – die guten, anständigen Leute kenne ich schon sehr lange. Keiner würde mich so niederträchtig hintergehen.«

Nachdenklich nickte Dragon und wandte sich wieder zu dem Jungen. »Olav Ragnarson, du hast gehört, was dir vorgeworfen wird. Was hast du zu sagen?«

»Mylord, ich bin unschuldig. Von diesem Kelch wusste ich nichts, und nachdem wir angelegt hatten, verließ ich das Schiff nur, um zusammen mit den anderen Männern die Fracht auszuladen. Dabei hielt ich mich die ganze Zeit am Kai auf.«

»Und dort hast du den Kelch irgendjemandem übergeben!«, fauchte Trygyv.

»Genug!« Dragon hob eine Hand und ließ seinen Blick über die Versammlung schweifen. »Kann irgendwer etwas zur Klärung des Falls beitragen?« Niemand antwortete, und Dragon fügte hinzu: »Offensichtlich hat man den Jungen nicht in der Nähe Eures Laderaums gesehen, Master Trygyv, geschweige denn, seine Begegnung mit einem Komplizen, dem er die Beute anvertraute. Nachdem es keine Zeugen gibt – wieso haltet Ihr Olav für schuldig?«

»Wegen seines Benehmens! Dieser arrogante junge Spund bildet sich ein, er wäre was Besseres als meine Besatzung, die mit harter, ehrlicher Arbeit ihr Brot verdient und …«

»Nein, das ist nicht wahr!«, fiel Olav dem Händler ins Wort. »Niemand darf behaupten, ich hätte an Bord meine Pflichten vernachlässigt oder würde mich für etwas Besseres halten! Jeden Befehl, der mir erteilt wurde, befolgte ich gewissenhaft. Und ich schreckte vor keiner Mühe zurück.« Trygyvs Anklage schien ihn tief zu kränken.

Diesmal nickten einige Leute. Das bemerkte der Kaufmann. Hastig betonte er: »Von seinem eigenen Vater wurde der Bursche verstoßen, Lord Dragon! Und ich war so dumm, dem kleinen Schurken zu trauen. Aber kann man mir verübeln, dass ich einem verzweifelten Jungen helfen wollte? Hätte ich geahnt, welche Natter ich an meiner Brust nährte …« Mit erhobener Stimme wandte er sich an die versammelte Menge. »Soll man einem Jungen glauben, der die Wünsche seines Vaters missachtet und seine Familie entehrt? Oder muss man einen Burschen verachten, der aus seinem Heim verbannt und wie ein Wolf auf die freie Wildbahn gejagt wurde?«

Wieder nickten einige Leute, und Dragon schenkte dem rundlichen Händler ein seltsames Lächeln. »Auch ich wurde von einem grausamen Schicksal aus meiner Heimat vertrieben, Master Trygyv, ebenso wie mein Bruder, der – wie Ihr Euch vielleicht entsinnt – den Namen Wolf trägt. So wurde er nach seiner Geburt nicht getauft – und ich nicht Dragon. Diese Namen erwarben wir erst später, in die weite Welt hinausgescheucht, ohne Freunde und Verwandte.«

»Nicht durch Eure Schuld, Lord Dragon! Deshalb dürft Ihr Euch nicht mit diesem Jungen vergleichen, der wegen seines ehrlosen Verhaltens davongejagt wurde. Und jetzt ist er auch noch ein Dieb.«

»Das steht noch nicht fest, Master Trygyv. Außer Eurem Verdacht habe ich nichts gehört, was ihn belasten würde.«

Im Schatten des Pfeilers atmete Rycca auf. Gespannt wartete sie ab, wie ihr Gemahl das Problem lösen würde.

»Lasst ihn foltern, Lord Dragon!«, forderte Trygyv. »Zwingt ihn, die Wahrheit zu gestehen!«

Ein Raunen ging durch die Menge. Mehrere Männer erörterten, ob diese Forderung recht und billig wäre. Immerhin entsprachen solche Maßnahmen der Tradition. In aller Welt folterte man Angeklagte, um ihnen die Wahrheit zu entlocken. Würde der Jarl von Landsende anders verfahren, wäre es höchst merkwürdig.

»Von Schmerzen gepeinigt, wird ein Mann *alles* gestehen«, entgegnete Dragon in ruhigem Ton.

»Ich nicht!«, rief Olav, wachsbleich und beklommen, aber in der Pose eines stolzen Kriegers. »Niemals würde ich klein beigeben! Mit diesem Diebstahl habe ich nichts zu tun. Und was immer man mir antun mag, ich werde niemals etwas anderes sagen!«

»Seht Ihr, wie er sich aufspielt, Lord Dragon?«, kreischte Trygyv. »Dieser dreiste Kerl, der sich am Boden winden müsste, nachdem er seiner Familie Schande bereitet hat! Glaubt mir, Ragnar von Hedeby wird Euch danken, wenn Ihr ihn von einem so elenden Sohn befreit.«

»Ich kenne Ragnar von Hedeby.« Obwohl Dragon seine Stimme nicht erhob, drangen seine Worte bis ans andere Ende der großen Halle. »Oft genug habe ich Geschäfte mit ihm gemacht. Gewiss, er ist ein harter Mann, und er würde es nicht dulden, wenn ihm irgendjemand in die Quere käme – was auch für seinen Sohn gilt. Aber er ist kein Ungeheuer. Und der Tod des Jungen würde ihn mit tiefer Trauer erfüllen.«

Sichtlich erschüttert, zwischen Hoffnung und Angst hin und her gerissen, senkte Olav zum ersten Mal den Kopf. Nicht schnell genug – und so hatte Rycca die Tränen in seinen Augen gesehen.

Von diesem Anblick bewegt, trat sie entschlossen vor, und ihr plötzliches Erscheinen verblüffte die Menge. Hörbar schnappten die Leute nach Luft. Aber sie ignorierte das Aufsehen, dass sie erregte, ebenso wie die rasenden Schläge ihres eigenen Herzens. Hastig stellte sie sich neben ihren Gemahl. Ehe er zu Wort kam, neigte sie sich hinab und flüsterte ihm ins Ohr: »Ich weiß, ich mische mich in Dinge ein, die mich nichts angehen. Trotzdem muss ich mit dir reden.«

»Lady, ich bin beschäftigt«, erwiderte er und bezähmte seine Überraschung. »Hier steht ein Menschenleben auf dem Spiel.«

»Darüber will ich mit dir sprechen – allein. Bitte, hör mich an.«

Dem flehenden Klang ihrer Stimme konnte er nicht widerstehen. Immer noch verwundert, stand er auf. »In ein paar

Minuten komme ich zurück«, versprach er dem Publikum und führte seine Frau in den Hof hinaus.

Hinter der Küche blieb er stehen. Dieses Haus war leer, weil alle Frauen die Gerichtsverhandlung in der Halle verfolgten. »Allzu viel Zeit dürfen wir nicht verschwenden, Rycca. Weißt du irgendetwas über diese Angelegenheit?«

»O ja, Trygyv lügt.«

»Hast du etwas beobachtet?«

»Nein. Trotzdem durchschaue ich ihn.« Inständig hoffte sie, er würde sie verstehen. »Oft genug haben wir über das Vertrauen gesprochen, Dragon. Und jetzt muss ich dir das tiefste Geheimnis meiner Seele anvertrauen. Bisher habe ich nur einen einzigen Menschen eingeweiht – Cymbra.« Als er verwundert die Stirn runzelte, fügte sie hinzu: »Nur weil sie ohnehin schon Bescheid wusste.«

Sie nahm an, das würde ihn noch mehr verblüffen als ihre Bitte um ein Gespräch unter vier Augen. Stattdessen nickte er. »Was fühlte sie?«

Ehe sie überlegen konnte, ob ihr Geständnis ratsam war, erwiderte sie: »Die Wahrheit, die ich unweigerlich spüre. Das konnte Cymbra nachempfinden. So war es schon in meiner Kindheit. Wann immer jemand spricht, erkenne ich, ob er die Wahrheit sagt oder lügt.«

Eine Zeit lang schaute er sie wortlos an. »So etwas habe ich noch nie gehört.«

Und er kannte so viele Geschichten, aus allen Teilen der Welt. Ihr Mut sank. Trotzdem fuhr sie entschlossen fort: »Vielleicht gibt es keine anderen Menschen mit solchen Fähigkeiten. Das weiß ich nicht. Nur eins weiß ich, Dragon – ich bin, was ich bin. Wenn dir das missfällt, tut's mir Leid. Das lässt sich nicht ändern. Ich *spüre* die Wahrheit. Genauso selbstverständlich, wie ich atme.«

»Nehmen wir an, das stimmt. Du behauptest, Trygyv würde lügen. In welcher Hinsicht?«

»Um den Kelch geht es nicht. Er existiert tatsächlich, und er hat ihn hierher gebracht. In Wirklichkeit verdächtigt er Olav nicht, und er hat ihn auch nicht aus Mitleid auf sein Schiff geholt, sondern aus anderen Gründen, die ich nicht kenne.«

»Warum sollte er einen Jungen mit auf die Reise nehmen, der von seinem Vater verstoßen wurde?«

Schweigend zuckte Rycca die Achseln. Diese Frage konnte sie nicht beantworten.

Aber Dragon hegte einen Verdacht. »Es sei denn, er wusste, dass der Kelch verschwinden würde…«

Bestürzt runzelte sie die Stirn. »Und er brauchte jemanden, den er beschuldigen konnte.«

»Dafür haben wir keine Beweise, es ist nur eine Möglichkeit.«

»Nimm ihn ins Verhör, und ich bedeute dir, was ich von seinen Antworten halte.«

Mit schmalen Augen musterte er seine Gemahlin. »Du forderst mich auf, ein Urteil zu fällen aufgrund deiner seltsamen Gabe?«

»Keineswegs. Irgendwelche Beweise muss es geben. Und ich bitte dich nur, danach zu suchen.«

Noch länger durften sie ihre Rückkehr in die Halle nicht hinauszögern. Auf dem Schlachtfeld hatte Dragon schon oft schnelle Entscheidungen treffen müssen. Daran war er gewöhnt. Und so nickte er. »Also gut. Aber du darfst dich nicht ins Verhör einmischen. Sprich erst, wenn wir allein sind.«

»Darum wollte ich dich gerade bitten. Es wäre mir lieber, wenn niemand von meinen Fähigkeiten erfährt.«

»Das kann ich dir nicht versprechen. Aber vorerst bleibt dein Geheimnis unter uns.«

Wieder in der Halle, nahm er auf seinem Stuhl Platz, und Rycca blieb in einiger Entfernung stehen – nahe genug, so dass er sie beobachten konnte. Alle Anwesenden musterten sie erstaunt und fragten sich vermutlich, warum der Jarl eine so wichtige Gerichtssitzung unterbrochen hatte, um mit seiner angelsächsischen Frau zu reden.

Aber niemand stellte Fragen, niemand schien zu glauben, hier würde es nicht mit rechten Dingen zugehen. Geduldig warteten die Leute, bis die Verhandlung fortgesetzt wurde.

14

»Fürchtet Ihr tatsächlich, der Kelch wäre Euch in Landsende gestohlen worden, Master Trygyv«, fragte Dragon, »und Ihr würdet ihn nie wieder sehen?«

Der Kaufmann straffte die Schultern und setzte eine ernste, wichtigtuerische Miene auf. »Genau das befürchte ich, Lord Dragon.«

Kaum merklich, nur für den Jarl sichtbar, schüttelte Rycca den Kopf.

»In diesem Fall«, entschied der Jarl, »müssen wir den Kelch sofort suchen. Alles andere kann warten.«

»Wenn Ihr den Jungen in ein strenges Verhör nehmt, wird er sicher die Wahrheit sagen«, beharrte Trygyv.

»Seid ihr so erpicht auf eine grausame Folter? Sollte Ragnars Sohn das Verbrechen begangen haben, wird ihn höchstens der drohende Tod zu einem Geständnis zwingen. Damit wäre Euch nicht geholfen, denn er würde das Geheimnis des Orts, wo sich die Beute befindet, ins Grab mitnehmen. Und wenn er unschuldig ist, weiß er nichts davon. Deshalb sehe ich keinen Grund, diese Verhandlung in die Länge zu ziehen. Die Stadt muss auf der Stelle durchsucht werden, ebenso Euer Schiff, vom Heck bis zum Bug – jeder Winkel. Meine Männer werden unverzüglich ans Werk gehen.«

Ehe der Händler erneut protestieren konnte, hob Dragon eine Hand und winkte Magnus zu sich.

Mit leiser Stimme befahl er: »Stell einen Suchtrupp zusammen. Konzentriert Euch auf das Schiff und die Stadtteile, die Trygyv aufzusuchen pflegt. Vielleicht bevorzugt er eine Taverne, oder es gibt eine Frau, mit der er sich gern vergnügt.«

Eifrig nickte Magnus und warf Rycca einen prüfenden Blick zu. Aber er eilte wortlos davon, um den Auftrag auszuführen. Die meisten Stadtbewohner und die Schiffsbesatzung kehrten zum Kai zurück, um die Krieger des Festungsherrn bei ihrer Suche zu beobachten. Nur die pflichtbewussten Hausfrauen gingen heim, weil sie verhindern wollten, dass dreiste Männer womöglich ihre schmutzigen Finger in die saubere Wäsche steckten.

Einige Stunden verstrichen. So wie es der Jarl angeordnet hatte, wurde eine gründliche Suche vorgenommen. An Bord von Trygyvs Schiff durchstöberten die Männer den ganzen Frachtraum und die angrenzenden Quartiere der Seefahrer. Sie spähten auch unter die Ruderbänke. Auf dem Kai inspizierten sie sämtliche Fässer und Bündel, und sie schauten sich in allen Häusern um, die der Kaufmann oder ein Komplize betreten haben mochten.

Währenddessen wurden Olav die Fesseln abgenommen, und Dragon ermahnte ihn, auf dem Kai in seiner Nähe zu bleiben. Das tat der Bursche nur zu gern. Sie unterhielten sich über Geschäfte und erörterten, wo ein junger Mann am besten sein Glück machen könnte.

Als Trygyv dieses freundschaftliche Gespräch beobachtete, röteten sich seine Wangen noch dunkler, und seine Aufregung wuchs. Schließlich ertrug er es nicht länger und ging zu Dragon. »Welch eine Zeitverschwendung! In dieser Stadt wird man den Kelch nicht finden. Der Schurke hat ihn längst weggebracht«, fügte er hinzu und zeigte auf Olav. »Mit Eurer

Weigerung, ein Geständnis zu erzwingen, verhelft Ihr ihm zu einem erfolgreichen Diebstahl, Mylord.«

In Ryccas Augen bekundete er seine extreme Nervosität, indem er dumm genug war, um anzudeuten, der Jarl von Landsende sei für das Verschwinden des Kelchs verantwortlich. Sie wartete ab, wie sich Dragon nun verhalten würde. Obwohl er nur die Achseln zuckte, bezweifelte sie nicht, dass Trygyvs Worte seine Aufmerksamkeit erregt hatten.

Er schaute zum Handelsschiff hinüber, das seine Männer immer noch durchsuchten. »Irgendwo muss der Kelch sein«, meinte er in ruhigem Ton. »Nur im Meer haben meine Leute noch nicht nachgesehen. Und ich glaube nicht, dass der Dieb seine Beute über Bord geworfen hat.«

Sekundenlang sah Rycca nackte Panik in Trygyvs Blick flackern, was auch ihrem Gemahl auffiel. Mit einem freudlosen Lächeln entblößte er seine Zähne und ging an Bord. Dann bedeutete er seiner Frau und Olav, ihm zu folgen.

»Mein Schiff wurde zur Genüge durchstöbert!«, rief Trygyv erbost und eilte hinterher. »Warum vergeudet Ihr noch mehr Zeit?«

Statt zu antworten, betrat Dragon die kleine Kabine des Kaufmanns an Deck. Wenig später tauchte er wieder auf, und diesmal wirkte sein Lächeln echt. »Komm her, Olav!« Ohne Zögern gehorchte der Junge, und der Jarl zeigte auf einen Strick, der aus Trygyvs Quartier über die Reling ins Wasser hing. »Zieh daran.«

Olav fand es seltsam, dass Seine Lordschaft eine so simple Aufgabe nicht selbst erledigte. Doch er tat, was von ihm verlangt wurde. An dem Strick hing Seegras – und … Entgeistert schnappte der Bursche nach Luft. »Bei Frigg und all ihren Dienerinnen, was ist das?«

Aus dem dunklen Wasser glitt ein Gegenstand, der farbenfroh im Sonnenlicht funkelte. Rycca runzelte verblüfft die Stirn. In letzter Zeit hatte sie viele schöne Dinge gesehen –

aber nichts, was sich mit diesem Kelch vergleichen ließe. Aus gehämmertem Gold mit kostbaren Steinen besetzt, war er so groß, dass sie ihn wohl kaum heben könnte.

In der Tat, dieser Schatz mochte eines Königs würdig sein, eines sehr mächtigen Herrschers. Dragon nahm den Kelch aus der Hand des Jungen, der immer noch verwirrt blinzelte, und schüttelte Wassertropfen ab. »Gewiss ein guter Plan, Master Trygyv. Allerdings nicht gut genug.«

Der Händler wich bereits zurück und versuchte, den Kai zu erreichen. Wohin er von dort aus fliehen wollte, konnte sich Rycca nicht vorstellen. Doch es spielte keine Rolle, denn einige Mitglieder seiner Besatzung packten ihn. »Lasst mich los!«, fauchte er. »Ich habe nichts verbrochen!«

Mit einem einzigen Blick brachte Dragon ihn zum Schweigen. »Ich glaube«, begann er, und seine durchdringende Stimme erreichte alle, die an Bord und auf dem Kai standen, »Ihr hattet von Anfang an vor, den Kelch verschwinden zu lassen, zu behaupten, er sei entwendet worden, und ihn zu verkaufen. Den zweifellos beträchtlichen Gewinn wolltet Ihr den Männern, die Eure Reise bezahlt hatten, vorenthalten. Und da Olav seiner Familie Schande gemacht hatte, dachtet Ihr, man würde nicht an seiner Schuld zweifeln.«

»Nein, das tat ich nicht! Ich schwöre …«

Gnadenlos fuhr der Jarl fort: »Als Olav den Kelch aus dem Wasser zog, beobachtete ich seine Miene, und ich bin mir sicher – er hat ihn nie zuvor erblickt. Niemand sah ihn Euer Quartier betreten oder den Kai verlassen, Trygyv. Für seinen Diebstahl gibt es keinen Beweis. Andererseits habt Ihr den Schatz in Eurer Reichweite verwahrt. Also nahmt Ihr an, Ihr müsstet einfach nur warten, bis Euer Schiff auslaufen würde, und ihn dann im Schutz der Dunkelheit an Bord holen. Dabei hätte Euch niemand ertappt.«

»Das könnt Ihr nicht beweisen«, erwiderte Trygyv. Aber seine Stimme zitterte, und er erweckte den Eindruck eines

Verzweifelten, der sich in seiner eigenen Schlinge gefangen hatte.

»Nein«, bestätigte Dragon freundlich. »Doch das ist auch gar nicht nötig.«

Nun trat Olav vor. Bewundernd und respektvoll schaute er zu seinem Retter auf. »Niemals hätte ich den Kelch im Meer gesucht.«

»Nachdem alle anderen Möglichkeiten wegfielen, war das die einzige. Hier…« Dragon drückte den Kelch in die Hand des verdutzten Burschen. »Bring diesen Schatz und Master Trygyv zu deinem Vater nach Hedeby. Erzähl Ragnar, was geschehen ist, und überlass es ihm, die Ereignisse zu beurteilen.« Dann wies er auf die Besatzung, die ausnahmslos zufrieden grinste. »Diese Männer werden deinen Bericht bestätigen. Und richte Ragnar von Hedeby aus, ich würde ihn zu seinem tapferen, stolzen Sohn beglückwünschen, der seinem Namen alle Ehre macht. Wenn er keine passende Braut für dich findet, werde ich mich darum kümmern.«

Diesen Worten folgte gellendes Freudengeschrei, und ein paar kühne Mädchen in der großen Menschenmenge am Kai unterbreiteten dem Jungen entsprechende Angebote. Da färbten sich seine Wangen feuerrot. Aber er war sichtlich geschmeichelt.

Dragons Rede war noch nicht beendet. »Ach ja, Olav – da du den Kelch aus dem Meer gezogen hast, gehört er von Rechts wegen dir. Ich vertraue dir und erwarte, du wirst den Verkaufserlös mit Master Trygyvs Geldgebern teilen.«

Offenbar vermochte Olav – kurz zuvor noch des Diebstahls angeklagt und mit dem Tod bedroht – nicht zu fassen, dass er sich plötzlich in einen ehrbaren, reichen Mann verwandelt hatte. Angesichts seiner Verwirrung musste Rycca lachen. Und sie platzte beinahe vor Stolz auf ihren Gemahl. Wie leicht hätte er den Kelch aus dem Wasser holen und für sich selbst beanspruchen können… Stattdessen schenkte er ihn einem Jungen, der ihn viel dringender brauchte und dem der wertvolle Schatz zu einer gesicherten Zukunft verhelfen würde. Gab es einen besseren Beweis für seinen edlen Chorakter?

Genauso dachten auch Dragons Leute, denn sie jubelten ihm lauthals zu, während er das Schiff verließ. Lächelnd nahm er den Applaus entgegen. Doch sein Blick suchte Rycca, die ihm von Bord gefolgt war, und sie ergriff seine Hand. Seite an Seite kehrten sie in die Festung zurück.

Beim Abendessen hielten sie sich nicht lange auf. Dass sie sich schon bald zurückzogen, bewog die Krieger des Jarls zu Gelächter und ermutigenden Bemerkungen. Nur Magnus saß schweigend an der Tafel, scheinbar in Gedanken versunken. Als Rycca aufstand, warf er ihr einen kurzen Blick zu. Über ihren Rücken lief ein seltsamer Schauer, den sie aber sofort vergaß, vom warmherzigen Lächeln ihres Mannes beglückt.

Kaum hatten sie die Halle verlassen, nahm er sie auf die Arme. Mit großen Schritten trug er sie zu seinem Heim. Kichernd klammerte sie sich an seine breiten Schultern. »Falls du es noch nicht weißt – ich kann gehen.«

»Nicht so schnell wie ich«, erwiderte er ernsthaft. Offenbar kam es ihm auf die wenigen Sekunden an, die sie länger gebraucht hätte, um das Haus zu erreichen.

Bevor sie darüber nachdenken konnte, trat er gegen die Tür, die hinter ihm in Schloss fiel. Keine einzige Kerze brannte. Nur das Mondlicht erhellte den Raum. Dragon stellte seine Frau neben dem Bett auf die Füße. Hastig zog er sich aus. »Früher fiel es mir niemals schwer, mich zu beherrschen. Aber je öfter ich dich liebe, desto eher verliere ich die Selbstkontrolle. Keine Ahnung, was mit mir geschieht …«

Die Wahrheit. Er war tatsächlich verwirrt. Vielleicht erschrak er sogar ein bisschen.

Obwohl Rycca ein Lächeln unterdrückte, strahlte es in ihren Augen.

»Oh, das findest du komisch?«, fragte er. »Klar, du bist ja auch die Frau, die über den Rand einer Klippe lief und in die Tiefe stürzte. Die Vernunft zählt offenbar nicht zu deinen Stärken.«

»Vermutlich nicht.«

Dragon hob die dunklen Brauen. »So bereitwillig stimmst du zu?«

»Heute warst du wundervoll. Was du für den Jungen getan hast…«

»Ich tat einfach nur, was mir richtig erschien«, entgegnete er überrascht.

»So entschieden hast du dich geweigert, ihn foltern zu lassen oder an seinen Diebstahl zu glauben. Und sobald du seine Unschuld erkannt hattest, gabst du ihm sein verlorenes Leben zurück, im Kreis seiner Familie. Ohne deine Hilfe würde ihn eine ungewisse Zukunft erwarten.«

Seufzend zuckte er die Achseln. »So ungern ich deiner hohen Meinung von mir auch widerspreche, süße Rycca – um ehrlich zu sein, Ragnar von Hedebys Feindschaft will ich mir keinesfalls zuziehen. Nicht zuletzt deshalb lieferte ich ihm einen guten Grund, seinen Sohn wieder aufzunehmen, und ich schickte einen wohlhabenden Jungen zu ihm. Nun ist mir Ragnar für alle Zeiten zu Dank verpflichtet.«

»Und wenn du noch so zynischen Unsinn redest – du hast dich großartig verhalten. Das weißt du genauso gut wie ich.«

»Beenden wir das Gespräch über Olav. Zieh dich aus. Oder noch besser, ich werde dir die Mühe abnehmen.«

»O nein!«, rief sie, wich bestürzt zurück, und Dragon runzelte die Stirn. »Soeben sah ich, wie du mit deiner Tunika umgegangen bist. Mein Kleid darfst du nicht so rüde behandeln. Warte…«

Geschickt löste sie die Verschnürung an der Seite und streifte das Kleid schnell, aber trotzdem vorsichtig über ihren Kopf. Da sich ihr Gemahl in einer angespannten Stimmung befand, die sie nicht verstand, wollte sie ihn besänftigen – und zugleich dem Verlangen nachgeben, das er immer wieder so mühelos in ihr entfachte.

Nackt bis auf das durchsichtige Hemd, verbarg sie nichts vor seinen Augen. Um ihr inneres Zittern zu verhehlen, stand sie ihm stolz und hoch aufgerichtet gegenüber. In vollen Zügen genoss sie seinen glühenden Blick.

Als er eine Hand nach ihr ausstreckte, trat sie wieder zurück. »Würdest du mir einen Wunsch erfüllen, Dragon?«

Noch nie hatte sie ihn um etwas gebeten, außer um die Freiheit, die er ihr nicht schenken konnte. Also musste er ihr wohl oder übel einen Gefallen erweisen. »Was möchtest du?«, stieß er heiser hervor. So schroff wollte er nicht sprechen. Aber seine Stimme gehorchte ihm kaum. Er begehrte sie mit einer wilden Verzweiflung, die er nie zuvor empfunden hatte, abgesehen von den betörenden Stunden in ihren Armen. Selbst dann war es ihm gelungen, seine Selbstkontrolle einigermaßen zu wahren. Jetzt nicht. Sein Körper schien zu brennen, und wenn er nicht bald im warmen, seidigen Schoß seiner Frau versank …

Mit großen Augen schaute sie ihn an. »Den ganzen Tag habe ich mich danach gesehnt, dich zu berühren.«

Den ganzen Tag? Das klang erfreulich, half ihm jedoch nicht, seinen Zustand leichter zu ertragen. »Um diese Erlaubnis musst du nicht fragen.«

Rycca hob die schönen, fast nackten Schultern. »Das weiß ich. Aber unter diesen Umständen …« Ihr Blick wanderte an seinem Körper nach unten – ziemlich aufreizend, wie Dragon fand – und was ihm ebenfalls nicht half.

»Später darfst du mich berühren«, versprach er und griff wieder nach ihr.

Lachend legte sie eine Hand auf seine Brust und warf ihr glänzendes Haar in den Nacken. Versuchte sie ihn in den Wahnsinn zu treiben. »Nein, jetzt. Nur ganz kurz – bitte.«

Die Augen zusammengekniffen, suchte er in seinem Innern jene Selbstkontrolle, die für einen Krieger lebenswichtig war. Irgendwo musste er sie finden, jeden Moment würde er darüber stolpern.

Ryccas Fingernägel glitten über seine Brustwarzen. Stöhnend rang er nach Luft. »Dein Körper erstaunt mich«, gestand sie leise. »Bevor ich dir begegnet bin, hätte ich nie gedacht, dass ein Mann so schön sein könnte. Aber du bist – vollkommen, so stark – und ganz anders als ich.«

Das wusste er. Es gehörte zu den herrlichsten Wundern in der Schöpfung der mächtigen Götter. Oder des einen Gottes, den er nicht kannte und der ihn im Augenblick auch gar nicht interessierte. Nur eins zählte – die Berührung seiner Frau.

Sie trat näher, streichelte seine Brust, und ihr Duft betörte ihn. »Wie stark du bist…«, wisperte sie. »Trotzdem hast du mir noch nie wehgetan – bemerkenswert.«

»Natürlich passe ich auf, um dich nicht zu verletzen«, erklärte er mit gepresster Stimme.

»Das weiß ich zu schätzen.«

Nun berührte sie seine schmalen Hüften, die harten Muskeln seiner Hinterbacken. Die Zähne zusammengebissen, sagte er sich, das würde er nicht mehr länger ertragen. Ganz nah stand sie vor ihm, der dünne Stoff ihres Hemds streifte ihn.

Dieses Hindernis störte ihn. Ungeduldig zupfte er daran. »Zieh das aus.«

»Wenn ich's anbehalte, fühle ich mich sicherer«, wandte sie lächelnd ein, »und ein bisschen kühner.«

»Ein bisschen?« Er wollte hinzufügen, wenn sie noch kühner wäre, würde er bersten. Doch er brachte die Worte nicht hervor. Wahrscheinlich, weil sein Atem stockte.

Nur sekundenlang zögerte Rycca, bevor sie mit ihrer angeborenen Grazie aus dem Hemd schlüpfte und es beiseite warf. Im silbernen Mondlicht schimmerte ihre Haut wie Alabaster. Rosig hoben sich die Knospen ihrer Brüste und die feuerroten Löckchen zwischen den Schenkeln von dem hellen Glanz ab. Von heißem Verlangen gedrängt, griff Dragon nach ihr. Doch sie wich ihm erneut aus.

»Bitte…«, flehte sie und umfasste seine Handgelenke, entfernte sie von ihrem Körper und schaute eindringlich in seine Augen. »Du ahnst nicht, wie inbrünstig ich mir wünsche…«

»Bei Thors Donnerschlägen, Lady – tu, was immer du willst, bevor mir die Sinne schwinden!«

Überrascht lachte sie, dann nahm ihr Gesicht einen wehmütigen Ausdruck an. »Denkst du jetzt schlecht von mir?«

Schlecht? Wie wäre das möglich? Sie musste ein Traum sein, zu wirklichem Leben erwacht. Noch nie hatte er eine so exquisite Verführerin gekannt. Und sie war seine Frau, vor Gott und der Welt. Konnte ein Mann noch mehr ersehnen?

Eine kleine Weile zauderte sie noch. Dann kniete die stolze, tapfere, geheimnisvolle, bezaubernde Kriegerin nieder. Ungläubig hielt Dragon die Luft an, sein Kopf sank in den Nacken, seine Halsmuskeln verkrampften sich. Er hatte die Dienste erfahrener Konkubinen genossen, die damit prahlten, sie könnten ihn zum Wahnsinn treiben. Doch das war keiner einzigen gelungen.

Diesmal war es anders. Bei der ersten warmen Berührung ihres Atems, beim ersten Flackern ihrer Zunge entschwand die Realität. Da gab es nichts mehr außer der Hitze in seinen Adern, der Anspannung seines Körpers, dem flüchtigen Gedanken, in diesem Moment könnte die Welt untergehen, und es würde ihn nicht bekümmern.

Die Hände geballt, bezwang er den Drang, sofort mit Rycca zu verschmelzen. Was sie jetzt tat, wollte *sie*. Also ertrug er diese süße Qual, obwohl sie ihn fast umbrachte. Ja, er würde es verkraften – denn er war ein Krieger, ein starker, widerstandsfähiger Mann. Von einer Frau würde er sich nicht bezwingen lassen und mochte sie ihm noch so überwältigende Freuden schenken. Letzten Endes würde sie sich *ihm* unterordnen, nicht umgekehrt.

Aber mit anderen Frauen konnte er sie nicht vergleichen. Irgendetwas Besonderes zeichnete sie aus, eine unerklärliche Gottesgabe. Jetzt nahm sie seine Männlichkeit in den Mund, und er stieß einen Schrei aus, zitterte hilflos auf der Schwelle seiner Erfüllung.

Seine Leidenschaft entzückte Rycca. Maßlos erregt von seinem Geruch, seinem Geschmack, von seiner ganzen Ausstrahlung, schwelgte sie in der Macht, die sie auf ihn ausübte. Ihr Blut schien sich in flüssiges Feuer zu verwandeln. Und sie vergaß alles, außer *ihm*.

Während sie einen winzigen salzigen Tropfen auf ihrer Zunge schmeckte, stöhnte Dragon atemlos. Seine kostbare Selbstkontrolle, jahrelang hart erkämpft, in seiner Seele fest verankert, löste sich in Nichts auf. Entschlossen hob er Rycca hoch und schlang ihre Beine um seine Hüften. Ohne Gnade, ohne Rücksicht, nur noch vom wilden Hunger seines Körpers beherrscht, trug er sie zur Wand und presste sie dagegen. Mit einem einzigen Stoß drang er in sie ein, so tief wie möglich.

Unfähig, sich zu bewegen, konnte sie sich nur an seine breiten Schultern klammern. Ihn zu liebkosen und zu kosten, hatte eine verzehrende Sehnsucht geweckt, die er jetzt stillte. Die Beine weit gespreizt, um ihn ganz und gar in sich aufzunehmen, genoss sie seinen immer schnelleren Rhythmus, legte den Kopf an seine Brust und schluchzte seinen Namen. Es war ein zügelloser Liebesakt. Innerhalb weniger Herzschläge stürzte die Welt in sich zusammen.

Bevor Dragon wieder einigermaßen klar denken und sich rühren konnte, verstrichen mehrere Minuten. Eiserne Fesseln schienen seine Brust einzuengen. Mühsam schöpfte er Atem. Immer noch leicht benommen, kehrte er allmählich in die Wirklichkeit zurück. Was soeben geschehen war, hatte er sich sicher nur eingebildet. Doch die tiefe Zufriedenheit seines Körpers bezeugte das Gegenteil. Und nun hielt er die Frau fest, die er an die Wand gedrückt und hemmungslos genommen hatte.

Seine Frau.

Heftig schüttelte er den Kopf, versuchte zu bestreiten, was sich nicht leugnen ließ. Wie konnte *er*, der seine Liebhaberinnen stets behutsam und sanft behandelt hatte, sich so vergessen? Und wie musste sie sich fühlen? In seinen Ohren dröhnte der Widerhall ihres Schluchzens. Kaltes Entsetzen durchfuhr seinen Körper, so intensiv wie die Ekstase, die ihn zuvor erfüllt hatte.

Er trug sie zum Bett und legte sie vorsichtig darauf. »Tut mir so Leid, meine Süße… Niemals hätte ich…«

Langsam hob sie schwere, schläfrige Lider. In den Tiefen ihrer honigfarbenen Augen las er Emotionen, so alt wie die Erde. Verwirrt beobachtete er, wie sie ihren makellosen Körper wohlig auf der Pelzdecke streckte. Nein, das musste er falsch verstehen, und er durfte nicht hoffen…

»Was hast du gesagt?« Ihre Stimme klang wie Samt, ein bisschen heiser. Zärtlich berührte sie sein Gesicht.

»Dass es – mir Leid tut.«

»Warum denn, um Himmels willen?« Eben noch verschleiert, schauten ihre Augen kristallklar zu ihm auf. Dann lachte sie leise. »Ich glaube, alle meine Knochen sind geschmolzen.«

Erleichtert seufzte er auf, stimmte in ihr Gelächter ein und streckte sich neben ihr auf dem Bett aus. In jeder Hinsicht war ihm seine Kriegerin ebenbürtig. Das hätte er wissen müssen. Er zog sie an sich und streichelte ihren schmalen Rücken. Zufrieden schmiegte sie sich an ihn. Aber wenig später änderte sich ihre Stimmung. Auf einen Ellbogen gestützt, betrachtete sie ihn. »Vorhin warst du so – angespannt.«

Als ihre Worte in sein Bewusstsein drangen, war er schon halb eingeschlafen. Ohne die Augen zu öffnen, lächelte er. »Angespannt? Steinhart, meine Süße. Anders kann ich nicht beschreiben, was ich…«

Spielerisch schlug sie auf seine Brust, und er blinzelte müde. »Das meine ich nicht«, erwiderte Rycca. »Du hattest es furchtbar eilig, die Halle zu verlassen.«

»Weil ich dich lieben wollte.«

»Wie nett… Aber normalerweise bleibst du länger an der Tafel sitzen. Diesmal konntest du's kaum erwarten… Und irgendetwas schien dich zu bedrücken.«

Offenbar brauchte seine Frau keine besondere Gabe, um seine Gefühle zu verstehen. Doch sie besaß noch ein anderes Talent, das ihn beunruhigte. Er drehte sich zur Seite, umarmte sie und strich über ihre Wange. »Was du mir heute mitgeteilt hast – war das ernst gemeint?«

»Was denn?«

»Dass du stets die Wahrheit erkennst.«

»Ja, natürlich. Du musst es doch gemerkt haben, während du Trygyv ins Verhör nahmst…«

»Aber du hast Olav verteidigt, einen Dänen. Und das gab mir zu denken.«

Daran hatte sie nicht gedacht – in ihrem Eifer, einen unschuldigen Jungen zu retten. Gewiss, er gehörte dem Volk an, das ihr Angst und Schrecken einjagte. »Das wurde mir nicht bewusst.«

Wortlos drückte er sie noch fester an sich. Durfte er hoffen, sie würde die Vergangenheit begraben? War das möglich, wenn sie von jenen seltsamen Fähigkeiten beherrscht wurde? Was bedeutete es, in einer Welt zu leben, wo sich die Wahrheit stets allzu deutlich von der Lüge unterschied? So etwas konnte er sich nicht vorstellen. Und er wollte seine Frau auch nicht hintergehen. Trotzdem missfiel ihm der Gedanke, er würde mit jedem Wort, das er sagte, seine Seele entblößen. In gewissen Situationen musste ein Mann seine Geheimnisse hüten.

Natürlich wollte er nicht unaufrichtig sein. Aber in Zukunft würde er seine Worte sorgfältig wählen, bisweilen ihren Sinn verschleiern. Dazu müsste ein Mann imstande sein, ohne das Vertrauen seiner Frau zu missbrauchen, ohne befürchten zu müssen, sie würde ihn einen Lügner nennen. Von dieser Ungewissheit gequält, hatte er Rycca frühzeitig aus der Halle in sein Haus geführt, um sie zu besitzen und sicherzugehen, dass sie ihm gehörte. Was dann geschehen war, hatte er allerdings nicht erwartet. Und die Erkenntnis, wie leicht er die Kontrolle verlieren konnte, beunruhigte ihn immer noch.

»Seit wann glaubst du, den Menschen anzumerken, ob sie die Wahrheit sagen oder lügen?«, fragte er.

»An eine Zeit, wo es anders war, erinnere ich mich nicht mehr.«

»Hast du auf Wolscroft niemals versucht, dein eigenartiges Talent zu offenbaren?«

Schläfrig schüttelte Rycca den Kopf. »Für Wahrheit oder Lüge interessierte sich mein Vater nicht. Er verurteilte die Menschen, so wie es ihm gefiel – ganz egal, ob sie tatsächlich eines Vergehens schuldig waren. Genauso willkürlich ließ er Verbrecher laufen, wenn sie ihm Geld gaben oder andere Dienste erwiesen. Daran hätte ich mit dem Geständnis meiner Fähigkeiten nichts geändert. Stattdessen wäre ich wegen Hexerei verurteilt und ertränkt worden.«

Dragon verfluchte den brutalen Lord of Wolscroft und küsste Ryccas Stirn. Wie konnte man einer so schönen, bezaubernden Tochter die Hölle auf Erden bereiten? Das verstand er nicht. Und wenn ein Mann eine solche Ehefrau gewonnen hatte – musste er sie nicht beschützen und umsorgen? Dazu war er fest entschlossen. Trotzdem verflog sein Unbehagen nicht. Niemals würde er vergessen, dass sie sich gegen diese Ehe gesträubt hatte. Denn sie wollte frei sein. »Rycca?«

»Hm?«, murmelte sie im Halbschlaf.

»Schon gut.« Jetzt wollte er sie nicht länger stören, und er hoffte, auch er würde Ruhe finden.

Jenes verwirrende Rätsel würde er ein andermal lösen und herausfinden, ob sich ein gepeinigtes Kind eingeredet hatte, übernatürliche Kräfte zu besitzen – oder ob tatsächlich etwas dahinter steckte. Im Augenblick genügte es, dass Rycca in seinen Armen lag – wo sie hingehörte.

Und sie hatte sich auch in sein Herz geschlichen. Das war sein Problem, nicht wahr? *Er liebte sie.* Ausgerechnet er, Dragon Hakonson... Nachdem er so viele Frauen erobert hatte, *liebte* er diese rothaarige Kriegerin, die wie der Wind dahinstürmte und über Klippen stürzte, die seine Leidenschaft mit gleicher Glut erwiderte, die ihn verführte und verblüffte. Was er jetzt empfand, hätte er niemals für möglich gehalten.

Irgendwo brach Loki in boshaftes Gelächter aus.

15

»Mylady, Ihr solltet Euch etwas ansehen.«

Obwohl Magda mit ruhiger Stimme sprach, spürte Rycca die Sorge, die darin mitschwang. Sie hörte auf, Granis Mähne zu striegeln, ignorierte das protestierende Wiehern und folgte der älteren Frau aus dem Stall. »Was gibt's denn?«

Hastig spähte Magda nach allen Seiten, um sich zu vergewissern, dass sie nicht belauscht wurden. »Ein Problem in der Weberei …«

An diesem späten Nachmittag war der Festungshof fast verlassen. Die meisten Leute hatten ihr Tagewerk beendet und die nahen Teiche oder Flüsse aufgesucht, entspannten sich und badeten, ehe die Vorbereitungen für das Abendessen begannen.

Auch in der Weberei trafen Rycca und Magda niemanden an. Morgens hatten die Frauen ihre hohen Webstühle hinausgetragen, um an der frischen Luft zu arbeiten. Jetzt standen die Geräte wieder im Schuppen, mit Stoffen beladen, dem Ergebnis tagelanger Mühe.

Aber aus diesen Stoffen würde man keine Kleider nähen. Ungläubig schaute sich Rycca um. Alle Webstühle waren durchsägt, die Stoffe hingen in Fetzen herab. »Heiliger Himmel …«, flüsterte sie.

»Erst vor ein paar Minuten entdeckte ich die Verwüstung«, erklärte Magda grimmig. »Ich konnte mich nicht erinnern, ob die Frauen genug Wolle und Fäden für morgen haben. Deshalb wollte ich nachsehen.«

»Wer würde so etwas tun?«

»Keine Ahnung – so etwas ist noch nie geschehen. Die Frauen baden im Fluss. Erst vor einer Stunde brachten sie die Webstühle in die Werkstatt zurück.«

»Danach muss jemand hier gewesen sein.« Mit bebenden Fingern berührte Rycca einen Stoff, den der Übeltäter offensichtlich mit einer scharfen Klinge durchschnitten hatte – vermutlich in aller Eile. Jeden Augenblick hätte jemand hereinkommen können. Trotzdem erweckten die ruinierten Stoffe und die zertrümmerten Webstühle den Eindruck, diese Person wäre sehr gründlich vorgegangen – in zielstrebiger

Zerstörungswut. »Heute Morgen ist Master Trygyvs Schiff ausgelaufen, nicht wahr?«

Wie Magdas Miene verriet, gingen ihr ähnliche Gedanken durch den Sinn. »Ja, ich war bereits am Kai – es ankerte nicht mehr im Hafen.« Beunruhigt seufzte sie. »Wer das getan haben mag, kann ich mir nicht vorstellen. In Landsende leben nur friedfertige Menschen. Bei uns gibt es keine Vandalen.«

Daran zweifelte Rycca nicht. Solche Gewalttaten würde ihr Mann niemals dulden. Aber irgendjemand hatte die Webstühle und Stoffe vernichtet. Wer wäre so leichtfertig, Dragons Zorn heraufzubeschwören?

»Wir müssen den Jarl verständigen«, meinte Magda leise.

»Natürlich. Jetzt beaufsichtigt er die Waffenübungen auf dem Turnierplatz. Sobald er zurückkehrt, werde ich ihm Bescheid geben – auch den Frauen, wenn sie wieder hier sind. Für heute haben sie genug gearbeitet. Sie sollen sich ausruhen und erst morgen in der Weberei aufräumen.« Nachdem Rycca kurz nachgedacht hatte, fügte sie hinzu: »Ich werde meinen Gemahl bitten, ein stabiles Schloss an dieser Tür anbringen zu lassen. Wer immer hier gewütet hat, wird nicht so dumm sein, das noch einmal zu versuchen. Trotzdem ist es besser, gewisse Vorsichtsmaßnahmen zu ergreifen.«

Magda nickte, sichtlich erleichtert, weil sie sich nicht mehr um die unangenehme Angelegenheit zu kümmern brauchte. Für Rycca war das selbstverständlich, wenn sie auch staunte, weil sie die Pflichten der Herrin von Landsende so schnell und mühelos übernahm. Aber was sich in der Weberei ereignet hatte, bedrückte sie zutiefst. Nicht nur die Arbeit der Frauen war vergeudet worden – die Missetat wies außerdem auf ein Temperament voller Hass und Rachsucht hin, das unerkannt in der Festung oder der Stadt existierte.

Darüber dachte sie immer noch nach, als Dragon einige Stunden später sein Haus betrat. Er hatte gebadet und saubere Kleidung angezogen. Doch das spielte keine Rolle. Verschwitzt und schmutzig sah er genauso großartig aus. Rycca widerstand dem Impuls, an seine Brust zu sinken. Stattdessen füllte sie einen Kelch mit Wein, den sie ihm reichte. Er nahm ihn entgegen, nickte ihr dankbar zu und erwärmte ihr Herz mit einem anerkennenden Blick.

Nur mühsam lenkte sie ihre Gedanken in andere Bahnen. »So Leid es mir tut, ich muss dich mit einem – unerfreulichen Zwischenfall in der Weberei behelligen. Ich finde, du solltest davon erfahren. Und ich möchte dich um die Erlaubnis bitten, die Tür des Schuppens mit einem stabilen Schloss zu versehen.«

Dragon stellte den Kelch beiseite, an dem er genippt hatte, verdrängte die Frage, wann er seine Gemahlin ins Bett locken konnte, und runzelte die Stirn. »Was ist passiert?«

Das teilte sie ihm in knappen Worten mit. Noch bevor sie ihren Bericht beendete, vertieften sich seine Stirnfalten. Ruhig und gefasst stand er vor ihr, ganz der gebieterische Herr von Landsende. Trotzdem fühlte Rycca, wie nahe ihm die Besorgnis erregende Neuigkeit ging. »Und es gibt keine Anhaltspunkte, die auf den Schuldigen hinweisen würden?«

»Nein, keinen einzigen. Aber ich muss dir noch etwas erzählen. Gestern ist mir in der Stadt ein Mann aus Wolscroft begegnet. Ob er mit dieser Sache zu tun hat, weiß ich allerdings nicht.«

»Mit Mercia machen wir keine Geschäfte. Also hat kein Bewohner von Wolscroft einen Grund, hierher zu kommen. Es sei denn, er besucht unsere Küste deinetwegen. Bist du sicher, dass du ihn wieder erkannt hast?«

»Vielleicht irre ich mich«, gab Rycca zu. »Ich sah ihn nur ganz kurz. Jedenfalls glich er dem Mann, an den ich mich erinnere.«

»Dann müssen wir ihn aufspüren«, entschied Dragon. »Würdest du ihn beschreiben?«

Nachdem sie seinen Wunsch erfüllt hatte, seufzte er. »Also ähnelt er etwa jedem dritten Mann ins Landsende. Keine besonderen Merkmale?«

»Zumindest ist mir nichts aufgefallen. Aber wenn er mir noch einmal über den Weg läuft, würde ich ihn erkennen.«

»Bevor wir der Sache auf den Grund gegangen sind, darfst du dich nicht mehr in der Stadt blicken lassen.«

Sie wollte widersprechen, dann wurde sie von Dragons Miene eines Besseren belehrt. Weder seiner Frau noch sonst jemandem stand es zu, gegen seine Autorität aufzubegehren. Außerdem musste sie ihm zustimmen. Falls tatsächlich ein Mann aus Wolscroft nach Landsende gereist war, führte er sicher nichts Gutes im Schilde.

»Vielleicht ist die Zerstörung der Webstühle und Stoffe nur ein Einzelfall«, bemerkte sie.

»Hoffen wir's. Meine Krieger werden sich nach fremden Leuten in Landsende erkundigen. Wenn der Mann immer noch hier ist, finden wir ihn.«

Oder er hat bereits das Weite gesucht, dachte sie. Doch das sprach sie nicht aus. Vorerst schüttelte Dragon die Sorge ab wie einen nassen Mantel. Sein Lächeln beschleunigte Ryccas Puls, und er nahm sie in die Arme.

Später lag sie ermattet im Bett und spürte, dass er aufstand. Fast unmerklich bewegte er sich, schlüpfte in seine Kleider und verließ das Haus. Als sie kurz danach vor die Tür trat, sah sie einige Krieger zur Stadt hinabreiten. Falls sich der Mann aus Wolscroft immer noch in Landsende herumtrieb, würde er ihnen nicht entrinnen.

Aber er wurde nirgends entdeckt, weder an diesem Tag noch am nächsten. Inzwischen waren die Webstühle wieder instand gesetzt worden, und die Frauen ersetzten die zerfetzten Stoffe.

»Mylady!« Bekümmert eilte Magda zu Rycca in den Stall,

die zitternden Hände vor der Brust gefaltet. »Tut mir Leid – ein Problem in der Küche …«

Wieder einmal hörte Rycca auf, Grani zu striegeln, und folgte der Frau.

»Das verstehe ich nicht«, klagte Magda, während sie den Hof durchquerten. »Vielleicht ist's ein Zufall – wenn ich auch daran zweifle.«

Sie betraten das niedrige Gebäude. Neben der Tür stand ein großes Salzfass, erst an diesem Morgen auf Ryccas Wunsch aus einem Lagerraum hierher gebracht. Dieses Salz sollten die Frauen zu einer Lake verarbeiten, um das Gemüse nach der Ernte einzulegen, die bald beginnen würde.

»Das Fass habe ich selbst geöffnet«, erklärte Magda und entfernte den Deckel. »Zunächst dachte ich, alles wäre in Ordnung. Warum auch nicht? Bevor wir die Vorräte in den Speisekammern verstauen, werden sie sorgfältig überprüft. Und dann stieg mir ein eigenartiger Geruch in die Nase.« Sie nahm eine Hand voll Salz aus dem Behälter und hielt es Rycca hin. »Nicht nur Salz – noch etwas anderes.«

Rycca musterte das helle Pulver, befeuchtete einen Finger und tauchte ihn hinein. »Unglaublich – Sand! Jemand hat das Salz mit Sand vermischt.«

»Nicht nur obenauf – im ganzen Fass.«

»Begleitet mich – schnell!« Rycca eilte aus der Küche, und Magda blieb ihr auf den Fersen.

Im Lagerhaus öffneten sie alle Salzfässer und kosteten den Inhalt.

»Gott sei Dank!«, rief Rycca erleichtert, und Magda brachte ein schwaches Lächeln zustande. Beide Frauen wollten sich gar nicht ausmalen, was geschehen mochte, wäre der gesamte Salzvorrat so kurz vor der Ernte verdorben worden. Trotzdem gab der Vorfall Anlass zur Sorge.

»Den ganzen Tag gehen Leute in der Küche ein und aus«, bemerkte Rycca auf dem Rückweg.

»Ja, das stimmt«, bestätigte Magda. »Aber hätte jemand beobachtet, was mit dem Fass geschah, wäre er sofort zu mir gekommen. Und es muss eine Weile gedauert haben, die Hälfte des Salzes herauszuholen und durch Sand zu ersetzen.«

»Wer immer die Schuld daran trägt, hofft zweifellos, wir würden die Lake mit dem verschmutzten Salz zubereiten.«

»In vierzehn Tagen wird die Ernte eingebracht. Hätten wir den Plan des Missetäters nicht vereitelt, würden wir eine ganze Menge ungenießbares Gemüse ins Vorratslager bringen.«

»Selbst wenn er in aller Eile an sein übles Werk ging, dürfte er mindestens ein paar Minuten dafür gebraucht haben. Zudem ist das Fass sehr schwer. Nur ein sehr starker Mann konnte es kippen und die Hälfte des Inhalts herausschütten.«

»Vielleicht hat ihm jemand geholfen. Und es kommt immer wieder vor, dass sich keine meiner Gehilfinnen in der Küche aufhält.«

»Das muss der Schurke gewusst haben.«

Seufzend breitete Magda die Arme aus. »Tag für Tag erfüllen wir mehr oder weniger die gleichen Pflichten. Wenn uns irgendwer beobachtet hat, stellte er natürlich fest, um welche Zeit die Küche menschenleer ist.«

»Wahrscheinlich – aber er musste trotzdem möglichst schnell handeln, und es hat einen gewaltigen Aufwand an Kraft erfordert. Oder das Salz wurde schon in der Speisekammer mit Sand vermischt.«

Die beiden Frauen schauten sich an. »Werdet Ihr den Jarl informieren?«

»Gewiss – ich habe keine Wahl.« Schweren Herzens ging Rycca auf die Suche nach ihrem Mann.

Ohne eine Miene zu verziehen, hörte er ihr zu, begleitete sie in die Küche und inspizierte das verunreinigte Salz. Danach überprüfte er das Schloss an der Tür des Vorratslagers und entdeckte keine Beschädigung.

Aber als Rycca vorschlug, die Küchentür ebenfalls mit einem Schloss zu versehen, schüttelte er den Kopf. »Noch mehr Schlüssel sind keine Lösung. Ich muss meinen Leuten vertrauen können. Und sie sollen auch keinen Argwohn gegeneinander hegen.«

»Dann müssen wir den Gauner entlarven. Glaubst du, dieselbe Person hat die Webstühle und Stoffe ruiniert?«

»Diese Vermutung liegt nahe, da wir nie zuvor solche Schwierigkeiten hatten. Und dass plötzlich *zwei* Schurken auftauchen, halte ich für unwahrscheinlich.«

Genauso dachte Rycca, doch sie wusste nicht, wo sie den Schuldigen suchen sollten.

Der Mann aus Wolscroft, den sie in der Stadt gesehen hatte, blieb spurlos verschwunden. Inzwischen hatte Dragon ihr allerdings erzählt, möglicherweise sei der Mercier beobachtet worden, als er einen Tag nach jener Begegnung an Bord eines Schiffs gegangen war. Ryccas Beschreibung habe auf einen Fremden zugetroffen. Wenn sie auch ungenau sei, müsse man annehmen, der Bursche trage keine Verantwortung für das verdorbene Salz.

Eine Frage, die sie ihrem Mann stellen wollte, lag ihr auf der Zunge. Aber sie sprach die heiklen Worte nicht aus. Stattdessen suchte sie Magda und fand sie in der Wäscherei.

Freundlich blickte die ältere Frau auf. »Kann ich Euch helfen, Mylady?«

»Ja…« Obwohl sie allein waren, senkte Rycca ihre Stimme. »Gerade habe ich mir überlegt… Gibt es hier irgendjemanden, der den Jarl vor seiner Heirat – besonders gern mochte und ihm zürnt, weil er mich zur Frau genommen hat?«

Magda hob verblüfft die ergrauten Brauen. »Oh, in Landsende leben viele Mädchen, die ein Auge auf Seine Lordschaft geworfen haben. Dazu hatten einige vielleicht gewichtigere Gründe als andere. Wie auch immer, sie wussten, er würde nur vor den Traualtar treten, wenn…« Unbehaglich verstummte sie.

»Wenn es sein Pflichtgefühl verlangte.«

»Ja, Mylady. Doch das ändert nichts an unserer Freude über sein Eheglück – das offensichtlich ist, falls ich mir die Bemerkung erlauben darf, Mylady.«

Die Wahrheit.

Was Magda sagte, meinte sie ernst – und dies galt auch für die anderen Leute, in deren Namen sie sprach. Sogar die hübschen Mädchen, die Rycca gelegentlich traf und die schmachtende Blicke in Dragons Richtung warfen, freuten sich über seine Heirat.

Und wer wollte ihr schaden? Sicher sollten beide Anschläge diesen Zweck erfüllen, denn sie galten dem Haushalt der Festung, für den sie – wie der Schlüsselbund an ihrem Gürtel bekundete – verantwortlich war.

Auf diese Frage fand sie keine Antwort. Während eine Woche ohne weitere Zwischenfälle verstrich, verflog Ryccas Sorge. Aber dann kehrte sie plötzlich zurück, schmerzlicher denn je.

An einem warmen Morgen duftete die Luft nach dem reifen Getreide auf den Feldern. Insekten summten in den Büschen, am blauen Himmel kreisten Möwen. Erwartungsvoll bereiteten sich die Bewohner von Landsende auf die Ernte vor, und alle freuten sich auf den Lohn der monatelangen Arbeit.

Noch war es nicht so weit. Ein weiterer Tag, vielleicht zwei – dann würde der richtige Zeitpunkt kommen. Bis dahin suchten sich alle irgendwie zu beschäftigen, auch Dragon.

»Reiten wir aus«, schlug er seiner Frau vor, sobald er am Morgen die Augen öffnete. Tatendurstig sprang er aus dem

Bett und streckte sich. An seinem Rücken und in den Schultern vibrierten die kraftvollen Muskeln.

Rycca beobachtete ihn wehmütig. Am liebsten wäre sie geblieben, wo sie war – insbesondere, wenn er ins Bett zurückkehren würde. Doch der Gedanke an einen Galopp über die Hügel, in der frischen Meeresluft, erschien ihr fast genauso verlockend. Außerdem würden sie irgendwo ein abgeschiedenes Plätzchen finden.

Lächelnd stand Rycca auf und zog sich hastig an. In der Küche hielten sie sich nur lange genug auf, um von Magda ein paar frisch gebackene Brötchen entgegenzunehmen. Die ältere Frau lachte verständnisvoll und scheuchte das fröhliche Paar hinaus. Ungeduldig eilten sie in den Stall. Während Dragon die beiden Füchse aus den Boxen führte, nahm sie die Satteldecken von den Wandhaken und breitete sie über die Rücken der Pferde. Dann wurden sie von Dragon gesattelt, und Rycca zurrte die Gurte und das Zaumzeug fest.

Draußen im Sonnenschein mahnte er energisch: »Benimm dich, Sleipnir!« Der stolze Hengst warf seinen Kopf nach hinten. Aber er stand reglos da, um das Wohlwollen seines Herrn zu erringen. Dragon half seiner Frau aufsteigen, blieb neben ihr stehen, bis er sich vergewissert hatte, dass sie sicher im Sattel saß. Belustigt über seine übertriebene Fürsorge verdrehte sie die Augen.

Dragon warf ihr einen tadelnden Blick zu und ergriff Granis Zügel. Nachdem er sich in den Sattel geschwungen hatte, begann der Fuchs ohrenbetäubend zu wiehern, senkte den Kopf und schlug mit den Hinterbeinen aus, dann schleuderte er die Vorderbeine in die Luft. Schließlich landete er mit allen vier Hufen am Boden, sprengte über den Hof, durch eines der Tore hinaus und zum Turnierplatz. Trotz des wilden Galopps blieb Dragon im Sattel und versuchte das kräftige Pferd zu besänftigen. Entsetzt ritt Rycca hinterher, von allen Seiten kamen Leute angelaufen.

Obwohl Dragon mit aller Kraft an den Zügeln zerrte, raste Grani unaufhaltsam über den Platz. Immer wieder bäumte er sich auf, versuchte vergeblich, seinen Herrn abzuwerfen.

Nach einer Weile beschleunigte er sein ohnehin schon atemberaubendes Tempo und stürmte zur Baumreihe am Ende des Turnierplatzes. Kurz bevor er sie erreichte, grub er plötzlich seine Hufe ins Erdreich und hielt inne. Die Wirkung der Schwungkraft war zu stark, alle Reitkünste nutzten dem Jarl nichts mehr. Hilflos, in hohem Bogen, flog er über den Pferdekopf hinweg, überschlug sich und fiel zu Boden.

Sekunden später zügelte Rycca den schnaubenden Sleipnir an der Seite ihres Mannes. Schreiend sprang sie aus dem Sattel und kniete neben Dragon nieder. Ihre Angst wuchs, als sie feststellte, wie knapp sein Kopf einen scharfkantigen Stein verfehlt hatte.

»O Gott, Dragon! Bitte, komm zu dir – sprich mit mir! Wage es bloß nicht, einfach nur dazuliegen!« Tränen verschleierten ihren Blick und rannen unbeachtet über ihre aschfahlen Wangen. »Bitte, wach auf...« Verzweifelt umklammerte sie seine Schultern und versuchte, ihn aufzurichten. »Bitte...«

Doch er war zu schwer, und sie konnte ihn nicht bewegen. Die Augen geschlossen, lag er im Gras und rührte sich nicht. Wie leblos...

Schluchzend zerrte sie an seiner Tunika, die unter ihren Fingern zerriss. »Untersteh dich! Du bist nicht verletzt! Denk doch an all die Schlachten, die du überstanden hast, all die Abenteuer! Und jetzt lässt du dich von einem *Pferd* bezwingen, das du nicht einmal *magst*?«

Da flatterten Dragons Lider, und er öffnete ein Auge, das seine Frau erbost musterte. »Wäre es besser, wenn ich Grani *lieben* würde?«

Maßlos erleichtert, stieß sie einen Freudenschrei aus.

schlang beide Arme um seinen Hals und erdrosselte ihn beinahe.

Nachdem er sich von dem Würgegriff befreit hatte, blinzelte er. Nun konnte er etwas klarer sehen und beobachtete, dass seine Frau lachte und zugleich weinte. Das fand er sehr erfreulich.

»Beruhige dich, mir geht's gut«, murmelte er. »Lass mich aufstehen.«

»Vorsicht!«, warnte sie ihn und erhob sich. »Komm, stütz dich auf mich.«

Dragon begann zu lachen und besann sich sofort eines Besseren, weil es schmerzhaft in seinen Schläfen dröhnte. »Wenn ich deinen Rat befolge, werde ich dich erdrücken, Lady.« Stöhnend kam er auf die Beine. Erst jetzt bemerkte er die Menschenmenge, die sich ringsum versammelt hatte. Sobald die Leute feststellten, dass ihr Jarl sein Missgeschick überlebt hatte, jubelten sie aus voller Kehle.

Verlegen winkte er ihnen zu und grinste schwach, bevor er sich zu Grani wandte. Der Hengst stand in der Nähe, und Magnus umklammerte die Zügel.

»Ist er verletzt?«, fragte Dragon.

»Das glaube ich nicht«, erwiderte Magnus. »Jetzt ist er ganz ruhig.« In der Tat – der Fuchs begann sogar am Gras zu knabbern.

»Vielleicht wurde er von einer Biene gestochen«, meinte Rycca. »So etwas habe ich schon einmal erlebt, und das Pferd, auf dem ich saß, ging genauso temperamentvoll durch wie vorhin Grani.«

Lächelnd hob Dragon die Brauen. »Ich wette, du bist im Sattel geblieben.«

»Nein, ich wurde abgeworfen – und ich stand viel langsamer auf als du.«

Damit tröstete sie den verletzten Stolz ihres Gemahls ein wenig. Alle Knochen taten ihm weh. Doch das gab er nicht zu. Auch er hatte den Stein gesehen, und er wusste, wie knapp er einer lebensgefährlichen Verletzung entronnen war.

Noch viel schlimmer fand er die Erinnerung an den Sturz aus beängstigender Höhe…

»Bringen wir Grani in seine Box zurück. Ich möchte ihn gründlich untersuchen.«

Im Sonnenlicht, das durch die geöffneten Fenster in den Stall fiel, fand er die Kletten. Sie steckten unter der Satteldecke, dicht an dicht, sechs Stück, mit jenen scharfen Spitzen, die an wilden Reben wachsen. Als er einen Stachel berührte, quoll ein Blutstropfen aus seinem Finger.

»Das verstehe ich nicht.« Rycca war auf das Geländer der Box gestiegen, um über Dragons Schulter zu spähen. »So viel ich weiß, werden die Decken regelmäßig ausgeschüttelt und gebürstet.«

»Du hast die Decke auf Granis Rücken gelegt. Sind dir die Kletten nicht aufgefallen?«

»Nein, natürlich nicht, sonst hätte ich eine andere Decke genommen.«

Schweigend nickte er und betrachtete wieder die Kletten. Sie steckten in der Mitte der Decke, an der Stelle, wo sich die Stacheln unter dem Gewicht des Reiters am tiefsten ins Pferdefleisch graben und qualvolle Schmerzen verursachen würden. Während ein Stallbursche die Decke ausgeschüttelt hatte, waren ein oder zwei Kletten vielleicht herabgefallen. Aber ein halbes Dutzend, eng beisammen, musste den angestrebten Zweck erfüllen.

Fast immer hielt sich jemand im Stall auf. Selbst wenn die Pferde geritten wurden oder auf den Wiesen weideten, hatten die Knechte genug zu tun, fegten den Boden, misteten die Boxen aus, reinigten die Sättel und das Zaumzeug. Bei dieser Arbeit würden sie nur von einem unbekannten Gesicht Notiz nehmen. Wenn jemand oft genug in den Stall kam, hätte er den Anschlag unbemerkt verüben können.

Und Rycca betrat ihn jeden Tag. Hastig suchte Dragon diesen Gedanken zu verdrängen. Einfach lächerlich ... Aus welchem Grund sollte sie versuchen, ihm zu schaden? Außerdem – wenn sie die Schuld an dem Zwischenfall trug, hätte sie die Decke mit den Kletten gewiss nicht selbst auf Granis Rücken gelegt und sich dadurch verdächtig gemacht.

Es sei denn, sie hatte befürchtet, jemand anderer würde die Kletten entdecken und entfernen ...

Ärgerlich schüttelte er den Kopf, der vermutlich zu hart auf dem Boden aufgeschlagen war, und ignorierte seine Schmerzen. Nun musste Granis wunde Haut behandelt werden.

Rycca liebt Pferde, sagte sich Dragon. Niemals würde sie einem dieser Tiere so schreckliche Qualen bereiten.

»Da!« Rycca hielt ihm einen Tiegel hin.

»Was ist das?«, fragte er schroffer als beabsichtigt.

Das schien sie nicht zu bemerken. »Eine Salbe für Grani.«

»Danke.« Dragon nahm das Gefäß entgegen und verteilte die Salbe auf den Wunden des Hengstes – froh über diese Tätigkeit, die ihn wenigstens zeitweise von seinem Argwohn ablenkte.

Danach untersuchte er das Pferd noch einmal. Grani hatte offenbar keinen weiteren Schaden erlitten. Aber er schien zu spüren, dass etwas ganz Ungewöhnliches geschehen war, denn er stieß seine Nüstern besonders liebevoll gegen die Schulter seines Herrn.

»Schon gut, alter Junge«, murmelte Dragon und striegelte die dichte Mähne. »Du kannst nichts dafür. Zum Glück sind wir beide halbwegs glimpflich davon gekommen.«

»Gott sei Dank!« Ryccas Stimme klang aufrichtig und unbefangen. Gerührt beobachtete sie, wie gewissenhaft Dragon das Pferd betreute. »Gehen wir. Grani ist gut versorgt. Jetzt will ich mich um *dich* kümmern.«

Überrascht drehte er sich zu ihr um. »Nicht nötig.«

»Aber – dein Sturz…«

»Ich bin nicht verletzt.«

Seufzend nahm sie ihm den Striegel aus der Hand und legte ihn in ein Regal. »Nun weiß ich, was Cymbra durchmachen musste… Sie hat mir erzählt, wie störrisch du warst, als sie dein Bein behandelt hat.«

»Das war etwas anderes.«

»Hoffentlich! Jene Verletzung hätte dich umbringen oder dich bis an dein Lebensende plagen können. Diesmal hast du wahrscheinlich nur ein paar Schrammen abbekommen. Wär's denn wirklich so schlimm, wenn ich danach sehen würde?« Lächelnd trat sie näher zu ihm, und ihr Körper berührte seinen. Im warmen Sonnenschein mischte sich der Duft ihrer parfümierten Seife verführerisch mit dem Geruch des frischen Heus. »Übrigens, du hast mir deine Sauna noch immer nicht gezeigt.«

Wie mühelos sie ihn von allen Gedanken ablenkte… Nun vergaß er, was er vor wenigen Minuten gedacht hatte, und er wusste nur mehr, dass es lächerlich gewesen war. »Da gibt's nicht viel zu sehen«, erwiderte er geistesabwesend und betrachtete die Sonnenstrahlen, die sich in ihrem glänzenden Haar spiegelten. »In der Sauna ist es dunkel.«

»Wirklich? Dann müssen wir uns durch die Finsternis tasten.«

Heiße Vorfreude erfasste ihn. Erwartungsvoll regte sich der mutwillige Kerl zwischen seinen Beinen, und Dragon stöhnte leise. Nachdem ihn zum ersten Mal in seinem Leben ein Pferd abgeworfen hatte, verdiente er eine erholsame Entspannung. Und so führte er seine Frau zu der unterirdischen Sauna, die in einem Berghang lag.

»Ist es sehr heiß da drin?«, fragte Rycca und zog den Kopf ein, um das niedrige Steingebäude zu betreten.

Inzwischen waren Dragons Schmerzen von ganz anderen Gefühlen vertrieben worden. »Furchtbar heiß.«

Rycca warf ihm einen kurzen Blick über die Schulter zu. »Werde ich verbrennen?«

»Wahrscheinlich«, entgegnete er, schob sie in die Kammer und schloss die schwere Tür hinter sich. Nur ein kleines Fenster über dem Eingang und die glühende Asche in einem steinernen Becken spendeten schwaches Licht.

Während sich Ryccas Augen langsam an das Halbdunkel gewöhnten, musterte sie ihre Umgebung. Die Saunakammer war erstaunlich geräumig, mit langen Bänken an drei Seiten. »Dass deine Sauna so groß ist, hätte ich nicht gedacht.«

»Manchmal kommen Freunde und Verwandte gemeinsam hierher, sogar ganze Familien.«

»Männer und Frauen – gleichzeitig?« Nachdem Rycca in Wolfscroft aufgewachsen war, kannte sie keine Prüderie. Dort hielt man nichts von Sitte und Anstand. Aber dass nackte Männer und Frauen in trauter Eintracht die Freuden der Sauna genossen – das fand sie etwas sonderbar. Obwohl sie immer noch angezogen war, ebenso wie Dragon, fühlte sie sich unbehaglich.

Im trüben Licht sah sie Dragon lächeln. »Das ist ein alter Brauch, und er wird überall gepflegt, wo Menschen auf engem Raum zusammenleben.«

Plötzlich ging ihr ein beängstigender Gedanke durch den Sinn, und sie starrte ihren Mann erschrocken an. »Jetzt wird sich doch niemand zu uns gesellen, oder?«

»Ganz bestimmt nicht.«

»Wie kannst du so sicher sein? Wenn es üblich ist, dass die Leute gemeinsam die Sauna aufsuchen ...«

Sein Lächeln vertiefte sich. »Glaub mir, niemand wird uns stören.« Als er den Zweifel in ihren Augen las, fügte er hinzu: »Wäre ich allein, würden meine Männer ohne Zögern hereinkommen – es sei denn, ich hätte ihnen bedeutet, ich würde lieber allein bleiben. Aber da du mich begleitet hast ...«

»Das wissen sie vielleicht nicht.«

»Doch, natürlich.« Dragon lachte herzhaft. »Bildest du dir ein, sie würden uns *nicht* dauernd beobachten?«

»Daran habe ich nicht gedacht.«

»Mach dir deshalb keine Sorgen. Du solltest verstehen, dass sie neugierig auf uns sind.«

»Nun ja…« Da er näher zu ihr getreten war, hatte sie ihm nur mit halbem Ohr zugehört. Ihre leichte Benommenheit hing wahrscheinlich mit der Hitze in der Sauna zusammen. Oder mit ihrem Entsetzen bei seinem Sturz aus dem Sattel – jener grauenvollen Szene, die sie immer noch vor ihrem geistigen Auge sah. Der heiße Dampf würde seine Schmerzen lindern. Aber sie musste ihn trotzdem berühren, seine Kraft spüren und sich vergewissern, dass er nicht ernsthaft verletzt war. »Dragon…«

»Hm?« Zärtlich streichelte er ihre weiche Wange.

»Glaubst du…? Nein, unmöglich.« Entschieden beantwortete sie ihre eigene Frage. Welch ein absurder Gedanke!

»Was meinst du?«

»Nicht so wichtig. Lass dir helfen.« Behutsam drückte sie ihn auf eine der Bänke und kniete nieder, zog ihm die Sandalen aus und stellte sie beiseite. Dann bedeutete sie ihm, aufzustehen, und streifte vorsichtig die Tunika über seinen Kopf. Weil er so groß war, musste sie auf die Bank steigen.

Lachend umfing er ihre Taille, und sie glitt an seinem erregten Körper hinab. »Eine pflichtbewusste Ehefrau. So fürsorglich…«

Rycca kicherte und biss in sein Ohrläppchen. Da protestierte er lauthals. Aber er umschlang sie noch fester.

Als sie mit ihrer Zunge die Stelle liebkoste, die sie soeben misshandelt hatte, stöhnte er und presste ihre Hüften an sich. »Trägst du schon wieder eins dieser verdammten, kostbaren, heiklen Kleider?«

»Wenn ich ausreite – niemals.«

»Sehr gut«, murmelte er und griff nach der Verschnürung an ihrem Rücken.

Diesmal ließ sie sich bereitwillig ausziehen. Trotz der Hitze erschauerte sie. An seinen nackten Körper geschmiegt, konnte sie nicht zu zittern aufhören. Immer wieder sah sie ihn in ihrer Fantasie durch die Luft fliegen, seinen Kopf dicht neben dem Stein am Boden aufschlagen.

Aus seiner Kehle rang sich ein heiserer Laut. »Woran denkst du? Vorhin wolltest du mich etwas fragen.«

»Es spielt keine Rolle.« Langsam glitten ihre Lippen über seine Haut und schmeckten Salz. Die Augen geschlossen, spürte sie, wie sich ihre Sinne verwirrten. Bei seinem Sturz hatte die Erde gebebt, das könnte sie schwören. Zumindest *ihre* Erde, der Mittelpunkt ihres Lebens. Wäre er verletzt worden – oder noch schlimmer... Sie grub ihre Finger in seine Schultern, in die stählernen Muskeln seiner Arme. Doch das nutzte ihr nichts, denn sie wusste – kein Mann, und mochte er noch so stark sein, war gegen tödliche Gefahren gefeit.

»Rycca?«, flüsterte er besorgt, bog ihren Kopf nach hinten und betrachtete sie im Widerschein der schwelenden Asche. Auf ihren Wangen glänzten silbrige Tropfen. Sie weinte. Mühsam unterdrückte er einen Fluch und hob sie hoch, setzte sich mit ihr auf die Bank und legte ihre Beine um seine Hüften. »Alles wird gut, meine Süße. Das verspreche ich dir. Vertraue mir, ich beschütze dich.«

In Hintergrund seines Bewusstseins schien jener absurde Gedanke, sie hätte die Kletten in seine Satteldecke gesteckt, boshaft zu grinsen. Sein Kopf musste härter gegen den Boden geprallt sein, als er es vermutet hatte. Sonst hätte er keine Sekunde lang an seiner Frau gezweifelt.

»Tut mir Leid«, entschuldigte sie sich. »Keine Ahnung, was über mich gekommen ist... Normalerweise weine ich nie.«

Nein, das stimmte nicht. Zumindest weinte sie manchmal, seit sie ihn kannte. Aber daran würde er sie nicht erinnern. Stattdessen wischte er ganz sanft die Tränen von ihren Wangen und küsste sie liebevoll. Eigentlich wollte er sie nur trösten. Oder die edlere Seite seines Wesens hegte diese Absicht. Doch dann meldeten sich andere, unwiderstehliche Bedürfnisse.

Er spürte, wie ihr weicher Körper dahinschmolz. Umso härter drängte sich seine Männlichkeit an ihr nachgiebiges Fleisch. Jetzt zögerte er nicht länger und legte Rycca auf die Bank. Die Hände unter ihren Hinterbacken, hob er sie hoch und spreizte ihre schlanken Schenkel. Als sein Mund den Mittelpunkt ihrer Lust fand, rang sie nach Atem. Die Finger in sein dichtes Haar geschlungen, genoss sie ein Entzücken, das ihre Adern durchströmte, strahlend hell wie die Sonne.

Schwerelos schwebte sie empor, in scheinbar grenzenlose Höhen, bis sie einen Gipfel erreichte, wo sie schluchzend den Namen ihres Mannes flüsterte. Und dann lag sie zitternd in seinen Armen, fühlte sich sicher und geborgen. Allmählich verebbten die Wellen der Ekstase, um erneut anzuschwellen, sobald er in sie eindrang. Diesmal nicht schnell und ungeduldig, sondern ganz langsam, denn er wollte ihr Zeit lassen, damit sie ihn aus eigenem Antrieb vollends in sich aufnahm.

Schreiend warf sie den Kopf in den Nacken, zog ihn zu sich hinab, liebte sein Gewicht, seine kraftvollen Bewegungen in ihrem Schoß, die alle bösen Erinnerungen verscheuchten. Die qualvollen Fantasiebilder von seinem Sturz lösten sich in nichts auf, während ihr Verlangen gestillt wurde – wieder und wieder. Flackernd beleuchtete die Aschenglut die uralte Poesie des Liebesakts. Rötlich schimmernde Glieder umfingen einander, atemlose Stimmen stöhnten, wilde Leidenschaft triumphierte im dunklen Herzen der Erde.

16

Am nächsten Tag begann die Ernte, und von Anfang an häuften sich unvorhergesehene Schwierigkeiten. Aus den Körben fielen die Böden heraus, Wasser tropfte aus den Schläuchen. Ein Wagenrad brach und erdrückte beinahe den Mann, der daneben stand. Noch schlimmer – die Schneide einer Sichel löste sich vom Griff, als sie geschwungen wurde.

Und am vierten Morgen erlitt ein junger Bauer eine gefährliche Schnittwunde an seinem Bein.

Dragon behauptete, solche Zwischenfälle seien üblich. Da war sich Rycca nicht so sicher. Viel zu oft spähte sie über ihre Schulter, schaute immer wieder nach, ob dies oder jenes auch wirklich in Ordnung war.

Am dritten Tag zuckte sie bei völlig harmlosen Geräuschen zusammen. Ihre Nervosität blieb nicht unbemerkt. Das bewiesen Magdas sorgenvolle Miene und das Getuschel der anderen Frauen.

Sie wollte ihnen versichern, sie würde sich gut fühlen. Doch Dragons Sturz aus Granis Sattel verfolgte sie immer noch in grausigen Träumen. Jede Nacht erwachte sie, denn sie musste sich vergewissern, dass ihr Mann unverletzt neben ihr lag. Wenn er ihren Kummer spürte, zog er sie beruhigend an sich und versuchte, sie zu trösten.

Aber er konnte sie nicht von ihren bösen Ahnungen befreien – die sich am vierten Tag nicht zum ersten Mal bestätigten.

Während sich die meisten Stadt- und Festungsbewohner an der Ernte beteiligten, ging sie allein in die Küche. Sie brauchte einige Gewürze für die Eintöpfe, die auf den Feldern über offenen Feuerstellen brodelten. Tagelang hatten die Leute unermüdlich gearbeitet, bis in die mondhellen Nächte hinein, gönnten sich nur wenige Stunden Schlaf und aßen im Freien. Nur selten hielten sie inne, um ein paar Worte zu wechseln. Was ringsum geschah, nahmen sie kaum war. Nun wollte Rycca ihre fleißigen Untertanen mit einer nahrhaften Mahlzeit belohnen.

Den ganzen Vormittag hatte Magda am Feldrand verbracht und die Frauen beaufsichtigt. Abgesehen von den Kriegern auf den Wachttürmen war die Festung verlassen, ebenso wie die Stadt. Ein Hund döste im Sonnenschein, hob kurz den Kopf, um Rycca zu mustern, und schlummerte weiter

An diese Stille war sie nicht gewöhnt. Voller Unbehagen betrat sie das Küchengebäude, das wie immer vor Sauberkeit blitzte. Auf den langen Arbeitstischen, mit Sand und Wasser gescheuert, zeigte sich kein einziger Schmutzfleck. Schüsseln und Töpfe, Pfannen und Kochlöffel waren in den Schränken verstaut worden. An den Deckenbalken hingen duftende Kräuterbündel. Aber der Boden …

Mit winzigen, dunklen Kugeln übersät, so weit das Auge reichte … Beinahe sahen sie aus wie …

Pfefferkörner. Kostbare Pfefferkörner, aus dem normalerweise verschlossenen Gewürzschrank entfernt. Jetzt stand die Doppeltür offen, jede einzelne Schublade war herausgerissen, der Inhalt am Boden verstreut oder verschwunden.

Entsetzt rang Rycca nach Luft und traute ihren Augen nicht. Als sie vorsichtig weiterging, roch sie die Pfefferkörner, die ihre Sohlen zerquetschten. Sie berührte die Schranktüren und betrachtete das unversehrte Holz. Also waren sie nicht gewaltsam geöffnet worden – der Missetäter hatte einen Schlüssel benutzt.

Sie hatte geglaubt, außer dem Schlüssel, der an ihrem Gürtel hing, würde es keinen geben. Offenbar war das ein Irrtum gewesen.

Trotz des warmen Tags erschauerte sie. Erst die verwüsteten Webstühle und Stoffe, dann das verdorbene Salz und die

Kletten unter Granis Satteldecke – und jetzt dieser Angriff, der so wie die anderen auf Rycca abzielte … Denn alle nahmen an, dass nur sie einen Schlüssel zum Gewürzschrank besaß. Irgendjemand wollte sie verunglimpfen und den Eindruck erwecken, sie würde Landsende mit voller Absicht schaden.

Schweren Herzens rannte sie zu den Feldern hinaus, um Dragon zu erzählen, was geschehen war. Sie fand ihn an der Seite des jungen Mannes, den die Sichel an diesem Morgen verletzt hatte.

Das Bein dick verbunden, war er vorerst arbeitsunfähig und immer noch blass. Trotzdem schaute er vertrauensvoll zu seinem Jarl auf.

»Damit du das Bein bald wieder ungehindert benutzen kannst, musst du dir einige Mühe geben«, erklärte Dragon. »Jedenfalls ist es möglich, das weiß ich aus eigener Erfahrung. Ich werde dir zeigen, was du tun musst. Den ganzen Winter hast du Zeit, um dich zu erholen. Wenn im Frühling die Saat beginnt, bist du wieder ganz gesund.«

Die junge Frau, die neben dem Verletzen stand, nickte und drückte seine Hand. »Sicher hat der Jarl Recht, Harald. Ein bedauerliches Missgeschick – aber nicht so schlimm, wie wir zunächst befürchten mussten.« Lächelnd legte sie seine Finger auf ihren Bauch. »Unser Kind wird seinen Vater kennen, alles andere ist unwichtig.«

Nun bemerkte Dragon die Anwesenheit seiner Frau, ließ das junge Paar allein und eilte zu ihr.

»Wie geht es Harald?«, fragte sie.

»Die Wunde ist ziemlich tief. Glücklicherweise reicht sie nicht bis zum Knochen. Letzten Endes müsste er genesen. Allerdings wird's Zeit und Mühe kosten.« Da sie bei dieser Neuigkeit keine Erleichterung zeigte, fragte er: »Stimmt was nicht?«

Widerstrebend berichtete sie, was sie in der Küche entdeckt hatte. »Einige Gewürze liegen am Boden, andere sind verschwunden.«

Erst nach einer halben Ewigkeit brach er sein Schweigen. »Wann hast du das festgestellt?«

»Vor ein paar Minuten. Ich wollte Gewürze für das Mittagessen holen, das Magda und die anderen Frauen zubereiten. In der Festung sah ich niemanden außer den Wachtposten auf den Türmen. Wahrscheinlich beachten sie das Küchengebäude nicht.«

»Wohl kaum …«, bestätigte Dragon langsam. »Und du sagst, das Schloss des Schranks wurde nicht aufgebrochen?«

»Ganz sicher nicht. Jemand hat es mit einem Schlüssel aufgesperrt. Bisher dachte ich, nur ich würde einen Schlüssel zum Gewürzschrank besitzen. Nachts liegt er zusammen mit den anderen, die Magda mir übergab, bei meinen Kleidern in unserem Haus. Und tagsüber hängen sie alle an meinem Gürtel …« Plötzlich ging ihr ein beklemmender Gedanke durch den Sinn. »Glaubst du, jemand ist in unser Haus gekommen, während wir geschlafen haben?«

Entschieden erwiderte er: »Nein.« Mehr sagte er nicht. Das war auch gar nicht nötig, und sie hätte es wissen müssen. Wäre jemand ins Haus geschlichen, hätten die Instinkte des erprobten Kriegers ihren Mann sofort geweckt. Neben dem Bett lag stets sein maurisches Schwert. Schon beim ersten Schritt wäre der Eindringling niedergestochen worden.

»Dann muss es einen zweiten Schlüssel geben«, meinte Rycca.

Statt zu antworten, zuckte er die Achseln, winkte Magnus zu sich und beauftragte ihn, den verletzten jungen Mann in die Stadt tragen zu lassen. Dann ging er zur Festung. Um mit ihm Schritt zu halten, musste Rycca laufen.

Bis sie die Küche erreichten, herrschte drückendes Schweigen.

»Gib mir den Schlüssel zum Gewürzschrank«, befahl Dragon, und sie gehorchte sofort.

Etwas ungeschickt löste sie den großen eisernen Schlüssel von dem Ring, an dem auch die anderen baumelten.

»Ist das der Richtige?«, fragte ihr Gemahl. »Bist du sicher?«

»Ja. Siehst du die kleine Kerbe am Griff?«

Dragon nickte, nahm ihr den Schlüssel aus der Hand und steckte ihn ins Schloss. Mühelos ließ er sich herumdrehen. »Tatsächlich, er passt.«

»Das weiß ich. Erst gestern habe ich den Schrank geöffnet.«

»Hast du ihn wieder verschlossen und den Schlüssel abgezogen?«

»Natürlich.« Da sie seine Skepsis spürte, fügte sie hinzu: »Dieser Schlüssel ist groß und schwer. Hätte ich ihn stecken lassen, wäre mir das wenig später aufgefallen. Und wenn nicht, hätten es Magda oder eine der anderen Frauen zweifellos bemerkt.«

»Haben sie dir keine Schwierigkeiten bereitet?«

»Niemals! Alle Leute sind sehr freundlich. Und sie tun ihr Bestes, um mir zu helfen.« Alle außer Magnus, ergänzte sie in Gedanken. Doch das wollte sie ihrem Mann nicht anvertrauen – schon gar nicht, als sich seine Miene verschloss. Mit unergründlichen Augen erwiderte er ihren Blick »O Gott, Dragon – bitte …«, stammelte sie erschrocken. »Ich schwöre dir, ich habe nicht …«

Gebieterisch hob er eine Hand und fiel ihr ins Wort. »Du bist meine Frau, die Herrin von Landsende – und für alle Belange des Haushalts verantwortlich.«

»Das weiß ich, aber …«

»Du musst den Schlüssel verlegt haben.«

»Nein, sicher gibt's einen zweiten.«

»Wenn es so wäre, hätte ich davon erfahren.«

»Dann hat jemand andere Mittel und Wege gefunden, um das Schloss zu öffnen.«

»Ja – manche Schlösser lassen sich mit einer sehr dünnen Nadel aufbrechen.« Hastig fügte Dragon hinzu: »Dafür braucht man allerdings ein besonderes Geschick.«

Rycca senkte mutlos den Kopf. Doch sie riss sich sofort wieder zusammen und straffte die Schultern. »Tut mir Leid, dass ich dir solche Schwierigkeiten bereite. Das wollte ich wirklich nicht.«

Seufzend strich er durch sein Haar, und sie merkte ihm an, wie müde er war – so wie alle Bewohner von Landsende nach der viertägigen Knochenarbeit.

»Wirklich, es tut mir Leid«, beteuerte sie in etwas sanfterem Ton. »Wenn ich auch nicht weiß, was hier geschieht – und es jagt mir Angst ein.«

»Das werden wir herausfinden, Rycca«, versprach er und berührte ihre Wange. »Von jetzt an musst du Augen und Ohren offen halten. Sobald dir irgendetwas Merkwürdiges Auffällt, gib mir sofort Bescheid.«

»Natürlich.« Sie blieb in der Küche, um aufzuräumen, während Dragon mit den Wachtposten sprach. Als er zurückkehrte, hatte sie Ordnung gemacht.

»Wie erwartet, haben die Männer nichts beobachtet«, berichtete er. »In Zukunft werden sie besser aufpassen.«

Mehr konnten Dragon und Rycca im Augenblick nicht tun. Während der Ernte fehlte ihm die Zeit, um gründliche Nachforschungen anzustellen. Danach würde der Jarl den Unruhestifter entlarven – das gelobte er sich mit grimmiger Miene. Er *musste* herausfinden, wer einen so schweren Verdacht auf seine Frau lenkte, und den Schuldigen bestrafen.

Drei weitere Tage lang arbeiteten die Leute unermüdlich, um die goldenen Felder abzuernten. Gebündelt trockneten Roggen und Weizen unter der Sonne in einer sanfte Brise. Bald würden die Mühlen zu mahlen beginnen. In einer großen Scheune würde man Futter für Schafe und Rinder lagern, die man demnächst von den höher gelegenen Weiden herabführen wollte. Bier und Met würde man brauen, Matratzen mit frischem Stroh füllen und aus den restlichen Halmen Puppen für die Kinder basteln. Danach sollte ein großes Fest stattfinden.

Dieser Gedanke – und die Freude auf gut bestückte Speisekammern im Winter – ermutigte die Menschen, ihre wachsende Erschöpfung zu überwinden.

Als die letzten Ähren eingesammelt waren und die Sonne auf kahle Felder herabschien, stieg heller Jubel zum Himmel empor. Die Leute suchten ihre Decken und Töpfe zusammen, all die Utensilien, die sie auf die Äcker mitgenommen hatten, um sich den Weg nach Hause und wieder zurück zu ersparen. Mit schweren Schritten wanderten sie zur Stadt oder in die Festung.

Rycca stieg mit Magda und den anderen Frauen den Hang hinauf. Obwohl sie protestiert hatten, war die Herrin jeden Tag auf die Felder gegangen, um beim Kochen zu helfen und den durstigen Arbeitern gefüllte Wasserschläuche zu bringen. Gewiss, sie hatte einige Hühner auf den Bratspießen über dem Feuer verkohlen lassen und wahrscheinlich eine ganze Menge Wasser verschüttet, aber ihr Bestes getan. In einem Jahr, bei der nächsten Ernte, würde sie besser zurechtkommen – dazu war sie fest entschlossen.

In der Festung angekommen, fühlte sie sich ungewöhnlich erschöpft. Das lag nicht nur an der üblichen Müdigkeit nach stundenlanger Arbeit. Als sie ihr Haus betrat, schien Blei an ihren Füßen zu hängen. Dragon hielt sich immer noch bei seinen Männern auf. Nachdem sie ihr Gesicht und die Hände mit kühlem Wasser gewaschen hatte, sank sie ins Bett und schlief sofort ein.

Erst am späten Abend erwachte sie. Eine Zeit lang blieb sie noch liegen und starrte zur schrägen Zimmerdecke hinauf. Dies ist jetzt mein Heim, dachte sie. Nie zuvor kannte ich ein solches Zuhause … Dass es ihr so leicht gefallen war, sich in der Gemeinde von Landsende einzuleben, überraschte sie immer noch. Wie ein Vogel, der nach einem beschwerlichen Flug durch Wind und Wetter sein Nest erreicht hatte …

Oder täuschte sie sich?

Bedrückt erinnerte sie sich an Dragons Frage, ob ihr die Kletten aufgefallen seien. Als hätte sie – wäre sie darauf gestoßen – jene Satteldecke über den Rücken des Pferds gelegt, das er reiten würde …

»Du musst den Schlüssel verlegt haben«, hatte er behauptet. Hielt er sie für eine achtlose Hausfrau? Immerhin noch besser, als wenn er glauben würde, sie hätte den Gewürzschrank geöffnet und die Pfefferkörner am Boden verstreut …

Nichts hatte er ihr vorgeworfen und sie nur ermahnt, sie müsse gut für ihren Haushalt sorgen. Das wusste sie. Aber was sollte sie tun, wenn ein niederträchtiger Schurke alle ihre Bemühungen zunichte machte?

Seufzend stieg sie aus dem Bett, obwohl sie lieber bis in die Nacht hinein geschlafen hätte. Stattdessen spritzte sie wieder Wasser in ihr Gesicht, was ihre Erschöpfung nicht linderte. Entmutigt schleppte sie sich in die große Halle, wo man bald das Abendessen auftischen würde.

Es war eine schlichte Mahlzeit, ohne Gewürze, deren Verschwinden sich bereits herumgesprochen hatte. Als Rycca die Halle betrat, warfen ihr die Leute neugierige Blicke zu. Sofort schauten sie wieder weg, und sie setzte sich neben Dragon. In ein Gespräch mit Magnus vertieft, richtete er während des Essens kaum ein Wort an seine Frau. Für sie konnte der Abend gar nicht schnell genug zu Ende gehen. Nachdem die Dienstboten die letzten Platten aufgetragen und die Bierkrüge bereitgestellt hatten, murmelte sie eine Entschuldigung und stand auf.

Auch Dragon erhob sich. »Fühlst du dich nicht gut?«, fragte er.

Etwas verspätet, wie sie fand. Doch sie verdrängte diesen Gedanken, der ihrer nicht würdig war. »Doch«, antwortete sie, zwang sich zu einem Lächeln und spürte, wie unecht es wirkte. »Ich bin nur müde.«

Während sie die Halle verließ, spürte sie Dragons Blick im Rücken.

Trotz ihres Kummers schlief sie ein, sobald ihr Kopf das Kissen berührte. In dieser Nacht erwachte sie nur ein einziges Mal, als ihr Mann sie in die Arme nahm. Erst am Morgen öffnete sie wieder die Augen.

Es war ein trüber Tag, der die Sicht verschleierte und die Geräusche dämpfte. In der Nacht war Nebel aufgekommen. Auch in Mercia lagen oft Nebelschwaden über dem Land, aber nicht dieses dichte Weiß, das die Welt zu verschlucken schien. Sogar die Möwen schwiegen. Weil ihr vertrautes Kreischen nicht erklang, wirkte die Stille doppelt beklemmend.

Langsam und leicht benommen bahnte sich Rycca einen Weg durch die milchigen Wolken zur Küche. Dort hatte sich Magda bereits mit ihren Gehilfinnen eingefunden. Freundlich begrüßten sie die Herrin.

»Der Haferbrei ist fertig«, verkündete Magda und bot ihr eine üppig gefüllte Schüssel an, in die sie noch einige Löffel dicke Sahne gegossen hatte. Heißhungrig begann Rycca zu essen. Sie hätte noch eine größere Portion vertragen. Doch das behielt sie für sich und fragte: »Wie findet man denn da draußen seinen Weg?«

»Nur sehr schwer, Mylady«, erwiderte Magda lächelnd. »Glücklicherweise gibt's heute nicht viel zu tun.«

Die Frauen nickten, froh über die Atempause nach der harten Arbeit in der letzten Woche. Eine Zeit lang blieb Rycca bei ihnen. Aber sie merkte, wie gehemmt sie sich in ihrer Gegenwart immer noch fühlten, weil sie die Frau des Jarls – und zudem eine Ausländerin war. Und so verabschiedete sie sich schließlich und schlug die Richtung zum Stall ein.

Hätte sie die Pferde nicht schnauben hören, wäre sie vielleicht im Kreis herumgestolpert und niemals zu ihren Lieblingen gelangt. Beinahe rannte sie gegen die Holzwand, bevor sie erkannte, dass sie am Ziel war. Sie tastete sich bis zum Tor und trat ein. Im nebligen Halbdunkel brannten Fackeln. Alle Pferde standen in ihren Boxen. An diese Gefangenschaft nur im tiefsten Winter gewöhnt, schnaubten sie unbehaglich. Rycca striegelte Sleipnir und Grani, flocht ihre Mähnen, brachte ihnen frisches Wasser und Hafer, dann verwöhnte sie die beiden mit saftigen Äpfeln. Damit lenkte sie sich von ihren düsteren Gedanken ab. Die rastlosen Füchse wollten ins Freie geführt werden. Immer wieder stießen sie Rycca mit ihren warmen Nüstern an. Aber sie blieb standhaft. »Geduldet euch noch ein wenig. Wenn sich der Nebel ein bisschen auflöst, führe ich euch auf die Koppel. Jetzt noch nicht.«

Protestierend wieherten sie, doch sie beruhigten sich sofort, als sie ihnen noch mehr Äpfel gab. Danach ging sie zur gegenüberliegenden Seite des Stalls, wo die Wallache gehalten wurden. Die Stuten befanden sich in einem anderen Teil des Stallgebäudes. Während sie frisches Heu in die Box eines kräftigen Braunen häufte, warf er den Kopf zurück und nahm sichtlich erfreut einen Apfel entgegen.

Je länger sie im Stall arbeitete, desto besser fühlte sie sich. Gewiss, sie hatte ein Problem. Aber sie würde es lösen. Immerhin besaß sie die Gabe, stets die Wahrheit zu erkennen. Und deshalb würde sie bald herausfinden, wer die Schuld an den beängstigenden Zwischenfällen trug.

Nicht Magda, davon war Rycca fest überzeugt – nicht nur wegen des lauteren Charakters, den die Frau oft genug bewiesen hatte. Als der Gewürzschrank leer geräumt worden war, hatte sie den ganzen Vormittag auf den Feldern verbracht. Außerdem wäre sie zu schwach gewesen, um das Salzfass umzukippen, die Hälfte des Inhalts auszuschütten und den Rest mit Sand zu vermischen.

Und Magnus? Diesen Verdacht fand Rycca begründet. Von Anfang an hatte sie seine Lügen durchschaut, und sie wusste, dass ihm die Heirat seines Herrn missfiel. Würde er deshalb wagen, den Jarl zu erzürnen – und zu welchem Zweck?

Ihr Kopf begann zu schmerzen, und sie hörte auf, die Boxen auszumisten. An den Pfosten des Stalltors gelehnt, starrte sie ins Nichts. Inzwischen war die Sonne unsichtbar am Himmel emporgestiegen, doch der Nebel verflüchtigte sich nicht.

Seufzend drehte sie sich um und wollte in den Stall zurückkehren. Da bemerkte sie eine Bewegung zu ihrer Linken, schräg hinter sich. Ein schattenhafter Schemen näherte sich. Bevor sie irgendetwas unternehmen konnte, presste sich eine Hand auf ihr Gesicht, ein harter Arm umfing ihre Taille.

Voller Entsetzen wehrte sie sich, zerkratzte die Hand, die ihr Mund und Nase zuhielt, und trat nach den Beinen des Angreifers. Als sie keine Luft mehr bekam, geriet sie in Panik. Ihre Lungen brannten, allmählich schwanden ihre Sinne, ihr Kopf sank in den Nacken. Kurz bevor ihr schwarz vor Augen wurde, sah sie zwei verschlungene Schlangen, die einander zu fressen schienen. Verzweifelt rang sie um ihr Bewusstsein – bis sie hilflos in einen dunklen Abgrund fiel.

Dragon half seinen Kriegern, ein Handelsschiff auf den steinigen Strand zu ziehen. Nachdem sich der verdammte Kahn mit Wasser gefüllt hatte, würde er versinken, wenn er nicht in Sicherheit gebracht wurde. Auch unter anderen Umständen war die Aufgabe mühsam genug. Doch der Nebel erschwerte sie noch zusätzlich, denn die Männer konnten ihre Gefährten oder das Schiff kaum sehen. Trotzdem hatten sie dicke Taue um den Rumpf gewunden, und ein paar tapfere Burschen waren unter den Kiel gekrochen, um sie zu verknoten. Wenn die Kräfte nicht nachließen, musste das Werk gelingen.

»Zieht!«, schrie Dragon in den Nebel. Mit seinen starken Händen zerrte er an zwei Stricken, und das Schiff schob sich etwas weiter aus dem Wasser. »Zieht!« Die Muskeln spannten sich an, und trotz des kühlen Morgens floss der Schweiß in Strömen. Noch ein paar Zoll…

»Zieht!« Aus einem Loch am Bug quoll Wasser, als er sich in die Luft hob. Einige Männer wateten zum Heck und stemmten sich dagegen, während die anderen an den Tauen zogen. Nach zwei Stunden wurde ihre Mühe belohnt, und Dragon ließ die Stricke los, die seine Schultern fast aufgeschürft hatten.

Noch nie war ein Schiff in Landsende gesunken, nicht einmal in wilden Stürmen, die manchmal ohne Vorwarnung aus dem Norden herabrasten. Deshalb kamen die Handelsreisenden bedenkenlos hierher – weil sie wussten, ihren Frachten, ihren Schiffen und ihnen selbst würde nichts zustoßen. Und dass sich nichts daran änderte, dafür wollte der Jarl sorgen.

Aber den leichtfertigen Gallier, der atemlose Dankesworte stammelte, verschonte Dragon nicht mit seinem Zorn. »Seht doch!«, rief er und zeigte auf das Loch am Bug. »Wie morsch das Holz ist! Wann wurde der Rumpf zum letzten Mal geteert?«

»Lord Dragon, ich bin ein armer Mann, und…«

»Wenn Ihr Euer Schiff verliert, seid Ihr noch viel ärmer. In der nächsten Woche bleibt Ihr hier, und meine Leute werden Euer Schiff instand setzen. Ist das klar?«

»Gewiss, Lord Dragon, ich kenne Eure tüchtigen Männer, und ich weiß, sie werden mich nicht berauben. Ich bitte Euch, nur zu bedenken, ich bin …«

»Ja, schon gut, ein armer Mann. Trotzdem scheint es Euch nie an Frachten zu mangeln … Keine Bange, ich werde Euch einen günstigen Preis machen. Und jetzt geht an die Arbeit. Ich muss mich um andere Dinge kümmern. Vorausgesetzt, ich finde den richtigen Weg.«

Da er kein Pferd der Gefahr des dichten Nebels ausliefern wollte, war er zu Fuß in die Stadt gegangen. Nun trat er den Rückweg an. Als Rauchgeruch in seine Nase drang, blieb er an der Stelle stehen, wo die Straße zur Festung anstieg. Warum empfand er dieses plötzliche Unbehagen? Tag und Nacht brannten Feuer in den Häusern, also lag immer Rauch in der Luft. Doch die frischen Meeresbrisen pflegten ihn stets zu verscheuchen, und deshalb war es ungewöhnlich, den Rauch so deutlich wahrzunehmen.

Und jetzt verflog der Rauchgeruch nicht. Weil die Luft wegen des Nebels zu still war.

An anderen nebligen Tagen hatte Dragon niemals dergleichen gerochen.

Nein, das galt nur für Landsende. Diesen unverwechselbaren Gestank kannte er von Byzanz her, wo große Teile der Altstadt ein Raub der Flammen geworden waren. In Italien hatte er Bäume brennen sehen, vom Blitz getroffen. Und jetzt? Dieser Rauch stieg nicht von einem alltäglichen Herdfeuer auf. Dafür wirkte er zu dicht, zu bedrohlich.

Ohne den Nebel zu beachten, begann er zu laufen, folgte dem Geruch, der sich rings um die Festungsmauern verstärkte, und erreichte ein nahe gelegenes Feld. Dort sah er Flammen aus dem großen Schuppen lodern, in dem das Viehfutter gelagert werden sollte, und er spürte sengende Hitze auf seinen Wangen.

Dragon drehte sich um und wollte seine Männer zu Hilfe rufen. Doch sie waren ihm bereits nachgerannt. Auch sie hatten das Feuer gerochen, ebenso wie die Männer und Frauen, die in aller Eile Wassereimer aus der Stadt schleppten. Vom Feld bis zum Strand – wo Meerwasser geschöpft wurde, bildeten sie eine lange Kette. Viele hundert Menschen, die Kinder eingeschlossen, reichten die vollen Eimer nach oben weiter, im verzweifelten Kampf gegen die verzehrende Feuersbrunst.

In der letzten Woche hatte trockenes Wetter geherrscht, und so brannte der Schuppen wie Zunder. Die Hitze versengte die Gesichter der Männer, die sich in der Nähe des Feuers befanden. Dazu gehörte auch Dragon. Die Scheune war rettungslos verloren, das hatte er sofort erkannt. Nun musste man nur noch verhindern, dass sich der Brand weiter ausbreitete. Aus dem Feld ragten genug verdorrte Stoppeln, die den Flammen neue Nahrung geben würden. Trotz der windstillen Luft konnten sie bis zur Stadt vordringen oder Funken sprühen, die in die Festung regnen würden.

»Holt Schaufeln!«, befahl er und wies seine Männer an, einen Graben rund um den Schuppen auszuheben. Darin sollten die wütenden Flammen verlöschen. Diese Taktik führte zum Erfolg. Doch es dauerte mehrere Stunden, bis die letzte Flamme zu Asche herabbrannte.

So lange wartete Dragon nicht. Während die Ruine der Scheune immer noch qualmte, suchte er die Umgebung nach Spuren ab, die ihm vielleicht verraten würden, wie das Feuer ausgebrochen war. In dem leeren Schuppen hatte man weder Fackeln noch Lampen entzündet, und an diesem nebligen Tag, wo man nicht einmal das Feld mühelos finden würde, war gewiss niemand hineingegangen. Kein Gewitter, kein Blitzschlag – keine natürliche Ursache hatte das Feuer entfacht.

Allzu lange dauerte es nicht, bis Dragon feststellte, wie es entstanden war. Ein breiter Streifen aus Pech, das man benutzte, um Schiffsrümpfe zu versiegeln, und das in Landsende stets verfügbar war, tränkte das Erdreich nur wenige Schritte vom Schuppen entfernt und führte direkt darauf zu. Unter Wasser richtete das Pech keinen Schaden an, an Land gab es kaum etwas, das besser brannte.

Also war das Feuer mit Absicht gelegt worden.

Die Webstühle und Stoffe, das Salz, Grani, die Gewürze …

Langsam wanderte er umher, scheinbar bestrebt, die Ruine zu mustern. In Wirklichkeit beobachtete er die Menschen, die den Brand bekämpft hatten. Auch die Besatzungen der Schiffe im Hafen waren herbeigeeilt, um beim Löschen zu helfen. Niemand fehlte, abgesehen von den alten Leuten und kleinen Kindern – und …

»Wo ist meine Frau?«, fragte er Magda, die gerade mit ihren Gehilfinnen die leeren Eimer einsammelte.

Die Wangen voller Ruß, so wie alle anderen, die Augen vom Rauch gerötet, schaute sie sich unsicher um. »Keine Ahnung, Mylord … In letzter Zeit habe ich sie nicht gesehen.« Noch während sie sprach, las sie den Verdacht in seinen Augen. Tatsächlich, die Abwesenheit der Herrin in diesen gefahrvollen Stunden war sonderbar.

Dragon winkte Magnus zu sich, der wie üblich sofort an seiner Seite erschien. »Stell einen Suchtrupp zusammen. Meine Gemahlin muss gefunden werden.«

Grimmig dreinblickend wandte er sich wieder zu der qualmenden Ruine.

Feuchte Kälte streifte Ryccas Gesicht und weckte sie. Einige Minuten lang schwankte sie auf der Schwelle des Bewusstseins, bis die Erinnerung abrupt zurückkehrte. Sie lag auf nasser Erde, die sie an ihrer Wange gespürt hatte. Ringsum wallten Nebelschwaden. Wo sie sich befand und wie lange sie ohnmächtig gewesen war, wusste sie nicht.

Oder wer sie überfallen hatte.

Vorsichtig setzte sie sich auf und betastete ihren Körper.

Von ein paar Schürfwunden und blauen Flecken abgesehen, war sie anscheinend unverletzt.

Schlangen. In ihrer Fantasie tauchten plötzlich die ineinander geschlungenen Reptilien auf, die sie gesehen hatte, kurz bevor ihre Sinne geschwunden waren. Was mochte das bedeuten?

Um darüber nachzudenken, würde sie später noch genug Zeit finden – falls es das Schicksal gut mit ihr meinte. Jetzt musste sie erst einmal feststellen, ob sie allein war.

Die Augen zusammengekniffen, spähte sie in den Nebel und lauschte angespannt. Nichts regte sich, kein Laut drang heran.

Erleichtert seufzte sie und zwang sich zur Ruhe. Trotz des Spätsommers war die Luft kühl. Schaudernd verschränkte sie die Arme vor der Brust und versuchte, die Tageszeit festzustellen. Das gelang ihr nicht, weil der Nebel die Sonne verbarg.

Aber wie viele Stunden seit dem Angriff im Stall auch verstrichen sein mochten – der Tag neigte sich sicher dem Ende zu. Bald würde sie in der nächtlichen Kälte erbärmlich frieren, und deshalb musste sie möglichst schnell die Festung erreichen.

Wie sollte sie in diesem dichten Nebel den Weg finden? Ein falscher Schritt, und sie würde sich in noch größere Gefahr bringen. Andererseits war es unerträglich, nichts zu unternehmen. Hielt sich der Entführer in ihrer Nähe auf? Zögernd rief sie: »Hallo – ist da jemand?«

Ihrer Frage folgte tiefe Stille, so bedrückend wie der Nebel. War sie mutterseelenallein in einer Welt, aus der sich alle sichtbaren und hörbaren Dinge entfernt hatten?

Dieser Gedanke ließ sie noch heftiger frösteln. So oft hatte sie sich in Wolscroft gewünscht, sie wäre allein, und von einem einsamen Leben geträumt… Irgendwo in der freien Natur würde sie einem Falken gleichen, niemals von Menschenhand gezähmt. Außer ihrem Zwillingsbruder Thurlow hätte sie niemanden vermisst und sich von vielen Leuten nur zu gern für immer verabschiedet. Das hatte sich inzwischen geändert. Jetzt sehnte sie sich nach Dragon, nach dem Klang seiner Stimme, seiner Berührung, der Wärme seines Lächelns. Für ein paar Sekunden senkte sie die Lider und sah ihn vor ihrem geistigen Auge. Diese Vision gab ihr neue Kraft, und sie erhob sich. Langsam und vorsichtig würde sie einen Fuß vor den anderen setzen. Hier wollte sie nicht länger ausharren.

Nach einigen Schritten bemerkte sie, wie seltsam steif sich ihre Hände anfühlen. Verwirrt blieb sie stehen und hielt ihre Finger hoch. Durch wirbelnde Nebelschleier sah sie schwarze Streifen auf ihrer hellen Haut, roch daran, und der beißende Geruch von Pech füllte ihren Atem.

Pech? Eigenartig. Wie war es auf ihre Hände geraten? Im Stall wurde kein Pech aufbewahrt. Zumindest erinnerte sie sich nicht daran.

Sie lauschte wieder. Aus der Ferne, vom Nebel gedämpft, drang das Rauschen der Meereswellen zu ihr, die sich an der Küste brachen. Vielleicht erlag sie einer Sinnestäuschung. Aber es gab nichts anderes, woran sie sich orientieren konnte. Und so ging sie weiter, auf der Suche nach dem Heimweg.

17

Im Nebel schien die Zeit viel langsamer zu verstreichen als normalerweise. Alle paar Schritte blieb Rycca stehen und lauschte, versuchte festzustellen, ob sie sich das Rauschen der Brandung nicht eingebildet hatte und immer noch darauf zuging. Feuchte Kälte klebte das Kleid an ihre Haut, und sie zitterte am ganzen Körper. Als sie ihre Schritte beschleunigte, stolperte sie prompt über einen Stein und stürzte.

Stöhnend kam sie wieder auf die Beine und setzte ihren Weg etwas besonnener fort. Ehe sie sich verletzte und hilflos am Boden lag, würde sie lieber frieren. Sie erinnerte sich wieder an jene unheimlichen Schlangen und überlegte, wer sie aus dem Stall entführt haben mochte.

Welcher Mann wäre so leichtsinnig, den Zorn des Jarls zu riskieren? Und warum hatte er sie unversehrt im Nebel liegen lassen?

Vielleicht hatte der Schurke einfach den Mut verloren und die Flucht ergriffen, statt seine gerechte Strafe zu erleiden. Je länger Rycca darüber nachdachte, desto fester glaubte sie an diese Möglichkeit. Sie fühlte sich sogar erleichtert, denn derselbe Übeltäter musste auch die anderen Zwischenfälle verursacht haben. Wenn er verschwunden war, durfte sie erwarten, das Leben in Landsende würde zur gewohnten friedlichen Heiterkeit zurückkehren.

Nun hielt sie wieder inne und lauschte. Das Meeresrauschen erschien ihr etwas lauter. Doch sie war sich nicht sicher. Und dann hörte sie etwas anderes – ein leises, rhythmisches Pochen. Trotz ihrer Müdigkeit, Schmerzen und Sorgen schöpfte sie neue Hoffnung und ging langsam weiter.

Die Welt glich einem fremdartigen Traum. Aller vertrauten Merkmale beraubt, hatte sie zwischen Rycca und ihren Gedanken nichts zu bieten. Wie würde das Leben verlaufen, wenn sich der Nebel niemals auflöste? Nein, das wollte sie sich nicht ausmalen, eine zu rege Fantasie würde der Seele schaden. Jedenfalls vermisste sie die Welt mit all ihren Farben und Geräuschen. Nicht einmal den Winter fand sie so trostlos wie diesen Nebel, der das Bedürfnis weckte, auf den Boden zu sinken, sich zusammenzukrümmen und alles zu vergessen.

Aber das würde sie nicht tun. Sie ging weiter, lauschte

der Brandung und dem seltsamen Pochen. Irgendwie klang es vertraut. Sie hatte es schon oft gehört... Wenige Minuten später erkannte sie, was sie hörte.

Hufschläge! Das Pferd galoppierte nicht, sondern bewegte sich in gleichmäßigem Trab. Auch das war gefährlich in diesem Nebel, der die Umgebung verhüllte. Wer würde ein solches Wagnis auf sich nehmen?

»Rycca!«

Klar und unverwechselbar ertönte die Stimme Dragons, der zweifellos nach ihr suchte.

»Hier!«, rief sie überglücklich. »Hier bin ich!«

Aus einer grauen Wolke ritt er auf sie zu, zunächst nur ein dunkler Schemen. Bald nahm er Gestalt an. Hoch aufgerichtet saß er im Sattel. Als er Sleipnir zügelte, scharrte das Pferd aufgeregt mit den Hufen, sichtlich entzückt, Rycca wieder zu sehen. Seltsam – sein Herr wirkte nicht so erfreut.

Ausdruckslos schaute er durch die Nebelschleier auf sie hinunter. »Was zum Teufel treibst du hier draußen?«

Das war nicht die erhoffte warmherzige, tröstliche Begrüßung. Aber sie nahm die unfreundlichen Worte klaglos hin. »Versuchen wir Landsende zu erreichen«, bat sie beklommen, hob eine Hand hoch, und er zog sie in den Sattel – so mühelos, als wäre sie federleicht.

Obwohl sie seinen Körper inzwischen so gut kannte, staunte sie immer noch über seine Kraft.

An seinen Rücken gelehnt, nahm sie einen beißenden Geruch wahr, der ihr Unbehagen verstärkte. »Was ist das?«

»Der Gestank? Rauch. Die große Scheune ist niedergebrannt.«

»Meinst du die Scheune, in der wir das Viehfutter lagern wollten?«

»Ja.«

Rycca drehte sich im Sattel um und starrte in sein grimmiges, mit Ruß beschmiertes Gesicht. »Was werden wir jetzt tun?«

»Einen neuen Schuppen bauen. Möglichst schnell.«

Eine vernünftige Antwort – und bezeichnend für den tatkräftigen Jarl... Trotzdem war Rycca immer noch verwirrt. »Das verstehe ich nicht. Wie konnte der Brand ausbrechen?«

»Jemand verteilte Pech rings um den Schuppen, wahrscheinlich auch drinnen, und zündete es an.«

Stocksteif saß sie vor ihm im Sattel.

»Was hast du an den Händen?« Wie sein Tonfall verriet, wusste er das bereits.

»Pech«, antwortete sie und war stolz, weil ihre Stimme nicht bebte.

»Ich nehme an, du willst mir nicht erklären, warum Pech an deinen Händen klebt – und warum ich dich hier draußen fand, meilenweit von Landsende entfernt.«

Schmerzhaft verkrampfte sich ihr Hals. In diesem Augenblick – gerade *jetzt* – würde sie so dringend seine Zärtlichkeit brauchen, seine Beteuerung, alles sei in Ordnung. Welch ein törichter Wunsch... Wie kleinmütig und lächerlich, dergleichen zu erwarten...

»Ich war im Stall, bei Grani und Sleipnir. Da tauchte jemand aus dem Nebel auf und packte mich. Weil ich nicht atmen konnte, verlor ich die Besinnung. Vor etwa einer Stunde kam ich zu mir, und seitdem suche ich den Heimweg.«

In ihrer Stimme schwangen keine Gefühle mit, und sie schaute ihn auch nicht an. Damit würde sie sich nur selber quälen.

Aber ihre Angst konnte sie nicht verdrängen. Wenn er ihr nicht glaubte – welche Hoffnung würde ihr dann noch bleiben? Welches Schicksal drohte ihr, inmitten fremder Menschen, die sie nur allzu leicht als Feindin betrachten könnten?

Eine Zeit lang schwieg er. Aber sie spürte seinen starken

Arm, der sie etwas fester umschloss. Schließlich fragte er: »Hast du mir sonst noch etwas zu sagen?«

»Ich sah zwei Schlangen, die einander fraßen.«

»Was? Im Nebel?«

»Genau weiß ich nicht, wo … Jedenfalls sah ich sie, bevor ich in Ohnmacht fiel.«

»Das hast du dir eingebildet.«

Rycca wollte den Kopf schütteln. Doch sie besann sich anders. Ihr Stolz verbot ihr den Versuch, Dragon von irgendetwas zu überzeugen. Außerdem wäre es ohnehin sinnlos gewesen. Sie spürte bereits, wie sie sich in ihr Inneres zurückzog. So wie in der Kindheit war dies auch jetzt ihr einziger Fluchtweg.

Den großen Hengst störte der Nebel nicht im Mindesten. Unbeirrt trabte er in die Richtung von Landsende, und Rycca nahm an, seine Witterung würde ihn leiten. Jeder Ort verströmte einen einzigartigen Geruch. In Wolscroft stank es nach feuchten Steinmauern und Angst. Landsende roch nach dem Meer, reifem Getreide und dem milden Rauch der Herdfeuer, nach Pferden und Leder, Schweiß und Dampf – nach all den üppigen vielfältigen Aromen eines Zuhauses.

Zuhause? Ihre Kehle verengte sich wieder, und sie schluckte. Energisch verdrängte sie den Gedanken.

Aber er kehrte zurück, als die Festungswälle im Nebel auftauchten. »Was hast du vor, Dragon?«, fragte sie und wartete vergeblich auf eine Antwort.

Inzwischen hatten sie den Hof erreicht. Vor dem Stall stieg er ab. Ihre Blicke trafen sich. Wie müde er aussah – nicht körperlich, sondern seelisch … Heißes Mitleid erfasste ihr Herz, und sie sank in seine ausgestreckten Arme. Ohne sie loszulassen, stellte er sie auf die Füße. Seine Wärme und seine Kraft spendeten ihr keinen Trost.

»Von diesem Schicksalsschlag wurden meine Leute schmerzlich getroffen«, betonte er.

Kein Wunder… Von der Ernte erschöpft, würden sie erneut hart arbeiten müssen, um die Scheune wiederaufzubauen. Sonst wäre ein Teil ihrer Mühe umsonst gewesen. Wenn das Futter nicht sachgerecht gelagert wurde, konnte man die Tiere im Winter nicht ernähren. Einige würde man notgedrungen töten. Dann wären die Herden im nächsten Frühling beträchtlich dezimiert. Der Verlust eines einzigen Schuppens würde sich womöglich jahrelang auswirken.

Trotzdem wollte sie seine Wortwahl nicht hinnehmen. »*Uns* hat das Feuer schmerzlich getroffen.«

Schweigend ergriff er ihre Hand und führte sie zur Halle.

Zur Hölle mir ihr! Warum gab sie keine einleuchtende Erklärung für den Zwischenfall ab – irgendetwas, das er nutzen könnte, um ihr zu ersparen, was er ansonsten tun musste? Brachte sie kein Verständnis für seine Position auf? Als Jarl von Landsende trug er die Verantwortung für die Sicherheit seines Volks in einer unsicheren Welt. Über seinen persönlichen Gefühlen durfte er seine Pflichten nicht vergessen.

Dragon holte tief Atem und zwang sich zur inneren Ruhe. Seit Rycca verschwunden war, wuchs seine Sorge. Immer wieder hatte er über die Ereignisse nachgedacht – die zerstörten Webstühle und Stoffe, das verdorbene Salz, die Kletten unter Granis Satteldecke, die Gewürze. Und er hatte sich gesagt, daran könne sie unmöglich schuld sein, schon gar nicht an Granis Qualen, denn sie liebte Pferde.

Ihn liebte sie nicht. Bei Thors Hammerschlägen, warum ging ihm ausgerechnet jetzt dieser Gedanke durch den Sinn? Wen interessierte es schon, ob sie ihn liebte oder nicht? Ihn selbst ganz sicher nicht. Niemals hatte er erwartet, die große Liebe zu erleben. Für Wolf und Hawk war das gut und schön. Er freute sich für die beiden. Nur wenigen Menschen war ein solches Glück beschieden, und er gehörte gewiss nicht dazu. Zum Teufel mit den beharrlichen Wünschen, die

Rycca in ihm weckte, mit der wehmütigen Sehnsucht nach inniger Verbundenheit, die seine Einsamkeit besiegen und seinem Dasein einen Sinn verleihen würde... Nein, daran wollte er nicht denken. Es genügte, dass sie seine Frau war, und was das bedeutete, musste sie respektieren.

Dazu war sie nicht bereit. Denn sie hatte ihn nur geheiratet, weil ihr andernfalls nichts anderes übrig geblieben wäre, als zu ihrem Vater zurückzukehren. Und in Wolscroft hätte ihr die Todesstrafe gedroht.

Aber seit der Hochzeit – Erinnerungen stürmten auf Dragon ein. Rycca auf der Fahrt nach Landsende, an Bord seines Schiffs, wo sie sich so geduldig bemüht hatte, seine Muttersprache zu erlernen. Rycca in seinen Armen, süß und leidenschaftlich. Oder auf dem Kai, in Granis Sattel, ihr Stolz, ihr freudiges Staunen über jenen Gefallen, den er ihr erwiesen hatte. Ihr eifriges Bemühen um die Pflichten der Festungsherrin. Einen Haushalt zu führen fiel ihr schwer. Das war wohl kaum ein Geheimnis. Aber allem Anschein nach tat sie ihr Bestes. Und die gemeinsamen Nächte, die seltenen Stunden, die er ihr tagsüber widmen konnte, erregten Gefühle, die er nie zuvor gekannt hatte.

Hinterging sie ihn tatsächlich? War das die Frau, die sein Bett so hingebungsvoll teilte, die neben ihm an der herrschaftlichen Tafel saß und die Herzen seiner Leute gewonnen hatte? Hegte sie einen verborgenen Groll, der sie zu diesen bösartigen Anschlägen veranlasste? Und warum mochte sie das alles aushecken?

Der Lord of Wolscroft hasste den englischen König. Und Alfreds Friedenspolitik hing nicht zuletzt vom Erfolg der norwegisch-angelsächsischen Ehen ab. Rycca war Wolscrofts Tochter – und glich ihm so wenig wie der Tag einer dunklen Nacht. Zweifellos verabscheute sie ihren Vater. Um ihm zu entrinnen, hatte sie sogar eine unerwünschte Ehe akzeptiert.

Oder steckt etwas anderes dahinter, fragte sich Dragon.

Bin ich das Opfer eines niederträchtigen Täuschungsmanövers?

War sie nur zum Schein vor der Hochzeit geflohen? Hatte sie ihre Angst vor dem Vater und die Freude über ihre Befreiung von dem grausamen Mann gespielt? Hütete sie sein Erbe in einer schwarzen Seele?

Nein, es musste seine Bitterkeit sein, die ihn mit so unwillkommenen Gedanken peinigte. Selbst wenn sich seine Befürchtungen bewahrheiten, wenn sie ihm schaden wollte, würde das nicht erklären, warum sie sich mit ihrer Zerstörungswut in Gefahr brachte.

Oder glaubte sie ihn zu kennen? Dachte sie, er würde ihr nichts antun? Vermutete sie, ihr würde nichts Schlimmeres zustoßen als die Rückkehr zu ihrer Familie? Darin würde Wolscroft eine schwere Beleidigung sehen und von Alfred verlangen, das Bündnis zwischen den Norwegern und Sachsen zu lösen. Strebte Rycca dieses Ziel an?

Offenbar war er zu lange in Byzanz gewesen, und diese Hauptstadt der Intrige und des Betrugs hatte seine Denkweise verdorben.

Und doch – sein Verdacht könnte sich bestätigen. So schmerzlich es ihn auch treffen würde, mit dieser Möglichkeit musste er rechnen.

Sie würde sich vor ihm verantworten müssen – und vor seinen Leuten. Auch sie hatten ein Recht auf die Wahrheit.

Von solch düsteren Gedanken belastet, betrat der Jarl seine Halle. Dort versammelten sich die Leute, sobald sich herumgesprochen hatte, Rycca sei gefunden worden. Zuerst traten seine Krieger ein, darunter Magnus. Die anderen Festungsbewohner folgten ihnen auf den Fersen. Dann erschienen die Männer und Frauen aus der Stadt.

Dragon setzte sich auf seinen Stuhl. Seiner Gemahlin bot er keinen Platz an. Das hatte sie erwartet.

Nur zu gut wusste sie, was jetzt geschehen würde. Wenn

sie auch davor zurückschreckte … Der Held eines fremden Landes – ihr Ehemann, vor dem sie geflohen war, um ihn dann in ihrem Schoß und ihrem Herzen willkommen zu heißen – würde über sie Gericht halten.

Die Ängste in ihrer Seele nahm sie kaum wahr. Dafür war sie dankbar. Sie begrüßte die seltsame Benommenheit, die sie erfüllte wie der Nebel das schwindende Tageslicht im Hof. Und hinter den wirbelnden Schleiern in ihrem Innern würde sie einen wichtigen Teil ihres Ichs verstecken.

»Rycca …«

Aus diesen Tiefen tauchte sie nur weit genug auf, um zu merken, dass Dragon mit ihr sprach. Seine Worte verstand sie nicht.

»Ich habe dich gefragt, was geschehen ist.«

»Das sagte ich bereits«, erwiderte sie leise. Undeutlich hörte sie ihre eigene Stimme im Nebel.

»Du hast mir erzählt, jemand sei im Stall über dich hergefallen. Den Angreifer konntest du nicht sehen. Du bist ohnmächtig geworden. Dann kamst du zu dir, meilenweit von Landsende entfernt.«

Als sie nickte, gewann sie den Eindruck, unsichtbare Fäden würden ihren Kopf auf und ab bewegen.

»An deinen Händen klebt Pech.«

Langsam hob sie ihre Finger, die jemand anderem zu gehören schienen. Ringsum erklang gedämpftes Stimmengewirr.

»Wie ist das Pech auf deine Hände geraten?«

»Keine Ahnung.« Wer ihr Ehemann war, wusste sie auch nicht mehr. Vergeblich suchte sie sich an die spielerische Intimität der gemeinsamen Nächte zu erinnern, an die Liebeslust in seinen Armen, die ihr jene himmlische Freiheit geschenkt hatte. Das alles verschwand in Nebelwolken.

»Hast du keine Erklärung dafür?« Dragon runzelte die

Stirn und erregte wieder Ryccas Mitgefühl. Aber es verflog sofort, vom Grauen dieses Augenblicks verscheucht.

Nun steckte sie in einer grässlichen Klemme. Wie sollte sie ihre Unschuld beweisen, wenn alles gegen sie sprach? Der Nebel hatte die Ereignisse verhüllt, niemand konnte ihre Entführung aus dem Stall und den Brandstifter beobachtet haben. Offenbar hatte er seine Unsichtbarkeit genutzt.

Entschlossen hob sie den Kopf. Sie fror immer noch. Aber die innere Kälte war viel schlimmer. Dagegen musste sie kämpfen, damit ihr die Stimme gehorchte. »Ich habe es nicht getan. An keinem dieser schrecklichen Anschläge bin ich schuld.«

»Das würde ich dir gern glauben. Leider sind die Beweise eindeutig.«

»Keineswegs.« In ihrer Verzweiflung verriet sie, was sie lieber geheim gehalten hätte. »Da ich stets die Wahrheit erkenne, bin ich zur Lüge unfähig.«

Wieder erklang lebhaftes Gemurmel. So etwas hatten die Bewohner von Landsende noch nie gehört, und nun gaben sie verschiedene Kommentare ab.

»Seid still!«, befahl Dragon, stand auf und ging zu Rycca. »Davon hast du mir erzählt. Aber wie soll ich feststellen, ob es stimmt?«

»Von Anfang an wusste ich, dass Olav den Diebstahl nicht begangen hatte …«

»In jenem Fall zog ich meine eigenen Schlüsse, unabhängig von deiner Aussage. Ich verdächtigte Trygyv sofort der Lüge und nahm an, er hätte den Kelch heimlich verschwinden lassen. Und dann fand ich die Beute im Meer, in seiner Reichweite. Mit deinem angeblichen Talent, stets die Wahrheit herauszufinden, hatte es nichts zu tun.«

Jetzt raubte er ihr die letzte, schwache Hoffnung. Wenn er an dieser Fähigkeit zweifelte, die untrennbar mit ihrem Wesen verbunden war – wie sollte er ihr jemals glauben? »Und die Schlangen, die ich sah?«, würgte sie hervor. »Irgendetwas müssen sie bedeuten.«

»Schlangen, die einander fressen? Wen stellen sie dar, Lady? Ich weiß, du hasst die Wikinger. Daraus hast du keinen Hehl gemacht. Ist die eine Schlange ein Norweger – und die andere der englische König? Entsinnst du dich, wie freimütig du über Alfreds Tod gesprochen hast?«

»Warum drehst du mir das Wort im Mund herum? Wie kannst du mir das antun?«

»Erklär doch, was *du* mir antust.«

Angespannt wartete er auf Ryccas Antwort. Während sie beharrlich schwieg, suchte er erfolglos nach Mitteln und Wegen, um ihre Unschuld zu beweisen. Also musste er sie bestrafen ... Nein, daran wollte er nicht denken. Jetzt noch nicht. Und wenn er keine Wahl hatte?

Wäre er doch ein Skalde, der ungehindert durch die Welt wandern und nach Belieben irgendwelche Geschichten erfinden konnte ...

Aber er war ein Jarl, und seine Leute erwarteten, dass er seine Pflicht erfüllte. Er wollte ihnen mitteilen, vorerst würde er Rycca in seinem Haus einsperren, bis es an der Zeit wäre, ein Urteil zu fällen. Doch dann beobachtete er, wie sie einen Blick auf Magnus warf und hastig wegschaute, als würde sie vor ihm zurückschrecken. Magnus? Seit seiner Kindheit kannte er ihn. Der Mann hatte ihm stets treu gedient. Und Rycca war ihm offensichtlich aus dem Weg gegangen. Warum?

Wenn sie tatsächlich die Wahrheit erkannte – wenn sie glaubte, Magnus wäre nicht vertrauenswürdig ...

Unsinn, er versuchte sich nur an rettende Strohhalme zu klammern, die es gar nicht gab. Wenn sie unschuldig war, musste jemand anderer die Missetaten begangen haben – jemand, der den Jarl und sein Volk gegen die Angelsächsin einnehmen, die Ehe zerstören und das mühsam errungene, für den Frieden so wichtige Bündnis untergraben wollte.

Sollte eine solche Person tatsächlich existieren, musste Dragon sie aufspüren. Sonst würde er zu viel aufs Spiel setzen.

Könnte er doch unter vier Augen mit seiner Frau reden, ihr erklären, was er dachte, was er plante… Aber seine Leute beobachteten ihn und warteten.

Schweren Herzens begann er zu sprechen. »Ich lasse dich an den Marterpfahl binden, Rycca. Daran bleibst du gefesselt, bis du bereit bist, aufrichtig und in allen Einzelheiten zu schildern, was du getan hast.«

Entsetzt rang sie nach Luft – unfähig, ihren Ohren zu trauen. Das schien auch den Zuhörern schwer zu fallen. Nur wenige nickten zustimmend. Die meisten starrten den Jarl bestürzt an.

Scheinbar angewidert, wandte sich Dragon von Rycca ab und gab Magnus einen Wink. »Kümmere dich darum. Bedenk bitte, sie ist meine Frau, und sie darf nicht verletzt werden. Aber es muss geschehen. Verstehst du?«

»Ja, natürlich«, beteuerte Magnus hastig. Seine Miene wirkte bedauernd, aber auch entschlossen, als er zu Rycca eilte. »Folgt mir, Mylady.«

Vor Angst halb benommen, konnte sie sich nicht zu einem Protest durchringen. Ein letztes Mal schaute sie Dragon an, der ihrem Blick auswich und Magnus beobachtete. Der getreue Stellvertreter ergriff ihren Arm und führte sie aus der Halle. Trotz der Nebelschleier im Hof fand er mühelos den Weg zum Marterpfahl. Schaudernd blieb Rycca davor stehen. Dieser Anblick weckte grausige Erinnerungen an einen ähnlichen Pfosten in Wolscroft, an die Qualen, die so mancher Verurteilte erlitten hatte, hilflos an das harte Holz gefesselt. In Landsende musste sie schon hundertmal an dem Pfahl vorbeigegangen sein – und sie hatte ihn gar nicht bemerkt, weil ihr hier alles ganz anders erschienen war.

Welch ein Irrtum… Sie hörte die Stimmen der Leute, die

aus der Halle in den Hof eilten. Im Nebel wirkten sie wie dunkle Geister vor dem Hintergrund einer leeren Welt. Ein Strick hing am Pfosten, und Magnus griff danach. »Reicht mir Eure Hände, Mylady.«

Da ihr nichts anderes übrig blieb, gehorchte sie. Ihr Stolz verbot ihr eine sinnlose Gegenwehr. Fester als nötig schlang Magnus den Strick um ihre Handgelenke. In seinen Augen las sie wilden Triumph. Diesen Ausdruck maskierte er sofort. Doch sie wusste, was sie gesehen hatte, und wich vor ihm zurück. Ihr Rücken drückte sich an den Pfosten. Nun war der Nebel ihr Freund. Mochte sie in seiner feuchten Kälte auch frieren – er schützte sie vor neugierigen Blicken. So viele Leute drängten sich im Hof, um die Demütigung der Angelsächsin zu beobachten. Doch sie ließ sich nicht erniedrigen. Hoch erhobenen Hauptes würde sie erdulden, was ihr zugemutet wurde. Sie hatte ohnehin keine Wahl. Und sie konnte sich nur noch an ihren Stolz klammern.

Nach einer Weile beschloss sie, sich zu setzen. Das war nicht ehrlos und einem Zusammenbruch vorzuziehen. Seit dem Haferbrei am Morgen hatte sie nichts gegessen. Trotzdem würde sie keinen Bissen hinunterbringen. Sie sank zu Boden. Zitternd zog sie ihren feuchten Rock enger um die Beine.

Der Jarl – in ihren Gedanken nannte sie ihn nicht mehr Dragon – hatte angekündigt, sie würde an diesem Pfahl ausharren müssen, bis sie bereit sei, ihre Taten aufrichtig zu schildern. Was geschehen war, hatte sie ihm bereits erzählt. Aber er glaubte ihr nicht.

Wie lange würde sie ihre Gefangenschaft ertragen? Der nächtlichen Kälte ausgeliefert, ohne jene Privatsphäre, die sie für die einfachsten menschlichen Bedürfnisse brauchte, öffentlich gedemütigt … Um sich zu wärmen, presste sie ihre gefesselten Arme an die Brust. Doch sie sehnte sich nach anderen Armen – nach starken Armen, die ihr nur ein flüchtiges Glück geschenkt hatten. In ihren Augen brannten Tränen, die sie ärgerlich wegwischte.

Etwas später tauchte Magda aus dem Nebel auf und brachte ihr mehrere Decken, eine Schüssel mit einem dampfenden Eintopf und einen Krug Wasser. Fürsorglich hüllte sie Rycca in warme Wolle und drückte ihr einen Löffel in die Hand. »Esst, Mylady. Bald komme ich wieder und binde Euch los, damit Ihr Eure Notdurft verrichten könnt.«

»Oh – vielen Dank, Magda«, stammelte Rycca verwirrt. »Das dürft Ihr nicht tun. Meinetwegen sollt Ihr nicht in Schwierigkeiten geraten.«

Langsam richtete sich die ältere Frau auf, die Stirn kummervoll gerunzelt. »Um mich müsst Ihr keine Angst haben, Mylady.« Und dann verschwand sie im grauen Nichts.

Rycca seufzte. Zumindest *eine* Freundin hatte sie hier gefunden. Aber diese Erkenntnis lockerte ihren verkrampften Magen nicht, und sie konnte nichts essen – so verlockend der Eintopf auch duftete. Sie stellte die Schüssel beiseite und versank noch tiefer in den Wolldecken. Wenigstens musste sie nicht mehr frieren.

Sie aß nichts. Verdammt, sie brauchte eine nahrhafte Mahlzeit, um ihren Körper zu erwärmen. Wie lange dieses Martyrium dauern würde, war nicht abzusehen…

Nahe daran, Magda noch einmal in den Hof zu schicken, besann sich Dragon anders. Die Dienerin hatte seine Anweisungen genau befolgt. Wenn seine Taktik ihren Zweck erfüllen sollte, durfte er nicht übermäßig besorgt erscheinen. Er riskierte ohnehin schon zu viel, weil er in Ryccas Nähe blieb. Hinter einer Ecke des Stallgebäudes verborgen, konnte er den Pfahl sehen, und er hoffte, seine Leute würden ihn im dichten Nebel nicht entdecken. Der Anblick seiner gepeinigten Frau brach ihm fast das Herz. Wenn er sich auch immer wieder sagte, das Pech auf ihren Händen würde ihre Schuld eindeutig beweisen, wollte er nicht daran glauben.

Stöhnend lehnte er sich an die Stallwand. Drinnen schnaubten Grani und Sleipnir, als würden sie die Verzweiflung ihres Herrn spüren. Der Nebel löste sich allmählich auf, und Dragon trat etwas weiter zurück, um sich nicht ertappen zu lassen.

Wie vereinbart, kam Magda zurück und führte Rycca weg. Nach wenigen Minuten erschienen sie wieder, und die ältere Frau band ihre Herrin an den Pfosten, was ihr sichtlich schwer fiel. Dragon beobachtete, wie Rycca beruhigend auf sie einsprach. Die Stirn gefurcht, ergriff Magda die unberührte Schüssel und stellte einen Korb mit einer frischen Mahlzeit auf den Boden. Bevor sie davonging, vergewisserte sie sich, dass Rycca möglichst fest in die warmen Decken gewickelt war.

Inzwischen hatten sich seine Untertanen entfernt. Entweder waren sie vernünftig genug, um zu erkennen, der Jarl würde ihre Neugier nicht schätzen. Oder sie ertrugen es nicht, die Qualen einer Frau mit anzusehen, die sie lieb gewonnen hatten. An diesem Abend speiste niemand in der Halle. Die Krieger auf den Wachttürmen hatten sich vom Hof abgewandt.

Schließlich brach die Nacht herein, und Dragon streckte seine steifen Glieder. Die Leute nahmen sicher an, er würde in seinem Haus über die heimtückische Frau nachdenken, die er geheiratet hatte. Inständig hoffte er, wer immer ihr zu schaden suchte – falls eine solche Person überhaupt existierte –, würde sich möglichst bald verraten. Da saß sie, hilflos an den Pfosten gefesselt. Eine solche Gelegenheit würde der Schurke zweifellos nutzen.

Dragons Magen drehte sich um. Niemals hätte er sich träumen lassen, er würde zu solchen Mitteln greifen, um einen Verbrecher aus der Reserve zu locken. Aber er fand keine andere Lösung seines Problems. Immer wieder redete er sich ein, seiner Gemahlin würde keine ernsthafte Gefahr drohen. Bevor sich ein Angreifer dem Pfahl nähern konnte, würde Dragon ihn entdecken und …

Was er dann tun würde, verschaffte ihm grimmige Genugtuung, lenkte ihn aber nicht von seiner Wachsamkeit ab. Unsichtbar, reglos an die Stallwand gepresst, behielt er seine sächsische Gemahlin im Auge.

Als Rycca aus dem Schlaf fuhr, stand der Mond hoch am Himmel. Unfassbar – sie war tatsächlich eingeschlummert. Das hätte sie nie für möglich gehalten. Offenbar war sie von ihrer Erschöpfung überwältigt worden. Sie bewegte sich in ihren Decken und stellte fest, dass weitere hinzugefügt worden waren. Magda musste zurückgekommen sein, ohne sie zu wecken.

Soeben hatte Rycca geträumt, Dragon würde sie in seinen starken Armen halten. Welch einen grausamen Streich ihr die Fantasie gespielt hatte … Lieber wollte sie wach bleiben, ehe sie noch einmal in so trügerischen Visionen schwelgte. Über dem Hof lag tiefe Stille. Inzwischen hatte sich der Nebel aufgelöst, und der Mond warf scharf gezeichnete Schatten auf den Boden. Plötzlich hörte sie ein leises Rauschen, hob den Kopf und sah eine Eule dahinfliegen.

Wie wundervoll die Festung aussah – eine trügerische Schönheit. Beschenkt mit einem friedlichen Heim, das ihr wenig später wieder entrissen worden war, wünschte Rycca, sie hätte es niemals kennen gelernt. Wäre das Schicksal barmherziger gewesen, hätte sie der Sturz von der Klippe ins Jenseits befördert.

Nein, sie durfte nicht im Selbstmitleid versinken. Das Leben war ein Gottesgeschenk, mochte es auch Kummer und Leid mit sich bringen – man durfte den Tod nicht herbeisehnen.

Geistesabwesend drehte sie am Strick, der ihre Handgelenke fesselte. Magda hatte einen ziemlich lockeren Knoten geschlungen. Mühelos könnte sich Rycca befreien.

Und was sollte sie dann tun? Wieder einmal die Flucht ergreifen? Sie unterdrückte ein bitteres Gelächter. Wohin würde sie denn laufen? Sie war an den Mann gebunden, der ihr die schlimmsten Missetaten zutraute. Trotzdem fürchtete sie sich nicht. Bei diesem Gedanken zuckte sie erstaunt zusammen.

Seltsam – sie fürchtete sich nicht.

Wie war das möglich? Jahrelang war sie in ihren Albträumen von den Gräueltaten der Wikinger verfolgt worden. Jetzt war sie in einer Wikingerstadt an einen Marterpfahl gefesselt. Und sie fürchtete sich nicht. Statt Angst und Grauen empfand sie eine sonderbare heitere Gelassenheit.

Alles würde sich zum Guten wenden. Weil sie unschuldig war. Das würde Dragon herausfinden. So wie er Olavs Unschuld erkannt hatte. Dann würde er eine andere Erklärung für die schrecklichen Zwischenfälle suchen. Im Gegensatz zu ihrem Vater war er kein brutaler, rachsüchtiger Mann. Niemals würde er ihr wehtun. Sie musste nur warten, bis ihm die Wahrheit bewusst wurde.

Wie töricht von ihr zu glauben, Magdas freundliche Gesten würden ihn erzürnen… Natürlich würde er der älteren Frau, die ihm schon seit vielen Jahren getreulich diente, keine Vorwürfe machen. Und die gute Magda würde gewiss nichts tun, was ihrem Herrn missfallen könnte. Das bedeutete… Plötzlich stockte Ryccas Atem.

Mit schmalen Augen schaute sie in die silbrige Nacht. Keine Menschenseele regte sich im Hof. Trotzdem gewann sie die Überzeugung, dass sie nicht allein war.

Obwohl sie sich albern fühlte, wurde sie von einer unwiderstehlichen Sehnsucht ermutigt. »Dragon?«, wisperte sie. »Bist du da? Hörst du mich?«

Hatte sie seine Nähe tatsächlich gespürt? Unglaublich…

Gib ihr keine Antwort, ermahnte sich Dragon. Vielleicht lauerte die Person, die er entlarven wollte, bereits in irgendeinem Winkel, um einen günstigen Augenblick abzuwarten. Wenn er jetzt sprach, würde er seinen eigenen Plan durchkreuzen. Und doch – dem flehenden Klang dieser Stimme konnte er nicht widerstehen.

»Sei still, Rycca!«, flüsterte er. »Wo ich bin, darf niemand wissen.«

Heiße Freude stieg in ihr auf. In maßloser Erleichterung hätte sie beinahe geschrien. Also war ihre heimliche Hoffnung berechtigt gewesen – er ließ sie nicht allein in dieser kalten Nacht. »Dragon, warum …«

»Still! Darüber reden wir später.«

Gehorsam wie eh und je – bei diesem Gedanken hätte sie beinahe laut gelacht – presste sie ihre Lippen zusammen und schwieg. Aber ihren Gedanken musste sie nicht Einhalt gebieten. Dragon war hier, und er bewachte sie. Offenbar erwartete er, irgendetwas würde geschehen. Und was? Dass sie dumm genug wäre, um einen Fluchtversuch zu wagen? Keine Sekunde lang glaubte sie, er würde ihr eine solche Falle stellen. Nein, er nahm an, der wahre Schuldige würde sich zeigen – der Schurke, der ihnen beiden zu schaden suchte.

Deshalb benutzte er sie als – Köder.

Wenn das alles vorbei war, würde sich ihr lieber Gemahl besonders wortreich entschuldigen müssen.

Weil sie fürchtete, ihr strahlendes Lächeln würde den Plan verraten, zog sie hastig den Zipfel einer Wolldecke über ihr Gesicht. Wenig später schlief sie wieder ein, sicher geborgen unter Dragons wachsamen Augen.

18

Im Gegensatz zu seiner Frau tat der Jarl von Landsende kein Auge zu. An beschwerliche Kriegszeiten gewöhnt, hielt er die ganze Nacht Wache. Im Hof rührte sich nichts. Kaum ein Laut erklang, bis am Morgen die Hähne krähten.

Kurz danach erschien Magda und entfernte sich mit Rycca. Als sie zurückkehrten, drängte die ältere Frau ihre Herrin, etwas zu essen. Rycca versprach, sie würde es versuchen. Das meinte sie ernst, nachdem sich ihre Stimmung inzwischen erheblich gebessert hatte. Aber allein schon der Geruch des Haferbreis krampfte ihren Magen zusammen, und sie stellte die Schüssel beiseite, ohne ihr Frühstück auch nur zu kosten.

Damit erzürnte sie Dragon, der immer noch hinter der Ecke des Stallgebäudes stand. Als wäre die Situation nicht schon schlimm genug! Nach der schlaflosen Nacht gingen ihm beinahe die Nerven durch. Am liebsten wäre er zu Rycca gerannt und hätte sie gezwungen, die Schüssel leer zu essen.

Und danach hätte er sie umarmt und geküsst und angefleht, ihm zu versichern, es sei kein Fehler, ihr zu vertrauen. Genauso wie diese albernen Füchse Grani und Sleipnir hätte er einen schmachtenden Narren aus sich gemacht.

Nein, das würde er nicht tun und stattdessen mit seinen Wachtposten auf den Türmen reden. Sie mussten auf seine Frau aufpassen, während er im belebenden kalten Wasser des Flusses untertauchte und die Schatten der langen, ermüdenden Nacht abschüttelte.

In frischer Kleidung kehrte er zurück. Für eine Rasur hatte er sich keine Zeit genommen. So normal wie jeden Morgen begann der Tag. Die Leute eilten umher und erfüllten ihre Pflichten, offensichtlich fest entschlossen, die Festungsherrin am Marterpfahl zu ignorieren. Von Magda abgesehen. Die treue Seele starrte ihn so vorwurfsvoll an, wie sie es wagte.

Mindestens zehnmal gesellte sie sich zu Rycca, um in dieser oder jener Angelegenheit einen Rat zu erbitten. Ihr absurdes Verhalten belustigte Dragon. Als sie wieder einmal an ihm vorbeirauschte, lachte er, womit er sich einen strengen Blick einhandelte.

Ereignislos verstrichen die Stunden. Magda kam und ging, beklagte Ryccas mangelnden Appetit und musterte Dragon immer zorniger. Diesem Beispiel folgten mittlerweile auch einige andere Frauen. Daraus schloss er, dass sie ihre Herrin für unschuldig hielten. Nun schämte er sich für den gedanklichen Ausflug in die byzantinische Intrigenwelt, den er am Vortag unternommen hatte, und er versuchte die unangenehme Erinnerung zu verdrängen.

Der Vormittag schleppte sich dahin. Da im Hof das übliche Leben und Treiben herrschte, sagte sich Dragon, niemand würde sich in böser Absicht an Rycca heranpirschen. Trotzdem fand er alle paar Minuten einen Vorwand, um sich in ihrer Nähe aufzuhalten. Gegen Mittag fragte ihn Magnus, ob er bei den Waffenübungen auf dem Turnierplatz die Aufsicht übernehmen sollte, und Dragon stimmte zu.

Scheinbar reglos hing die Sonne am Himmel. »Schlaft ein bisschen, Mylord«, empfahl ihm Magda, bevor sie Rycca eine weitere Mahlzeit brachte, die vermutlich ebenso wie alle anderen unberührt bleiben würde.

»Ärgere mich nicht!«, fauchte er. »Find lieber heraus, warum sie nichts isst. Und sag ihr, sie muss sich verdammt noch mal endlich stärken!«

Seufzend verdrehte Magda die Augen, verkniff sich aber eine passende Antwort.

Dragon zerrte den Wetzstein aus dem Stall, setzte sich vor das Tor und schärfte sein Schwert – eine unverfängliche Tätigkeit, die er oft ausübte. Darüber würde sich niemand wundern. Und die bemerkenswerte maurische Klinge lenkte ihn wenigstens kurzfristig von der Sorge um Rycca ab.

Allmählich erwärmte sich der Tag. Dragon bemerkte, dass Rycca ein frisches Kleid angezogen hatte und wieder einmal zu essen versuchte. Offenbar tat Magda ihr Bestes. Auf der nahen Koppel schnaubten Grani und Sleipnir.

Da die lästigen Biester nicht verstummen wollten, ging er zu ihnen und fütterte sie mit Äpfeln. »Glaubt mir, es geht ihr gut«, murmelte er. »Mir nicht. Aber deshalb müsst ihr euch keine Sorgen machen.«

Die Füchse wieherten und neigten die Köpfe. Anscheinend wollten sie ihm zustimmen.

Langsam wanderte die Sonne nach Westen. Dragon fragte sich gerade, wie er eine zweite schlaflose Nacht verkraften sollte, als ihn plötzlich der Ruf eines Wachtpostens alarmierte. Sofort kletterte er die Leiter zum nächstbesten Turm hinauf und spähte in die Richtung, in die seine Krieger zeigten.

»Seht doch, Mylord!«

Dragon schaute zur Straße hinab, die an der Stadt vorbei zu den Feldern führte. Dort schoben zwei Männer einen Handkarren, wie ihn die Bauern benutzten, um Geräte zwischen den Äckern und den Scheunen hin und her zu befördern. Jeder hielt mit einer Hand den Wagen fest. Mit der anderen gestikulierten sie heftig. Irgendetwas lag auf der Ladefläche. Was es war, konnte Dragon nicht erkennen. Aber die Aufregung der Männer war offenkundig.

In aller Eile trommelte er ein halbes Dutzend Krieger zusammen, sattelte Sleipnir und galoppierte den Hang hinab, um herauszufinden, was da nicht stimmte.

»Diesen Mann fanden wir in der Schlucht beim Fluss«, erklärte einer der Bauern und wies auf den Handkarren.

Dragon stieg ab, zog eine raue Wolldecke beiseite und entblößte einen verkrümmten Körper. Mittelgroß und schlank gebaut, etwa fünfundzwanzig Jahre alt, mit offenem braunem Haar, entsprach der Mann genau Ryccas Beschreibung des

Merciers, den sie in Landsende gesehen hatte. Seine Augen waren geschlossen, seine Haut zeigte die Blässe des Todes. An der rechten Seite des Kopfs klaffte eine tiefe Wunde, die ihn zweifellos ins Jenseits geschickt hatte.

»Schaut Euch sein Handgelenk an, Mylord«, bat der andere Bauer unterwürfig, doch er konnte seine Erregung nicht verhehlen. Der Tote trug ein schlichtes langärmeliges Hemd und eine Hose.

Als Dragon den Ärmel am linken Handgelenk hochkrempelte, entdeckte er eine Tätowierung – zwei umeinander gewundene Schlangen, und jede versuchte die andere zu fressen.

»Verzeiht mir, Mylord. Aber Lady Rycca sagte doch, jemand habe sie aus Eurem Stall entführt«, erinnerte ihn einer der Männer. »Dabei sah sie zwei Schlangen. Vielleicht waren es diese.«

Vor lauter Erleichterung wurde Dragon fast schwindlig. In seiner Seele hatte der Wunsch, seiner Frau zu glauben, gegen den bösen Verdacht gekämpft und gesiegt. Dafür war er jetzt dankbar, und die Bestätigung seines Vertrauens beglückte ihn.

Doch die Freude über ihre Unschuld wurde sofort von einem wilden Zorn verdrängt, der sein Blut in Wallung brachte. Zum ersten Mal in seinem Leben verstand er die Gefühle der legendären Berserker. Von unbändiger Mordlust getrieben, hatten sie auf den Schlachtfeldern übermenschliche Kräfte entwickelt.

Um diese helle Wut zu bezähmen, musste er seine ganze formidable Selbstkontrolle aufbieten, und ihr Erfolg stand keineswegs fest. Wäre der Mann aus Wolscroft noch am Leben gewesen – Dragon wusste nicht, ob er sich lange genug beherrscht hätte, um ihn zu verhören, statt ihn sofort zu töten. Jetzt spielte diese Überlegung keine Rolle mehr, denn der Mercier hatte seine Geheimnisse in eine andere Welt mitgenommen. Immerhin stand nun fest, warum er nach Landsende gekommen war.

»Bringt ihn in die Festung«, befahl Dragon den Bauern und ritt den Hang hinauf.

Im Hof, dicht vor dem Marterpfahl, zügelte er den Hengst so abrupt, dass Erdklumpen unter den Hufen hervorflogen. Dragon sprang aus dem Sattel und kniete neben Rycca nieder. Bevor er sie von den demütigenden Fesseln befreit hatte, würde ihm seine Stimme nicht gehorchen. Mit bebenden Händen löste er die Stricke.

»Was ist geschehen?«, fragte sie, während er sie auf die Beine zog. Mühsam widerstand er der drängenden Versuchung, sie zu umarmen, denn er wusste nicht, ob sie die Liebkosung dulden würde. Dass sie letzte Nacht seine Absicht erkannt hatte, milderte seine Gewissensqualen nicht. Er hatte sie als Lockvogel benutzt und – schlimmer noch – zu Unrecht verdächtigt.

»Vorhin wurde ein Toter gefunden.« Sofort bereute er seine Worte. Bei allen Göttern, besaß er denn nicht die Gabe eines Skalden? Natürlich hätte er seiner Frau, die so viel durchgemacht hatte, die Neuigkeit möglichst schonend beibringen müssen. Aber sie wirkte kein bisschen entsetzt, nur neugierig. »Tatsächlich? Wer ist es?«

»Ich nehme an, der Mann aus Wolscroft. Zumindest trifft deine Beschreibung auf ihn zu.«

Darüber dachte sie eine Zeit lang nach und wischte den Staub von ihrem Rock. »Und ich glaubte schon, ich hätte mir nur eingebildet, ihn wieder zu erkennen.«

»Offensichtlich nicht. Genauso wenig sind die Schlangen deiner Fantasie entsprungen – sie wurden auf sein Handgelenk tätowiert.«

»*Das* war's also ... Er hielt mir Mund und Nase zu, und ich konnte nicht atmen. Kurz bevor mir die Sinne schwanden, fiel mein Blick auf seinen anderen Arm, der meine Taille umschlang. Dabei muss ich die Tätowierung gesehen haben.« Sie sprach in beiläufigem Ton – was Dragon nicht gelang.

»Wäre er bloß noch am Leben!«

»Gewiss, dann könntest du ihn ins Verhör nehmen und herausfinden, was ihn zu seinen Missetaten trieb.«

»Eigentlich meinte ich eher die Genugtuung, die es mir verschafft hätte, ihn zu töten.«

Rycca warf ihm einen kurzen Blick zu. »Darauf musst du wohl oder übel verzichten. Woran ist er gestorben?«

»Vermutlich an einem Schlag auf den Kopf.«

»Oder er ist in dichtem Nebel gestrauchelt und gestürzt.«

Auch das war möglich. Aber Dragon wollte sich etwas mehr Zeit für solche Überlegungen nehmen. Mittlerweile hatte er genug falsche Schlüsse gezogen. Die Bauern, von seinen Rittern begleitet, brachten den Toten in den Hof. Aus allen Richtungen eilten Schaulustige herbei.

Dragon ergriff die Hand seiner Frau, hielt sie hoch und rief: »Lady Rycca ist unschuldig! Heute wurde der wahre Täter gefunden!«

Erfreut nickten die Leute. Einige Frauen musterten ihn vorwurfsvoll, die meisten Männer voller Mitgefühl, und er unterdrückte ein Stöhnen. Nach Ryccas Ansicht besaß sie schon genug Kleider. Auf Juwelen schien sie keinen Wert zu legen. Zwei prächtige Pferde durfte sie jeder Zeit reiten. Wie sollte er wiedergutmachen, was er ihr zugemutet hatte?

»Du hast getan, was nötig war.«

Verwirrt drehte er sich zu ihr um und misstraute seinen Ohren.

»Oh, missversteh mich nicht, Dragon – ich fand es keineswegs angenehm, die Nacht hier draußen zu verbringen, wie eine Ziege an einen Pfahl gebunden. Trotzdem hast du einen vernünftigen Plan durchgeführt.«

Ihr Verständnis bewegte ihn zutiefst. »Leider ohne Erfolg. Ich dachte, der Schurke würde über dich herfallen.«

»Glücklicherweise war er um diese Zeit schon tot.« Davon hatte sie sich mit einem kurzen Blick auf die Leiche überzeugt. Der Mann musste vor mehreren Stunden gestorben sein, vermutlich schon am Vortag.

»Bist du erfahren genug, um so etwas zu beurteilen?«, fragte Dragon.

»In Wolscroft war der Tod sehr oft zu Gast.«

»Und das erinnert mich an deinen Vater …«

Bestürzt wandte sie sich zu ihm, die Augen übergroß in ihrem bleichen Gesicht, und er erkannte, dass sie genauso erschöpft war wie er, obwohl sie eine Zeit lang geschlafen hatte. »Weißt du, wie gedemütigt ich mich fühle, weil ich die Tochter eines solchen Mannes bin?«, flüsterte sie.

»Nimm's nicht so schwer. Vielleicht hat ihn deine Mutter betrogen.«

»Wie gern würde ich daran glauben! Jahrelang war das mein liebster Wunschtraum. Aber sie war zu schwach und zu feige, um ihn zu hintergehen, also muss ich von ihm abstammen.«

»Trotzdem gleichst du ihm kein bisschen. Darüber haben wir schon einmal gesprochen, und du weißt, wie ich darüber denke.«

Sie schaute ihn schweigend an, und ihre Augen verrieten alles, was sie empfand.

Zärtlich zog er ihre Hände an die Lippen. »Ich habe einen Fehler begangen.«

«Weil du deine Frau mit einer Ziege verwechselt hast?«

Wie schwierig es doch war, mit einer Frau verheiratet zu sein, die stets die Wahrheit erkannte … Er durfte sie nicht belügen. Er holte tief Atem und schickte ein stummes Gebet zu den Göttern. »Eine Zeit lang – nur ganz kurz – hielt ich dich für schuldig.«

Die Wahrheit.

Lächelnd entzog sie ihm ihre Hände und umfasste sein

Gesicht. Dann stellte sie sich auf die Zehenspitzen, und ihr Mund berührte seinen.

»Womit habe ich diesen Kuss verdient?«, fragte Dragon, erleichtert und verblüfft zugleich. Immer wieder würde sie ihn überraschen. Doch das störte ihn nicht, denn das Schicksal meinte es gut mit ihm. Eine schwere Last fiel von seiner Seele.

»Mit deinem Vertrauen an mich.«

»Gestern habe ich dir misstraut.«

»Nein, ich meine etwas anderes – du glaubst an meine Fähigkeit, immer die Wahrheit zu erkennen.«

»Und das weißt du, weil …«

Lachend griff sie wieder nach seiner Hand. »Weil du ein kluger Mann bist, Mylord. Wie leicht könntest du behaupten, du hättest niemals mit dem Gedanken gespielt, ich wäre schuldig… Damit würdest du dir ein paar eheliche Unannehmlichkeiten ersparen.«

Über diese Worte ärgerte er sich nur sekundenlang, denn er musste nicht an ihrer Bereitschaft zweifeln, ihm zu verzeihen. »Meistens sage ich ohnehin die Wahrheit, weil ich die Lüge verabscheue.«

»Etwas anderes hätte ich nie vermutet. Auch ich möchte ehrlich sein. Letzte Nacht merkte ich plötzlich, dass ich keine Angst hatte. Unter diesen Umständen war das grotesk, aber ich fürchtete mich kein bisschen.«

Befreit atmete er auf. Wenn eine Frau, die allen Grund hatte, die Wikinger zu fürchten, und von einem Wikinger an den Marterpfahl gefesselt wurde, keine Angst empfand – dann konnte das nur eins bedeuten. »Du vertraust mir.«

»Und du mir.«

In diesem Augenblick sah er nicht wie ein mächtiger Krieger und Jarl aus, sondern wie ein kleiner Junge, dem man die Welt geschenkt hatte. Und die wollte sie ihm immer wieder zu Füßen legen. »Nach unseren anfänglichen Schwierigkeiten kommen wir ganz gut miteinander aus, nicht wahr?«, wisperte sie.

Nach diesem erfreulichen Gespräch mussten sie sich wohl oder übel mit dem Toten befassen, und Dragon war seinem Schicksal dankbar, das ihm eine zart besaitete Ehefrau erspart hatte. Mit schmalen Augen betrachtete er die Leiche. »Ist das der Mann, den du in der Stadt gesehen hast?«

»Eindeutig. In Wolscroft bin ich ihm mehrmals begegnet. Er hieß Fuller und entstammte einer alt eingesessenen Tuchwalkerfamilie. Aber er strebte nach Höherem und trat in die Dienste meines Vaters.«

»Der ihn hierher geschickt hat. Daran hätte ich früher denken sollen.« Dragon erinnerte sich an sein Hochzeitsfest, an den betrunkenen, kampflustigen Wolscroft, von seiner eigenen Tochter entwaffnet. Warum hatte er nicht mit der Rachsucht des Mannes gerechnet? »Darüber muss ich Wolf und Hawk verständigen.« Rycca nickte, und er bemerkte die Müdigkeit, die ihre Augen verschleierten. »Gehen wir in unser Haus. Dort werde ich die Briefe schreiben, während du dich ausruhst.«

»Lieber würde ich baden«, erwiderte sie und lächelte gequält.

Nicht zum ersten Mal verfluchte er ihren Vater.

Die Frauen trugen einen großen Zuber ins Haus, der normalerweise für die Wäsche benutzt wurde – nach der Ansicht Ryccas, die sich diesmal nicht mit einem Eimer begnügen wollte, ein unglaublicher Luxus.

Nachdem die Frauen den Bottich mit warmem Wasser gefüllt hatten, ließen sie das Ehepaar allein. Mit Pergament, Tinte und Federkielen gerüstet, setzte sich Dragon an den Tisch. Vor vielen Jahren hatte Wolf erklärt, sie müssten beide lesen und schreiben lernen, und sogar einen verängstigten Priester beauftragt, ihnen diese Fähigkeiten beizubringen. Dagegen hatte sich Dragon gesträubt und später erkannt, wie vorteilhaft es war, wenn man sich ohne fremde Hilfe mit anderen Leuten verständigen konnte. Diese beiden wichtigen Briefe wollte er an Bord eines Schiffs bringen lassen, das am nächsten Morgen mit der Flut auslaufen würde. Aber irgendwie fand er nicht die richtigen Worte. Natürlich wusste er, was er seinem Bruder und dem Lord of Hawkforte mitteilen musste – er wurde einfach nur abgelenkt, weil seine Frau sich auszog und ihr schimmerndes Haar hochsteckte.

Fasziniert starrte er den schmalen Rücken an, die schlanke Taille, die sanft gerundeten Hüften. Dann riss er seinen Blick von ihr los. Verglichen mit ihrer Alabasterhaut wirkte das Pergament ziemlich vergilbt.

An meinen Bruder, Lord Wolf von Sciringesheal. Mit herzlichen Grüßen will ich dir berichten…

Was für wohlgeformte Beine… Er sah sie in die Wanne steigen und dachte an ihre wundervollen Schenkel, die sich so seidig anfühlten, wenn sie ihn in ihrem Schoß aufnahm.

In der Absicht, Rycca und mir zu schaden, kam ein Mercier nach Landsende. Jetzt ist er tot.

Seufzend versank sie im Wasser, und ihr wohliges Stöhnen hätte den mutwilligen kleinen Kerl zwischen seinen Beinen geweckt, wenn er sich nicht ohnehin schon regen würde.

Zum Glück stieß meiner Frau nichts zu.

Rycca legte den Kopf an den Rand des Zubers, und die rosigen Spitzen ihrer Brüste ragten aus dem Wasser.

Zum Glück…

Das hatte er bereits geschrieben. Die Stirn gerunzelt, strich er die Wörter durch und versuchte sich auf den Brief zu konzentrieren.

In Mercia haben sich schon immer Verräter herumgetrieben. Das werde ich auch Hawk schreiben.

Sie nahm die Seife vom Rand des Zubers, begann ihre Arme zu waschen, und Dragon spritzte Tinte aufs Pergament. Fluchend streute er Sand darauf.

Selbstverständlich muss Alfred benachrichtigt werden. Aber es ist wohl besser, wenn er die Neuigkeit von Hawk erfährt.

Nun glitt die Seife über ihre Brüste – und dann ins Wasser hinab.

Später werde ich dir etwas ausführlicher schreiben. Am besten wäre es, du kämst nach Landsende, und wir könnten die Angelegenheit besprechen.

Dragon faltete den Brief zusammen, beträufelte ihn mit Wachs von einer Kerze, in das er seinen Siegelring drückte. Dann trat er vor sein Haus, winkte den erstbesten Krieger zu sich und drückte ihm die Nachricht in die Hand. »Mit dem schnellsten Schiff nach Sciringesheal. Verstanden?«

»Gewiss, Mylord.«

Als Dragon ins Haus zurückkehrte, stieg Rycca gerade aus der Wanne. Nun musste er noch an Hawk schreiben. Doch das konnte bis zum nächsten Morgen warten. Der Brief musste nur an Bord des Schiffs gelangen, bevor die Flut einsetzte.

Ein großes Badetuch in den Händen, ging er zu Rycca, wickelte sie hinein und drückte ihren Rücken an seine Brust. Seine Hände glitten über ihren Körper. Gar nicht oft genug konnte er sie berühren.

»Was für eine verständnisvolle Gemahlin du bist…« Und eine großzügige Frau, der es nicht schwer fällt, ihrem Ehemann zu verzeihen, wollte er hinzufügen. Doch da drehte sie sich um, und das Badetuch glitt auseinander. Ihr nackter Busen schmiegte sich an seine Brust.

»Hast du letzte Nacht geschlafen?«, fragte sie.

»Nein, natürlich nicht.«

Ihre Mundwinkel zuckten. »Oh, dann musst du schrecklich müde sein.«

»Verfolgst du mit dieser Bemerkung einen bestimmten Zweck, meine Süße«, murmelte er grinsend.

Verführerisch lächelte sie. Ließ ihre Hand über seine Hose wandern und fand, was sie suchte. »Komm ins Bett, mein Gemahl«, wisperte sie und streichelte ihn aufreizend.

Noch keiner Frau hatte er einen so vernünftigen Wunsch abgeschlagen und ein solches Begehren stets bereitwillig erfüllt. Lachend wich er zurück, bis er die Bettkante in den Kniekehlen spürte, ließ sich einfach hinabsinken, und Rycca folgte seinem Beispiel. Sie liebkosten und küssten und erforschten einander, so lange, wie er die intimen Zärtlichkeiten ertrug. Nur ein paar Minuten.

»Genug«, stieß er hervor und stand auf, schlüpfte aus seinen Kleidern und warf sie zu Boden. Sobald er wieder neben Rycca lag, umarmte sie ihn ungeduldig. In sein Entzücken mischte sich ein sonderbares Unbehagen. Die Verzweiflung ihrer Leidenschaft überraschte ihn. Bisher hatte er nur ihre verzweifelte Sehnsucht nach Freiheit gekannt.

»Was ist denn los mit dir, meine Süße?«, fragte er. Die Finger in ihr Haar geschlungen, beschrieb er mit seinem Daumen Kreise auf ihrer Stirn, als versuchte er, düstere Gedanken zu verscheuchen.

»Tut mir Leid«, flüsterte sie, wandte den Kopf ab und senkte ihre dichten Wimpern. Aber zuvor hatte er den Kummer in ihren Augen gelesen.

»Verdammt!«, fauchte er, ehe er sich eines Besseren besinnen konnte. »Hol deinen elenden Vater nicht in unser Ehebett!«

Heißer Zorn vertrieb ihre Sorge. Auf einen Ellbogen gestützt, starrte sie ihn an. »Das hatte ich nicht vor!«, zischte sie und versuchte, ihn wegzuschieben.

Das ließ er nicht zu. Blitzschnell, bevor sie seine Absicht erriet, zwängte er einen eisenharten Schenkel zwischen ihre Beine, packte ihre Schultern, warf sie auf den Rücken und legte sich auf ihren Körper. »Du willst mich von den Missetaten seines Helfershelfers ablenken – und dich selber vielleicht auch. Zum Teufel, sein abscheulicher Charakter interessiert mich nicht! Wie oft soll ich dir das noch versichern?«

»So viele hundert Meilen ist er entfernt. Trotzdem greift er uns an. Ich dachte, jener Teil meines Lebens würde endgültig hinter mir liegen. Aber ich habe mich geirrt. Wie kann ich jemals ruhig atmen – jemals glauben, ich wäre ihm für immer entronnen?«

Das Ausmaß ihres Leids schmerzte ihn in tiefster Seele. Für ein paar qualvolle Sekunden trafen sich ihre Blicke. Die Trostworte, die ihm auf der Zunge brannten, die Versprechungen und Beteuerungen blieben unausgesprochen. Obwohl er das Talent eines Skalden besaß, versagte seine Stimme. Denn er müsste erklären, auf Wolscroft würde der Tod warten – die einzig mögliche Strafe für seinen Anschlag. Und den Tod wollte Dragon im Ehebett nicht erwähnen. Stattdessen küsste er Rycca voller Sehnsucht, bis sie ihre Arme um seinen Hals schlang.

Mit Händen und Lippen jagte Dragon seine Frau von einem Höhepunkt zum anderen. Erst als sie seinen Namen schrie, drang er in sie ein. Trotz seines heißen Verlangens hielt er sich zurück und regte sich kaum. Nur ganz sanft liebkoste seine Männlichkeit ihren Schoß, und so schenkte er ihr eine neue Erfüllung, fest entschlossen, alle ihre Ängste und Sorgen zu verbannen. Die Fingernägel in seine Schultern gekrallt, rang sie nach Luft. Aus seiner Haut quoll Blut, das er nur zu gern vergoss.

Plötzlich verlor er die Beherrschung und umfasste Ryccas Hüften, bewegte sich immer schneller, fand Erlösung in süßem Vergessen. Darin versank er zwischen zwei Herzschlägen noch tiefer. Nun forderten die beiden langen Tage und die schlaflose Nacht ihren Tribut. Einen Arm um seine Gemahlin geschlungen, streckte er sich neben ihr aus und wusste nichts mehr.

Rycca blieb etwas länger wach. Zur Seite gedreht, die Augen weit geöffnet, staunte sie über die unbeschreiblichen Freuden, die Dragon ihr geschenkt hatte. Würde das Leben mit diesem Mann niemals normal verlaufen? Würde sie nie das Glück eines beschaulichen Alltags kennen lernen? Ein Lächeln auf den Lippen, schlief sie ein.

In später Nacht, während sogar die Eulen rasteten, träumte Dragon, er würde in einer Höhle liegen, sicher und geborgen. Aber irgendetwas rief nach ihm, ein Laut oder ein Gefühl, und es bewog ihn, sich aufzurichten. Gegen diese seltsame Stimme wehrte er sich, denn er wollte bleiben, wo er war. Aber sie bedrängte ihn immer heftiger. Sein Geist schwankte an der Schwelle des Bewusstseins. Und dann kehrte er abrupt in die Wirklichkeit zurück.

Er öffnete die Augen. Ansonsten rührte er sich nicht. Neben dem Bett schien ein Schatten zu schweben, nahm die Gestalt eines Mannes an, der ein Schwert umklammerte.

Wie ein Hammerschlag auf eisernem Amboss dröhnte ein Gedanke in Dragons Kopf – Rycca, an seiner Seite – Rycca, die er schützen musste. Blitzschnell sprang er auf und tastete nach dem maurischen Schwert, das stets in seiner Reichweite lag. Aber er fand es nicht – weil der Eindringling die kostbare Waffe hob.

»Offensichtlich hast du zu tief und fest geschlafen, Jarl«, bemerkte Magnus und lächelte grimmig. »Nun, damit habe ich gerechnet.«

Dragon blinzelte. Vielleicht träumte er immer noch, denn das ergab keinen Sinn. Er starrte den Mann an, den er seit der Kindheit kannte, mit dem er zahlreiche Kämpfe bestanden, getrunken und so manche Frau geteilt hatte. Erfolglos versuchte er zu verstehen, was jetzt geschah. »Was machst du hier?«

Zwischen zusammengebissenen Zähnen stieß Magnus hervor: »Dachtest du, ich würde mich für alle Zeiten mit der Rolle des Stellvertreters begnügen?«

»Bist du verrückt?«

»Ich halte dein Schwert in der Hand. Und du bist unbewaffnet. Was meinst du, wer von uns in dieser Nacht sterben wird?«

Plötzlich ging Magnus zum Angriff über. Ein hervorragender Fechter, hatte er seine Fähigkeiten auf vielen Schlachtfeldern erprobt. Dragon war nackt und waffenlos.

Schon der erste Schwertstreich hätte den meisten Männern die Kehle durchschnitten, aber Dragon wich behände zur Seite. Trotzdem unterschätzte er die Gefahr nicht, die ihm drohte – und seiner Frau ... In diesem Moment durfte er nicht an sie denken, seine ungeteilte Aufmerksamkeit musste dem Mann gelten, der ihn töten wollte – und zweifellos auch Rycca. Aus den Augenwinkeln sah er, dass sie erwacht war und die Situation sofort erfasst hatte. Reglos saß sie im Bett, die Decke an ihre Brust gepresst, und er dankte den Göttern für ihre Vernunft. Dann ergriff er den kleinen Nachttisch und rammte ihn gegen seinen Widersacher.

Nur sekundenlang taumelte Magnus unter der Wucht des Schlags, bevor er erneut die Klinge schwang. Den nächsten Schwerthieb wehrte Dragon mit einem Bein des zertrümmerten Tisches ab, das ihm aus der Hand glitt. Hastig sah er sich nach einer anderen Waffe um. Mit knapper Not entrann er mehreren Attacken – jede einzelne hätte ihn töten können – und stürmte zu einem der Fenster, vor dem eine Truhe stand. Sein Gegner folgte ihm. Aber der Jarl bot seine ganzen ungeheuren Kräfte auf, hob die schwere Truhe hoch über seinen Kopf und schleuderte sie dem Angreifer entgegen, die Muskeln bis zum Äußersten angespannt.

Das große Möbel traf Magnus' Brust, brachte ihn aus dem Gleichgewicht, und er taumelte rücklings zum Bett. Ein listenreicher, geistesgegenwärtiger Kämpfer, griff er nach Rycca – zweifellos, um sie als Schutzschild zu benutzen. Damit hatte sie bereits gerechnet.

Ohne Zögern erhob sie sich auf die Knie und ignorierte ihre Nacktheit, packte einen Wasserkrug und schwang ihn empor. Mit voller Wucht traf das Gefäß Magnus' Schädel und zerbrach in tausend Stücke. Hilflos schwankte er, dann brach er zusammen.

Dragon stürzte sich sofort auf ihn, entwand ihm das Schwert, trotz der heftigen Gegenwehr seines Widersachers, und warf es beiseite. Einen Arm auf die Brust, den anderen auf den Hals des Verräters gepresst, hielt er ihn am Boden fest. In ruhigem Ton, als hätte der Kampf um sein Leben gar nicht stattgefunden, fragte er: »Warum?«

Mühsam rang Magnus nach Atem, ein bitteres Lächeln verzog seine Lippen, und seine Augen starrten bereits in die Ewigkeit. »Wolscroft hat ein Kopfgeld auf dich ausgesetzt«, keuchte er, »und einen Mann hierher geschickt – mit dem Auftrag, jemanden zu suchen, der sich's verdienen will.«

»Diese Erklärung genügt mir nicht. Sicher trat der Mercier aus einem ganz bestimmen Grund an *dich* heran.«

»Eines Abends teilten wir uns einen Weinkrug. Deshalb kannte er meine Gefühle.«

»Du hast ihn getötet.«

»Natürlich. Weil dein Bruder Wolf nichts von alldem erfahren sollte. Sonst hätte er mich nach vollbrachter Tat verfolgt.«

»Das wird er nicht tun«, erwiderte Dragon und brach seinem ehemaligen Stellvertreter das Genick.

Langsam stand er auf. Wie aus weiter Ferne hörte er Ryccas Stimme. Nur mit ihren schönen langen Locken verhüllt, trat sie zu ihm. »Bist du verletzt?« Voller Sorge berührte sie seinen Arm.

»Nein ...« Warum sollte er verletzt sein? Weil er von einem Mann, dem er vertraut hatte, schmählich verraten worden war? So ging es nun einmal auf dieser Welt zu. Auf fast nichts durfte man sich verlassen. »Wie tapfer du gekämpft hast ...«, murmelte er und streichelte ihr Haar. Dann nahm er sie in die Arme und genoss den Trost, ihren warmen Körper zu spüren und zu wissen, dass sie in Sicherheit war – und ihm Halt gab.

Mit einem gequälten Lächeln schaute sie zu ihm auf. »Nun, du weißt ja – ich schrecke vor keiner Gefahr zurück.« Immer wieder küsste sie seine Brust, musste ihn berühren, brauchte seinen Geschmack, seinen Geruch.

Beinahe wäre er gestorben. Jeden einzelnen Schwerthieb des Angreifers hatte sie in wachsendem Entsetzen beobachtet und befürchtet, Dragon würde jeden Augenblick den Tod finden. Wenn er auch unglaubliche Kräfte hatte – er war trotzdem nur ein Mensch. Schaudernd strich sie über die Narbe an seinem Oberschenkel.

»Denk nicht mehr daran«, bat er, hob sie hoch und legte sie aufs Bett. Jetzt zitterte sie unkontrollierbar, am ganzen Körper.

»Was ist los mit mir?« Ihre Zähne klapperten, und sie konnte kaum sprechen.

»Nur die Nachwirkung dieses grauenhaften Zwischenfalls. Bald wirst du dich erholen.« Er streckte sich neben ihr aus, hielt sie fest und flüsterte zärtliche Worte.

Nach einer Weile beruhigte sie sich. Aber sie war zu schwach, um auch nur den Kopf zu heben. »So etwas ist dir sicher noch nie passiert.«

»Doch, schon oft.« Dragon lächelte in der grauen Morgendämmerung. »Nach meiner ersten Schlacht zitterte ich an allen Gliedern, wie im tiefsten Winter – obwohl's ein warmer Hochsommertag war. Wenigstens ging's mir besser als vorher.«

»Hattest du Angst?«, wisperte sie.

»Grässliche Angst. So fühlen sich die mutigsten Krieger, ehe sie sich in einen Kampf stürzen. Manche leiden sogar noch nach dem Sieg.« Dragon warf einen kurzen Blick auf den Toten, der am Boden lag. »Wenn's dir nichts ausmacht, lasse ich dich jetzt allein. Nur für ein paar Minuten.«

Sie nickte, denn sie verstand, was nun geschehen musste. Während er sich ankleidete, zog sie die Decke bis ans Kinn. Er hob die Leiche hoch, warf sie über seine Schulter und trug sie ins Morgengrauen hinaus.

Wie versprochen, kam er bald zurück. Rycca hörte Stimmen vor dem Haus. Bevor er die Tür hinter sich schloss, sah sie Fackeln lodern.

»Alles in Ordnung?«, fragte er.

»Ja«, antwortete sie.

Im selben Augenblick klopfte es. Dragon runzelte die Stirn und öffnete die Tür. Nachdem Magda ihm strenge Anweisungen erteilt hatte, ging er zum Bett, ein schwer beladenes Tablett in den Händen. »Zuerst sollst du die Suppe essen«, erklärte er leicht verwirrt, »nach einem Rezept von Cymbra zubereitet. Magda behauptet, diese Brühe würde deinen Magen besänftigen. Danach musst du die Milch trinken und das gekochte Huhn essen. Natürlich darfst du das Apfelmus nicht verschmähen.«

»Hat sie dir nichts gebracht?« Rycca setzte sich im Bett auf. Zu ihrer eigenen Verblüffung war sie plötzlich hungrig. Offenbar hatte der Kampf zwischen den beiden Männern ihren Appetit angeregt. Und das musste auch damit zusammenhängen, wer den Sieg errungen hatte.

»Ich fürchte, sie hat mich vergessen«, seufzte Dragon. Edelmütig fügte er hinzu: »Das stört mich nicht. Ich habe keinen Hunger. Außerdem muss ich den Brief an Hawk schreiben, bevor das Schiff in See sticht.«

»Wenn du willst, gebe ich dir was von meinem Huhn ab«, erbot sie sich.

Lachend beobachtete er, wie begierig sie das Tablett musterte. »Nicht nötig, meine Süße. Iss und lass es dir schmecken.«

Rycca zuckte die Achseln, wobei die Decke von ihrem Oberkörper hinabglitt, und ergriff die Suppenschüssel. Hastig ging Dragon zum Tisch am Fenster und stellte den Stuhl davor, so dass er seiner Frau den Rücken kehrte.

Dann setzte er sich und schrieb den Brief. Nachdem er ihn versiegelt und Rycca ihre Mahlzeit beendet hatte, schien die Morgenröte ins Zimmer.

»Jetzt kann ich nicht mehr schlafen«, verkündete Rycca trotz der dunklen Schatten unter ihren Augen.

»Wahrscheinlich würde ich auch kein Auge mehr zutun.« Dragon rückte die Truhe an ihren angestammten Platz und warf die einzelnen Teile des zertrümmerten Nachttischchens zur Tür hinaus. »Aber du solltest es versuchen«, meinte er, setzte sich aufs Bett und berührte Ryccas Wange.

»Nein, ich würde träumen. Und das will ich nicht. Noch nicht.«

Glücklicherweise verstand er ihre Gefühle, so wie immer. Zumindest hatte sie diesen Eindruck gewonnen. Er stand auf und umfasste ihre Hand. »Reiten wir aus.«

Wenig später galoppierten sie über die ausgedehnten Stoppelfelder, die zwischen den Bergen und dem Meer lagen.

Was in der Nacht geschehen war, besprachen sie nicht. Stattdessen genossen sie das Geschenk dieser Stunde, wiesen einander auf vorbeifliegende Vögel hin, den hellen Schaum der Brandung, den duftenden Wind. Gegen Mittag machten sie Rast und verspeisten die Mahlzeit, die Magda eingepackt hatte. Müde und gesättigt, schlummerte Rycca ein. Als sie aus einem traumlosen Schlaf erwachte, fand sie wilde Blumen in ihrem Schoß – blaue und gelbe Veilchen, weiße Sternblumen mit leuchtend gelben Staubgefäßen, wilde Geranien, violettes Heidekraut, lavendelfarbene Glockenblumen, weißes Fettkraut – Juwelen aus dem Schatzkästchen der Natur.

»Woher kommen diese wundervollen Blumen?«, fragte sie ihren Mann. Auf einen Ellbogen gestützt, betrachtete er das

Meer. »Vorhin kamen ein paar Trolle vorbei, um dich zu beschenken.«

»Pflücken die Trolle denn Blumen?«

»Vermutlich. Oder hast du's *mir* zugetraut?«

Lachend wand sie einen Kranz für ihr Haar, mit flinken Fingern, die ihn überraschten.

»Wieso kannst du das? Sonst bist du doch so ungeschickt, vor allem im Haushalt.«

In gespielter Empörung warf sie eine Sternblume auf seinen Kopf. »Oh, ich dachte, das würde man nicht merken.«

»Immerhin hast du in kurzer Zeit eine ganze Menge gelernt. Magda hält sehr viel von dir. Und sie würde dich gewiss nicht loben, wenn sie glaubte, du wärst ein hoffnungsloser Fall. Erzähl mir, wie du die Fähigkeit erworben hast, Kränze zu winden.«

Nach einem übertriebenen Seufzer gehorchte sie. »Eines Tages besuchte ich einen Jahrmarkt und beobachtete, wie ein Mädchen Girlanden flocht, die es verkaufte. Wie gern hätte ich ein solches Prachtstück mein eigen genannt... Aber ich wollte meinen Vater nicht darum bitten. Es war ohnehin ein Wunder, dass er mich auf den Marktplatz mitgenommen hatte. Und so beschloss ich, selber eine Girlande zu winden. Natürlich werde ich dir nicht verraten, wie lange ich gebraucht habe, um diese Kunst zu beherrschen.« Sie setzte den Kranz auf ihren Kopf, und Dragon versicherte ihr, sie würde zauberhaft aussehen.

Insgeheim gelobte er sich, Wolscroft würde nicht zuletzt für ihre freudlose Kindheit büßen.

Im goldenen Sonnenlicht des Nachmittags ritten sie nach Hause. Als sie den Hang oberhalb der Stadt erreichten, zügelte Dragon sein Pferd. Auf dem tiefblauen Wasser des Hafens schaukelte ein Drachenschiff, dessen Segel, mit dem Wolfsemblem geschmückt, gerade eingeholt wurde.

»Deinen Brief kann er unmöglich schon erhalten haben«,

meinte Rycca auf dem Weg zur Festung. »Wenn Cymbra auch mit besonderen Talenten gesegnet ist – deine Gedanken vermag sie sicher nicht zu erraten.«

»Also ist etwas anderes geschehen«, erwiderte Dragon und spornte Sleipnir an.

Cymbra hatte bereits die Küche aufgesucht. Während sich Rycca zu ihr gesellte, ritt Dragon zum Hafen hinab, um seinen Bruder zu begrüßen. Eine imposante Erscheinung wie eh und je, stand Wolf am Kai und beobachtete ein Feuer, das fast herabgebrannt war.

»Magnus?«, fragte er und zeigte auf die glühende Asche des Scheiterhaufens.

Dragon nickte. Dass sein Bruder schon Bescheid wusste, verblüffte ihn nicht. Sobald er an Land gegangen war, musste er vom Tod des ehemaligen Stellvertreters erfahren haben. »Zunächst wollte ich ihn begraben. Aber dann fand ich, er würde es nicht verdienen, in meiner Erde zu ruhen.«

»Geht es Rycca gut?«

»Ja. Bevor Magnus verbrannt wurde, ritt ich mit ihr aus.«

»Ich habe einen Brief von Hawk bekommen.«

»Und meinen verpasst. Komm, öffnen wir ein Bierfass, und unterhalten wir uns.«

Hawk hatte seinem Schwager mitgeteilt, Alfred sei über den wachsenden Widerstand gegen das norwegisch-angelsächsische Bündnis beunruhigt. In seinem eigenen Königreich würde sich eine Opposition bilden. Er verdächtigte Wolscroft, war sich aber nicht sicher. Und da Dragon durch seine Heirat mit dem elenden Schurken verwandt war, hatte Alfred beschlossen, Wolf müsste seinem Bruder die Nachricht überbringen.

»Für mich ist das nichts Neues«, erklärte Dragon, als sie mit ihren Bierkrügen in der Halle saßen. »Vor seinem Tod hat Magnus ein Geständnis abgelegt.« Er wiederholte die Aussage des Verräters, und Wolf hörte grimmig zu.

»Offenbar haben wir Wolscroft unterschätzt. Ich dachte, er wäre einfach nur ein Rüpel und Trunkenbold.«

»Genauso schätzte ich ihn auch ein. Ich fürchte, es wird uns nicht leicht fallen, ihn unschädlich zu machen.«

»Immerhin besetzt er einen Großteil des sächsischen Mercia, seit Udell letztes Jahr von Hawk getötet wurde. Wenn er sich mit den Dänen verbündet ...« Diesen Satz musste Wolf nicht vollenden. Um sich gegen die dänischen Eindringlinge zu behaupten, hatte Alfred sein Volk geeinigt. Aber der Frieden war gefährdet.

»Das wird er nicht tun«, entgegnete Dragon. »Wolscroft hasst die Dänen.«

Erstaunt hob sein Bruder die Brauen. »Wieso weißt du das?«

In knappen Worten berichtete Dragon, was Rycca ihm erzählt hatte – vom Angriff der Dänen auf Wolscroft, als sie noch ein Kind gewesen war, von der Feigheit ihres Vaters. »Glaubst du, er stellt sich auf die Seite der Männer, die ihn zu diesem ehrlosen Verhalten bewogen haben?«

»Unwahrscheinlich«, stimmte Wolf zu. Sie schauten sich an und erkannten, worum es ging.

»Ohne jeden Zweifel zielen die Anschläge auf Alfred ab«, meinte Dragon, »und auf sein Bündnis mit uns.«

»Dieser falsche Priester Elbert behauptete, Daria sei mit den Dänen im Bunde.«

»Vielleicht hat er gelogen.«

Nun war es an der Zeit, die köstliche Mahlzeit einzunehmen, die Cymbra und Magda mit Ryccas Hilfe zubereitet hatten, und Dragons fesselnden Geschichten zu lauschen. Eng umschlungen verträumten die Liebenden die stille Nacht.

Aber während die morgendliche Flut begann und geisterhafter Nebel über dem Wasser schwebte, erklangen laute Stimmen am Kai. Ruder glitten in die Dollen, Segel blähten sich, und zwölf Kriegsschiffe nahmen Kurs auf England.

19

Hawk of Essex blickte aufs Meer. Sekundenlang glaubte er, die Vergangenheit wäre zurückgekehrt. So wie vor zwei Jahren näherte sich eine Wikingerflotte seiner Küste. Er rief nach seiner Gemahlin.

Immerhin war sie eine Norwegerin, und sie wusste die meisten Situationen richtig einzuschätzen. Das hatte sie oft genug bewiesen.

»Würdest du Wolf und Dragon vernünftig nennen?«, fragte er.

Krysta hob ihren Sohn aus der Waschschüssel, in der sie ihn gebadet hatte, und lachte über seine eifrig strampelnden Beinchen. Dann wickelte sie ihn in eine Decke und trat neben ihren Mann ans Fenster. »*Sehr* vernünftig.«

Die Stirn gerunzelt, schaute er wieder aufs Meer. »Irgendetwas muss sie beunruhigen«, bemerkte er, ergriff sein Schwert und verließ sie Festung, um herauszufinden, was die Brüder Hakonson hierher führte.

Etwas später eilte Krysta mit ihrem Baby in die Halle hinab, wo sie Cymbra und Rycca antraf. Die Frauen umarmten einander, bewunderten Falcon und Lion, und die Festungsherrin erkundigte sich nach der Reise, die glücklicherweise ereignislos verlaufen war.

»Sogar sehr angenehm«, betonte Cymbra.

Aber Krysta ließ sich nicht täuschen, denn sie sah die Schatten unter den Augen der beiden Frauen, die sie wie Schwestern liebte.

Entschlossen, den Kummer zu lindern, winkte sie einige Dienerinnen zu sich, die für die Kinder sorgen sollten – und sie maßlos verwöhnen würden. »Genießen wir die Sauna, bevor sich die Männer darin breit machen.«

Mit Cymbras und Ryccas Hilfe packte sie Badetücher, duftende Seifen und Öle zusammen. Hastig suchten sie die große, in den Hang eines Hügels eingelassene Kammer auf, während ihre Ehemänner eine Besprechung am Kai abhielten. Nachdem sie sich entkleidet hatten, warf Krysta ein paar Holzscheite in den Feuerkasten und goss Wasser auf die erhitzten Steine. Zischend stieg Dampf empor und verströmte Kieferngeruch im schwach beleuchteten Raum.

Wohlig seufzte Rycca und streckte sich auf einer der niedrigen Holzbänke aus. Die beiden anderen folgten ihrem Beispiel.

Ein paar Minuten lang plauderten sie über belanglose Dinge, bis Krysta bat: »Erzählt mir, was geschehen ist – alles. Ich weiß, Hawk hat Wolf geschrieben, welche Sorgen den König bedrücken. Aber warum ankern so viele Drachenschiffe in unserem Hafen?«

»Weil Alfred vielleicht Hilfe braucht«, antwortete Rycca und schilderte, was sie in Landsende erlebt hatte. »Wenn es mich auch beschämt, das einzugestehen – ich fürchte, mein Vater wollte erst mich und dann Dragon töten lassen. Dabei sollte der Eindruck entstehen, ich wäre von meinem Mann ermordet worden. Hätte er diesen tückischen Plan nicht vereitelt, würde das Bündnis in ernsthafte Gefahr geraten – und Alfred müsste um den Thron bangen.«

»Deshalb brauchst du dich nicht zu schämen«, versicherte Cymbra. »In allem, was wirklich zählt, bist du nicht Wolscrofts Tochter.«

»Natürlich nicht«, stimmte Krysta sofort zu. »An seinen Missetaten trägst du keine Schuld. Bedenk doch – mein schwachsinniger Halbbruder versuchte, mich als Hexe zu brandmarken und Hawk meine Mitgift vorzuenthalten. Soll ich mich etwa für seine Dummheit verantwortlich fühlen? Gewiss nicht!«

Cymbra schlang ihr glänzendes Haar um dem Kopf und

hielt es mit einem Band zusammen. »Genauso wenig darf man mir verübeln, was meine Halbschwester Daria verbrochen hat. Familienbande können wundervoll sein. Aber manchmal ist es besser, wenn man sich von seinen Verwandten lossagt.« Sie streckte eine Hand nach Rycca aus und lächelte ermutigend. »Außerdem gehörst du jetzt zu *unserer* Familie, und wir kennen deinen Wert.«

Zu Tränen gerührt, musste Rycca ein paar Mal blinzeln, bevor ihr die Stimme wieder gehorchte. Dank ihrer besonderen Gabe spürte sie die Aufrichtigkeit beider Frauen und liebte sie dafür umso inniger. Nach langen Jahren emotionaler Einsamkeit, nur von ihrem Zwillingsbruder Thurlow getröstet, konnte sie noch immer kaum fassen, dass sie nicht mehr allein war. Aber nun begannen die letzten Zweifel zu schwinden. »Ich sorge mich um Dragon, weil er sich weigert, über meinen Vater zu reden – und mir nicht verrät, was er geplant hat. Allmählich fürchte ich, er will irgendetwas auf eigene Faust unternehmen.«

Die zwei Schwägerinnen wechselten einen kurzen Blick. Dann entgegnete Cymbra in ruhigem Ton: »Dein Instinkt trügt dich nicht. Nach allem, was dir angetan wurde, kocht Dragon vor Wut. Als ich ihn in Landsende wieder sah, glaubte ich vor einem Feuer speienden Berg zu stehen.«

Trotz der Saunahitze fröstelte Rycca. »Meinetwegen hätte er fast sein Leben verloren. Wenn er noch einmal in tödliche Gefahr geriete – das würde ich nicht verkraften.«

Eine Zeit lang schwiegen sie. Nur das knisternde Feuer und der zischende Dampf durchbrachen die Stille. Schließlich meinte Cymbra: »Wir alle sind mit außergewöhnlichen Männern verheiratet. Irgendetwas haben sie an sich – was, kann ich nicht genau erklären... Krysta, hast du Rycca von Thorgold und Raven erzählt?«

Krysta schüttelte den Kopf. »Dafür hatte ich noch keine Zeit.« Zu Rycca gewandt, fuhr sie fort: »Thorgold und Raven sind meine Freunde – und ein bisschen seltsam.« Darüber musste ihre Schwägerin lachen, womit sie sich einen tadelnden Blick einhandelte. »Wie es geschah, weiß ich nicht. Jedenfalls konnte ich sie in meiner Kindheit zu mir rufen – als ich sie dringend brauchte.«

Lächelnd ergänzte Cymbra: »Diese Fähigkeit wurde ihr in die Wiege gelegt – so wie mir die Fähigkeit, die Gefühle anderer zu empfinden, und dir die Erkenntnis der Wahrheit, Rycca. Findest du's nicht merkwürdig, dass drei ungewöhnliche Frauen mit drei einzigartigen Männern verheiratet sind, die ein gemeinsames Ziel anstreben, ihren Völkern Frieden zu schenken?«

Rycca starrte Krysta, von deren besonderer Gabe sie erst jetzt erfahren hatte, verwundert an. »In der Tat – das ist bemerkenswert.«

»Sicher ist es kein Zufall«, betonte Cymbra. »Dafür muss es einen Grund geben. Ich glaube, es ist unsere Bestimmung, unseren Männern beizustehen. Mit unserer Hilfe soll sich der Traum vom Frieden in Wirklichkeit verwandeln.«

»Welch ein interessanter Gedanke!«, rief Krysta voller Begeisterung.

Rycca nickte und sagte leise: »Gesegnet sind die Friedensstifter.«

»Und allem Anschein nach sind diese bedauernswerten drei Männer mit *uns* gesegnet«, scherzte Cymbra. »Also mach dir keine Sorgen um Dragon, Rycca, wir werden ihn beschützen.«

Nun brachen sie in Gelächter aus – drei Frauen, durch besondere Talente und innige Freundschaft miteinander verbunden. Ringsum stieg Dampf auf, der sie abwechselnd verbarg und enthüllte.

Als sie die Hitze nicht mehr ertrugen, standen sie auf, wickelten sich in große Badetücher und verließen die Sauna. Durch die Abenddämmerung rannten sie zum Fluss und tollten im kühlen Wasser umher. Unter den Sternen lachten sie wieder.

Schließlich kehrten sie in die Festung zurück, wo bereits die Fackeln brannten. Sie zogen sich hastig an, eilten in die Halle und begrüßten ihre Ehemänner – Schönheit und Anmut begegneten Kraft und Macht. Nachdem sie an der Tafel Platz genommen hatten, wurde Wein eingeschenkt und eine köstliche Mahlzeit serviert. Fröhliche Musik erklang. Bis in die Nacht hinein dauerte das Wiedersehensfest.

Der Mond stand hoch am Himmel, als sie in ihre Betten sanken. Viel zu schnell brach der Tag an.

Zu Mittag wechselten die Gezeiten. Hawks Flotte schloss sich den Schiffen mit den Wolfs- und Drachenemblemen an. Gemeinsam segelten sie zur Stadt des Königs.

Rycca erinnerte sich nur vage an Winchester. In ihrer Kindheit hatte sie die Stadt ein einziges Mal besucht. Umso deutlicher entsann sie sich, wie sie verstohlen durch das Skriptorium gewandert war, das zum königlichen Palast gehörte. Fasziniert hatte sie die Mönche an ihren Schreibpulten beobachtet und beschlossen, lesen zu lernen. Jahrelang war diese Fähigkeit ihr einziger Stolz gewesen.

Jetzt nicht mehr. Beglückender Stolz auf die Ehe mit Dragon erfüllte ihr Herz. An seiner Seite ritt sie die breite, schnurgerade Straße entlang, die zum Palast führte. Zahlreiche Schaulustige eilten herbei und starrten die Krieger mit den grimmigen Mienen an. In wohlgeordneten Reihen folgten sie den mächtigen Lords, deren Namen sich sofort herumsprachen. Hawks Banner kannte man in Winchester. Mit lautem Jubel wurde er empfangen. Aber die legendären Wikinger sah man zum ersten Mal in der Stadt des Königs. Während die Jarls von Sciringesheal und Landsende an der Menschenmenge vorbeiritten, herrschte tiefes Schweigen.

Einige Reiter waren vorausgaloppiert, um Alfred zu verständigen. Nun stand er auf den Eingangsstufen seines Palastes und erwartete die Besucher. Erstaunt stellte Rycca fest, wie unscheinbar er wirkte – mittelgroß, mit einer schlichten braunen Tunika und einem Umhang bekleidet, über die kraftvollen, trotz seines Alters immer noch breiten Schultern geworfen. Durch seinen sorgsam gestutzten Bart zogen sich silbergraue Streifen. Aber die klaren Augen schienen einem viel jüngeren Mann zu gehören.

»Schon lange hoffte ich, Euch beide kennen zu lernen«, versicherte er Wolf und Dragon, nachdem Hawk seine Freunde vorgestellt hatte. »Und es ist mir eine Ehre, Euch an meinem Hof willkommen zu heißen.«

Die Wahrheit, dachte Rycca. Aber der König war auch neugierig, sogar ein wenig besorgt, und es drängte ihn zu erfahren, was die Wikinger-Lords in seine Residenz geführt hatte. Erst einmal machte er sie mit Ealhswith bekannt, seiner hübschen, rundlichen Gemahlin. Krysta umfasste ihre Hände mit aufrichtiger Zuneigung, die unverhohlen erwidert wurde. Ebenso herzlich begrüßte die Königin auch Cymbra und Rycca. Dann führte sie die drei Frauen in die Gästezimmer, wo sie sich ausruhen und frisch machen sollten.

Als sie die große Halle betraten, war der König in ein lebhaftes Gespräch mit den Besuchern vertieft, das er sofort unterbrach, um den festlich gekleideten, parfümierten, mit Juwelen geschmückten Ladys entgegenzugehen. Dieser Zierden hätte ihre strahlende Schönheit gar nicht bedurft.

»Welch eine Augenweide!«, meinte Alfred. »Meine Freunde haben wundervolle Gemahlinnen gewonnen. Aber jede dieser Ehen war gefährdet.«

»Nur am Anfang, Sire«, erwiderte Krysta. »Jetzt dürfen wir uns nicht mehr beklagen.«

Genau die richtigen Worte, dachte Rycca, sanft und leichthin ausgesprochen. Sofort wirkten die Mienen der Höflinge an der königlichen Tafel viel freundlicher. Sie setzte sich neben Dragon, der ihre Hand drückte.

»Gerade hat mir Euer Mann die Ereignisse in Landsende geschildert«, wandte sich Alfred zu ihr. »Was Ihr erleiden musstet, bedaure ich zutiefst.«

»Daran trifft Euch keine Schuld, Sire«, sagte Rycca leise. Sicher wusste er inzwischen, wer für die Angriffe verantwortlich war.

»Was Euren Vater betrifft – seine Aktivitäten müssen gründlich überprüft werden.«

»Er schickte einen Mann nach Landsende, der sich mit meinem Stellvertreter verbündete – und ihn beauftragte, meine Frau und mich zu ermorden«, erklärte Dragon. »So viel steht bereits fest.«

»Trotzdem brauche ich Beweise.« Alfred schaute Wolf an. »Glaubt Ihr, Wolscroft will alle drei Ehen zerstören?«

»Möglicherweise. Vater Elbert behauptete, hinter Darias Anschlägen hätten die Dänen gesteckt. Aber er nannte keine Namen.«

»Er schwor, er würde nichts wissen«, ergänzte Hawk, »und er sei nur Darias Werkzeug gewesen.«

Nun wechselten die Männer bedeutsame Blicke. Offensichtlich fanden sie die Aussage des Priesters unglaubwürdig. Auch die Frauen tauschten schweigend ihre Gedanken aus, nicht ganz so überzeugt.

Auf den Tisch gestützt, beugte sich der König vor und schaute alle der Reihe nach an. »Welches Problem muss ich anpacken? Missfällt einem erzürnten Vater die Heirat seiner Tochter? Bildet er sich vielleicht sogar ein, ihr Mann würde ihr irgendetwas antun? Mit diesem Verdacht wird er sich sicher verteidigen und beteuern, er habe sie von einer Ehe befreien wollen, die sie nicht wünschte. Oder sucht ein Verräter, den Frieden zwischen unseren Völkern zu untergraben und mich vom Thron zu stürzen?« Er seufzte. In diesem Moment schien die Last seiner Jahre bleischwer auf seiner Seele zu liegen. »Einen verräterischen Schurken kann ich dem Gesetz nach töten lassen, und mein Volk wird es gutheißen – genauso wie letztes Jahr Udells Tod. Aber die zweite Möglichkeit? Da dürfte es Schwierigkeiten geben.«

»Dieses Problem werde ich für Euch lösen, Sire«, versprach Dragon und stand auf.

Ohne ihr Entsetzen zu verhehlen, umklammerte Rycca sein Handgelenk. »Setz dich!«, stieß sie hervor. Etwas sanfter fügte sie hinzu: »Ich bitte dich …«

Nach seiner anfänglichen Verblüffung lachte Alfred. »Zweifellos wisst Ihr drei, wie viele Männer Euch beneiden. Weit und breit preist man die Schönheit Eurer Gemahlinnen. Und wie ich nun erfreut feststelle, mangelt es ihnen auch nicht an Temperament.«

»Wahrscheinlich haben sie etwas zu *viel* Temperament«, murrte Dragon, wirkte aber nicht ernsthaft verärgert.

»Wenn Ihr Wolscroft tötet, werdet Ihr die Situation noch verschlimmern«, mahnte der König. »Nein, wir wollen im Rahmen des Gesetzes handeln.«

Langsam nahm Dragon wieder Platz, sichtlich unzufrieden. Rycca legte ihre Hand in ihren Schoß zurück und bemühte sich um eine zerknirschte Miene. Damit täuschte sie ihn nicht. Trotzdem rückte er ihren Stuhl näher zu sich heran, damit er seinen Arm um ihre Schultern schlingen konnte – einen schweren Arm, der sie an seine Kraft und seinen eisernen Willen erinnerte.

Das störte sie nicht. Dass er in ihrer Nähe blieb, statt im Kampf gegen ihren Vater sein Leben zu wagen, war am allerwichtigsten.

»Eine Gerichtsverhandlung muss stattfinden«, fuhr der König fort. »Vorher brauchen wir Beweise. Ich möchte hören, was Vater Elbert und Lady Daria zu sagen haben.«

»Glaubt Ihr, sie werden Euch die Wahrheit erzählen, Sire?«, fragte Hawk.

Skeptisch runzelte Alfred die Stirn. »Zurzeit werden sie

streng bewacht. Das Versprechen, ihre Haftbedingungen zu mildern, könnte ihre Zungen vielleicht lockern. Aber auch dann ließe sich schwer erkennen, ob sie die Wahrheit verraten oder lügen.«

»Rycca…« Nur den Namen sprach Dragon aus – nicht die Bitte, die er damit verband. Ebenso wenig wie die anderen würde er ihr besonderes Talent erwähnen. Das wusste sie.

Also lag die Entscheidung, ob der König eingeweiht werden sollte, bei ihr. »Majestät…«, begann sie zögernd.

Geduldig, aber müde wandte er sich zu ihr, und sie dachte an alles, was er vollbracht hatte – in jahrelangen Kämpfen. Sein Leben war der goldenen Vision von einem vereinigten, friedlichen England geweiht. Hätte er dieses Ziel nicht so energisch angestrebt, wäre das blutige Chaos ihrer Kindheit niemals beendet worden.

Auf ihn stützten sich die Hoffnungen ihrer beiden Völker, der Angelsachsen und Norweger. Deshalb musste sie ihm ihre Hilfe anbieten.

»Majestät – ich erkenne stets die Wahrheit.«

Überrascht starrte er den Jarl von Landsende an, der ihm zunickte. »Ja, es stimmt – Rycca vermag Wahrheit und Lüge zu unterscheiden. Warum, kann ich Euch nicht erklären. Jedenfalls habe ich dieses Phänomen oft genug beobachtet.«

Alfred neigte sich wieder zu Rycca. Jetzt war die Müdigkeit aus seinem Blick verschwunden. Aufmerksam musterte er ihr Gesicht, mit den Augen eines Mannes, der zu viel von der Welt gesehen hatte, um an ihren unfassbaren Wundern zu zweifeln. »Weiß das Euer Vater?«

»Nein, Sire. In Wolscroft verbarg ich meine Gabe. Sonst wäre ich getötet worden.«

»Von Eurem Vater?«

Nur widerstrebend sprach sie die schmerzlichen Worte aus. »Ich habe ihm nie etwas bedeutet.«

»Nun, das ist *sein* Verlust.« Nachdenklich nickte Alfred. »Also gut, ich lasse Vater Elbert und Lady Daria hierher bringen, und wir werden sie ins Verhör nehmen.«

»Vielleicht solltet Ihr auch Wolscroft nach Winchester beordern, Sire«, schlug Dragon vor und tastete nach dem Griff seines Schwerts.

»Zu welchem Zweck? Ich glaube an Lady Ryccas Talent, und ich möchte sie nicht zwingen, den eigenen Vater zu beschuldigen. Außerdem – wenn sie ihn bei einer Lüge ertappt, würde ihre Aussage seine Hinrichtung in den Augen meiner Ritter noch nicht rechtfertigen. Denn dazu bedarf es einiger anderer Beweise.«

Erleichtert atmete Rycca auf. Sie hatte inständig gehofft, ihren Vater nie wieder zu sehen. Aber allmählich fürchtete sie, dieser Wunsch würde sich nicht erfüllen. »Also befragen wir nur den Priester und Lady Daria – dann wissen wir wenigstens, ob diese beiden die Wahrheit erzählen.«

Drei Tage lang fand sie Zeit, um zu überlegen, welche Tatsachen sie wohl herausfinden würden. In dieser Zeit ließ Dragon sie nur selten aus den Augen.

Er begleitete sie sogar ins Sonnenzimmer der Königin, nur um von Ealhswith hinausgeschickt zu werden. Doch sie versicherte ihm lächelnd: »Keine Bange, Lord Dragon, bei mir ist Eure Gemahlin in Sicherheit. Niemals würde ein Übeltäter in die Gemächer der Königin eindringen.«

»Schön und gut, Majestät, aber …«

»Falls Ihr es nicht wisst – letztes Jahr wurde Lady Krysta aus Winchester entführt. Seit damals sorgt mein Gemahl dafür, dass so etwas nie wieder geschehen kann.« Sie wies auf die Wachtposten, die mit grimmigen Mienen im Flur standen. »Auch unterhalb meiner Fenster werdet Ihr bewaffnete Krieger sehen, Lord von Landsende. Sogar auf dem Dach. Nicht einmal ein verirrter Vogel wird hier hereinflattern.«

Noch während sie sprach, sah Dragon einen Raben auf einem Fenstersims des Sonnenzimmers landen. Seltsam, dachte er und beobachtete, wie Krysta zu dem Vogel ging und ihm etwas zuflüsterte.

»Im Skriptorium findet Ihr vier neue Bücher, Lord Dragon«, fügte die Königin hinzu, ohne zu merken, was hinter ihr geschah. »Und Ihr werdet auch einen jungen Priester antreffen, der mit Vater Desmond befreundet ist, dem Hausgeistlichen von Hawkforte. Eines dieser Bücher ist sein Werk. Außerdem hofft er inständig, eines Tages zu verreisen und eine neue Welt kennen zu lernen.«

Mit diesen Worten schloss sie die Tür vor seiner Nase, so nachdrücklich, wie es einer vornehmen Dame gerade noch erlaubt war. Er starrte die Wächter an, die seinen Blick ausdruckslos erwiderten. Immerhin befinde ich mich im Palast eines Königs, sagte er sich und beschloss, das Skriptorium aufzusuchen. Vielleicht würde ihn ein Gespräch mit dem Priester halbwegs interessieren.

Drei Tage später bereitete ein verblüffter, überglücklicher Vater Thomas seine Reise in den legendären Norden vor, wo er ein Skriptorium einrichten sollte. Bereitwillig hatte Lord Dragon seiner Bitte um Pergament, Federkiele und Tintenfässer zugestimmt. Und nun eilte der gute Priester durch ganz Winchester, um eine geradezu horrende Summe für diese Utensilien auszugeben. Und so war er der Erste, der die Gefangenen ankommen sah. Von seiner erfreulichen Aufgabe voll und ganz beansprucht, nahm er dieses Ereignis kaum zur Kenntnis.

Umso aufmerksamer verfolgte Rycca die Geschehnisse. Durch ein Fenster des Sonnenzimmers beobachtete sie einen bewaffneten Konvoi, der zwei Reiter auf dem Weg zum Palast umzingelte. Beklommen konzentrierte sie sich auf die unmittelbar bevorstehende Begegnung mit Lady Daria und Vater Elbert.

Eine Viertelstunde später wurde sie in die Haupthalle gerufen.

»Da sind sie«, verkündete Dragon, ergriff ihren Arm und zog sie zu sich heran.

Wortlos nickte sie und betrachtete die beiden Neuankömmlinge, die immer noch von Wachtposten umringt wurden. Der Mann trug das Gewand und die Tonsur eines Priesters. Doch das Licht des Glaubens strahlte er nicht aus. Das Gesicht aschfahl und verhärmt, mit hängenden Schultern, schaute er sich ängstlich um. Nach einem kurzen Blick in die Richtung seiner Mitgefangenen kehrte er ihr den Rücken. Falls Lady Daria Notiz von ihm nahm, ließ sie sich nichts anmerken. Groß und hager, in schlichter Kleidung, hielt sie den Kopf hoch erhoben und lächelte. In ihren Augen las Rycca kalte Bosheit.

Wolf und Cymbra betraten die Halle. Nach wenigen Schritten hielt er sie am Arm fest, blieb stehen und sagte etwas, das Rycca nicht verstand. Cymbra schüttelte den Kopf, holte tief Atem und ging weiter. Die Stirn gerunzelt, folgte ihr Wolf.

Wenig später erschienen Krysta und Hawk, der sich absichtlich zwischen seine Frau und seine Halbschwester stellte. Mit dieser Geste erinnerte er Rycca an Darias Mordanschlag auf Krysta.

»Fangen wir an!«, entschied Alfred und wandte sich an den Priester. »Vater Elbert, Ihr werdet meine Fragen ausführlich und wahrheitsgemäß beantworten. Wenn Ihr dazu bereit seid, will ich Euch bessere Haftbedingungen zusagen. Wenn nicht, müsst Ihr für Eure Lügen büßen. Versteht Ihr mich?«

Der Priester nickte, und Rycca beobachtete seine Hände, die er zitternd aneinander presste. Als sie etwas näher zu ihm gehen wollte, wurde sie von Dragon zurückgehalten, der sie erbost anstarrte. Seufzend begnügte sie sich damit, das Gespräch aus sicherer Entfernung mit anzuhören.

»Wie heißt der Däne, mit dem Ihr Euch verschworen habt, um das Bündnis zwischen den Angelsachsen und Norwegern zu verhindern?«

Im rechten Augenlid des Priesters zuckte ein krampfhafter Puls. »Das weiß ich nicht, Majestät. Und ich schwöre beim Allmächtigen – es war mein einziges Verbrechen, die Wünsche dieser Frau zu erfüllen, einer Dienerin des Bösen.« Mit einem bebenden Finger wies er auf Daria.

Diese Anklage quittierte sie mit schrillem Gelächter und zog alle Blicke auf sich. Nun hob sie den Kopf noch höher, und ihre Augen glitzerten eisig. »Obwohl Ihr der König aller Narren seid«, rief sie Alfred zu, »müsstet sogar Ihr erkennen, dass dieser elende Priester lügt!«

Alfreds Lippen verkniffen sich. Aber er bezähmte seinen Zorn, und Rycca bewunderte seine Selbstbeherrschung. »Tatsächlich, Lady? Und was wisst *Ihr* von jener hässlichen Intrige?«

Langsam blickte Daria in die Runde und schien es zu genießen, dass sie im Mittelpunkt allgemeiner Aufmerksamkeit stand. Sie öffnete den Mund, um zu sprechen, schloss ihn wieder, und es dauerte eine Weile, bis sie fragte: »Ich, Sire? Eine einfache Frau? Was kann ich denn wissen?«

Aus den Augenwinkeln sah Rycca, wie Cymbra plötzlich zitterte. Sofort nahm Wolf sie in seine Arme und versperrte ihr die Sicht auf ihre Halbschwester und den Priester. Als er leise und beschwörend auf sie einsprach, schüttelte sie wieder den Kopf.

Auch Krysta hatte die Szene bemerkt und zog die Brauen zusammen.

In diesem Moment kam ein kleiner Mann mit gewölbter Brust und langem, dunklem Bart in die Halle, eilte zu Krysta und tätschelte ihre Hand. Dann nickte er Hawk zu, der ihn zu kennen schien.

»Ich glaube, Ihr unterschätzt Euch selbst, Lady Daria«,

gab Alfred zu bedenken. »Ich erinnere mich sehr gut an Eure Jugend. Damals wart Ihr weder furchtsam noch dumm.«

Erneut schien Daria mit sich zu kämpfen. Und diesmal erlag sie der Versuchung, sich aufzuspielen. »Gewiss, Sire, das war ich nie. Hätten sich die Dinge bloß anders entwickelt! Mein törichter Ehemann ...«, seufzte sie.

»... war Eurer nicht würdig«, vollendete Alfred den Satz. »Nachdem er gegen mich rebelliert hatte, war es meine traurige Pflicht, ihn ins Jenseits zu befördern. Sicher habt Ihr etwas Besseres verdient, Lady.«

»Allerdings! Wie erstaunlich, dass Ihr das erkennt. So harte Zeiten ...«

»Ja, das kann ich mir vorstellen.« Der König beugte sich vor, als würde er an ihren Lippen hängen. »Erzählt mir doch von Euren Leiden. Vielleicht ist Eure Gefangenschaft nicht gerechtfertigt.«

»Natürlich nicht! Niemand erklärt mir, warum ich in diesem grauenhaften Gemäuer mit den grässlichen Nonnen ausharren muss, die mir nichts erlauben – nur zu essen und zu schlafen und zu beten.«

Hawk verdrehte die Augen. »Vielleicht hängt deine Gefangenschaft irgendwie mit deinem Mordversuch an meiner Gemahlin und unserem ungeborenen Kind zusammen.«

Wütend fuhr sie zu ihm herum. »Bastard!«, beschimpfte sie den Halbbruder, der sie nach dem Hochverrat ihres Mannes bei sich aufgenommen hatte. »O ja, das bist du – unser Vater war nur mit einer einzigen Frau verheiratet, meiner Mutter. *Meiner*, nicht mit deiner oder der Mutter dieser dummen Kuh Cymbra! Mir ganz allein gehörte sein Herz, einer anderen hat er es nie geschenkt!«

»Wäre es so gewesen, möge Gott ihm helfen«, entgegnete Hawk. »Glücklicherweise stimmt es nicht.«

Gewiss nicht, bestätigte Rycca in Gedanken, aber Daria glaubte, was sie behauptete.

»Außerdem tat ich deiner Frau nichts zu Leide«, fuhr Daria fort.

Lüge. Was sie verbrochen hatte, wusste sie sehr gut.

»Erinnert Ihr Euch nicht daran?«, fragte Alfred.

»Woran?« Daria zeigte auf den Priester, der erschrocken zurückwich. »Diesem Schurken gelang es, mein Gehirn zu umnebeln. Er nutzte meine Einsamkeit aus, meine fromme Gesinnung, verlockte mich mit falschen Versprechungen und raubte mir meinen Verstand.«

»Also war alles, was Euch vorgeworfen wird, Vater Elberts Werk?«

»Nein!«, schrie der Priester verzweifelt. »Sire, ich schwöre Euch beim Heil meiner unsterblichen Seele …«

Mit einer knappen Geste brachte ihn der König zum Schweigen. »Antwortet, Lady Daria. Wen trifft die Schuld an den beklagenswerten Ereignissen? Euch oder den Priester?«

»Habt Ihr mir denn nicht zugehört, Sire? Nein, offenbar nicht! Warum sollte der mächtige Alfred meine Worte ernst nehmen?« Verächtlich und arrogant wandte sie dem König den Rücken zu.

Von hellem Zorn erfasst, stand Alfred auf. »Antwortet! Wagt es nicht, Eurem König zu trotzen!«

Aber Daria hatte sich bereits in die Festung ihrer Eitelkeit zurückgezogen, aus der sie kühl und berechnend hervorspähte, hochzufrieden mit der Wirkung ihres Auftritts. Da sie beharrlich schwieg, wurde sie ebenso wie der Priester abgeführt.

Bleich und erschüttert, aber mit einem tapferen Lächeln eilte Cymbra zu Krysta und erklärte mitfühlend: »Diese Frau ist von einer schrecklichen Krankheit besessen. Und fast erscheint es mir wie ein großes Wunder, dass es ihr nicht gelungen ist, dich zu ermorden.«

»Das hätte sie beinahe geschafft«, erwiderte Krysta leise,

und Hawk zog sie noch fester an sich. Dann drehten sich alle zu Rycca um.

Mit einem tiefen Atemzug rang sie nach Fassung. Nicht einmal in Wolscroft hatte sie die Macht des Bösen so deutlich gespürt wie bei dieser Begegnung mit Lady Daria, und sie hoffte, so etwas würde sie nie wieder erleben. »Daria ist wahnsinnig«, begann sie. »Und ich habe nie zuvor versucht, in der Seele einer geistesgestörten Person Wahrheit von Lüge zu unterscheiden. Während sie von ihrem Vater sprach, der angeblich keine Frau außer ihrer Mutter liebte, glaubte sie daran – wenn es auch nicht zutrifft. Das half mir, die übrigen Aussagen einzuschätzen. Dass sie sich nicht entsinnt, was sie Krysta angetan hat, ist eine eindeutige Lüge. Bedauerlicherweise hat sie die Frage Eurer Majestät nach dem Schuldigen nicht beantwortet.«

»Nein, dazu war sie nicht bereit«, bestätigte Alfred enttäuscht. »Ich könnte sie erneut verhören, notfalls sogar foltern lassen. Würde das was nützen?«

»Wohl kaum«, meinte Cymbra schaudernd. »Von Hass und Zorn besessen, würde Daria keine anderen Gefühle wahrnehmen – nicht einmal körperliche Schmerzen.«

»Jedenfalls hat Vater Elbert die Wahrheit gesagt«, erklärte Rycca. »Er hält sich tatsächlich für Darias Werkzeug, und er glaubt felsenfest, sie wäre eine Dienerin des Bösen. Deshalb jagt sie ihm Angst und Schrecken ein.«

Skeptisch zuckte Alfred die Achseln. »Oder er ist ein guter Lügner.«

»Nein«, widersprach Rycca leise.

Nach einer kurzen Pause fragte der König: »Würde Euer Vater eine solche Frau für seine Zwecke benutzen?«

»Das weiß ich nicht. Er verachtet alle Frauen. Normalerweise würde ich nicht vermuten, dass er eine Frau in seine Pläne mit einbezieht. Aber vielleicht irre ich mich. Daria wäre am richtigen Ort gewesen, um seine Wünsche zu erfüllen. Aus diesem Grund hat er ihr Geschlecht möglicherweise ignoriert.«

»Dafür haben wir keine Beweise«, seufzte Alfred und schaute Dragon an. »Und deshalb kann ich nicht über Wolscroft Gericht halten.«

Wolf trat zu seinem Bruder und legte ihm eine Hand auf die Schulter. »Immer mit der Ruhe …«

»Soll ich ruhig bleiben, wenn der Mann, der meine Frau töten lassen wollte, seiner Strafe entrinnt?« Wütend stürmte der Lord von Landsende zu König Alfred: »Majestät, Ihr dürft nicht erwarten, wegen unseres Bündnisses würden die Norweger den Sachsen alle Verbrechen gestatten, ohne Vergeltung zu üben. Bei Odin, das wird niemals geschehen!«

»Bei *Gott*, – das verlange ich keineswegs!«, stieß Alfred hervor. »Aber was nützt uns das Bündnis, wenn mich die Lords vom Thron stürzen – weil sie glauben, einer der ihren wäre der Laune eines Wikingers zum Opfer gefallen?«

Während sich die beiden Männer anstarrten, stockte Ryccas Atem. Nun musste sie ihr Bestes tun, um eine Katastrophe zu verhindern. »Dragon«, flehte sie verzweifelt, »ich liebe dich von ganzem Herzen. Für mich ist jeder Augenblick kostbar, den ich mit dir verbringen darf. Aber sogar darauf würde ich verzichten, um des Friedens willen, der so wichtig für unsere beiden Völker ist.«

Schweigend schaute er sie an, einen eigenartigen Ausdruck in den Augen. Die anderen nahm sie nicht wahr – nur ihn. Sie glaubte, unter ihren Füßen würde der Boden entschwinden. Aber diesmal stürzte sie nicht von einer Klippe hinab, sondern schwebte nach oben, ohne zu wissen, ob die Schwerkraft sie wieder hinabziehen würde.

»Was hast du gesagt?«, fragte er.

»Nichts ist so wichtig wie der Friede zwischen unseren Völkern! Gewiss, ich verstehe deinen Zorn. Immerhin wurdest du zutiefst beleidigt. Trotzdem bitte ich dich – bedenk, was du tust. Wenn du meinen Vater angreifst, wird er den Sieg erringen, den er erhofft.«

Langsam schüttelte Dragon den Kopf, als wollte er Nebelwolken aus seinem Gehirn verscheuchen. Sein Blick hielt Rycca fest, wie die Hand eines Mannes ein Ruder auf stürmischer See.

In seine Wangen kroch dunkle Röte. »Meinst du, ich will deinen Vater töten, weil er mich *beleidigt* hat? Um Himmels willen, Rycca, beinahe hätte ich dich verloren! Weißt du, was das bedeutet?«

Verwirrt sah sie ihn über den steinernen Boden der königlichen Halle auf sich zukommen.

Mit beiden Händen packte er ihre Schultern und schrie beinahe: »Verdammt, ich liebe dich! Was kümmern mich *Beleidigungen*? Mir geht es einzig und allein um dich, um deine Sicherheit…«

»Du liebst mich?«, flüsterte sie leicht benommen und verwirrt.

»Möge Loki mir helfen – die Ehe mit dir ist nicht gerade einfach. Du bist stark und temperamentvoll und eigensinnig. In deinem Körper steckt kein einziger schwacher Knochen. Oh, dein Körper… Aber lassen wir das. Jedenfalls hast du dich in mein Herz gestohlen. Darin will ich dich festhalten. Also wage es bloß nicht, ans Sterben zu denken! Das verbiete ich dir. Übrigens – hast du vorhin gesagt, du würdest mich lieben?«

Ja, dachte sie, jetzt sind mir wirklich Flügel gewachsen. Kraftvolle Flügel, die sie emportragen würden, so hoch wie sie's wünschte… Und das war sehr hoch.

Lächelnd nahm sie das Gesicht ihres Gemahls in beide Hände und küsste ihn vor aller Augen. Das dauerte eine ganze Weile, und danach musste sie Atem schöpfen. Aber die Stimme gehorchte ihr: »Ja, ich liebe dich. Mehr als das Leben, mehr als die Freiheit.«

Und für ein paar Sekunden sah Rycca von Landsende Tränen in den Augen ihres Wikingers schimmern.

20

Wenn er auch ein unmöglicher Mann war – sie liebte ihn heiß und innig. Rycca nippte an dem Kräutertee, den Cymbra ihr gebracht hatte, um ihre Magenbeschwerden zu lindern. Seit der Rückkehr nach Hawkforte fragte sie sich zum hundertsten Mal, wie sie mit ihrem Mann das Problem erörtern sollte, das sie alle belastete.

Ihr Vater blieb auf freiem Fuß. Mochte es dem König gefallen oder nicht – dagegen konnte er nichts unternehmen. Solange die Beweise fehlten, durfte Wolscroft nicht vor Gericht gestellt werden. Und eine Strafe ohne gerechtes Urteil – die Dragon in seinem Zorn befürwortete – würde die Krise noch verschärfen.

Was sollte man tun?

Rycca wusste es. Unentwegt suchte sie Mittel und Wege, um Dragon von ihrem Plan zu überzeugen.

Jedes Mal, wenn sie das Thema anschnitt, fiel er ihr ins Wort. Deshalb glaubte sie, er hätte bereits erraten, was sie ihm vorschlagen wollte. Dass er sie meistens unterbrach, indem er sie umarmte und mit seiner Leidenschaft betörte, spielte keine Rolle. Zumindest, nachdem ihr klarer Verstand zurückgekehrt war.

»Irgendein Ort, wo es kein Bett gibt«, flüsterte sie vor sich hin, »keinen Heuhaufen, kein bemoostes Flussufer, keinen Sessel, keine Bank, keinen Tisch, kein Gebüsch …«

Seufzend und erfolglos unterdrückte sie ein Lächeln. Dragon zu lieben und von ihm geliebt zu werden, rückte die ganze Welt – sogar Wolscroft – in eine andere Perspektive.

Was das Problem aber nicht löste.

Als sie an diesem Morgen aufstand, kündigte die frische, kalte Luft den Wechsel der Jahreszeiten an. In wenigen Wochen würde das Meer im Norden zufrieren und den Schiffsverkehr behindern. Also mussten sie bald die Rückreise antreten, ganz egal, ob sie eine Lösung für das Problem finden würden oder nicht.

Und wenn nicht?

Wenn es auch das nächste Jahr überschatten würde?

Dann hätte Dragon einen Grund mehr, Wolscroft von einem weiteren Anschlag abzuhalten – und ihn zu töten. Ihr Lächeln vertiefte sich, während sie ihren immer noch flachen Bauch berührte. Niemandem hatte sie auch nur ein Sterbenswörtchen verraten. Krysta und Cymbra wussten es trotzdem. Auch die lieben Schwestern im Geiste hüteten das süße Geheimnis, während Rycca den richtigen Augenblick abwartete, um ihren Ehemann einzuweihen.

Sobald Wolscroft gestorben ist, hatte sie beschlossen. Sie wunderte sich, weil sie so gleichgültig an den Tod ihres eigenen Vaters dachte. Doch er war nie ein richtiger Vater gewesen. So wie ein Feld, mit Salz bestreut, keine Ernte hervorbrachte, empfand sie keine Liebe zu dem Mann, der sie immer nur gehasst hatte.

Er musste sterben. Je früher, desto besser – und auf die richtige Weise, wie damals der Verräter Udell, nach dessen Tod die Lords ihrem König zugejubelt hatten.

In der angenehmen Atmosphäre von Krystas schönem, hellem Sonnenzimmer duftete es nach den Kräutern, die darin trockneten. Aber die Szene vor den Fenstern wirkte nicht so idyllisch. Seufzend beobachtete Rycca die Patrouillen auf den hohen Mauern rings um Hawkforte. Außer Hawks eigenen Rittern hielten auch Wolfs und Dragons Männer Wache. Tag und Nacht, Stunde um Stunde sorgten die drei Kriegsherren für die Sicherheit ihrer geliebten Ehefrauen. Jenseits des Hafens kreuzten Schiffe. Auf den Hügeln hinter der Festung hielten zahlreiche Wachtposten ihre Stellung. Niemand durfte die Stadt besuchen, ohne seinen Namen zu nennen. Nur mit der ausdrücklichen Erlaubnis Hawks und der Brüder Hakonson durfte man die Festung betreten.

Auf diese Weise würden sie Wolscroft wohl niemals einfangen.

Das erkannten auch Cymbra und Krysta – Rycca las es in den Augen der Freundinnen. Doch darüber sprachen sie nicht mit ihr, denn sie allein musste entscheiden, wie sie versuchen würde, ihren Gemahl zu überreden …

Auf dem Fenstersims landete ein Rabe – derselbe Vogel, der sich jeden Tag einfand. Wenn Krysta in der Nähe war, blieb er etwas länger sitzen, sonst flog er sofort wieder davon. Jetzt nicht. Stattdessen legte er den glänzenden schwarzen Kopf schief und schaute Rycca an.

Da zerbröckelte sie das trockene Brot, das Cymbra ihr gebracht hatte, und streute die Krumen auf das Fenstersims – ganz vorsichtig, um den Raben nicht zu erschrecken. »Komm und friss«, flüsterte sie.

Nach kurzem Zögern nahm er die Einladung an, und Ryccas Gedanken kehrten zu ihrem Problem zurück. Nachdem der Vogel alle Krümel aufgepickt hatte, spreizte er sein Gefieder.

Geistesabwesend starrte sie ihn an. Wie sollte sie Dragon zur Vernunft bringen?

»Da bist du ja!« Als Krysta den Raum betrat, blickten Rycca und der Rabe auf. »Wie fühlst du dich?«

»Viel besser. Cymbras Kur wirkt wahre Wunder.«

»Das freut mich. Jetzt sitzt sie in der Halle. Sie würde gern mit dir reden.«

Dankbar für die Ablenkung, eilte Rycca zur Tür. Sie nahm an, Krysta würde ihr folgen. Aber die blonde Frau lächelte nur und lehnte sich an die Wand neben dem Fenster.

Draußen im Flur glaubte Rycca, die Freundin sprechen zu hören. Seltsam – außer Krysta hielt sich niemand im Sonnenzimmer auf. Aber vielleicht seufzte nur der Wind, der um die Ecke des hohen Turms wehte.

In der Halle blickte Cymbra ihrer Freundin erfreut, aber auch ein wenig überrascht entgegen. Lion spielte zu ihren Füßen, und Rycca nahm neben ihr Platz. Entzückt beobachtete sie den kleinen Jungen. Früher hatte sie kaum auf Kinder geachtet, jetzt schienen sie ihr überall zu begegnen und faszinierten sie. Impulsiv fragte sie: »Wie ist es, ein Baby zu bekommen?«

Cymbra lachte leise. »Ganz wundervoll, aufregend, unglaublich…«

»Nein, ich meine – danach. Wenn das Baby auf der Welt und von dir abhängig ist.«

»Genauso wundervoll.«

Rycca nickte. Träumerisch schaute sie Lion zu, der mit kleinen hölzernen Tieren spielte. Da waren ein Löwe, sein Namensvetter, und Pferde, Bären und Fische und Vögel…

Vögel.

Also wirklich, manchmal war man so tief in Gedanken versunken, dass man gar nicht merkte, was man mit eigenen Augen sah. »Weißt du…«, begann Rycca langsam. »Krysta hat mir nie erklärt, was so eigenartig an den Freunden ist, die sie zu sich ruft.«

Jetzt lachte Cymbra etwas lauter. Ihr Söhnchen schaute zu ihr auf – mit einem so strahlenden Grinsen, dass beide Frauen über dem kostbaren Moment alles andere vergaßen. Wenig später kam Krysta in die Halle und setzte sich zu ihnen. »Thorgold hat Raven erzählt, es sei bald so weit.«

»Sehr gut.« Cymbra berührte Ryccas Hand. »Wenn dein Vater demnächst hier eintrifft, wird er für sein Verbrechen büßen.«

Ihr Vater... Ein letztes Mal empfand Rycca jene Sehnsucht, die niemals gestillt worden war – dann nickte sie.

»Nein! Bei allen Göttern, du musst verrückt sein!«

Rycca erwiderte den Blick des wütenden Wikingers, der hoch aufgerichtet vor ihr stand, und zwang sich zur Ruhe – obwohl sie versucht war, genauso temperamentvoll zu antworten. Doch das würde ihr nicht zum Erfolg verhelfen. Außerdem schrie er sie nur an, weil er sich um sie sorgte, und das rührte ihr Herz. »Es ist die einzige Möglichkeit«, erwiderte sie sanft.

»Damit würdest du eine Katastrophe heraufbeschwören, Rycca. Du hast zu viel durchgemacht, und das muss deinen Geist verwirrt haben. Sonst würdest du niemals glauben, ich könnte zustimmen...«

»Vielleicht ist mein Vater fähig, einen vernünftigen Mann zu mimen. In Wirklichkeit lässt er sich nicht von seinem Verstand leiten, sondern von Gefühlen – insbesondere von seinem Zorn. Was er begonnen hat, will er vollenden. Und er wird jede Gelegenheit nutzen, die sich bietet.« Sie wandte sich zu Hawk und Krysta, die neben ihr standen. »In der Nähe deiner Festung besitzt ihr eine Jagdhütte, in der ich vor meiner Hochzeit ein paar Tage verbrachte.«

»Nein«, fauchte Dragon, bevor irgendjemand anderer das Wort ergreifen konnte.

Sie hatten sich alle in der Halle eingefunden, auch Wolf und Cymbra. Nach Ryccas Ansicht war dies der geeignete Ort für eine Diskussion mit ihrem Mann. Der Zeitpunkt erschien ihr ebenfalls richtig.

Aber ihr Herz schlug wie rasend, während sie ihn von ihrem Plan zu überzeugen suchte. »Eine andere Lösung gibt es nicht«, beharrte sie.

»Glaubst du, ich gestatte dir, den Köder zu spielen? Das wäre Wahnsinn!«

»Wenn du mir keine Wahl lässt, muss ich's aussprechen.«

»Was?«, fragte Wolf. An einen Pfeiler gelehnt, Cymbra im Arm, musterte er seinen Bruder halb mitleidig, halb belustigt.

Zwischen zusammengebissenen Zähnen stieß Dragon hervor: »Ich benutzte sie als Köder, um Magnus zu entlarven. Beinahe wurde sie getötet.«

»*Ich*? Und *du*?« Vorübergehend vergaß Rycca den Zweck des Gesprächs. An jene grauenhafte Nacht erinnerte sie sich immer noch viel zu lebhaft. »*Du* wärst fast ermordet worden. Nackt und unbewaffnet musstest du Magnus bekämpfen, der dein maurisches Schwert schwang.«

»Also ist er auf diese Weise gestorben?« Wolf wechselte grinsend einen Blick mit Hawk. »Das hast du verdammt gut gemacht, lieber Bruder.«

Seufzend blickten die Frauen zur Decke hinauf, und Hawk kehrte zum ursprünglichen Thema zurück. »So ungern ich auch darauf hinweise – ich finde Ryccas Plan wohl durchdacht. Wenn wir Wolscroft nicht aus der Reserve locken, werden wie ihn niemals unschädlich machen.«

»Würdest du meine Gemahlin tatsächlich benutzen ...«, begann Dragon entrüstet, und Hawk fiel ihm hastig ins Wort.

»Wir würden sie natürlich schützen. Zu der Hütte führt nur eine einzige Straße, durch dichten Wald. Dort könnten sich hundert Krieger verbergen. Niemand würde sie entdecken.«

Eine Zeit lang schwieg Dragon und schien mit sich zu kämpfen, dann entgegnete er: »Hundert Männer würden nicht genügen.«

Rycca hielt den Atem an. Allmählich gab er sich geschlagen. Das spürte sie und hakte sofort nach: »Vergiss Krystas Freunde nicht. Auch sie werden uns beistehen.«

»Welche Freunde?«, fragte er und runzelte die Stirn.

»Nun, das ist ein bisschen kompliziert«, erklärte Hawk. »Sagen wir mal, meine Frau hat Freunde höheren – und niedrigeren Orts. Wolscroft könnte nicht einmal rülpsen, ohne dass wir's erfahren.«

»Trotzdem missfällt mir dieser Plan ...«

Rycca umfasste die Hände ihres Mannes und schaute eindringlich in seine Augen. »Solange das Problem ungelöst bleibt, werden wir niemals frei sein.«

Im Schutz der Dunkelheit verließen nicht hundert, sondern dreihundert Männer die Festung. Von Wolf und Hawk kommandiert, gingen Norweger und Sachsen zu beiden Seiten der Straße, die zur Jagdhütte führte, in Stellung. Im Morgengrauen verschmolzen sie mit ihrer Umgebung, so vollkommen, dass die erwachenden Waldbewohner – Vögel und Rotwild, Füchse und Hasen – sich wie üblich verhielten, ohne die Anwesenheit der Menschen wahrzunehmen.

Etwas später ritten Dragon und Rycca aus dem Hof von Hawkforte. Aus ihrem Aufbruch und ihrem Ziel machten sie kein Geheimnis. Ein Spion hätte taub oder blind sein müssen, um nichts von ihren Absichten zu erfahren. Gegen Mittag erreichten sie ihr Ziel.

Nachdem sie Sleipnir und Grani abgesattelt hatten, schaute Dragon zur Straße hinüber. Zu seiner Erleichterung sah er nichts. Er ergriff den Arm seiner Frau und führte sie in die Jagdhütte. Drinnen sah es genauso aus wie in Ryccas Erinnerung – ein luxuriöser, beschaulicher Hafen. Zufrieden zog sie ihre Schuhe aus, setzte sich aufs Bett und klopfte neben sich auf die Matratze.

Ihr Mann runzelte die Stirn. Allmählich wurde das zur Gewohnheit. »Wir sind nicht hier, um uns zu vergnügen.«

»Vielleicht ist Wolscroft noch gar nicht in der Nähe. Es könnte tagelang dauern ...«

»Nein, er ist hier«, unterbrach er sie. »Zweifellos weiß er, was in Winchester geschah, und er wird nach Mitteln und Wegen suchen, um uns einen Strich durch die Rechnung zu machen, ehe wir ihn weiterhin bedrohen können.«

Insgeheim teilte Rycca diese Ansicht. Aber sie sah keinen Grund, das zu verraten. Bis zum Einbruch der Dunkelheit würde sich nichts ereignen. Davon war sie fest überzeugt, und das bedeutete …

»Sicher haben wir noch einige Stunden Zeit. Wie sollen wir uns beschäftigen?«

Als er erkannte, was sie meinte, blinzelte er verwirrt. Lachend sprang sie auf und ging zu ihm.

»Großer Gott, Dragon, willst du wirklich den ganzen Tag Trübsal blasen? Mein Entsetzen über Magnus' Mordanschlag habe ich noch immer nicht verwunden. Ich will nicht an den Tod denken. Genießen wir lieber das Leben!«

»Da draußen stehen dreihundert Männer …«

»Zum Glück sind wir hier drinnen ungestört.« Sie stellte sich auf die Zehenspitzen, biss in sein Ohrläppchen und flüsterte: »Ich werde nicht allzu laut schreien. Das verspreche ich dir.«

Atemlos streichelte er ihren Rücken. »Ein Krieger bläst nicht Trübsal.«

»Nein, natürlich nicht, ich habe mich falsch ausgedrückt. Aber du wirst auf und ab wandern, durch die Fenster spähen, oder du holst dir diesen Wetzstein aus dem Stall, um dein Schwert endlos lange zu schärfen – oder du starrst ins Leere, mit jenem gefährlichen Blick, der jedes Mal in deinen Augen erscheint, wenn du an schreckliche Dinge denkst. *Mir* wirst du gar keine Aufmerksamkeit …«

»Sei still!« Unwillkürlich lachte er und zog sie an sich. »Möge der Himmel verhüten, dass ich mich so albern aufführe.«

»Da wir gerade vom Himmel reden …«

Mit den zurückgeschlagenen Decken sah das Bett glatt und einladend aus. Langsam schlüpften sie aus ihren Kleidern und schwelgten im Wunder ihrer Nacktheit, das ihnen immer noch so neu erschien wie beim ersten Mal.

»Erinnerst du dich?«, flüsterte sie an seiner muskulösen Schulter. Dann glitten ihr warmer Mund über seine Brust. »So nervös war ich …«

»Tatsächlich? Das ist mir gar nicht aufgefallen … Oh …«

»Nie zuvor hatte ich einen so schönen Mann gesehen wie dich.«

»Nein … *Du* bist schön …«

»Und deine gewaltigen Körperkräfte … Warum fürchte ich mich niemals vor dir?«

»Lieber würde ich sterben, als dir wehzutun. Meine Süße …«

»Oh! Dragon – bitte …«

Mit Händen und Lippen beschwor er süße Qualen herauf. Sie klammerte sich an ihn, hob ihm die Hüften entgegen und hieß ihn in ihrem Schoß willkommen. Immer noch forderte er sie aufreizend heraus, so dass sie sich ungeduldig wand, und er lachte, bis sie ihn mit ihren starken inneren Muskeln anspornte. Da ging das Gelächter in heißes Entzücken über.

Rycca betrachtete sein ebenmäßiges Gesicht. Eigentlich hatte kein Mann ein Recht auf so unglaubliche Schönheit. Und seine goldenen Augen waren die Fenster einer noch schöneren Seele. Überwältigt dankte sie dem Allmächtigen für das Glück, einen solchen Mann zu lieben und von ihm geliebt zu werden. Ein glühender Kuss erstickte den Schrei ihrer Erfüllung, und sein eigener erlösender Höhepunkt schien kein Ende zu nehmen.

Doch dann kehrte die Wirklichkeit zurück, obwohl sie immer noch rosig schimmerte. Dragon lag auf dem Rücken, seine Frau im Arm, und wartete, bis sich seine rasenden Herzschläge beruhigten. So fest war er entschlossen gewesen, aufmerksam Wache zu halten.

Nun konnte er kaum fassen, wie schnell er alle Gedanken an die drohende Gefahr vergessen hatte. Vermutlich gab es keine Situationen, die ihn von seinen Gefühlen für Rycca ablenken würden.

Zu seiner Erleichterung schlief sie. Je länger sie schlummerte, desto eher würde sie die Lösung des Problems erleben. Und er *würde* es lösen – selbst wenn er Wolscroft gnadenlos jagen, die Wahrheit aus ihm herausprügeln und ihn an den königlichen Hof schleppen musste. Doch er hoffte, dazu würde es nicht kommen.

Langsam schleppte sich der Tag dahin. Während Rycca immer noch schlief, tat Dragon alles, was sie prophezeit hatte. Rastlos wanderte er herum, dachte an schreckliche Dinge und holte sogar den Wetzstein aus dem Stall, um sein maurisches Schwert zu schärfen. Nur eins misslang ihm – Rycca zu ignorieren. Das würde er niemals schaffen.

Als sie erwachte, setzte sie sich auf, die schweren Lider halb gesenkt. Ihr Mund schimmerte so voll und weich, dass er sich mühsam beherrschen musste, um nicht erneut neben ihr ins Bett zu sinken.

Voller Stolz auf seine Selbstkontrolle, holte er Vorräte aus der Speisekammer und begann, eine Mahlzeit vorzubereiten. Nach einer Weile berührte Rycca seinen Arm. »Wenn du noch mehr Salz in diesen Eintopf streust, müssen wir ein ganzes Fass Wasser dazu trinken.«

Leise fluchte er, schüttete den verdorbenen Eintopf vor die Tür und kochte einen neuen. Deshalb aßen sie mit einiger Verspätung, und Rycca entwickelte ausnahmsweise einen gesunden Appetit.

»Freut mich, dass es deinem Magen besser geht«, bemerkte er.

»Warum sagst du das?«, fragte sie erstaunt.

»In letzter Zeit hast du nur unregelmäßig gegessen.«

»Oh – nun ja – die vielen Aufregungen – die Reisen …«

Er nickte und griff nach seinem Weinkelch. Beinahe hätte er ihn umgestoßen, von einem plötzlichen Gedanken überrascht. »Rycca?«

Hastig stand sie auf, um den Tisch abzuräumen. Aber er umfasste ihr Handgelenk und schob sie mit sanfter Gewalt auf ihren Stuhl zurück.

»Hast du mir etwas zu sagen?«, fragte er, ohne sie aus den Augen zu lassen.

»Etwas …«

»Gerade habe ich überlegt, was den Magen einer Frau beunruhigen könnte. Und da merkte ich, dass ich ein verdammter Idiot war.«

»O nein, das bist du nicht …«

»Wirklich nicht? Und warum ist's mir entgangen, dass deine Monatsblutung ausgeblieben ist? Hängt das auch mit unseren *Reisen* zusammen, teure Gemahlin?«

»Bei manchen Frauen verzögert sich die Regel hin und wieder.«

»Für *manche* Frauen interessiere ich mich nicht, Rycca. Nur für dich. Und ich schwöre dir – wenn du ein Kind erwartest und mir nichts davon erzählt hast … Das werde ich …«

Die Schultern gestrafft, hielt sie seinem Blick stand. »Was wirst du dann tun?«

»Also bedeutet das …«

»Tut mir Leid, Dragon«, seufzte sie zerknirscht. »Das wollte ich dir nicht verheimlichen – und nur auf ruhigere Zeiten warten. Damit du dir nicht noch größere Sorgen machst.«

Mit schmalen Augen starrte er sie an. »Weil ich mich geweigert hätte, meine Frau *und* mein ungeborenes Kind als Köder für einen mörderischen Verräter zu benutzen?«

»Jetzt bist du böse, das ist dein gutes Recht. Aber wenn ich's dir verraten hätte, wären wir jetzt nicht hier.«

»Allerdings nicht!« Abrupt erhob er sich und warf seinen

Stuhl um, der krachend am Boden landete. Aber darauf achtete Dragon nicht. Wütend stapfte er zum Ende des Raums und wieder zurück.

Rycca wartete geduldig, bis sein Zorn verflog und zählte stumm. Wie lange würde es dauern, bis ihr Gemahl verstand, was er soeben erfahren hatte?

Neun … Zehn …

»Also bekommen wir ein Baby.«

Nicht allzu lange. Glücklich nickte sie. »O ja, Dragon. Sicher wirst du ein wundervoller Vater sein.«

Da kehrte er zum Tisch zurück, zog sie auf die Beine und schaute völlig entgeistert in ihre Augen. »Ach, du meine Güte …«

»Warum bist du so überrascht?«, fragte sie belustigt. »Immerhin taten wir wirklich unser Bestes, um ein Kind zu zeugen.«

»Gewiss … Trotzdem finde ich's unglaublich.«

Rycca lachte und strich zärtlich über seine Wange. »Vielleicht haben wir eine falsche Vorstellung von Wundern. Wir meinen, sie wären außergewöhnlich. Aber in Wirklichkeit sind sie so normal wie ein Krieger, der wilde Blumen pflückt – oder wie eine schwangere Frau.«

Wortlos setzte er sich und hielt Rycca auf seinem Schoß fest. Ein paar Mal schluckte er krampfhaft und sagte noch immer nichts.

Eng umschlungen genossen sie den Moment und wünschten, er würde noch lange dauern. Doch sie wurden schon nach wenigen Minuten gestört. Der Rabe landete auf einem Fenstersims und blieb nur so lange sitzen, bis er Ryccas und Dragons Aufmerksamkeit erregte. Dann verschwand er im blutroten Glanz des sterbenden Tages.

Eine Stunde nach Einbruch der Dunkelheit näherten sich ein Dutzend Reiter. Kurz vor der Jagdhütte zügelten sie die

Pferde, alle außer Ogden, der zur Tür ritt und sie mit dem Griff seines Schwerts aufstieß.

»Kommt heraus, norwegischer Abschaum! Euer kostbares Walhall erwartet Euch!« Diesen Ruf schien er für maßlos witzig und geistreich zu halten, denn er brach in schallendes Gelächter aus.

»Halt den Mund!«, befahl Wolscroft. »Tretet mir gegenüber, Hakonson, und Ihr dürft mit dem Schwert in Eurer Hand sterben. Ansonsten werdet Ihr einen ehrlosen Tod finden, das schwöre ich Euch.«

In der Hütte warf Dragon Rycca einen strengen Blick zu und bedeutete ihr zu schweigen. Mehrere Sekunden ließ er verstreichen, gerade genug, um seine Feinde da draußen unbehaglich zu stimmen. Schließlich erwiderte er: »Wenn ich sterben soll, möchte ich wissen, warum, Wolscroft!«

»Wagt Euch endlich heraus, dann sprechen wir miteinander.«

»Geh nicht!«, wisperte Rycca. »Das ist eine Falle!«

Amüsiert hob er die Brauen. »Natürlich, meine Süße. Draußen warten ein Dutzend Männer. Wahrscheinlich bilden sie sich ein, sie hätten uns bereits überwältigt.«

»Bevor du eine Gelegenheit findest, auch nur einen Einzigen anzugreifen, könnten sie dich töten.«

Entschieden schüttelte er den Kopf. »Niemand wird mich töten. Aber ich muss Wolscroft zum Reden bringen.« Er schaute kurz zur Tür hinüber. »Wage es bloß nicht, auch nur einen Finger hinauszustrecken. Verstanden?«

Gehorsam wie eh und je, nickte Rycca.

Dragon ging zur Tür, wo er sich noch einmal zu ihr umdrehte. »Um es anders auszudrücken – versprichst du mir, die Hütte erst zu verlassen, wenn ich nach dir rufe?«

Die Antwort war ein herausfordernder Blick. Aber sie nickte wieder. Immerhin lernte ihr Mann, Vorsichtsmaßnahmen zu ergreifen. Sehr gut. Die würde er nämlich brauchen.

Das maurische Schwert gezückt, öffnete Dragon die Tür, sprang hinaus und warf sie blitzschnell hinter sich zu. Fackeln in den Händen der Reiter beleuchteten die Szene. Beim Anblick des gefürchteten Kriegers und der funkelnden Klinge wich Ogden hastig zu seinem Vater zurück.

Mit wild wucherndem Bart, nach der tagelangen Reise von Mercia nach Essex voller Staub, stand Wolscroft inmitten seiner Männer. »Also will der mächtige Wikinger wissen, warum er sterben muss?«, spottete er.

»Nun, Ihr nehmt einige Mühen und Plagen auf Euch, nur weil Euch Euer Schwiegersohn missfällt.«

»Tod und Teufel, es überrascht mich, dass Ihr, elender Norweger, die Situation völlig richtig einschätzt.«

»Oder gibt's noch andere Gründe?«

»Andere Gründe?«, wiederholte Wolscroft, beugte sich im Sattel vor und starrte Dragon an. In seinen Mundwinkeln bildete sich Schaum. »Nur meine Rachsucht führt mich hierher, verdammter Narr! Vor vielen Jahren wurde ich von Wikingern angegriffen, und ich gelobte mir, Vergeltung zu üben. Aber Alfred will mit aller Macht den Frieden sichern. Gott bewahre uns vor den Launen dieses Schwächlings!«

»Glaubt Ihr, der König wird sich anders besinnen, wenn Ihr mich ermordet?«

»Zumindest wird das Bündnis scheitern, auf das er so großen Wert legt. Alle Lords werden erkennen, wie töricht das Gefasel vom immer währenden Frieden war, sich gegen ihn stellen und seine Herrschaft beenden.«

»Wie ich eingestehen muss, ergibt das einen gewissen Sinn. Zu schade, dass Ihr das Bündnis nicht schon früher vereitelt habt, Wolscroft …«

»Nicht, dass ich keinen Versuch unternommen hätte! Diese verflixte Frau …« Plötzlich erschauerte Wolscroft. Sogar er, der skrupellos die Ermordung seiner Tochter und seines Schwiegersohns anstrebte, war nicht gegen alle Emotionen gefeit.

»Meint Ihr Lady Daria?« Dragon schnitt eine Grimasse. »Auch sie tat ihr Bestes. Sie fing Wolfs Brief ab, in dem er Hawk um Lady Cymbras Hand gebeten hatte. Nahm sie Verbindung mit Euch auf, um Euch vor dieser Hochzeit zu warnen?«

»Ihr Ehemann und ich kannten einander gut genug und teilten viele Ansichten. Das wusste sie.«

»Also habt Ihr sie aufgefordert, meinem Bruder jenen gefälschten Brief zu schicken, der beinahe einen Krieg heraufbeschworen hätte. Und später habt Ihr sie gedrängt, Krysta zu töten und den Eindruck zu erwecken, Hawk hätte das Verbrechen begangen. Wer kam auf den Gedanken, die Dänen dafür verantwortlich zu machen?«

»Daria«, gab Wolscroft widerstrebend zu. »Manchmal haben sogar dumme Frauen brauchbare Ideen. Aber alles andere war *mein* Plan.«

Ungeduldig richtete er sich im Sattel auf und bedeutete seinen Männern näher heranzureiten.

Offensichtlich soll kein fairer Kampf stattfinden, dachte Dragon. Allein gegen zwölf berittene Krieger – nein, nur gegen elf, denn Ogden war inzwischen verschwunden. Vielleicht erinnerte er sich, was vor nicht allzu langer Zeit auf der Straße nach Essex geschehen war.

Die gefährlichste Situation seines Lebens war es vermutlich nicht – aber beinahe. Trotzdem spürte er die wachsende Angst seiner Feinde und rechnete sich gute Chancen aus.

Aber darauf brauchte er gar nicht zu hoffen. In diesem Augenblick zerrissen mächtige Flügelschläge die Stille des Waldes – Geräusche, die heulenden Stürmen und dröhnenden Trommeln glichen. Immer lauter füllten sie die Luft, und die Männer begannen zu schreien.

Zahllose Raben flatterten aus den Bäumen ringsum und

füllten den Abendhimmel. Mit spitzen Schnäbeln attackierten sie die Augen der Reiter. Unterdessen rannten stämmige kleine Männer auf die Lichtung vor der Hütte, seltsam gekleidet, mit langen Bärten. Und alle sahen so schäbig aus, als wären sie soeben unter einer Brücke hervorgekrochen. Sie packten die Pferde am Zaumzeug, flüsterten ihnen etwas zu, und die Tiere bäumten sich so kraftvoll auf, dass die Krieger aus den Sätteln stürzten. Immer noch von den Vögeln angegriffen, krümmten sie sich zusammen, hielten schützend die Arme über den Köpfen oder schlugen wild um sich. Vor den Augen des verwirrten Lords von Landsende ließen die kleinen Männer die Pferde los und wandten sich zum Gehen. Und einer, der ihm irgendwie bekannt vorkam, winkte ihm grinsend zu.

Freunde – höheren und niedrigeren Orts…

Danach fanden die Ereignisse ein schnelles Ende. Wolf, Hawk und ihre Ritter tauchten aus ihrem Versteck auf und umzingelten Wolscrofts Truppe. Bevor die Mercier wussten, wie ihnen geschah, wurden sie entwaffnet. Wolscroft versuchte immer noch, sich zu behaupten. »Tötet mich – und Euer kostbares Bündnis ist null und nichtig!«, schrie er.

»Euch töten?« Dragon steckte sein Schwert in die Scheide, das er nicht gebraucht hatte – tatsächlich, der Frieden war ein Segen – und trat vor. »O nein, das werden wir nicht tun. Während Eurer Reise zum Königshof, wo Alfred Gericht über Euch halten will, wird man Euch mit Samthandschuhen anfassen.«

Sogar Wolscroft war klug genug, um bei dieser Ankündigung zu erbleichen. Doch er versuchte sich nach wie vor herauszureden. »Ihr habt keine Beweise! Nur Euer Wort steht gegen meines!«

»Und unseres«, ergänzte Vater Thomas und trat auf die Lichtung, gefolgt von dem Mann, den Dragon sofort wiedererkannte – Hawks Hauspriester, Vater Desmond. »Wir beide werden beschwören, was wir an diesem Abend hörten. Mit Eurer Aussage habt Ihr Euch verdammt, Wolscroft, und das wird ganz England erfahren.«

Eine Zeit lang wurde noch lebhaft diskutiert. Als Wolscroft gefesselt wurde, stieß er wilde Drohungen aus. Unbeirrt verfrachteten ihn Norweger und Sachsen in den Wagen, der ihn nach Winchester bringen sollte, zum Schauplatz seiner gerechten Strafe.

Für Rycca spielte das alles keine Rolle. Wie sie inständig gehofft hatte – es war vorbei.

Fast...

21

»Mylord?«

Dragon wandte sich zu dem Krieger, der ihn auf dem Kai von Hawkforte angesprochen hatte. Durch die Takelage der Drachenschiffe, die gerade für die Heimfahrt gerüstet wurden, wehte ein frischer Wind. »Was gibt's?«

»Da ist ein Mann, Mylord – soeben ging er von Bord eines Schiffes aus der Normandie. Jetzt sitzt er da drüben in der Taverne und fragt nach Lady Rycca.«

»Was für ein Mann?«

»Groß und schlank. Und er gleich Ihrer Ladyschaft. Er behauptet, sie sei seine Schwester, und er möchte mit ihr reden.«

»Hat Rycca denn noch einen Bruder?«, fragte Wolf, der neben Dragon stand und das Gespräch belauscht hatte. Die Neuigkeit bewog ihn, nach seinem Schwert zu greifen.

»Ja, aber von ganz anderer Sorte als Ogden. Kannst du die Reisevorbereitungen allein beaufsichtigen?«

»Natürlich. Geh nur.«

Nach ein paar Minuten stellte Dragon ein Ale-Horn vor den Besucher aus der Normandie auf den Tisch. Verwirrt hob der junge Bursche den Kopf. Blass, mit honigfarbenen Augen und rötlichem Haar … So würde Rycca aussehen, wäre sie ein Mann.

Glücklicherweise war sie eine Frau.

»Was führt Euch nach Hawkforte, mein Freund?«, fragte Dragon und nahm seinem neuen Bekannten gegenüber Platz.

»Ich muss mit meiner Schwester sprechen, Lady Rycca of Wolscroft. In der Normandie kam mir ein beunruhigendes Gerücht zu Ohren, das sie betraf, und nun will ich mich vergewissern, dass sie in Sicherheit ist.«

Beunruhigende Gerüchte, die sich um Rycca drehten? Erstaunlich … Dragon unterdrückte ein Grinsen. »Ihr heißt …«

»Thurlow. Und Ihr?«

Jetzt konnte Dragon sein Lächeln nicht länger verhehlen. »Ah, das ist eine lange Geschichte …«

Etwa eine Stunde später blickte Rycca in der großen Halle von der letzten Truhe auf, die sie soeben gepackt hatte. Ihr geliebter Ehemann ging auf sie zu – an der Seite ihres geliebten Bruders. Langsam erhob sie sich. »Th – Th – Thurlow …?«

Sein Gesicht, ihrem eigenen so ähnlich, strahlte vor Freude. »O Rycca, liebste Schwester! Welch ein Segen, dich unversehrt anzutreffen!«

Stürmisch umarmten sie sich, und Dragon, der die Wiedervereinigung der Zwillinge arrangiert hatte, schaute so zufrieden zu, wie es ihm angesichts der heftigen Zärtlichkeiten gelang.

»Das – das verstehe ich nicht«, würgte Rycca hervor. Die Stimme gehorchte ihr kaum. Tränen verengten ihre Kehle und brannten in ihren Augen. Trotzdem lächelte sie überglücklich. »Warum bist du hier?«

»In der Normandie hörte ich, du seist vor der Hochzeit geflohen, zu der dich König Alfred verpflichtet hat.« Vorwurfsvoll schüttelte Thurlow den Kopf. »Was hast du dir bloß dabei gedacht? Dragon ist ein wundervoller Mann. Wieso wolltest du ihn nicht heiraten?«

Über der Schulter ihres Bruders warf sie dem »wundervollen Mann« einen Blick zu, der jeden anderen vernichtet hätte. Dragon hob nur seine Brauen und spielte die gekränkte Unschuld.

»Nun, es war etwas komplizierter, als er dir's vermutlich erklärt hat«, erwiderte sie.

»Unsinn!«, protestierte Thurlow mit dem arroganten Selbstbewusstsein eines jungen Grünschnabels, der aber sein Herz auf dem rechten Fleck hatte. »So innig ich dich auch liebe – wie wir beide wissen, bist du manchmal ein bisschen impulsiv. Zu meiner maßlosen Erleichterung wird dir das dein Gemahl gewiss austreiben – und gut für dich sorgen.«

Lachend streckte Rycca eine Hand nach Dragon aus, die er sofort ergriff. »So wie ich für ihn sorge, mein Bruder.« Nachdem sie den Mann, den sie über alles liebte, einige Sekunden lang träumerisch betrachtet hatte, wandte sie sich wieder zu Thurlow. »Hat er dir erzählt …?«

»Von unserem Vater? O ja«, bestätigte er seufzend. »Ich werde für seine Seele beten. Zweifellos war sein Tod auf der Reise nach Winchester ein Unfall.«

Obwohl sie sich nicht sicher war und die Wahrheit wohl niemals erfahren würde, nickte sie. Nun, vielleicht hatte Wolscroft in seiner Panik tatsächlich einen Fluchtversuch gewagt. Aber sein tödlicher Sturz von derselben Klippe, die ihr den Weg in die Freiheit geebnet hatte, deutete auf die dunkelsten Seiten seiner Seele hin. War er freiwillig aus dem Leben geschieden?

Wie auch immer – sie hoffte, sein Schöpfer würde ihm Gnade erweisen.

»Und unsere Brüder wurden ins Exil geschickt«, fuhr Thurlow fort, immer noch verblüfft, weil die Familie, die Rycca und ihn selbst jahrelang gepeinigt hatte, einfach verschwunden war.

»Jetzt bist *du* der Herr von Wolscroft«, betonte sie. »In deiner Obhut werden die Mercier einer glücklichen Zukunft entgegengehen.«

Er nickte, überwältigt von der schweren Verantwortung, die er so plötzlich und unerwartet übernehmen musste, aber fest entschlossen, das Beste daraus zu machen.

Nun wandte sich Rycca von ihrem Bruder ab und eilte zu ihrem Mann. In der Geborgenheit seiner Arme sah sie Wolf und Cymbra die Halle betreten. Der Lord von Sciringesheal trug den kleinen Lion, und alle drei lachten über irgendetwas. Kurz danach gesellten sich auch Krysta und Hawk hinzu, der seinen Sohn Falcon an seine Brust drückte.

Die Sonne glitt hinter einer Wolke hervor, schien durch die hohen Fenster in die Halle und erfüllte sie mit goldenem Glanz. Da gewann Rycca den Eindruck, die Welt würde beinahe stillstehen. Vor ihren Augen schwebte ein Staubkorn, wirbelte und tanzte und enthüllte in seiner Schlichtheit das Wunder eines zeitlosen Moments, von Liebe und Frieden erfüllt.

Dann zog Dragon ihre Hand an die Lippen, und sie spürte den Kuss in der Tiefe ihrer unsterblichen Seele. Die Zeit setzte ihren üblichen Lauf fort und nahm sie beide mit. Doch sie wusste, jener Moment würde für immer in ihrer Erinnerung haften bleiben – unvergänglich.

O ja, die Friedensstifter waren wirklich und wahrhaftig gesegnet.

Dunkelheit sinkt herab, aber heller Fackelschein erleuchtet die Nacht so wie die Liebe, wie der Traum vom Frieden, der die künftigen Jahre überstrahlen wird. In ferner Zukunft werden die Erben der drei Paare ihren eigenen Herausforderungen begegnen, ihre eigenen Abenteuer bestehen, in immer währender Liebe ihr eigenes Glück finden.